Jörg Kirchner

Aus Angst

Meinen Kindern, in der Hoffnung, dass das Buch ihnen und vielen weiteren Lesern gefallen wird.

Der Autor:

Jörg Kirchner war bis zum Jahr 2021 Partner verschiedener internationaler Wirtschaftskanzleien. 2008 hat er seinen ersten Kriminalroman „Das Tagebuch“ veröffentlicht. Er legt mit dem Wirtschaftskrimi „Aus Angst“ nun sein zweites Buch vor.

Jörg Kirchner

Aus Angst

Wirtschaftskriminalroman

Impressum
Texte: © 2024 Copyright by Jörg Kirchner
Umschlag: © 2024 Copyright by Buchcoverdesign.de / Chris Gilcher – https://buchcoverdesign.de
Verantwortlich
für den Inhalt: Jörg Kirchner
Berg/Starnberger See
joergkirchner.com
Druck: epubli – ein Service der Neopubli GmbH, Berlin

1. Kapitel

Rechtsanwalt Dr. Ernst Link legte langsam den Telefonhörer auf. Er rollte den schwarzen Ledersessel hinter dem Schreibtisch zurück, stemmte seinen mittelgroßen, fülligen Körper empor und schritt hinüber zu der Fensterfront seines großzügig bemessenen Partnerbüros. Es war erst Nachmittag, aber die Dämmerung des Novembertages hatte bereits eingesetzt und kündigte die Tristesse des Winters an. Vom obersten Stockwerk des Bürogebäudes hatte er einen vorzüglichen Blick auf die Brienner Straße. Münchens vornehme Einkaufsstraße bereitete sich auf die Adventszeit vor. Arbeiter banden Girlanden aus gelblichem Glas um Straßenlaternen, Verkaufspersonal kroch in Schaufenstern umher und stellte Preisschilder auf. Ein Kranwagen hob eine ausrangierte Gondel der Bergbahn Kitzbühel auf die Eingangstreppe eines Luxushotels, wo sie bald als Champagnerbar Freude verbreiten würde. Link strich sich durch sein schütteres, ergrautes Haar. Xaver Ficht war ein intelligenter, hart arbeitender Partner der Kanzlei gewesen. Trotzdem hatte er ihn nicht gemocht. Ficht war ihm zu ehrgeizig gewesen. Immer bereit, schlecht über andere zu sprechen, immer nur seinen eigenen Vorteil vor Augen. Er selbst war da anders. Seine eigenen Leitmotive waren von jeher Ehrlichkeit und Loyalität. Er nestelte an seiner dunkelroten Seidenkrawatte und zupfte das gleichfarbige Einstecktuch in der Brusttasche seines dunkelgrauen Jacketts zurecht. Dennoch, wenn ein fünfundvierzig Jahre alter Familienvater tödlich verunglückte, nahm er dieses tragische Ereignis nicht ungerührt zur Kenntnis. Link setzte sich wieder an seinen großen Schreibtisch aus Mahagoni Holz und zog die Tastatur des Laptops heran, um seine Partner von der erschütternden Nachricht zu unterrichten, die er gerade erhalten hatte.

Bereits wenige Sekunden nach dem Versand der E-Mail erreichte ihn der Anruf seines Partners John Pitchard aus ihrem Londoner Büro.

„Das ist eine schlimme Nachricht, Ernst. Grauenvoll. Wissen wir mehr über die Umstände von Fichts Tod?“

Pitchard war Engländer, aber seine Deutschkenntnisse waren exzellent, wie Link wieder einmal feststellte. Seine Schulzeit in Deutschland als Sohn eines englischen Offiziers trug sein Leben lang Früchte.

„Nein. Ein Wanderunfall, sagte seine Witwe. Ich wollte

nicht nach weiteren Details fragen“, antwortete Link.
„Verständlich. Das Ableben Fichts ist aber nicht der einzige Grund, warum ich Dich anrufe. Ich habe leider noch eine schlechte Nachricht, und ich fürchte, wir werden uns intensiver mit ihr beschäftigen müssen als mit dem Unfalltod eines Partners. Hammersmith wird erpresst. Ich habe heute einen Erpresserbrief in der Post vorgefunden. Angeblich ist unser Münchener Büro in einen Umweltskandal verwickelt.“
„Erpresst, durch wen, was für ein Umweltskandal“, erkundigte sich Link verblüfft.
„Lass uns das persönlich besprechen. Ich bin noch in Besprechungen in Paris, fliege aber heute Abend direkt nach München. Wir treffen uns bitte morgen, Samstag, um elf Uhr in unserem Münchener Büro. Ich hoffe, Du kannst Dir das einrichten. Wir haben dringenden Gesprächsbedarf.“
Link sah John Pitchards große, hagere Gestalt vor sich. Pitchard, Mitte fünfzig, war Junggeselle und führte als Chef und Managing Partner ihrer Kanzlei das disziplinierte Leben eines harten Arbeiters, dessen Entbehrungen er auch von seinem beruflichen Umfeld erwartete.
„Natürlich. Das ist kein Problem.“
„Ich habe vorhin mit Henry telefoniert und ihn auch zu

unserem Treffen gebeten“, fuhr Pitchard fort. „Das Thema ist zu wichtig, um es ohne ihn zu besprechen. Dir ist das sicher recht, nicht wahr. Du weißt, er macht den meisten Umsatz in unserem Münchener Büro.“

„Selbstverständlich.“ Link blies die Backen auf. Du weißt, er macht den meisten Umsatz. Zugegeben, Henry Klein war umsatzstark. Aber er mochte diese Bemerkung nicht, die ihm indirekt seinen eigenen, schwachen Umsatz vorhielt.

„Wobei das natürlich nicht als Vorwurf gegen Dich gemeint war“, fügte Pitchard hinzu, als ob er Links Gedanken erraten hätte.

Natürlich hatte Pitchard ihm mit dem Hinweis auf Henrys starke Umsatzzahlen einen Vorwurf gemacht, dachte Link, nachdem sie ihr Gespräch beendet hatten. Aber so war Pitchards Stil. Hart in der Sache und höflich in der Form. Erst schoss Pitchard auf ihn und dann entschuldigte er sich für das Einschussloch. Aber egal. Er würde sich nicht ärgern. Er gehörte mit seinen dreiundsechzig Lebensjahren zu den erfahrensten Partnern der Kanzlei und musste daher nicht mehr wie ein Straßenköter täglich sein Revier verteidigen. Link lehnte sich in seinem Sessel zurück und verschränkte die Hände hinter dem Kopf. Die Kanzlei wurde also erpresst. Unglaublich. Dabei hatte er gedacht, in seinem Beruf schon alles erlebt zu haben. Er betrachtete das monumentale Gemälde an der gegenüberliegenden Wand. Ein echter Beerstraaten, siebzehntes Jahrhundert, ein Bild, das er für viel Geld in einem Londoner Auktionshaus ersteigert hatte. Die Seeschlacht bei Ter Heijde. Vierhundert Jahre später hatte sich am Gegeneinander der Menschen wenig geändert, nur ihre Waffen waren raffinierter geworden. Eine banale Existenz, nahezu langweilig in ihrer Vorhersehbarkeit, wenn da nicht die dauernde Angst wäre, irgendwann zu den Opfern zu gehören.

2. Kapitel

„Natürlich müssen wir Gesetzesverstöße und interne Regelverletzungen in unserer Kanzlei schnell und umfassend aufklären lassen, das sehe ich ja ein." Henry Klein wippte unruhig in dem mit braunem Leder bezogenen Konferenzstuhl auf und ab. „Aber nicht um jeden Preis. Wir können nicht bei jedem Gerücht nervös werden und eine Untersuchung lostreten. Nur weil irgendwelche Idioten darauf zählen, dass wir aus Sorge vor schlechter Presse einmal so eben eine Million Euro zahlen. Wir müssen auf unsere Mandantenbeziehung mit der German Petroleum AG Rücksicht nehmen. Sie ist weltweit unter unseren Top Ten Mandanten. Brannenburg, ihr Chefjurist, wird toben, wenn er hört, dass wir wegen angeblich krummer Umweltgeschichten bei German Petroleum erpresst werden und deshalb im Begriff sind, eine interne Untersuchung loszutreten. Um welche illegalen Geschäfte geht es hier? Welche Partner sollen da mitgemischt haben, und wann? Die Erpresser verlieren kein Wort darüber!"
„Doch das tun sie. Ich lese Dir gerne den Erpresserbrief noch einmal vor, Henry", antwortete Pitchard ruhig. „An

John Pitchard, Managing Partner der Hammersmith LLP. Wir, die Gruppe „Kämpfer für die Umwelt“, fordern die Rechtsanwaltskanzlei Hammersmith auf, bis Montag, den ersten Dezember, vierundzwanzig Uhr, eine Geldbuße von einer Million Euro zu zahlen. Verhängt wird die Geldbuße für die Hilfe ihres Münchener Büros bei der illegalen Entsorgung Zehntausender Tonnen hochgiftiger Ölpellets durch ihre Mandantin, die German Petroleum AG. Der Giftmüll kommt aus ihrer Raffinerie in Gelsenkirchen-Scholven und lagert illegal in der Tongrube der Firma Westmann, Dülmen, Weststraße eins. Dort verseucht er das Grundwasser. Es besteht höchste Gefahr für die Natur sowie Leib und Leben Tausender Anwohner. Weitere Einzelheiten sind überflüssig. Fragen Sie Ihre Partner. Sollte Hammersmith die Geldbuße nicht fristgemäß zahlen, werden wir am Dienstag, den zweiten Dezember, ein Dossier über den Fall an mehrere Vertreter der Presse senden. Der wirtschaftliche Schaden der Kanzlei wäre dann enorm. Wir werden uns mit Instruktionen zur Zahlungsabwicklung melden. Die Umwelt ist unser gemeinsames, wichtigstes Gut. Wir kämpfen für ihren Erhalt. “

Henrys Mobiltelefon klingelte.

„Kannst Du nicht für eine Stunde das Ding ausmachen“,

murrte Link. „An einem Samstagvormittag. Ich habe mein Gerät auch auf stumm gestellt."
Henry ignorierte den Einwurf, sprang auf und verließ eilig den Raum.
„Na gut, dann machen wir eben eine kurze E-Mail-Pause", seufzte Pitchard, legte den Erpresserbrief beiseite, nahm sein Telefon zur Hand und beugte sich über das Display. Link stand auf, ließ sein Telefon demonstrativ auf dem Tisch liegen und ging hinaus auf die Dachterrasse, die an den Konferenzraum grenzte, um eine Zigarette zu rauchen. Von hier hatte man für gewöhnlich einen sehr guten Blick auf die Türme der Liebfrauenkirche. Aber an diesem Samstag lag der Nebel tief in der Stadt. Es nieselte, und die Temperaturen waren zu warm für den Monat November. Er hatte nur wenige Züge geraucht, als Pitchard von innen gegen die Fensterscheibe klopfte und Link hereinwinkte. Missmutig trat er seine Zigarette aus. Warum konnten Pitchard und Henry nicht warten, bis er seine Zigarette zu Ende geraucht hatte. Ihre Wichtigtuerei ging ihm auf die Nerven.
„Entschuldigt, das Gespräch musste ich unbedingt annehmen." Henry legte sein Telefon zurück auf den Tisch.
Pitchard winkte ab. „Kein Problem. Wir wissen, wie

beschäftigt Du bist. Lass uns weitermachen. Ich habe mich über die Kämpfer für die Umwelt im Internet klug gemacht."

„Das sind die Idioten, die sich an Brücken anketten und auf Straßen festkleben, um unsere Welt zu retten ", unterbrach ihn Henry unwirsch. „Als ob sie damit etwas ändern können. Wir sollen eine Geldbuße zahlen. Lächerlich. Anmaßend. Sollen sie erst einmal etwas Gescheites lernen, dann können sie die Welt ändern."

Pitchard machte eine beschwichtigende Geste. „Ich weiß, wie wichtig German Petroleum für Deinen Umsatz ist, Henry. Aber lass uns versuchen, unsere Situation ruhig zu analysieren. Ich bin bei meiner Recherche auf keine Hinweise gestoßen, dass die Gruppe jemals Vermögensdelikte begangen hat. Ein Mitglied ihrer Führungsriege hat allerdings in der letzten Woche in einem Interview angekündigt, dass sie die Strategie ändern werden, um mehr Anhänger zu gewinnen. Keine Klebeaktionen auf den Straßen mehr. Es sieht so aus, als ob ihre Aktionen nun extremer werden."

„Woher wissen wir, dass der Brief wirklich von dieser Gruppe kommt", warf Link ein. „Es könnten auch Trittbrettfahrer sein."

„Das ist richtig", antwortete Pitchard. „Das Risiko müssen

wir natürlich im Auge behalten. Aber der Umweltbezug der Erpressung ist plausibel. German Petroleum hat eine große Raffinerie an zwei Standorten, in Waldbrunn bei Ingolstadt und in Duisburg mit jeweils zweitausend Mitarbeitern nicht gerade klein. Dort werden Mineralöl- und petrochemische Produkte produziert. Dabei fallen besagte Ölpellets als Abfallprodukte bei der Schwerölvergasung an. Auch die Abfalldeponie der Firma Westmann in Dülmen gibt es wirklich. Dülmen liegt ungefähr achtzig Kilometer von Duisburg entfernt, kommt als Ort für die Ablagerung der Ölpellets also in Betracht."

„Das ist wirklich ein Beweis für Authentizität", bemerkte Henry ironisch. „Man nehme einen Internetzugang, google die Zauberwörter Raffinerien der German Petroleum, Abfalldeponien in der Nähe von Duisburg, Ölpellets. Dann suche man nach einer internationalen Wirtschaftskanzlei, finde Hammersmith, mit über tausend Anwälten eine der größten und profitabelsten Wirtschaftskanzleien Europas und schreibe einen Erpresserbrief. Hast Du schon einmal das Internet auf den vermeintlichen Umweltskandal hin befragt?" Er schaute Pitchard spöttisch an.

In Pitchards Augen flackerte für den Bruchteil einer Sekunde Zorn auf, aber dann hatte er sich wieder unter

Kontrolle. Henry würde bei seinen notorischen Versuchen, in Gesprächen mit Pitchard die Lufthoheit zu gewinnen, irgendwann einmal böse abstürzen, dachte Link.

„Das habe ich“, erwiderte Pitchard ungerührt. „Ölpellets oder auch Rußpellets sind krebserregend, enthalten Schwermetalle und Chemikalien. Falsch entsorgt verseuchen sie die Umwelt. Den Rest darfst Du selbst nachlesen.“

„Dumm sind diese Aktivisten jedenfalls nicht“, griff Link ein. „Ich denke, sie haben sich bewusst uns als Ziel gesucht und nicht German Petroleum, weil sie wissen, dass wir als internationale Großkanzlei derartige Gerüchte und schlechte Presse scheuen, wie der Teufel das Weihwasser. German Petroleum würde härter zurückschlagen und sofort die Polizei einschalten.“

„Nein, dumm sind diese Umweltaktivisten auf keinen Fall“, stimmte Pitchard zu. „Sie sind gut organisiert mit effizienten, hierarchischen Strukturen und haben im letzten Jahr fast eine Million an Spenden gesammelt.“

„Ich nehme an, wir melden den Brief nicht der Polizei“, fragte Link.

„Nein“, antwortete Pitchard. „Die Erpressung muss möglichst kleine Kreise ziehen. Die Ermittlungen der Polizei würden wir nicht kontrollieren.“

„Diese Pellets stinken stark nach Öl!“ Henry hielt mit einer triumphierenden Geste sein Smartphone in die Höhe. „Der Gestank soll seit Jahren niemanden aufgefallen sein? Meine Herren, wir verschwenden unsere Zeit. Wir sollten das Schreiben einfach ignorieren.“ Henry stand auf und ging im Konferenzraum auf und ab. „Ich glaube nicht, dass sie so clever sind, wie Ihr glaubt. Sie bluffen. Der Brief enthält eine pauschale Behauptung, sonst nichts. Weitere Einzelheiten sind überflüssig. Fragen Sie Ihre Partner. Lächerlich. Es gibt drei Partner, die German Petroleum in der Vergangenheit betreut haben, nämlich Xaver Ficht, Ernst und ich, wobei ich natürlich die Führung habe, an mir hängt das Mandat. Willst Du behaupten, John, dass Ernst oder ich eine Mandantin bei illegalen Aktivitäten unterstützen würden? Ficht hatte seine charakterlichen Schwächen, aber selbst ihm traue ich das nicht zu. Meinst Du wirklich, ein im Dax gelistetes, börsennotiertes Unternehmen wie die German Petroleum AG, leistet sich massive Verstöße gegen Umweltgesetze und gefährdet die Gesundheit Tausender Menschen? Ernst, weißt Du etwa von illegalen Umweltpraktiken, von der illegalen Entsorgung Zehntausender Tonnen hochgiftiger Ölpellets?“

Link schüttelte den Kopf. „Natürlich nicht.“

„Es kann sehr gut sein, dass sie bluffen, Henry. Oder schlicht falsch informiert sind“ Pitchard klang jetzt ungeduldig. „Natürlich halte ich es für undenkbar, dass ein Anwalt unserer Kanzlei sich an illegalen Machenschaften einer Mandantin beteiligt. Aber kann ich es völlig ausschließen? Nein. Ich denke dabei nicht an Euch. Vielleicht war jemand anderes aus der Kanzlei beteiligt. Wir werden die Drohung nicht ignorieren, wir müssen handeln. Wenn der Erpresserbrief nach außen dringt und wir nicht zeigen können, dass wir uns sofort an die Aufklärung der Behauptungen gemacht haben, dann stecken wir in einer Lage, die unsere Glaubwürdigkeit wesentlich beschädigt. Für uns als Kanzlei sind Integrität und Glaubwürdigkeit Teil unseres Geschäftsmodells. Jeder würde in diesem Fall denken, wir wollten etwas vertuschen. Das, mein lieber Henry, würde uns mehr Umsatz kosten als eine verärgerte Mandantin German Petroleum. Du weißt, wie das ist. Ein Verdacht macht die Runde. Entweder Du entkräftest ihn sofort oder es bleibt etwas hängen. Ich glaube im Übrigen nicht, dass Brannenburg uns nicht mehr mandatieren wird, nur weil wir eine interne Untersuchung gestartet haben. Anwälte wechselt man nicht täglich wie Unterwäsche, wir sind bei German Petroleum viel zu gut verwurzelt, als dass

Brannenburg uns mal so eben feuern würde. Schließlich werden wir erpresst. Was sollten wir sonst tun, einfach zahlen?“

„Also, was hast Du vor“, fragte Henry.

„Ich habe Brannenburg bereits von dem Erpresserbrief informiert, bevor er von der Sache durch andere Kanäle erfährt und wiederholt mit ihm telefoniert.“

„Warum hast Du mich nicht in Deine Gespräche einbezogen?“ Henry schaute Pitchard verärgert an. „Ich führe schließlich das Mandat.“

„Und ich führe die Kanzlei“, erwiderte Pitchard gelassen.

Henry schnaufte wütend. „Was hat er gesagt?“

„Er wollte sich sofort im Unternehmen umhören. Er hat mich bereits nach einer Stunde zurückgerufen und mich gebeten, nichts zu unternehmen. An der Sache sei definitiv nichts dran.“

„Damit ist die Sache dann doch erledigt“, rief Henry und hob in einer theatralischen Geste die Arme empor.

„Das finde ich nicht. Brannenburgs Meinung in allen Ehren, aber sein Rückruf kam mir etwas zu schnell. Er hat sich sicher nicht intensiv umgehört. Das ist aber auch egal. Nicht German Petroleum, sondern wir werden erpresst. Wir machen uns sofort an die Aufklärung der Umstände und führen eine interne Prüfung durch, ob bei uns gegen interne Regeln oder Gesetze verstoßen wurde, so wie von den Erpressern behauptet. Viel Zeit haben wir für diese Compliance Prüfung nicht. Ihr wisst, wir haben heute in zwei Wochen, am neunundzwanzigsten November, unser internationales Partnertreffen in London. Am Sonntag, den dreißigsten November, einen Tag bevor die Frist der Erpresser abläuft, trifft sich auch unser Leitungsgremium, das Firm Committee. Bei diesem Treffen werden wir spätestens entscheiden müssen, ob wir der Forderung der Erpresser nachkommen wollen oder nicht. Im Übrigen sehe ich gleich übermorgen unsere Medienberater, um unsere Reaktion vorzubereiten, sollte etwas von der Geschichte in der Presse landen."

„Ich habe einen anderen Vorschlag". Henry ließ sich auf einen Stuhl am Konferenztisch fallen, verschränkte seine Arme hinter seinem Kopf und streckte die Beine weit von sich. „Eine Million Euro ist natürlich eine absurd hohe Summe. Warum bieten wir diesen Chaoten nicht an, fünfhunderttausend zu zahlen. Ich bin mir sicher, damit sind sie zufrieden. Das sind Umweltaktivisten, die sich durch dieses Theater finanzieren wollen. Das ist die Hälfte der Summe, die sie im gesamten letzten Jahr eingesammelt haben. Sie bekommen ihre Geldbuße, wir haben die Sache vom Tisch."

„Man könnte meinen, Du hast Angst vor einer internen Compliance Prüfung", entgegnete Pitchard. „Glaubst Du wirklich, unser Firm Committee gibt mal so eben fünfhunderttausend Euro frei? Ohne jegliche vorherige Untersuchung? Dort sitzen unsere erfolgreichsten Partner, die unser Geld nicht verschleudern werden. Wer garantiert uns, dass die Erpresser dann zu ihrem Wort stehen werden und wir nicht doch in der Zeitung stehen werden, obwohl wir gezahlt haben? Nein, mein lieber Henry, um eine Compliance Untersuchung kommen wir nicht herum. Wir zahlen nur, wenn es einen zwingenden Grund dafür gibt. Dafür benötigen wir allerdings Hilfe von außen."Pitchard zog eine Seite bedrucktes Papier aus seiner Aktentasche.

„Ich habe hier eine Liste von Kanzleien mit bekannten Compliance Anwälten. Glücklich bin ich mit der Liste nicht. Einige der Kanzleien sind unsere Wettbewerber, die lassen wir auf keinen Fall bei uns herumschnüffeln. Die Kanzleien sind mir auch alle zu groß. Ich mache mir bei ihnen Sorgen um ihre Diskretion, trotz gesetzlicher Schweigepflichten, Vertraulichkeitsvereinbarungen und dem ganzen Brimborium."

„Ich kenne da jemanden, bei dem sich dieses Problem nicht stellt!“ Henry richtete sich auf. „Wenn wir schon unsere Zeit auf diese Untersuchung verschwenden, dann sollten wir eine Spitzenkraft anheuern, welche die Sache verlässlich und diskret erledigt und nicht in einer Großkanzlei arbeitet. Der Mann war einmal ein Staranwalt im Bereich Compliance im Londoner Markt, ist aber Deutscher und kürzlich aus privaten Gründen nach München gezogen. Hier ist er als Einzelanwalt wieder enorm erfolgreich.“

„Wie heißt er?“

„George Klein.“

Pitchard stutzte. „Klein? Seid Ihr verwandt?“

„Er ist mein Bruder.“

Pitchard rümpfte die Nase. „Wir wollen nach außen nicht so aussehen, als ob wir hier nur herumgespielt hätten. Wir brauchen einen Experten, dessen Integrität über jeden Zweifel erhaben ist.“

„Niemand wird denken, dass ein Topanwalt seinen Ruf riskiert, nur um seinem Bruder einen Gefallen zu tun“, trat Henry dem Argument entgegen. „Ich dachte, Du machst Dir Sorgen um die Vertraulichkeit? Bei meinem Bruder kannst Du sicher sein, dass er diskret arbeitet und sich an seine Geheimhaltungspflichten hält.“

„Ok, das ist kein schlechtes Argument“, antwortete Pitchard nachdenklich. „Ich überlege mir das. Wir laden George kurzfristig nach London ein, ich interviewe ihn dort selbst. Ich möchte Deinen Bruder gleich am Montag in London treffen. Könntest Du mir bitte seine Telefonnummer und E-Mail-Adresse senden. Ich rufe ihn nachher von unterwegs an.“

„Natürlich, aber lass mich erst heute mit ihm sprechen, bevor Du ihn anrufst“, bat Henry.

„Einverstanden. Dann melde ich mich morgen bei ihm“, antwortete Pitchard. „Du kannst ihn schon einmal vorwarnen, so dass ich mich mit ihm am Montag treffen kann. Wir dürfen keine Zeit verlieren.“ Er blickte auf seine Uhr. „Ich habe heute Abend einen Termin in London und muss deshalb jetzt leider los. Ich denke, wir haben auch alles besprochen. Vielen Dank, meine Herren.“

Mächtig ist, wer einseitig ein Treffen beenden kann, dachte Link, während Henry und Pitchard bereits aus dem Zimmer eilten. Er teilte Henrys Meinung. Warum unnötig die Beziehungen zu German Petroleum belasten. Er verstand nicht, warum Pitchard bei dieser dünnen Faktenlage so viel Aufhebens um die Sache machte. Wenn er gefragt worden wäre, hätte er sich gegen die Untersuchungen ausgesprochen. Er würde mit den Erpressern über die Summe verhandeln. Die Erpresser waren Umweltaktivisten. Fünfhundert tausend Euro wären eine Menge Geld für sie, und sie hatten sicher nicht die geringste Lust, wegen einer Erpressung ins Gefängnis zu wandern. Sie würden sich an den Deal halten, um eine Anzeige durch Hammersmith zu vermeiden. Aber Pitchard hatte ihn nicht gefragt, und sich gegen ihn zu stellen, war sinnlos und konnte ihm angesichts Pitchards Einfluss in der Kanzlei nur schaden. Er nahm sein Telefon vom Tisch und sah, dass eine seiner zwei Töchter versucht hatte, ihn anzurufen. Er und seine Frau Dorothea vermissten ihre Kinder, seitdem sie zum Studieren aus dem Haus waren. Deshalb freute er sich umso mehr über ihre Anrufe in der Hoffnung, dass die Telefonate auch seinen Kindern ein Bedürfnis waren und nicht nur Positionen ihrer Aufgabenlisten, die sie früher oder später um diese Anrufe kürzen würden.

3. Kapitel

George Klein blätterte gelangweilt in der Akte, die vor ihm auf dem Küchentisch lag. Er hatte keine Sympathie für seinen Mandanten Professor Dr. Schreiber, Finanzrichter im Ruhestand. Wer wie Schreiber mit seinem Nachbarn über die Höhe einer Gartenhecke stritt, hatte vergessen, dass er sterblich war. Aber gut, er konnte zurzeit bei der Auswahl seiner Mandate nicht wählerisch sein. Stöhnend setzte er sich an seinen Laptop, um für Schreiber die Klageschrift zu entwerfen. Durch das geschlossene Küchenfenster drang das Poltern von Mülleimern, die jemand vom Hinterhof des Wohnhauses hinaus auf die Straße zog. Plötzlich gesellte sich das Geräusch der Türklingel zum Lärm von draußen. Missmutig schlurfte George zur Wohnungstür. Er erwartete an diesem späten Samstagnachmittag niemanden. Er mochte keine unangekündigten Besuche. Unvorhergesehene Ereignisse machten ihn schnell nervös. Genau aus diesem Grund hatte er auf dem kleinen Messingschild neben der Haustür, unter dem obligaten „Dr. George Klein, Rechtsanwalt für Zivilrecht“, den deutlichen Hinweis eingravieren lassen: Termine nur nach Vereinbarung. Jemand

klopfte ungeduldig gegen die Wohnungstür.
„Was soll das?“ rief George verärgert und riss die Tür auf. Vor ihm stand ein Mann, etwa in seiner Größe, in einen eleganten, dunkelblauen Anzug gekleidet. Trotz der Jahreszeit trug er keinen Mantel.
„Henry, was machst Du denn hier?“
Henry hob grinsend die rechte Hand zum Gruß. „Jetzt schau mich nicht so geschockt an.“
„Überrascht, nicht geschockt.“ George trat zur Seite, um seinen Bruder eintreten zu lassen. „Ich sehe Dich zum ersten Mal, seitdem ich nach München gezogen bin, und das ist immerhin ein halbes Jahr her.“
„Kein Grund zur Beschwerde, mein großer Bruder. Du hast Dich auch nicht gemeldet“, entgegnete Henry. „Wenn mir Vater nicht erzählt hätte, dass Du Deine Zelte in London abgebrochen hast, um nach München zu kommen, wüsste ich gar nicht, dass Du hier bist.“
„Erstaunlich, dass er das trotz seiner aufkommenden Demenz mitbekommen hat. Ich hatte Dir eine E-Mail geschrieben“, erwiderte George.
„Sorry, die muss mir durchgerutscht sein.“ Henry strich sich durch seine Haare. „Du kannst Dir vorstellen, wie viele E-Mails ich jeden Tag bekomme.“

„Sicher unvorstellbar viele“, antwortete George trocken und schob die Aktenordner, die auf dem Sofa im Wohnzimmer lagen, zur Seite. „Setz Dich doch. Möchtest Du etwas trinken?“

Henry schüttelte den Kopf und setzte sich auf einen der mit grauen, abgenutzten Cord bezogenen Sessel. George musterte seinen Bruder. Sein Gesicht war stark gebräunt, was er sicher durch Solarium Besuche bewerkstelligt hatte, denn Henry betrieb keinen Sport, von seinem gelegentlichen Golfspiel abgesehen. Seine Haut war zu glatt, um nicht mit Botox behandelt zu sein. Sein sorgfältig geföhnter Haarschopf war zu dicht, um nur aus eigenen Haaren zu bestehen. Die dunkelbraune Haarfarbe war zu intensiv, um nicht getönt zu sein. Was für ein eitler Pfau, dachte George abschätzig. Henry schaute sich neugierig um.

„Sechzig Quadratmeter“, sagte George, der dem Blick seines Bruders gefolgt war. Er setzte sich ihm gegenüber. Neben dem Wohnzimmertisch türmten sich Stapel von frisch gewaschener, gebügelter Kleidung, auf dem Tisch stand noch das dreckige Geschirr des Mittagessens. Letzteres war George unangenehm.

„Küche, Bad, Schlafzimmer, Wohnzimmer, zweites Obergeschoss, Balkon zum Innenhof, möbliert. Was will man

mehr“, fügte er hinzu, ärgerte sich aber sogleich über den letzten Satz, der weinerlich klang und von Henry als Ausdruck von Selbstmitleid gedeutet werden konnte. George hasste Selbstmitleid ebenso wie Klagen über ein unverdientes Schicksal. Das Schicksal war weder verdient noch unverdient. Das Schicksal war das Ergebnis eigenen Handelns. Von daher war jegliches Selbstmitleid unangebracht. Die beschissene Situation, in der er sich gerade befand, hatte er selbst verschuldet. Vor eineinhalb Jahren noch ein Star in der Londoner Anwaltsszene mit einem großen Haus in einer Londoner Nobelgegend, hockte er jetzt als unterbeschäftigter Einzelanwalt in dieser miesen Wohnung, nicht weil das Schicksal es so gewollt hatte, sondern weil er, Dr. George Klein höchstpersönlich versagt hatte.
„Na ja“. Henry schlug die Beine übereinander und betrachtete seine auf Hochglanz polierten, schwarzen Schuhe. „Natürlich willst Du wieder mehr. Dafür bist Du viel zu ehrgeizig. Du bist die Leiter heruntergefallen und weißt nicht, wie Du sie wieder hochklettern kannst.“
George verspürte einen Stich in der Magengegend. Sein Bruder spazierte zur Tür herein, und es dauerte keine zehn Minuten, bevor er seinen wunden Punkt gefunden hatte. Wie immer.

„Verzeihe mir die Despektierlichkeit, George, aber warum lebst Du hier? Du kannst Dir doch etwas Besseres leisten“, fragte Henry.
„Ich fühle mich hier sauwohl. Nette Nachbarn, es ist ruhig, mehr Platz brauche ich nicht. Mehr Platz kann ich mir auch nicht leisten. Ich habe mein wesentliches Vermögen in eine Stiftung eingebracht, um die Familie meines Opfers zu unterstützen.“
„Du hast was?“ Henry hob erstaunt die Augenbrauen. „Ich dachte, Du hast eine Geldstrafe aufgebrummt bekommen. Das reicht als Sühne doch völlig aus.“
„Das ist meine Art, Verantwortung für einen Fehler zu übernehmen. Ich baue mir jetzt eine neue Mandantschaft auf, und werde mir sicher bald wieder einen höheren Lebensstandard leisten können.“
Henry schüttelte verständnislos den Kopf. „Du hast Dich selbst gegeißelt. Eine völlig blödsinnige Reaktion.“
„Wie geht es Deiner Frau und Deinem Sohn Maxi?“ wechselte George das Thema. Die Wunden seiner Vergangenheit waren zu frisch vernarbt, als dass er Henry darauf herumtrampeln lassen wollte.
„Zu Maxi habe ich ein super Verhältnis. Er ist Jurist geworden, wie sein Vater. Er freut sich, wenn er mit mir Zeit

verbringen kann, und für mich ist es immer ein Highlight, wenn wir uns treffen. Es ist nicht einfach, als gestresster Anwalt ein gutes Verhältnis zu seinem Kind zu wahren, aber ich habe es geschafft." Henry lächelte selbstzufrieden. „Leider hat er sein zweites Staatsexamen nur mit Ach und Krach bestanden. Seitdem orientiert er sich, wie er sagt. Das ist ein ziemlicher Blödsinn, er ist Anfang dreißig, es ist höchste Zeit, dass aus ihm etwas wird. Aber so ist diese Generation. Kaum haben sie sich etwas angestrengt, müssen sie sich schon wieder ausruhen und orientieren. In dem Alter war ich schon ein erfolgreicher junger Anwalt. Maxi verdient mit irgendetwas etwas Geld, aber ohne meine finanzielle Hilfe käme er sicher nicht durch das Leben."

„Und wie geht es Deiner Frau?"

„Gut, denke ich. Wir haben uns vor einem halben Jahr getrennt. Ich habe immer furchtbar viel Arbeit, sie hat viel Arbeit. Ihre Unternehmensberatung läuft sehr gut, auch wenn sie natürlich nicht so viel verdient wie ich. Die Trennung war einvernehmlich, ohne großen Streit, unserem Ehevertrag sei Dank. Spielst Du immer noch Cello?" Henry wollte offensichtlich ebenfalls nicht über seine Vergangenheit sprechen. „Was Du daran für einen Narren gefressen hast, konnte ich noch nie verstehen. Du wirst doch

ohnehin kein Berufsmusiker mehr."
„Spielst Du noch Golf?"
„Ja, natürlich", antwortete Henry.
„Siehst Du, jeder entspannt sich auf seine Weise. Du wirst auch kein Golfprofi mehr."
„Nein, aber wenn ich mit meinen Mandanten zusammen Golf spiele, bringt mir neue Mandate. Dein Cellospiel bringt Dich nicht weiter. Wo hast Du denn das Ding gelassen?"
Ohne eine Antwort auf seine Frage abzuwarten, zog Henry ein Mobiltelefon aus der Innentasche seiner Anzugsjacke, und vertiefte sich nach einer kaum hörbar gemurmelten Entschuldigung in seine Nachrichten.
„Der Cellokoffer steht im Schlafzimmer und blockiert den Kleiderschrank", antwortete George. „Und wie geht es Dir?"
„Wie bitte?" Henry blickte auf und steckte sein Telefon zurück. „Im Schlafzimmer, ach so. Mir geht es prima. Danke. Ich bin topfit. Wahnsinnig beschäftigt. Doch, alles läuft super. Ich habe leider nur wenig Zeit. Ich wollte Dich endlich einmal wiedersehen. Und fragen, ob Du Interesse an einem Mandat hast?"
Henry schaute George erwartungsvoll an. Natürlich hatte

er Interesse an einem Mandat, dachte George. Seine Einkommenssituation war nicht rosig. Er hatte zwar noch finanzielle Reserven, aber die waren knapp bemessen. Ein, zwei Jahre konnte er noch aushalten, dann musste er wieder gutes Geld verdienen, wenn er in dieser Wohnung nicht verrotten wollte. Allerdings hatte Henrys Gesichtsausdruck einen derart gönnerhaften Zug angenommen, das George die Frage unmöglich sofort bejahen konnte.

„Eigentlich habe ich zu viel zu tun“, antwortete er und bemühte sich, möglichst gleichgültig zu klingen. „Worum geht es denn?“

„Wenn Du zu viel zu tun hast…“, erwiderte Henry mit einem beleidigten Unterton und machte Anstalten, sich zu erheben.

„Sag mir, worum es geht, und dann schaue ich, ob es bei mir zeitlich herein passt“, sagte George schnell.

Wut und Frustration stiegen in ihm auf. Hier saß er als achtundfünfzig Jahre alter Verlierer, der sich um Arbeit bemühen musste, dort saß sein um zwei Jahre jüngerer, aufgetakelter Bruder als Gewinner, der ihm Arbeit anbieten konnte.

„Hammersmith wird erpresst“, antwortete Henry. „Partner unseres Münchener Büros sollen einer Mandantin bei irgendeiner illegalen Abfallablagerung geholfen haben. Die Erpresser haben keine konkreten Fakten genannt, schwafeln von Massen giftigen Sondermülls, ohne nähere Angaben über das wie und warum zu machen. Ich halte ihre Behauptungen für völligen Unsinn, sie sind an den Haaren herbeigezogen. Dummerweise ist John Pitchard, unser Managing Partner, nicht stressresistent und wird schnell nervös."

Henry lehnte sich vor und trommelte für den Bruchteil einer Sekunde mit seinen Fingern auf die graue Kunststoffoberfläche des Wohnzimmertisches.

George bemerkte die nervöse Geste seines Gegenübers, und legte seine Hände unwillkürlich auf seinen Schoß, um zu vermeiden, dass sie zitterten, wie sie es seit diesem verdammten Burnout immer wieder taten.

„Ich habe noch nie gehört, dass eine Kanzlei erpresst wird." George schüttelte ungläubig den Kopf. „Wer sind denn die Erpresser?"

„Eine Gruppe von Umweltaktivisten, die sich Kämpfer für die Umwelt nennt. Du hast von ihnen sicher schon gehört."

„Habe ich. Seit wann greifen Umweltaktivisten zu dem Mittel einer Erpressung, um für ihre Sache zu werben?"

Henry zuckte mit den Achseln. „Seit heute. Ich weiß nicht,

wer oder was sie dazu getrieben hat. Pitchard möchte die Angelegenheit schnellstmöglich untersuchen lassen, und zwar von jemandem außerhalb der Kanzlei. Das ist ein Thema für einen Compliance Fachmann. Interne Compliance Untersuchungen in Unternehmen waren in London Dein Spezialbereich, deshalb habe ich sofort an Dich gedacht. Ich habe Dich Pitchard empfohlen. Er möchte Dich übermorgen treffen, in London. Du bist einer der Besten für diesen Job."

„Danke für das Kompliment. Für eine umfassende Untersuchung brauche ich ein größeres Team. Bei meiner früheren Kanzlei Dickert & Dickinson hatte ich das, jetzt bin ich solo. Warum sucht Ihr Euch nicht eine große Kanzlei mit einer starken Compliance Praxis", fragte George.

„Ich nehme an, Deine Frage war nicht ernst gemeint", antwortete Henry mit einem arroganten Lächeln. „Wir laufen dann das Risiko, dass etwas über die Untersuchungen in den Markt dringt. Irgendwer aus einem großen Team plappert immer zu viel. Vor allem wenn es um eine andere Kanzlei, einen Wettbewerber geht. Wenn die Gerüchte erst einmal im Markt sind, bekommen sie ihr Eigenleben und wir kriegen das Kaninchen nicht mehr zurück in den Zauberhut."

Er stand abrupt auf. „Ich muss ins Büro. Hast Du jetzt Interesse oder nicht? Du benimmst Dich eher so, also ob Du mir ausreden möchtest, Dir den Job zu verschaffen."
„Das muss ich mir überlegen. Bis wann brauchst Du Bescheid?"
„Pitchard wird Dich morgen anrufen", antwortete Henry. „Ich habe mir erlaubt, ihm Deine Mobilnummer zu geben, ich hoffe, sie stimmt noch."
„Ich habe seit vielen Jahren die gleiche Nummer."
„Gut. Du kannst mit ihm direkt sprechen. Ich habe Dich bei ihm eingeführt, mehr kann ich für Dich nicht tun. Bis dahin musst Du wissen, was Du willst und wieder Deine alte Dynamik ausstrahlen, die ich von Dir kenne. Wenn Du morgen bei Deinem Gespräch mit Pitchard genauso schlapp klingst wie jetzt, bekommst Du den Job nicht, und ich bin blamiert. Wir stehen unter Zeitdruck. Die Erpresser haben uns eine Frist für die Zahlung bis zum 1. Dezember gesetzt."
Henry gab George zum Abschied einen Klaps auf die Schulter. „Sei kein Weichei. Du machst das schon. Das Wichtigste hätte ich fast vergessen. Ich werde Pitchard vorschlagen, dass wir Dir den Stundensatz zahlen, den Du als Partner bei Dickert & Dickinson in
London genommen hättest. Da Deine Kosten jetzt um ein

Vielfaches niedriger sein dürften, ist das doch ein faires Angebot."

„Klar", erwiderte George. „Sehr fair. Danke." Er begleitete seinen Bruder zur Tür. „Einen Mantel hast Du nicht dabei?"

„Nein, mein Fahrer wartet draußen."

George schloss die Wohnungstür hinter seinem Bruder. „Mein Fahrer wartete draußen", äffte George seinen Bruder nach. „So ein arrogantes Arschloch", brüllte er wütend. Auf dem Weg zur Küche fiel sein Blick auf eine kleine Schachtel neben dem Sessel, in dem Henry gesessen hatte. Sie musste ihm aus der Hosentasche gefallen sein. George hob die Packung auf. Sie enthielt Tabletten gegen Herzbeschwerden. So topfit, wie er behauptet hatte, war Henry also nicht. In der Küche nahm er eine Flasche mit Birnenschnaps aus dem Schrank, setzte sich an den Tisch und stellte die Flasche vor sich. Mit dem rechten Fuß schloss er die Küchentür, was er angesichts des kleinen Raumes bewerkstelligen konnte, ohne dabei von seinem Stuhl aufzustehen, und schaltete das Deckenlicht aus, dessen helle Neonleuchte jedes Wohlbefinden im Keim erstickte. Der Kühlschrank summte monoton. In der Wohnung unter ihm schrie ein Baby. Aus dem Spülbecken verbreitete sich der modrige Gestank fauligen Wassers, das Linoleum des

Fußbodens und die Möbel verströmten den muffigen Geruch jahrelangen Gebrauchs. George presste die Knie gegen die Unterseite der Tischplatte und beugte den Oberkörper vor, die Hände gegen die Schläfen gepresst. Das Mandat wäre seine Chance. Hammersmith spielte in der gleichen Liga wie seine frühere Kanzlei Dickert & Dickinson. Wenn er für Hammersmith einen erstklassigen Job machen würde, wäre er wieder im Rennen. Er spürte, wie bei diesem Gedanken Adrenalin in seine Adern schoss. Aus den Poren seiner Haut begann der Schweiß zu perlen, getrieben von seiner Angst vor dem, was kam. Jeden Morgen, wenn er erwachte, entbot ihm diese Angst ihren Morgengruß. Er konnte sich diese verfluchte Angst nicht mehr leisten. Sie würde ihn kaputtmachen. Er sah die beiden Stallkaninchen vor sich, die Henry und er als Kinder gehalten hatten, ihre kauernde Haltung, die dicht an den Kopf gepressten Ohren, schnuppernd, wachsam, jederzeit bereit zur Flucht, ein Fluchtversuch, der für fette, degenerierte Stallkaninchen vergeblich gewesen wäre. Er war wie ein fettes, degeneriertes Kaninchen, gefangen in dem Käfig der Angst, jeder Fluchtversuch wäre vergeblich. Er konnte seiner Angst nicht entkommen, er musste sie überwinden. Dafür musste er wieder Erfolg haben. So einfach war das. George schob die Schnapsflasche von sich fort. Er war kein Alkoholiker. Er hing nicht am Tropf. Das hatte er vermeiden können. Aber er trank zu viel. Diese verdammte Sauferei war keine Lösung.

4. Kapitel

Hedwig Sauer stieg vorsichtig in das Wohnmobil. George nahm ihr den Cellokoffer ab, verstaute ihn im hinteren Teil des Autos und schloss behutsam die Autotüren, deren hellblauer Lack von Rostflecken übersät waren.

„Ich vergesse jedes Mal, dass das Lenkrad auf der falschen Seite ist“, sagte Hedwig und langte nach dem Sitzgurt.

George lachte auf. „Ich habe das Auto in England gekauft, und in den unfehlbaren Augen des Engländers hat nicht er, sondern der unwesentliche Rest der Welt das Lenkrad auf der falschen Seite.“ Er setzte sich ans Steuer und betätigte den Anlasser. Der Dieselmotor startete mit einem lauten Dröhnen. Außen zog eine schwarze Wolke Ruß an ihnen vorbei. Der Autohändler in London hatte sein Glück nicht fassen können, als George ihm den durchgerosteten Haufen Blech abgekauft hatte. Aber er hatte dringend fortgemusst, nach seinem Rausschmiss, allein, erst einmal ohne Ziel, für längere Zeit, mit einem Dach über dem Kopf.

„Wo fahren wir denn hin“, fragte Hedwig fröhlich. „Dahin, wo wir in der letzten Woche waren?“

George nickte. „Wieder zum Walchensee. In dieser

Jahreszeit haben wir dort auch an einem Sonntagvormittag unsere Ruhe.“ Er steuerte den Wagen durch den spärlichen Verkehr, vorsichtig, denn hinten in der Wohnkabine hatte er sowohl Hedwigs als auch sein Cello verstaut. Die Celli waren zwar sorgfältig verzurrt, aber er wollte nichts riskieren. George fuhr auf die Autobahn in Richtung Garmisch-Partenkirchen. Vor ihnen erhoben sich allmählich die noch schneefreien, sanften Vorläufer der Alpen unter einem strahlend blauen Morgenhimmel. Nur das mächtige, bereits schneebedeckte Massiv der Zugspitze in der Ferne ließ erahnen, mit welcher brutalen Gewalt das Gebirge den Menschen im Winter regieren konnte.

George erinnerte sich an den Nachmittag im vergangenen Sommer, als plötzlich eine alte Dame vor seiner Wohnungstür gestanden hatte, mit rötlich gefärbten, nach hinten zu einem Dutt zusammengebundenen Haaren, in verwaschenen Bluejeans, weißen Turnschuhen und einem weißen T-Shirt mit dem Aufdruck Jazzfestival Burghausen. Die jugendlich gekleidete Seniorin stellte sich als Hedwig Sauer vor und bat ihn, einen Vertragsentwurf zu prüfen. Der neue Eigentümer ihrer Wohnung habe ihr den Vordruck zur Unterzeichnung vorgelegt, einen neuen Vertrag, nachdem sie bereits seit zehn Jahren in der Wohnung wohne. Sie erzählte ihm gleich bei ihrem ersten Treffen von ihrer Vergangenheit als Jazzmusikerin und Cellolehrerin und auch von ihrem verstorbenen Ehemann, einem Kirchenmusiker. George hatte das christliche Gebot der Nächstenliebe noch nicht aus der Liste seiner Maximen getilgt und half ihr, ohne dafür eine Rechnung zu stellen; Hedwig war ihm sympathisch und in ihrem Leben sicher nicht zu Reichtum gekommen. Schnell kamen sie auf ihre gemeinsame Freude am Cellospiel zu sprechen. George hatte als kleiner Junge mit dem Cellounterricht begonnen. Es war in den bürgerlichen Kreisen, in denen die Familie Klein verkehrte, üblich, dass die Kinder begannen, ein Instrument zu erlernen, bis die Eltern erkennen mussten, dass ihrem Kind jegliche Musikalität abging und die allseitige Quälerei einstellten. George hingegen hatte das Musizieren schnell Freude bereitet. Es bot ihm seitdem Entspannung von seinem alltäglichen Leben. Leider entspannte sein Spiel den Hausmeister seines Miethauses nicht. Kaum hatte George nach seinem Einzug die ersten Töne auf seinem Cello gespielt, war der Hausmeister erschienen, um mit den Worten „Das-geht-hier-nicht" die Verhältnisse im Haus klarzustellen. Auch Hedwig hatte über die Jahre mit ihrem Spiel unter ihren Nachbarn keine Fangemeinde aufbauen können.

Die Mitmieter fühlten sich durch ihre Musik in ihrem Anspruch auf ungestörtes Fernsehen gestört. George hatte daraufhin den Weg des geringsten Widerstandes gewählt und begonnen, mit seinem Wohnmobil zu Orten zu fahren, wo seine Musik niemanden stören konnte. Als er Hedwig anbot, ihn zu begleiten, sagte sie sofort begeistert zu. Zu ihrem ersten Ausflug brachte sie Jazz Noten mit. Seine Bedenken, dass er noch nie Jazz auf seinem Cello gespielt habe, wischte sie mit der Bemerkung beiseite, dass er einen etwas „blutleeren" Eindruck mache und es Zeit für ihn sei, mehr Lebensfreude zu tanken. Das Improvisieren würde sie ihm deshalb in den kommenden Jahren auch noch beibringen müssen. George wollte vor einer zweiundsiebzig Jahre alten Dame nicht als „blutleer" gelten, und so begannen sie, Jazzstandards zu üben, die Hedwig für zwei Celli bearbeitet hatte. George fand Freude an ihren Arrangements, insbesondere dem Stück „It ain´t mean a Thing", einem swingenden Standard von Duke Ellington und „Oblivion", einer ruhigen Komposition von Piazolla, deren Noten Hedwig ihm augenzwinkernd für seine „depressive Ader" überreicht hatte. Hedwig und George genossen die wohltuende Wirkung ihrer Sympathie füreinander, aus der sich eine Freundschaft entwickelt hatte, auch wenn die beiden sich nach wie vor siezten. Aber das war mehr ein Reflex ihres Altersunterschiedes als das Zeichen innerer Distanz. George war Hedwig dankbar für ihr neugieriges Interesse an seinem Leben und ihre Zuneigung, auch wenn sie als einstige Pädagogin einen Hang zur Besserwisserei und Belehrung zeigte, der ihn an den Tagen, an denen er ohnehin mit seiner Laune haderte, irritierte. Dennoch, in einer Gesellschaft, in der dem eigenen Ich wie einem Götzen gehuldigt wurde, war ihre Freundschaft ein wertvolles Geschenk.

Sie fuhren die engen Kurven zum Kesselberg hinauf. Holzkreuze erinnerten an die Motorradfahrer, die sich seit Generationen auf dieser Strecke wie Lemminge ins Verderben stürzten. George steuerte den Parkplatz am Ufer des Sees an, auf dem sie für gewöhnlich hielten. Während sich an heißen Sommerwochenenden nach Erholung suchende Münchener hier bittere Kämpfe um jeden Zentimeter Parkfläche lieferten, lag der Platz im Winter für gewöhnlich verlassen da.

Der Tag war milde, sodass sie im Freien spielen konnten. Zwar blieb George immer wieder an den gleichen Stellen stecken, aber Hedwig nahm die Unzulänglichkeiten seines

Spiels mit einer Geduld hin, die sie sich in ihrem Beruf als Musiklehrerin über viele Jahrzehnte antrainiert haben musste.

Nach dem Üben setzten sie sich auf eine nahe Holzbank, in der Hand einen Becher heißen Kaffee, den George mithilfe eines kleinen Wasserkochers in seinem Wohnmobil zubereitet hatte. In einem kostbaren Moment innerer Ausgeglichenheit betrachtete George schweigend die glatte Oberfläche des Gebirgssees mit dem Gedanken noch bei der Musik.

„Die Stücke sind wunderschön", unterbrach er schließlich die Stille. „Trotzdem ist es frustrierend, dass ich keinen Fortschritt mache."

„Quatsch. Hauptsache, es swingt schon ein bisschen. Das ist kein Leistungssport." Hedwig und schaute ihn ruhig und freundlich aus ihren wasserblauen Augen an. „Sie müssen sich im Kopf freier machen."

„Ich finde die Musik schön", protestierte George. „Sie lenkt mich ab."

Hedwig nickte. „Das glaube ich Ihnen. Aber genau das ist Ihr Problem. Sie sind abgelenkt, aber Sie musizieren nicht. Wir spielen Jazz und machen keine Atemübungen auf einer Yogamatte mit Räucherstäbchen im Hintergrund. Das einzige Thema, das wirklich in Ihren Kopf hereinpasst, ist Ihre dämliche Angst, Ihre Karriere sei zu früh beendet. Für Sie ist Musik nur Mittel zum Zweck, kein Selbstzweck. So wird das schwierig."

„Seien Sie mir nicht böse, Hedwig, aber das ist ein romantischer Scheiß. Domenico Scarlatti hat über fünfhundert Sonaten für Cembalo geschrieben, nicht für die Musik als Selbstzweck, sondern um seine notorisch wiederkehrenden Spielschulden zu begleichen."

Sie wurden durch das Klingeln von Georges Mobiltelefon unterbrochen. Wie von Henry angekündigt, rief ihn Hammersmiths Managing Partner John Pitchard an. George spürte seine aufsteigende Nervosität. Er strengte sich an, seine Unsicherheit zu verbergen, und versprach Pitchard, ihn später zurückzurufen, da er gerade nicht allein sei. George verstaute das Telefon in seiner Hosentasche. Seine Hand zitterte.

„Arbeit?" Hedwig schaute ihn fragend an.

„Ja und nein", antwortete George. Er berichtete ihr von dem Besuch seines Bruders Henry und der Chance, ein Mandat für die Kanzlei Hammersmith zu übernehmen.

„Henry und George. Hat Ihre Familie vielleicht englische Wurzeln", fragte Hedwig.

„Nein, das war die Idee unseres Vaters. Er hat nach unserer Geburt die Vornamen danach ausgesucht, ob sie im Englischen leicht auszusprechen und international geläufig sind, um unsere Karrieren vorzubereiten. Nomen est omen war einer seiner Leitsprüche. Neben per aspera ad astra."
„Sehr fürsorglich von Ihrem Vater. Warum haben Sie Herrn Pitchard auf später vertröstet und nicht einfach zugesagt? Ich dachte, Sie wollen wieder Karriere machen und brauchen das Geld, um nicht mehr in kleinen Löchern hausen zu müssen, so wie ich?"
George überhörte ihren Spott. Er wusste, sie meinte es nicht böse.
„Ich weiß nicht, ob ich das schaffe."
„Man wächst mit seiner Aufgabe. Das sage ich meiner Tochter immer." Sie trank den Rest ihres Kaffees und schüttete den Bodensatz aus. „Wenn Sie aus Ihrem Loch herauswollen, müssen Sie mutiger sein. Sie hatten Pech. Viel Pech. Dann waren Sie überlastet, das wäre jeder in der Situation gewesen. Diese Situation hat sich jetzt geändert. Warum sollten Sie das nicht schaffen? Sie können nicht ewig ihren Kopf hängen lassen. Sie haben zu wenig Energie, suhlen sich dafür aber genüsslich im Selbstmitleid. Ich dachte, genau das verachten Sie."

George schwieg.
Hedwig setzte nach. „Meiner Tochter, die gerade in Chicago eine großartige Karriere als Musikprofessorin hinlegt, sage ich immer, man muss die Gunst der Stunde nutzen."
Hedwig stand auf und knöpfte ihren viel zu großen, knallroten Daunenmantel zu. Vorsichtig stieg sie über die Baumwurzeln, die vor der Bank aus dem Boden ragten und ging zum Auto zurück. George folgte ihr.
„Ich hoffe, Sie nehmen mir meine deutlichen Worte nicht übel", sagte Hedwig, als sie wieder im Auto saßen, und zwinkerte ihm freundlich zu. „Aber wer sollten Ihnen so etwas sagen, wenn nicht eine alte Frau wie ich. Natürlich nehmen Sie das Mandat an. Jetzt fahren wir aber bitte schnurstracks nach Hause, ich brauche meinen Nachmittagsschlaf."

5. Kapitel

Zurück in seiner Wohnung, legte sich George auf das Sofa im Wohnzimmer und starrte auf die in Beige gestrichene, fleckige Zimmerdecke, auf die in diesem Moment Sonnenstrahlen fielen, die für kurze Zeit ihren Weg schräg über die Dächer der Nachbarhäuser in seine Wohnung gefunden hatten, was allerdings dazu führte, dass ihre Schäbigkeit noch deutlicher zutage trat. Wir fahren nach Hause, hatte Hedwig gesagt. Er hatte ein Dach über dem Kopf, aber kein zu Hause. Wer hatte das schon. Die Vorstellung, abends nach dem Büro die Tür hinter sich zu schließen und den Schutz eines trauten Heims voller Frieden und Geborgenheit zu genießen, war eine Idee der Biedermeierzeit. Eine realitätsferne Flucht vor der Wirklichkeit, ein sentimentaler Scheiß. Er dachte an sein Gespräch mit Hedwig. Er hasste es, von ihr belehrt zu werden. Aber Hedwig hatte recht. Er ließ sich zu sehr hängen. Sein Selbstbewusstsein war verreckt.

Er war in der Vergangenheit von seinem beruflichen Erfolg verwöhnt worden, der stets sein Selbstbewusstsein genährt hatte, das wiederum Bedingung für seinen Erfolg gewesen war. Dann kam der Unfall, in seinem Gefolge, der

Misserfolg, und die Nabelschnur war plötzlich gerissen. Er hatte nach dem Unglück mit niemandem über seine Lage gesprochen. Das Tuscheln, die neugierigen oder mitleidigen Blicke, das Gefühl, beobachtet zu werden, die öffentliche Begutachtung seiner Reaktion auf eine persönliche Katastrophe hatte er unbedingt vermeiden wollen. Mit wem hätte er auch darüber sprechen sollen. Er war geschieden. Im Übrigen war Claire auch schon lange vor der Scheidung Gesprächen über seinen Beruf überdrüssig geworden. Seine Kollegen, mit denen er nach der Arbeit regelmäßig Drinks nahm, nannten sich Freunde, waren aber nur Saufkumpane. Die Zeit für enge Freundschaften hatte er sich nie gegönnt. Der Gedanke an die bezahlte Dienstleistung eines Therapeuten war ihm schon immer ein Graus gewesen. Hilfe setzte Mitgefühl voraus. Bezahltes Mitgefühl gab es nicht. Dann folgte seine Verurteilung auf Bewährung wegen Fahrerflucht und fahrlässiger Tötung. Immer noch waren die Edelsanatorien für ausgebrannte Manager für ihn keine Option gewesen. Er hatte mit der Lage allein fertig werden wollen. Aber er war nicht damit fertig geworden. Schlafmittel, Aufputschmittel, Alkohol, Flüchtigkeitsfehler, seine zunehmende Unsicherheit, erste fragende Blicke seiner Assistentin, sein Versagen hatte sich angekündigt. Er wollte seinen Zustand nicht zur Kenntnis nehmen, bis zu dem Morgen, als sein Versagen plötzlich im Raum stand und ihn hämisch angrinste. Er hielt eine Präsentation vor der für Dickert & Dickinson wichtigsten Mandantin. Auf der Leinwand hinter ihm flimmerte die Zusammenfassung seines Berichtes. Er begann zu stottern, hatte vergessen, was er vortragen wollte, er spürte, wie er errötete, der Angstschweiß trat ihm auf die Stirn, die Blicke im Konferenzraum spiegelten Verständnislosigkeit, der General Counsel der Mandantin schüttelte den Kopf, die Anwälte seines eigenen Teams schauten ihn vor Schreck erstarrt an. Er entschuldigte sich, setzte sich, sein jüngerer Partner übernahm den Vortrag. Die Wirklichkeit hatte sich mit seinem Albtraum gepaart, und ihn als hilflos zitterndes Wesen in das gleißende Licht des kahlen Besprechungsraumes gebärt.

George wurde es schlecht bei der Erinnerung. Aber jetzt galt es. Manchmal half es, den Schmerz eines Tritts in den Hintern zu spüren. Dabei schmerzte der Tritt einer zweiundsiebzig Jahre alten Frau besonders. Er wusste, es ging so nicht weiter. Wenn er diese Gelegenheit nicht wahrnahm und sich um das Mandat bewarb, drohte der endgültige

Absturz. Er glitt vom Sofa, langte nach dem Telefon auf dem Tisch vor ihm, hielt den Hörer in der Hand, atmete tief durch und rief Pitchard zurück. Er sagte zu, am nächsten Tag nach London zu kommen, und bedankte sich überschwänglich für den Vorstellungstermin. Dann ging er in die Küche zur Kühlschranktür, auf die er die Zeugnisse seines Niedergangs geheftet hatte. Aus Niederlagen lernt man mehr als aus Siegen, hatte ein bekannter Fußballtrainer einmal gesagt, bevor er als erfolgloser Fußballtrainer vom Hof gejagt wurde. Auch bei ihm hatte das Konzept bislang nicht funktioniert, die Zettel hatten ihm bisher nur die Laune verdorben. Da gab es den Brief des exklusiven Londoner Clubs an der Pall Mall, mit einem noblen Wappen auf dem Briefpapier, der seine Mitgliedschaft aufgrund seiner Vorstrafe beendete, neben dem Brief mit der Kündigung seiner Partnerschaft bei Dickert & Dickinson, verbunden mit den besten Wünschen für die Zukunft, darunter die Absagen der Kanzleien, die ihm jahrelang hinterhergelaufen waren, aber jetzt, nachdem sich sein Burn-out im Markt herumgesprochen hatte, vorerst keine weiteren Gespräche mit ihm führen wollten, und dann auf einem Ehrenplatz in der Mitte der Kühlschranktür, das Scheidungsurteil, mit dem seiner Ehe mit Claire ein Ende gesetzt worden war, auf seinen

Wunsch und seine Initiative, denn wie sonst hätte er reagieren sollen, nachdem er seine fünfzigjährige Ehefrau beim Geschlechtsverkehr mit ihrem jugendlichen Fitnesstrainer überrascht hatte, was Claire zufolge im Wesentlichen, also einzig und allein auf sein Fehlverhalten zurückzuführen war, da er durch die völlige Konzentration auf seinen Beruf ihre Unsicherheit über ihren Wert als Frau verschuldet hatte.

Fluchend riss er die Zettel von der Kühlschranktür, warf sie in den Mülleimer, ging zum Regal, nahm die Flasche Birnenschnaps heraus und leerte ihren Inhalt in das Spülbecken. Da er gerade dabei war, eine neue Phase der Dynamik und Selbstbestimmtheit in seinem Leben einzuläuten, gab es noch etwas zu erledigen. Entschlossen holte George sein Cello hervor und begann Fingerübungen zu spielen. Wie erwartet, klingelte es bereits nach wenigen Minuten an der Wohnungstür. Vor ihm stand der Hausmeister, ein ungepflegt wirkender Mann, Mitte sechzig, in einem grauen, fleckigen Kittel, den er wie eine Uniform den ganzen Tag lang trug, zumindest hatte George ihn noch nie ohne Kittel gesehen. In den Zeiten effizient gesteuerter Hausverwaltungen schwand die Bedeutung der Hausmeister dieser Welt. George war sich sicher, dass das autoritäre Gehabe

des Hausmeisters daher nichts anderes war als der Ausdruck seines beruflichen Todeskampfes.
„Das geht nicht“, fauchte er, und auch das hatte George erwartet.
„Lieber Herr“, begann George in einem aufreizend höflichen Ton, „ein Blick in die Hausordnung würde Ihnen helfen. Sie erlaubt das Musizieren zwischen acht und zwölf sowie zwischen fünfzehn und neunzehn Uhr. Sogar an einem Sonntag, was selten großzügig ist. Bitte nicht ärgern. Ich wünsche Ihnen einen schönen Tag.“
Mit diesen Worten schloss George die Wohnungstür. Zufrieden mit sich nahm er wieder sein Cello zur Hand und versuchte sich an dem Stück von Duke Ellington. Der Hausmeister schien aufgegeben zu haben, denn die Türklingel blieb stumm. Diesen Befreiungsschlag gegen den Autoritätsmissbrauch des Hausmeisters hätte er schon früher wagen sollen. Feige Zurückhaltung war die Wurzel jeder Diktatur. Er musste über eine Stunde gespielt haben, als er aufhörte, um sich sein Abendessen zuzubereiten. Wieder klingelte jemand an seiner Wohnungstür. George seufzte. Er öffnete die Tür, fest entschlossen seinen Freiheitskampf fortzusetzen und die nächste Beschwerde ebenso bravourös zu parieren wie die des Hausmeisters.

„Entschuldigen Sie, Herr Dr. Klein.“ Vor ihm stand sein Nachbar, dessen Namen er vergessen hatte. George schätzte ihn auf Anfang vierzig. Bislang hatte er mit ihm bis auf höfliche Begrüßungen im Hausflur noch kein Wort gewechselt.

„Prantl mein Name. Ich wollte Sie nicht stören, sondern nur kurz sagen, dass mir Ihr Spiel sehr gut gefällt. Schade, dass Sie nicht öfters spielen.“

Nach diesen Worten nickte er George freundlich zu und verschwand mit schnellen Schritten in der Nachbarwohnung.

„Danke, Herr Prantl“, rief George ihm schnell nach. Für einen Moment war er glücklich.

6. Kapitel

„Ich hoffe, Ihnen gefällt das Restaurant, lieber Herr Dr. Brannenburg?"
„Das wird von der Qualität des Essens abhängen, mein lieber Herr Dr. Link", antwortete der Angesprochene, legte die Speisekarte beiseite und nippte an seinem Glas Champagner.
„Wir sind hier noch nie enttäuscht worden, ich bin da zuversichtlich", erwiderte Link lächelnd, und lehnte sich betont lässig in seinem Stuhl zurück. Er trug zwar einen Anzug, hatte aber seine Krawatte abgelegt, um eine entspannte Gesprächsatmosphäre zu erzeugen. Brannenburg hatte es ihm gleichgetan. Link war bemüht, eine belanglose Unterhaltung zu führen, bis Henry zum Tisch zurückkehren würde. Dann würden sie Brannenburg im geeigneten Augenblick auf den Grund ihres Abendessens ansprechen, das er vorgeschlagen hatte. Link wählte für die Eröffnung ihrer Konversation das Thema Kinder, neben den Themen Hunde, Sport und Kultur eine risikofreie Wahl vorausgesetzt der Gesprächspartner hatte selbst Kinder oder Hunde. Diese Themen eigneten sich auch hervorragend für eine

amüsante Anekdote aus dem eigenen Leben, als das Sahnehäubchen jeder unverfänglichen Unterhaltung.
„Wie geht es denn Ihren Kindern, Herr Brannenburg?"
Der wollte gerade zu einer Antwort ansetzen, als Henry zurück zum Tisch kam und sich an seinen Platz setzte.
„Entschuldigung, ich musste noch ein Telefonat führen".
Auch Henry hatte seine Krawatte abgelegt.
„Sie tun mir leid, Dr. Klein, immer im Einsatz", feixte Brannenburg. „In jedem Fall danke an Sie beide, dass Sie sich die Zeit genommen haben. Am Sonntagabend sollten Sie eigentlich bei Ihren Familien sein."
Er schlug die Speisekarte auf. Link musterte das bleiche, abgearbeitete Gesicht Brannenburgs, das ihn älter erschienen ließ als seine fünfzig Jahre. Dr. Stefan Brannenburg war erst vor einem halben Jahr vom Leiter der Compliance Abteilung zum Chefjuristen der German Petroleum AG befördert worden. Der damalige Chefjurist Herterich war frühzeitig in den Ruhestand gegangen, aus persönlichen Gründen. Damit habe er sein Lebensziel erreicht, nach langer harter Arbeit, hatte Brannenburg Link in einem Gespräch zur späten Stunde erzählt. Nicht jeder in der Rechtsabteilung habe sich über seine Beförderung gefreut. Mit Jenbach, dem Leiter der Abteilung für Gesellschaftsrecht,

gab es einen starken internen Konkurrenten, aber der Finanzvorstand des Unternehmens habe sich hinter ihn gestellt. Jenbach sei nur zu seinem Stellvertreter ernannt worden, was diesem überhaupt nicht geschmeckt habe.

„Ernst hat übrigens heute seinen Hochzeitstag “, sagte Henry.

„Nein“, rief Brannenburg mit gespieltem Entsetzen und blickte von seiner Speisekarte auf. „Herr Link, richten Sie bitte Ihrer Gattin aus, dass ich Ihre Anwesenheit heute Abend wirklich zu schätzen weiß! Meine Frau und ich hatten mit Ihnen beiden und dem Ehepaar Ficht einen wirklich wunderschönen Abend bei den Salzburger Festspielen im Sommer.“

„Das ist doch überhaupt kein Problem“, log Link. „Wir freuen uns, wenn Sie auf Ihrem Weg von Frankfurt zum Skiurlaub in Kitzbühel extra für uns einen Umweg gemacht haben. Fahren Sie ohne Ihre Familie?“

„Ja, ich treffe mich mit Freunden. Das machen wir jedes Jahr um diese Zeit, wenn die Kinder noch keine Ferien haben. Seit Jahren. Einmal ohne Entourage ausspannen.“

Link und Henry nickten beifällig.

Ein Kellner kam zu ihrem Tisch, um die Bestellungen aufzunehmen. Link bemerkte, dass sich Henrys Miene plötzlich verfinstert hatte. Es passte ihm offensichtlich nicht, in Salzburg nicht mit von der Partie gewesen zu sein, dachte er amüsiert. Henry betrachtete das German Petroleum Mandat als seinen persönlichen Erfolg. Zu Unrecht, denn er hatte in den vergangenen Jahren ebenso hart für dieses Mandat gearbeitet wie Henry, auch wenn dieser das anders sah. Da Ficht in jüngster Zeit immer mehr und Henry immer weniger Mandate von German Petroleum erhalten hatte, war Henry bei dem Schutz seiner Mandatsbeziehungen zu German Petroleum zunehmend dünnhäutig geworden und verfolgte mit Argusaugen alle Bewegungen seiner Partner, die sie in die Nähe seiner Jagdbeute führten. Brannenburg wählte aus der Speisekarte das Menü mit der größten Zahl an Gängen. Diese Wahl war zwar angesichts Brannenburgs Ferienstimmung vorhersehbar gewesen, dachte Link, aber sie war dennoch misslich, denn so würde er noch für Stunden an seinen Platz gefesselt sein. Er hatte Dorothea versprochen, heute Abend auf ihren dreißigsten Hochzeitstag noch ein Glas Wein mit ihr zu trinken. Aber leider führte die Vorhersehbarkeit einer Situation nicht immer zu ihrer Vermeidbarkeit.

„Lassen Sie mich Ihnen kurz von unserem neuen Projekt berichten“, hob Brannenburg an, nachdem der Kellner den

Tisch wieder verlassen hatte, wurde aber gleich von einer Kellnerin unterbrochen, die ihnen Wasser einschenkte, um dann von einem Kollegen abgelöst zu werden, der ihnen verschiedene Sorten Brot anbot, welches, wie er mehrmals betonte, die Küche im Hause selbst gebacken hatte. Link musste über das Pathos seines Auftritts innerlich lachen. Brot musste in diesem Restaurant einen Wandel vom Grundnahrungsmittel zur Götterspeise erleben. Nachdem auch diese Aufgabe erfüllt worden war, setzte Brannenburg nochmals an, stieß aber nur einen Seufzer aus, als er den Sommelier erblickte, der den Wein für den ersten Gang brachte und andächtig den Namen des Weingutes von dem Etikett der Flasche ablas.

„Lassen Sie uns ruhig mal allein", knurrte Henry. „Oder verraten Sie uns die Gewinnmarge, die Sie mit dem Wein machen. Die würde mich am meisten interessieren." Das höfliche Lächeln des Sommeliers erfror zu einer Grimasse. Er sanktionierte Henrys Bemerkung, indem er den Gästen die Gelegenheit zum Kosten des Weines vorenthielt. Nachdem er stumm eingeschenkt hatte, verschwand er hinter einer Holzwand, die den Blick auf den Gang zur Küche versperrte.

Brannenburg räusperte sich und zupfte die Manschetten seines Hemdes unter den Ärmeln seines Sakkos hervor. „Ich wollte Sie heute Abend von den neuesten Entwicklungen bei uns informieren. Als der größte deutsche Energiekonzern sind wir dem Gebot der Nachhaltigkeit besonders verpflichtet. Die Umwelt ist uns wichtig. Vielleicht haben wir in den vergangenen Jahren im Vergleich zur Konkurrenz etwas zu wenig in den Bereich der Erneuerbaren Energien investiert. Jetzt geben wir aber Gas, wenn Sie mir diese scherzhafte Formulierung erlauben, wir werden unser Profil in diesem Bereich deutlich schärfen."
An dieser Stelle machte er eine bedeutungsvolle Pause, nahm sein Glas und trank einen Schluck Wasser.
„Wir bauen den größten Elektrolyseur Europas für unsere Raffinerie in Waldbrunn, südlich von Ingolstadt, mit einer Kapazität von zwei Tonnen grünem Wasserstoff pro Stunde. Daran werden sich für unsere zweite Raffinerie in Gelsenkirchen-Scholven eine weitere Produktionsanlage für grünen Wasserstoff anschließen. Dafür gehen wir ein Joint Venture mit einem der führenden Windstrombetreiber Europas mit Sitz in Skandinavien ein."
„Gewaltig", bemerkte Henry.
„Diese Investition in grünen Wasserstoff ist ein wichtiger

Baustein unserer globalen Strategie, weg vom hässlichen Ölkonzern, hin zum umweltbewussten Energieunternehmen", fuhr Brannenburg fort. Sie werden als unsere Anwälte unseren Börsenkurs beobachtet haben. Der dümpelt eher vor sich hin. Die Anleger warten auf ein Signal, das wir in die strategisch richtige Richtung marschieren. Wir werden das Projekt daher in den nächsten Tagen bekannt geben. Wir erwarten dann einen erheblichen Anstieg unseres Aktienkurses."

Brannenburg schaute Henry und Link erwartungsvoll an.

„Respekt", sagte Link schnell. „Wie finanziert German Petroleum das? Mithilfe von Fördergeldern, nehme ich an?"

„Richtig. Wir haben öffentliche Fördergelder der EU beantragt. Der Bewilligungsprozess läuft gerade." Brannenburg lächelte. „Sagen wir einmal so, wir sind zuversichtlich, dass wir das Geld bekommen."

Henry lehnte sich vor. „Für das Joint Venture Projekt brauchen Sie die Unterstützung einer internationalen Kanzlei wie Hammersmith. Das ist genau, was wir können."

Brannenburg lächelte. „Sie haben das ja gar nicht als Frage formuliert. Aber richtig, deshalb erwähne ich das Projekt. Hammersmith ist natürlich ein wichtiger Kandidat für die rechtliche Arbeit."

Henry begann unruhig, mit einer der vielen Gabeln, die vor ihm auf dem Tisch lagen, zu spielen.

„Was müssen wir tun, um das Mandat zu bekommen", fragte Link, um das Gespräch auf den Punkt zu bringen.

„Wir möchten Sie hier natürlich wie immer anwaltlich unterstützen."

„Wie fast immer", antwortete Brannenburg. „Wir haben auch gute Erfahrungen mit Ihren Wettbewerbern gemacht. Unterbreiten Sie uns ein attraktives Angebot für Ihre Beratungsleistungen."

„Unsere jahrelange gute Zusammenarbeit mit Ihnen hat sicherlich auch ihren Wert, meinen Sie nicht", warf Henry ein.

„Natürlich, aber Sie sind halt verdammt teuer! Teurer als Ihre Wettbewerber."

Da arbeitete er seit Jahren wie ein Verrückter für diesen Mandanten, und der reihte ihn einfach in die Warteschlange seiner Wettbewerber ein, dachte Link wütend. Er wusste natürlich, dass Brannenburg jetzt versuchen würde, den Preis zu drücken, aber etwas einfühlsamer hätte er schon vorgehen können, an einem Sonntagabend.

„Was ist teuer und was ist zu teuer", fragte Henry, und Link konnte deutlich heraushören, dass sein Partner ebenso verärgert war. Brannenburg ließ das offensichtlich unbeeindruckt.

„Ein Abschlag von dreißig Prozent auf unsere ausstehenden Rechnungen und das künftige neue Projekt wären hilfreich“, antwortete er kühl. „Die Vergabe des Mandats muss ich dann noch mit unserem Finanzvorstand besprechen, der das letzte Wort hat. Ich persönlich möchte gerne mit Ihnen arbeiten. Wir verstehen uns gut und vertrauen uns, das ist mir sehr wichtig.“

Offensichtlich nicht wichtig genug, dachte Link. „Wie viel Arbeit würde denn für uns ungefähr anfallen“, fragte er.

„Viel“, antwortete Brannenburg. „Das Honorar könnte leicht fünf Millionen Euro erreichen, sollten wir Hammersmith für alle Folgeprojekte mandatieren, die mit unserer Einführung grünen Wasserstoffs zusammenhängen.“

„Den Rabatt bekommen wir hin, wenn German Petroleum die offenen Rechnungen sofort begleicht“, preschte Henry vor.

„Wobei wir das erst einmal intern mit unserem Managing Partner besprechen müssen“, fuhr Link dazwischen und erntete einen wütenden Blick Henrys.

„Ja, natürlich“, erwiderte Brannenburg. „Könnten Sie mir bitte bis morgen Abend Ihr Angebot senden? Wir haben für die nächste Woche noch andere Kanzleien zur Vorstellung eingeladen, aber wenn Sie mir Ihr Angebot früh senden, hätten Sie einen klaren Wettbewerbsvorteil. Ich bitte Sie, Projekt Venus, so heißt das Vorhaben bei uns, streng vertraulich zu behandeln. Für Projekt Venus müssen wir an unserem Standort in Waldbrunn einen kleinen Wald roden. Das geschieht für einen guten Zweck, die Umwelt wird es uns danken. Durch die Nutzung grünen Wasserstoffs in unseren Raffinerien sparen wir Unmengen an CO2 Emissionen ein. Aber Umweltschützern ist es glatt zuzutrauen, dass sie lieber eine Fledermaus retten, die in dem Wald lebt, als das Klima. Außerdem will ich vermeiden, dass unsere Konkurrenz beginnt, im Hintergrund gegen die Vergabe der Fördergelder an uns zu arbeiten. Sobald wir die Finanzierungszusage für die Gelder haben, werden wir Projekt Venus verkünden. Ich denke, allerspätestens Anfang Dezember wird es so weit sein. Bis dahin werden der Finanzvorstand und ich übrigens auch die Kanzlei ausgewählt haben, die wir mandatieren. Wir möchten sie am gleichen Tag bekannt geben."

„Natürlich bleibt alles vertraulich. Die German Petroleum ist börsennotiert, das sind alles Insiderinformationen", erwiderte Henry. „Wir sind da sehr vorsichtig."

„Da habe ich auch keine Zweifel. Noch ein Ratschlag“, fuhr Brannenburg fort. „Das Team, das Sie in Ihrem Angebot präsentieren, sollte von Ihrem Kollegen Dr. Ficht geleitet werden, natürlich mit Ihrer Unterstützung im Hintergrund.“

„Natürlich hätte ich das Mandat gerne mit Xaver gemeinsam geführt“, antwortete Henry Klein. „Aber Xaver ist leider vor wenigen Tagen verstorben.“

„Um Gottes willen!“ Brannenburg ließ die Gabel sinken und wischte sich den Mund mit der Serviette ab. „So jung. Ein Unfall?“

„Ja. Die genaueren Umstände kennen wir nicht, wir sind auch alle ganz geschockt.“

„Wir haben natürlich noch andere, sehr fähige junge Partner“, setzte Link schnell nach.

„Ich weiß, ich habe keine Sorge“, beruhigte ihn Brannenburg. „Ihr Team ist gut aufgestellt. Daran wird die Mandatsvergabe sicher nicht scheitern, so traurig Fichts Tod auch ist.“

Link nickte erleichtert. Er sah, wie auch Henry wieder einen entspannten Gesichtsausdruck angenommen hatte.

„Wann wird Fichts Beerdigung sein“, fragte Brannenburg. „Ich habe viel mit ihm gearbeitet, der Anstand fordert, dass unser Unternehmen einen Kranz sendet.“

„Seine Beerdigung ist am Mittwochvormittag.“

Brannenburg überlegte. „Ich denke, ich werde zur Beerdigung kommen. Von Kitzbühel nach München ist es nicht weit. Seine Frau wird es freuen, wenn wir ihm den Respekt erweisen.“

Link nickte. „Diese Geste wird sie sicher schätzen.“

Brannenburg seufzte. „Sie sehen meine Herren, nicht nur Sie arbeiten viel. Dann wollen wir jetzt nicht mehr über das Geschäft reden, sondern unser Essen genießen.“

Es war nach Mitternacht, als sie aus dem Restaurant hinaus in eine neblige Nacht traten.

„Auf eine Sache wollte ich Sie noch ansprechen. Das hätte ich jetzt fast vergessen“. Brannenburg schlug den Kragen seines Mantels hoch. „John Pitchard hat mich am Freitag angerufen. Er hat mir von dem Erpresserbrief berichtet. Ich hätte es geschätzt, wenn Sie heute Abend von sich aus darauf zu sprechen gekommen wären.“

Link war wieder hellwach. Auch Henry schaute Brannenburg mit einer alarmierten Miene an.

„Ich werde mich natürlich mit Herrn Pitchard regelmäßig über die Erpressung austauschen“, fuhr Brannenburg fort.

„Ich stehe auch für ein Gespräch mit dem Anwalt zur Verfügung, den Hammersmith für ihre interne Compliance Untersuchung einschalten wird. Die Vorwürfe der Umweltaktivisten entbehren jeder Grundlage, wir haben keine Ölpellets in Dülmen abgelagert. Ich verstehe, dass Ihre Kanzlei den Vorwurf nicht ignorieren kann. Ob und wie viel Sie und Ihre Partner an die Erpresser zahlen, ist allein Ihre Entscheidung. Aber eines ist klar. Der Erfolg von Projekt Venus ist für uns enorm wichtig. Wir wollen den Markt von unserer Ausrichtung als grüner Energiekonzern überzeugen. Projekt Venus ist der erste, sehr wichtige Schritt dahin. Auch nur das kleinste Gerücht über einen Umweltskandal wäre in dieser Phase für uns ein enormer Rückschlag. Und natürlich muss die Kanzlei, mit der wir arbeiten, sich voll auf unser Mandat konzentrieren können. Sie darf nicht durch interne Compliance Untersuchungen abgelenkt sein. Sonst kann ich Ihnen leider keine weiteren Mandate erteilen."

„Das heißt entweder wir ziehen unsere interne Compliance Untersuchung durch und verlieren den Auftrag für Projekt Venus, oder wir stellen unsere Arbeit ein und werden mandatiert,", fragte Henry.

„Das heißt das, was ich eben gesagt habe."

Brannenburg stieg in eines der wartenden Taxen, schloss die Wagentür und ließ das Seitenfenster herunter. „Ich würde mich freuen, wenn wir wieder zusammenarbeiten können. Danke noch einmal für die Einladung. Gute Nacht!“

„Jetzt haben wir den Salat“, sagte Link, nachdem Brannenburg weggefahren war.

„Ja, das ist ein großer Scheiß“, fluchte Henry. „Wir müssen Pitchard umstimmen. Anstatt mit den Erpressern sofort zu verhandeln und fünfhunderttausend Euro Erpressergeld zu zahlen, riskieren wir fünf Millionen an Einnahmen aus der Beratung bei Projekt Venus. Und wenn wir durch die Untersuchungen Projekt Venus stören, wird uns Brannenburg das nie verzeihen. Was für eine lächerliche Risikoabwägung. Ich werde mit George sprechen, sobald Pitchard ihn mandatiert hat. Wenn Pitchard sich nicht umstimmen lässt, muss George eben seine Arbeit besonders schnell erledigen und bis Ende dieser Woche abgeschlossen haben, mit dem für uns richtigen Ergebnis. Es gibt einen Grund, warum ich meinen Bruder und nicht einen Fremden für die Compliance Untersuchung vorgeschlagen habe. Ich hoffe nur, er baut morgen in London keinen Bockmist und Pitchard mandatiert ihn.“

7. Kapitel

George schaute aus dem Fenster des Konferenzraums der Kanzlei Hammersmith auf die Londoner City. Die Sonne ließ jetzt am späten Vormittag den Nebel aufsteigen. In der Entfernung glitzerte das Wasser der Themse, dessen schmutzig braune Farbe von hier oben im 30. Stock nicht auszumachen war. Durch die Straßen schoben sich behäbig Massen von Fahrzeugen und Menschen. Der Lärm ihrer Betriebsamkeit wurde zwar von den schalldichten Fenstern gänzlich ferngehalten, das ständige Säuseln der Klimaanlage, die zu kalte Luft in den Raum fächerte, erinnerte jedoch daran, dass es in dieser Stadt keinen Ort der Stille gab. Schräg gegenüber sah George das Hochhaus, in dem er sein Büro gehabt hatte. Dort, im zehnten Stockwerk, hinter dem Fenster an der rechten Ecke der grauen Stahlfassade, waren Jahr für Jahr sein Leben und sein Beruf zu einer immer dichteren Masse verschmolzen, unaufhörlich bis zur Kernschmelze.

„Herr Klein?“

George schreckte aus seinen Gedanken auf. Er hatte nicht bemerkt, dass jemand den Konferenzraum betreten hatte.

„Entschuldigung, ich war ganz in den Ausblick versunken“, antwortete er.
„Kein Problem. Sie sollten einmal den Blick aus unserem Büro in New York sehen, der ist wirklich beeindruckend. Ich bin John Pitchard.“
Pitchard kam mit schnellen Schritten auf George zu und begrüßte ihn. Er war ein gutaussehender Mann, hatte ungefähr die Größe Georges, wirkte aber größer, da er schlanker war und sich aufrechter hielt. Seine grauen Haare waren kurz geschnitten. Die Falten, die sich in Pitchards Gesicht um die Augen und den Mund eingegraben hatten, gaben seinem Gesicht die Züge eines Mannes, der hart gegen sich selbst war. Er musterte George, ohne sich die Mühe zu geben, freundlich zu wirken. Die beiden setzten sich an einen langen Konferenztisch aus hellem Holz. Pitchard schob George eine Batterie mit Getränken zu.
„Darf ich Ihnen etwas einschenken?“ Er deutete auf die Getränke.
„Nein, danke, ich bediene mich.“
„Danke dafür, dass Sie kurzfristig gleich heute Vormittag gekommen sind. Lassen Sie uns sofort zur Sache kommen. Ich muss gleich wieder los, eine wichtige Telefonkonferenz. Dieser Montag ist einmal wieder die Hölle.“

George öffnete eine Flasche Wasser. Obwohl er eigens aus München angereist war, hatte Pitchard nicht viel Zeit für ihn. Das Kräfteverhältnis zwischen ihm und Pitchard war damit geklärt.
„Wie Sie von Ihrem Bruder vielleicht bereits wissen, wird unsere Kanzlei erpresst“, begann Pitchard. „Um auf die Erpressung vernünftig reagieren zu können, müssen wir schnell sein. Wir sind auf der Suche nach einem anwaltlichen Berater, der uns sehr kurzfristig bei einer internen Compliance Prüfung helfen kann. Was hat Ihnen Henry über das Mandat erzählt?“
„Wenig. Die Kanzlei wird von Umweltaktivisten mit dem Namen Kämpfer für die Umwelt erpresst. Partner Ihres Münchener Büros sollen einer Mandantin bei einer massiven, illegalen Abfallablagerung geholfen haben.“
George nahm die Vertraulichkeitsvereinbarung aus der Aktentasche, die Henry ihm gesandt hatte, und schob sie Pitchard über den Tisch zu.
„Henry hat mich gebeten, die Vereinbarung zu unterzeichnen. Ich denke, Sie benötigen das hier, bevor Sie mir mehr erzählen können.“
„Ja, in der Tat, danke.“
George wurde warm, trotz der Kälte im Konferenzraum. Er

lockerte seine Krawatte etwas und zwang sich zur Ruhe.
„Henry hat Ihre Compliance Expertise gerühmt, George. Unter Ihrem Namen George Klein habe ich im Internet in München allerdings nur die Webseite eines Anwalts ohne weitere Spezialisierung gefunden, von Compliance Expertise war dort keine Spur.“
Pitchard war offensichtlich auf seine Website gestoßen, aber George hatte kein Foto von sich auf die Webseite gestellt und seinen beruflichen Werdegang unterschlagen, es sollte niemand wissen, wie tief er gefallen war.
„Ich war über zwanzig Jahre als Partner bei Dickert & Dickinson auf Compliance Untersuchungen spezialisiert, dort drüben in ihrem Londoner Büro“, antwortete George. „Vor einem halben Jahr bin ich aus privaten Gründen nach München gezogen.“
„Warum gerade München?“
„Ich habe dort studiert und mein Referendariat absolviert. Außerdem wohnt mein Bruder dort.“
„Ich verstehe.“ Pitchard lächelte. „Der Managing Partner von Dickert & Dickinson ist ein Freund von mir, auch wenn unsere Kanzleien Wettbewerber sind. Dick Bromsfield und ich kennen uns aus unserer gemeinsamen Zeit in Oxford.“
George nickte. Er war jetzt hoch konzentriert. Pitchard

stellte Fangfragen. Er war also mit Vorsicht zu genießen.
„Dickie hat schöne Dinge über Ihre fachliche Kompetenz gesagt“, fuhr Pitchard fort. „Leider hatten Sie privat Pech. Ein Autounfall und eine Vorstrafe.“
„Ja.“
„Das ist für mich aber kein Thema. Sie haben Ihre Strafe bekommen. Ich gebe Ihnen eine Chance. Wenn Sie hier einen sehr guten Job machen, dann gibt es sicher die Möglichkeit, bei weiteren Mandaten zusammenzuarbeiten, und ich erzähle meinen Kollegen gerne von meinen positiven Erfahrungen mit Ihnen.“
„Ich freue mich auf die Aufgabe“, antwortete George schnell. „Ich bin mir sicher, dass ich einen exzellenten Job machen werde.“
„Ich auch“, erwiderte Pitchard. „Sonst hätte ich Sie nicht nach London gebeten.“
Pitchard schob ein Blatt Papier über den Tisch. „Die Situation stellt uns vor einige delikate Probleme. Aber vielleicht lesen Sie zunächst den Erpresserbrief. Dies ist eine Kopie, die können Sie mitnehmen. Der Brief wurde am Freitag in den Briefkasten unseres Londoner Büros geworfen, ohne Poststempel. Die Bilder unserer Überwachungskamera helfen leider nicht, es gibt eine Unzahl von Personen, die am

Freitag Post eingeworfen haben."
„Haben Sie die Polizei eingeschaltet", fragte George.
„Würden Sie uns das raten?"
„Nein. Sie geben die Kontrolle über das weitere Geschehen aus der Hand. Die Polizei können Sie auch später noch informieren."
Pitchard nickte zustimmend. „Das sehe ich so wie Sie."
George las den Brief. „Ich verstehe aber nicht, warum die Verfasser des Briefes den Namen der Partner nicht genannt haben, die in den Umweltskandal verwickelt sein sollen. Dann wäre die Erpressung doch überzeugender."
„Das ist mir auch sofort aufgefallen", antwortete Pitchard. „Entweder kennen die Erpresser den Namen nicht. Dann liegt die Vermutung nahe, dass das ganze Schreiben ein Bluff ist. Oder sie halten die Information zurück, um sie später zu liefern, weil sie hoffen, so den Druck noch einmal erhöhen zu können."
„Oder sie wollen maximale Unruhe schaffen." George betrachtete nachdenklich das Schreiben. „Warum sollen Sie ausgerechnet am Montag den ersten Dezember zahlen?"
Pitchard hob in einer Geste der Hilflosigkeit die Hände. „Ich weiß es nicht."
„Ich bin kein Privatdetektiv und das ist das erste

Erpresserschreiben, das ich in meinem Leben sehe“, sagte George. „Aber sonderlich professionell wirkt es nicht. Es passt zu der Vorstellung, die ich von einer Gruppe von Umweltaktivisten habe, die spontan beschlossen haben, eine Kanzlei zu erpressen. Der Text ist teilweise fast juristisch formuliert, teilweise ist er wirr und emotional. So als ob mehrere Personen den Brief verfasst haben. Haben Sie irgendwelche Vermutungen, welche Anwälte in Ihrem Münchener Büro die Umweltaktivisten im Visier haben?“

„Nein leider nicht. Es gibt drei Partner, die in der Vergangenheit intensiv für German Petroleum gearbeitet haben. Die meisten Mandate hat in der letzten Zeit Xaver Ficht bekommen. Er hätte möglicherweise etwas dazu sagen können.“

„Darf ich ihn sprechen?“

„Xaver ist leider vergangene Woche bei einem Wanderunfall gestorben. Übermorgen, am Mittwoch ist seine Beerdigung. Ein junger Familienvater, Mitte vierzig, ganz tragisch.“

„Ist dies eines der delikaten Probleme, von denen Sie sprachen? Ein wichtiger Informant, der mir die Hintergründe des mutmaßlichen Complianceverstoßes erklären könnte, ist tot?“

„Es ist eines der Probleme. Das größere Problem, mit dem Sie umgehen müssen, ist ein anderes. Wie gesagt, es gibt drei Partner, die in der Vergangenheit intensiv für diese Mandantin gearbeitet haben. Ficht, dann der Chef unseres Münchener Büros, Ernst Link und schließlich Ihr Bruder Henry. Ficht ist tot. Ernst steht am Ende seiner Laufbahn, ist ein vollauf loyaler, ehrlicher Partner, risikoscheu. Ich halte es für nahezu ausgeschlossen, dass die Erpresser ihn meinen."

„Dann bliebe nur noch Henry? Ich müsste also gegen meinen eigenen Bruder ermitteln? Die Erpresser sprechen von Partnern in der Mehrzahl."

„Das kann ein Bluff oder eine Ungenauigkeit sein. Das müssten Sie herausfinden. Ich habe Vera Bruhns, die Leiterin der Verwaltung unseres Münchener Büros, gebeten, bis morgen eine Liste der Anwälte zu erstellen, die im letzten Jahr mehr als einhundert Stunden an Mandaten der German Petroleum gearbeitet haben. Die Zahl ist willkürlich, aber darunter dürfte niemand nennenswerten Zugang zu German Petroleum gehabt haben."

„Seltsam wäre es aber doch, sollte Henry wirklich in die Sache verwickelt sein. Warum empfiehlt er mich dann für eine Compliance Untersuchung?"

„Letzteres könnte zwei Gründe haben“, antwortete Pitchard. „Erstens: Henry ist unschuldig. Er möchte darum eine optimal geführte Compliance Prüfung, wenn er sie schon nicht verhindern kann. Zweitens: Henry hat tatsächlich ein Problem und befürchtet deshalb, dass die Erpresser ihn im Visier haben. Er verspricht sich über Sie Einfluss auf die Untersuchung nehmen zu können und von Ihnen mit allen Informationen über ihren Fortgang versorgt zu werden.“

„Warum würden Sie mir im zweiten Fall diesen Auftrag geben?“

„Darüber habe ich natürlich länger nachgedacht. Gerade weil Sie Henrys Bruder sind und seine Stärken und Schwächen kennen, müsste es Ihnen leichter als anderen fallen, ihn zum Reden zu bringen und zu beurteilen, ob er die Wahrheit sagt. Sie sind in meinen Augen wie ein Köder. Wenn wir uns im zweiten Szenario befinden und er die Untersuchungen beeinflussen will, dann wird er sich früher oder später verraten. Schnapp, dann haben Sie ihn an der Angel.“

George überlegte. Leider war Henry kein kleiner Fisch, sondern ein ausgewachsener Hai, der durchaus in der Lage war, sich gegen Angreifer zu wehren. Er mochte seinen

Bruder zwar nicht besonders. Der Gedanke, ihn bloßzustellen, war dennoch seltsam, er wusste nicht, wie er reagieren würde, wenn er auf unsaubere Machenschaften Henrys stoßen sollte. Hoffentlich waren alles nur Gerüchte und Henry hatte eine saubere Weste.

„Warum meinen Sie, dass ich meinen eigenen Bruder ans Messer liefern würde“, fragte er.

„Ich meine das nicht. Ich weiß es auch nicht. Aber wenn Sie diesen Job annehmen, sollten Sie notfalls dazu bereit sein. Sonst vergeuden wir unsere Zeit. Wenn mich meine Menschenkenntnis nicht völlig täuscht, würde Ihr Bruder in einer vergleichbaren Situation nicht zögern, Sie bloßzustellen. Sie machen einen guten Eindruck auf mich, Sie haben die richtige Expertise, ich würde Sie gerne mandatieren. Also nehmen Sie den Auftrag an, obwohl Ihr Bruder betroffen sein könnte?“

George nickte. „Man wächst bekanntlich mit seiner Aufgabe.“

Pitchard lachte. „An der Antwort erkennt man, dass Sie durch die Londoner Schule gegangen sind. Sie müssen bei Ihrer Arbeit sehr diskret vorgehen. Keine Fragebögen an unsere Mitarbeiter, keine Interviews in der Kanzlei, nur sehr gezielte Fragen an einen kleinen Kreis, den wir vorher besprechen."

„Wie soll ich dann den Sachverhalt aufklären?"

„Ein erfahrenerer Topanwalt wie Sie muss das schaffen. Ich werde Ihnen Rüdiger Schneider, unseren Information Technology Manager in München zur Seite stellen. Als IT- Manager kann er Ihnen dann die Informationen, die sie benötigen, aus den E-Mails und aus unserer Datenbank heraussuchen. Ich schlage vor, Sie treffen sich gleich morgen früh mit Vera Bruhns. Sie leitet die Verwaltung unseres Münchener Büros. Ich werde sie nachher anrufen und für Sie einen Termin um zehn Uhr festmachen. Vera soll Ihnen die Liste der Anwältinnen und Anwälte geben, von der ich eben gesprochen habe. Bei der Gelegenheit könnten Sie auch Schneider kennenlernen. Ich habe ihn bereits gebeten, alle Dateien der German Petroleum Mandate des letzten Jahres einschließlich der E-Mail Korrespondenz zu kopieren und mir als komprimierte Datei zu senden. Oder benötigen Sie die Daten eines längeren Zeitraumes als der letzten zwölf Monate?"

„Nein." George unterdrückte die Bemerkung, dass er unmöglich allein diese Menge an Daten in dieser kurzen Zeit auswerten könne. „Können Sie mir einen Zugang zu Ansprechpartnern bei der German Petroleum beschaffen?"

Pitchard verzog das Gesicht. „Das ist ein heikles Thema. Ich habe Freitag Abend mit ihrem Chefjuristen, Dr. Brannenburg gesprochen. Die Gesellschaft ist kurz davor, ein Projekt namens Projekt Venus zu verkünden. Ein Joint Venture für die Produktion grünen Wasserstoffs. Das Projekt wird bei ihnen hoch aufgehängt. Es soll den Anlegern zeigen, dass die German Petroleum auf dem Weg zu einem grünen Energieproduzenten ist. Brannenburg hat große Sorge, dass wir Unruhe stiften und unsere Untersuchung nach außen dringt. Dann stünde auch die Gesellschaft schnell im Rampenlicht, denn es geht letztlich um ihre Praktiken, die illegal sein sollen. Das würde ihre Marketingstrategie durchkreuzen. Ihr Bekenntnis zur Umwelt und illegale Ablagerungen von giftigem Müll passen natürlich nicht zusammen. Brannenburg hat mir daher nahegelegt, unsere Untersuchungen sehr schnell wieder zu beenden, da es nichts zu untersuchen gäbe. Wenn der Brief an die German Petroleum gerichtet wäre, würde er sofort die Polizei einschalten und nicht im Traum an eine Zahlung denken."

„Das ist dann wohl auch der Grund, warum die Kämpfer für die Umwelt lieber mit einer Kanzlei als einem Konzern wie der German Petroleum AG kämpfen", bemerkte George.

„Sie scheinen in der Tat zu denken, dass wir schneller nervös werden, wenn es um Gerüchte geht, die unserem Ruf schaden können. Wie auch immer, da German Petroleum nichts zu verbergen habe, war Brannenburg bereit, sich mit unserem Anwalt zu einem Gespräch zu treffen. Sie können ihn daher direkt anrufen und einen Termin ausmachen. Beziehen Sie sich auf mich. Wenn Sie in der nächsten Zeit Unterstützung benötigen oder Fragen haben, ich bin jederzeit für Sie erreichbar. Twentyfourseven. Halten Sie mich bitte auf dem Laufenden. Heute ist Montag, der siebzehnte November. Ich benötige Ihren Bericht bis Samstag, den neunundzwanzigsten November. Am nächsten Tag trifft sich das Firm Committee anlässlich unseres internationalen Partnertreffens, das wir an dem Wochenende in London haben. Wir telefonieren selbstverständlich laufend, aber an dem Tag werden wir uns persönlich treffen. Allerspätestens dann werden wir entscheiden, ob wir zahlen. Am Montag, den ersten Dezember, vierundzwanzig Uhr, läuft die Frist der Erpresser ab. Sie haben ab heute knapp zwölf Tage Zeit."

„Das bekomme ich hin", hörte George sich sagen. „Kann der Erpresserbrief vielleicht nur ein Bluff oder ein Witz ist? Sie könnten auch erst einmal abwarten und schauen, was

passiert."
„Das ist keine Alternative." Pitchard schüttelte den Kopf. „Wer immer den Brief geschrieben hat, muss Zugang zu Informationen über die Abfallablagerung gehabt haben. Ein Witz ist das sicher nicht."

„Die Erpresser müssen ein großes Interesse daran haben, dass Hammersmith den Brief ernst nimmt. Haben sie sich noch nicht gemeldet?"

„Doch. Ich hatte heute Morgen eine Nachricht auf der Voicemail meines Bürotelefons. Eine verfremdete Stimme hat uns Zahlungsanweisungen gegeben. Sie wollen das Geld in Kryptowährung. Sie sehen, die Erpresser stellen sicher, dass wir sie nicht vergessen."

Pitchard erhob sich. „Ich muss mich jetzt leider verabschieden. Nur noch ein Punkt, der mir sehr am Herzen liegt. Ich möchte den Kreis derjenigen, die Einzelheiten über Ihre Nachforschungen erfahren, auf zwei Personen beschränken, nämlich Sie und mich. Henry und Ernst Link werden wissen, dass ich Sie mandatiert habe. Mehr sollten Sie aber nicht erfahren. Sie können sich denken, warum."

„Natürlich", antwortete George. „Wir laufen sonst das Risiko, dass die beiden gegen uns arbeiten. Entweder um sich zu schützen, weil sie in der Tat German Petroleum bei illegalen Praktiken geholfen haben, oder auch nur, weil sie ein wirtschaftliches Interesse an dem Mandat haben und es nicht wegen dieser Untersuchung verlieren wollen."

„Genau. Ich weiß nicht, wie lange es uns gelingen wird, den Hintergrund Ihrer Arbeit vertraulich zu halten. Kanzleien haben intern viele Augen, Ohren und Münder, aber das brauche ich Ihnen nicht zu sagen. Vera Bruhns weiß, dass wir erpresst werden, und kennt Ihre Rolle. Sie arbeitet seit über zwanzig Jahren für uns, ich kann mich blind auf sie verlassen. Vera wird Schneider sagen, dass Sie von German Petroleum beauftragt wurden, eine Übersicht über alle laufenden Mandate zu erstellen, die extern vergeben wurden, da die Zahl der Kanzleien, mit denen German Petroleum zusammenarbeitet, auf den Prüfstand kommen wird. Wir bieten Ihnen und German Petroleum dabei Hilfestellung. Man hat Sie damit beauftragt, um die Rechtsabteilung zu entlasten. Ihr Bruder hat Sie der Gesellschaft empfohlen. Eine bessere Idee ist mir auf die Schnelle nicht gekommen. So, jetzt muss ich aber dringend gehen. Ich wünsche Ihnen eine angenehme Rückreise."

Vor dem Bürogebäude bestieg George eines der wartenden Taxen. Erschöpft ließ er sich auf den Rücksitz fallen und lockerte die Krawatte. Er war es nicht mehr gewohnt, unter kritischer Beobachtung seinen Mann zu stehen, aber er würde sich schnell wieder daran gewöhnen. Das Oberhemd zeigte Schweißflecken, sodass er seine Anzugjacke anbehielt. Er hatte sich für diesen Tag noch einen weiteren Besuch vorgenommen. Er lehnte sich zurück und schloss die Augen. Nein. Der Gang zum Friedhof würde heute über seine Kräfte gehen. Er bat den Fahrer, ihn zum Flughafen zu fahren, und verdrängte den Gedanken an seine Feigheit. Die Fahrt dauerte lange. Der Verkehr stockte wie immer. Das Taxi umrundete Trafalgar Square, auf dem sich Menschen vor den Glühweinständen eines Weihnachtsmarktes drängten. George dachte an die vielen Jahre, während derer er in dieser Stadt gelebt hatte, in der Illusion, hier eine Heimat gefunden zu haben, bis zu dem Tag, an dem der Managing Partner von Dickert & Dickinson, Dick Bromsfield, ihn zu einem Gespräch gebeten hatte. Er habe von der unglücklich verlaufenden Präsentation für eine sehr wichtige Mandantin gehört und von anderen ähnlichen Situationen in der letzten Zeit. Er wolle ihm helfen, sei voller Verständnis für die schwierigen Zeiten, in denen sich George befand. Mit einem Gesichtsausdruck tiefen Bedauerns hatte er ihm dann eine Auszeit vorgeschlagen, Ende offen, bis er ohne Zeitdruck seine Kräfte wieder erlangt habe, ein Vorschlag ohne die Möglichkeit, abgelehnt zu werden. Seiner Frage, wer denn entscheide, ob er seine Kraft wieder erlangt habe und ob er dann auf jeden Fall zurückkehren könne, war Bromsfield ausgewichen. Er würde sich jedenfalls über Georges baldige Rückkehr freuen, aber solche Entscheidungen träfe er bekanntlich nicht allein. Bromsfields hatte es wieder einmal verstanden, seine harte Entscheidung als eine Geste persönlicher Fürsorge zu vermarkten.

George schüttelte unwillig den Kopf. Es war sinnlos, über die Vergangenheit zu lamentieren. Er musste nach vorne schauen. Er würde Pitchard durch seine Arbeit beeindrucken, sein Erfolg würde sich schnell herumsprechen. Ein, zwei zusätzliche Mandate und er wäre zurück im Markt. Sein steil aufgerichteter Mittelfinger gegen alle, die ihn fallen gelassen hatten, würde ihm als künftiges Leitmotiv dienen. Kein besonders elegantes Motiv, aber zum Teufel, er hatte zumindest wieder ein Ziel.

8. Kapitel

„Entschuldigen Sie, Dr. Klein, dass Sie auf mich warten mussten. Ich war gerade in einer anderen Besprechung und wusste nichts von dem Termin heute Morgen. John hat vergessen, mir Bescheid zu sagen. Aber das ist natürlich verzeihlich, er ist enorm beschäftigt. Es hat einen Moment gedauert, bis ich ihn am Telefon erreichen konnte. Jetzt bin ich im Bilde."

George schätzte das Alter der Büroleiterin Vera Bruhns auf Mitte vierzig. Sie saß hinter dem Tisch des Konferenzraumes, die Hände übereinander gefaltet und wirkte missmutig angesichts der Unordnung, die sein Besuch in ihren Vormittag gebracht hatte. Sie trug einen grauen, zweiteiligen Anzug, der ihre Weiblichkeit eliminierte. Ihre braunen Haare hatte sie nach hinten gebürstet, was ihrem hübschen Gesicht einen strengen Ausdruck verlieh.

George versuchte, besonders nett zu lächeln, und bat sie sehr höflich um die Liste von Anwältinnen und Anwälten, die auf dem German Petroleum Mandat arbeiteten.

„Ich weiß, John hat sie bereits angefordert." Bruhns schob George eine Seite mit einer Tabelle zu. George warf schnell einen Blick auf die Liste. Es gab viele Namen, aber nur vier Personen hatten über einhundert Stunden in den vergangenen zwölf Monaten für die German Petroleum gearbeitet. Neben den ihm bekannten Namen der drei Partner Henry Klein, Ernst Link und Xaver Ficht war die Anwältin Franziska Freud Teil dieser Gruppe.

„Arbeitet Frau Freud auch im Münchener Büro“, fragte er.

„Das hat sie bis vor kurzem. Sie ist ausgeschieden.“

„Ach ja? Sie war keine Partnerin, nehme ich an?“

„Nein, sie war eine angestellte Anwältin. Sie hat entschieden, lieber Richterin werden zu wollen.“

„Hat sie lange hier gearbeitet?“

„Ja, fast sieben Jahre. Ich denke, sie hat nicht damit gerechnet, den Aufstieg zur Partnerin zu schaffen, und ist deshalb gegangen.“

„Hätten Sie Ihre Adresse, falls ich mit ihr sprechen wollte“, fragte George.

„Mit Franziska Freud?“ Bruhns schaute George erstaunt an. „Ja, natürlich, sie ist gerade umgezogen und wohnt in einem Vorort Münchens.“

Bruhns schaute auf ihre Uhr. „John bat mich, Ihnen Herrn Schneider vorzustellen. Wir benötigen diesen Konferenzraum leider gleich, unsere Konferenzräume sind alle mit

Mandantenbesprechungen belegt, ich bringe Sie deshalb kurz in sein Büro. Wir führen Fremde normalerweise aus Vertraulichkeitsgründen nicht durch unsere Büroräume, aber Sie sind ja Anwalt und von uns mandatiert. Übrigens, wenn Sie in Zukunft Hilfe in organisatorischen Fragen benötigen, können Sie sich jederzeit an mich wenden."

George folgte Bruhns einen breiten Korridor entlang, vorbei an Büros mit geöffneten Türen, deren Größe und Ausstattung den Rang ihrer Nutzer widerspiegelten, so wie es George in unzähligen Kanzleien zuvor gesehen hatte. Große Einzelbüros standen Partnern mit Gesellschafterstatus zu, kleinere Einzelbüros angestellten Partnern ohne Gesellschafterstatus, noch kleinere Einzelbüros angestellten Anwälten, die es noch nicht in die Partnerränge geschafft hatten, sowie sonstigen Mitarbeitern mit Leitungsfunktionen. Großraumbüros oder offene Arbeitsplätze am Gang dienten sonstigen Mitarbeitern ohne Leitungsfunktionen, es sei denn, ihnen war zu dritt oder viert ein Partnerbüro zugewiesen worden, das zurzeit unbesetzt war. George hatte sich immer gefragt, warum Lage, Größe und Ausstattung eines Bürozimmers über das seelische Wohlergehen eines Anwaltes wachte. Schließlich ließ das Raumvolumen das Denkvermögen gänzlich unberührt. Vielleicht musste das Selbstbewusstsein eines Anwaltes während seines Werdegangs so viele Demütigungen durch seine Mandanten einstecken, dass ein großes Zimmer heilende Wirkung entfaltete. Ihm jedenfalls waren Lage und Größe seines Büros gleichgültig gewesen, bis er nach München kam und in dieser Bruchbude leben musste, die seine Gleichgültigkeit auf die Probe stellte. Ein grauer Teppichboden dämpfte den Hall seiner Schritte. Die Luft roch verbraucht. Es war still, nur ab und zu quäkte aus einem Anwaltsbüro der Lautsprecher einer Freisprechanlage. Bruhns blieb vor der geöffneten Tür eines Großraumbüros stehen, in dem aber nur ein Arbeitsplatz besetzt war. Sie stellte George den Münchener IT-Manager Rüdiger Schneider vor, der sich rasch erhob und George freundlich lächelnd die Hand reichte, während Bruhns ihm den Hintergrund für ihren Besuch beschrieb. Schneiders Händedruck war kraftlos und weich, was George nicht erstaunte, denn Schneider war zwar groß, er überragte George um einen Kopf, hatte aber ein bleiches, fleischiges Gesicht, das ebenso wenige klare Konturen zeigte wie seine massige Gestalt. George schätzte ihn auf Anfang fünfzig. Schneiders blaue Augen waren gerötet. Die wenigen grauen Haare hatte er nach hinten gekämmt. Er trug abgetragene, schwarze Sportschuhe, eine schwarze

Jeans und ein zerknittertes, hellblaues Hemd. Nur das knallrote Gestell seiner Brille deutete darauf hin, dass Schneider den Willen zur Individualität hatte. George fühlte sich unbehaglich. Bruhns hatte ihn der Anweisung Pitchards entsprechend als Henrys Bruder vorgestellt, Anwalt ihrer gemeinsamen Mandantin German Petroleum, der für einen internen Bericht der Gesellschaft Informationen über bestehende Mandate sammele. Er musste Schneider belügen. Aber gut, sein Verhalten war entschuldbar, am Ende versuchte im Wirtschaftsleben jeder, das meiste für sich herauszuholen. Engel gab es nur im Himmel, und selbst ihre Existenz war eine unbelegte These.

„Entschuldigen Sie, Herr Dr. Klein, ich bin gerade unter Druck“, sagte Schneider und deutete auf den Bildschirm an seinem Arbeitsplatz. „Ihr Bruder hat ein Computerproblem, und wenn Henry Klein ein Problem hat, kann er ungemütlich werden. Aber wem sage ich das. Können wir vielleicht später besprechen, wie ich Ihnen helfen kann, vielleicht am frühen Abend?“

„Natürlich.“ George konnte sich gut vorstellen, wie unangenehm Henry gegenüber einem IT-Manager werden konnte. Kaum hatte er diesen Gedanken gefasst, stand Henry auch bereits in Schneiders Büro.

„Jetzt weiß ich, warum ich Sie telefonisch nicht erreiche, Herr Schneider“, fauchte er. „Mein Computer macht schon wieder Probleme, ich kann mich nicht einloggen. Mir läuft die Zeit davon, ich bin superbusy. Ich verstehe nicht, warum Sie das nicht in den Griff bekommen.“ Er deutete auf den Kaffeebecher, der auf Schneiders Schreibtisch stand. „Wenn man die Zeit zusammenrechnet, die unsere Mitarbeiter mit Kaffeetrinken verschwenden, kommt uns die Kaffeemaschine teuer zu stehen, meinst Du nicht auch, Vera?“
„Ich glaube, die Zeit, die auf das Kaffeeholen verwendet wird, ist minimal. Wenn ich mir die Stundenübersicht des letzten Monats anschaue, arbeiten alle hier sehr hart“, antwortete Bruhns kühl. Henry ignorierte ihre Antwort und wollte sich gerade wieder Schneider zuwenden, als er George bemerkte. Sofort änderte sich sein Ton, freundlich stellte er George den Anwesenden vor und schlug ihm einen kurzen Besuch in seinem Büro vor. Er bat Bruhns, George in sein Zimmer im oberen Stockwerk zu bringen, während er sein Computerproblem mit Schneider zu Ende besprechen wollte.

„Wie lange sind Sie schon bei Hammersmith“, versuchte

George mit Bruhns ins Gespräch zu kommen, während sie ihn über eine Wendeltreppe in die obere Etage der Kanzlei brachte.
Bruhns hatte ihren Missmut über Georges unangekündigte Ankunft am Morgen offensichtlich überwunden. Sie schenkte George ein freundliches Lächeln, das die Barrikaden, welche George seit seiner Scheidung gegen das Eindringen weiblichen Charmes errichtet hatte, mühelos überwand. „Seit fast zwanzig Jahren. Ich habe als Assistentin angefangen, in demselben Jahr, in dem Ihr Bruder hier als junger Anwalt begonnen hat."
„Deshalb trauen Sie sich, ihm zu widersprechen", scherzte George.
Bruhns lachte. „Stimmt. Das wagen nicht viele." Nach wenigen Schritten blieb sie stehen und zeigte auf die geöffnete Tür eines Büros. „Das ist das Zimmer Ihres Bruders."
Aus der Innentasche ihres Sakkos ertönte das Klingeln eines Mobiltelefons. Während sie das Telefon hervorzog, fiel ein Stück Papier aus ihrer Jackentasche zu Boden. George beeilte sich, es aufzuheben und hielt eine Eintrittskarte für ein Konzert der Münchener Philharmoniker in den Händen. „Hören Sie gerne klassische Musik", fragte er und reichte Bruhns die Karte.

„Ich liebe klassische Musik, ich komme leider nur zu selten dazu. Sie auch?“

„Ja, ich spiele Cello.“

„Wunderbar. Ich wünschte, ich könnte ein Instrument spielen.“ Sie zeigte auf die Treppe. „Da kommt Ihr Bruder bereits. Ich muss auch dringend zurück in mein Büro. Es war schön, Sie kennengelernt zu haben.“ Sie reichte ihm die Hand und eilte an Henry vorbei zurück in das untere Stockwerk. Für einen kurzen Moment nahm George ihren leichten, angenehmen Parfümgeruch war, der ihm vorher nicht aufgefallen war. Henry winkte George in sein Büro.

„Ein Eckbüro mit edlen Möbeln und einer schönen Aussicht, alles standesgemäß“, spöttelte George, nachdem sie Henrys Büro betreten hatten. Der zeigte ungerührt auf ein überdimensional großes Foto an der Wand, das einen Skibergsteiger zeigte.

„Meine Tour auf den Großglockner. Ein Meter Neuschnee an dem Tag. Die Tour war tough.“ Henry warf sich ächzend in seinen Schreibtischsessel. „Du hast also den Job. Freut mich, dass ich Dir helfen konnte."

„Ja, danke für Deine Hilfe. Ich werde mein Bestes tun.“

„Das hoffe ich doch, sonst bekomme ich auch ein Problem, schließlich hast Du den Job meiner Empfehlung zu verdanken."

Klein spürte erneut, wie sein Ärger über Henrys Überheblichkeit aufstieg, eine ständige Begleiterin ihrer Geschwisterbeziehung, seitdem das Hirn seines jüngeren Bruders in der Lage gewesen war, zusammenhängende Sätze zu formulieren.

„Hat John noch irgendetwas Genaueres über den Erpresserbrief und Deinen Auftrag gesagt", fragte Henry.

„Nein. Schneider schickt mir Materialien zur Durchsicht."

Henry schaute George misstrauisch an. „Schneider schickt Dir Materialien zur Durchsicht, ohne dass Pitchard Dir genauer gesagt hat, worum es geht?" Er hob seine Augenbrauen.

„Hör zu", fuhr er George an. „Ich hänge in diesem Laden als Partner wirtschaftlich voll drin, vergiss das nicht. Ich habe ein sehr hohes Interesse daran, dass diese beschissenen, haltlosen Gerüchte aus der Welt geschaffen werden. Versuche bitte nicht, mich zu verarschen."

„Warum sollte ich", entgegnete George, und zwang sich ruhig zu bleiben, anders als Henry, der seinem Unmut unbeherrscht freien Lauf ließ.

„Also wen hat Pitchard in Verdacht, was sind die nächsten Schritte der Untersuchung, erwägt er mit den Erpressern zu

verhandeln, will er zahlen“, zischte er.
„Ich habe eine Vertraulichkeitsvereinbarung unterzeichnet“, entgegnete George. „Danach darf ich nur Pitchard Einzelheiten über das Mandat mitteilen. Aber das sollte für Dich kein Problem sein. Wenn Du mehr wissen willst, frag ihn doch einfach. Ihr seid Partner in der gleichen Kanzlei und wollt beide, dass die Sache aufgeklärt wird.“
Henry stutzte. Die Antwort hatte er offensichtlich nicht erwartet.
„George, ich glaube, Du hast die Situation noch nicht verstanden. Link und ich hatten ein Abendessen mit Brannenburg. Wir haben sehr gute Chancen, ein Mandat von German Petroleum zu bekommen, das uns fünf Millionen Euro in die Kasse spülen wird. Brannenburg hat zwei Dinge klargestellt. Erstens. Es gibt keine illegale Abfallablagerung in Dülmen. Zweitens: Solange wir zu diesem Thema eine interne Compliance Untersuchung führen, werden wir das Mandat nicht bekommen. Ich als Dein Bruder kann Dir sagen, dass ich von keinen Umweltdelikten der German Petroleum weiß. Link sicher auch nicht. Es gibt keinen korrekteren und ehrlicheren Partner als ihn. Anders formuliert, er ist weltfremd. Unser weiteres Vorgehen ist klar. Du kommst bitte sehr schnell zu dem Schluss, dass an der Behauptung

der Erpresser nichts dran ist, damit die Kanzlei die Untersuchung abschließen und die Erpresser zum Teufel wünschen kann. Ich sehe nicht, warum Du nicht innerhalb von ein paar Tagen Deine Arbeit mit diesem Ergebnis beenden kannst."

George erinnerte sich an sein Treffen mit Pitchard. Entweder Henry ist unschuldig oder er meint, über Sie Einfluss auf die Untersuchungen nehmen zu können, hatte Pitchard gesagt.

„Ich arbeite so gut und so schnell wie ich kann. Ich bin mir sicher, dass Du Deine Karriere nicht für halbseidene Geschäfte aufs Spiel gesetzt hast. Lass mich meinen Job machen, und alles wird gut. Ich glaube Dir, aber ich werde mich und das Ergebnis meiner Arbeit nicht angreifbar machen. Ich melde mich, wenn ich fertig bin oder in der Zwischenzeit Fragen an Dich habe."

„Verstanden." Henry schlug wütend mit der flachen Hand auf die Schreibtischplatte. „Man ist entweder für mich oder gegen mich. Wer gegen mich ist, wird scheitern."

9. Kapitel

Ernst Link begleitete Dr. Franziska Freud zum Fahrstuhl, aus Höflichkeit, aber auch aus der Sorge, dass sie sonst ehemaligen Kollegen einen Besuch abstatten und ihre Geschichte erzählen könnte. Er ging zurück in den Konferenzraum, in dem er gerade mit Freud gesprochen hatte, öffnete die Terrassentür und trat hinaus in den kalten Tag. Das Wetter schlug einmal mehr Kapriolen. Am Samstag hatte ihn an dieser Stelle noch grauer Nebel umwoben. Drei Tage später tauchte die Nachmittagssonne eine dünne Schicht Neuschnee in einen blutroten Feuerzauber. Link zog an seiner filterlosen Zigarette, legte den Kopf in den Nacken und blies langsam Rauch in den Himmel.

Freud war eine hochintelligente, integre Person. Kein Zweifel, dass sie die Wahrheit gesagt hatte. Er verstand allerdings nicht, warum sie gerade jetzt ihre Geschichte präsentierte, einige Wochen nach ihrem Ausscheiden aus der Kanzlei. Wie auch immer, er konnte ihren heutigen Besuch nicht unter den Tisch fallen lassen, selbst wenn er dadurch noch mehr Unruhe in die Mandatsbeziehung mit German Petroleum bringen würde. Er musste Pitchard informieren.

Aber vorher wollte er Henry warnen. Er drückte die Zigarette aus, schloss die Terrassentür und rief Henry an.
„Henry, ich muss dringend etwas mit Dir besprechen. Könntest Du kurz in mein Büro kommen?“
Henry reagierte mürrisch auf Links Anruf. „Ich sitze gerade im Taxi auf dem Weg zum Flughafen, ich habe nicht viel Zeit.“
„Gut, wenn Du nicht viel Zeit hast, bleib kurz dran, ich wähle Pitchard ein“, sagte Link in einem Ton, der keinen Widerspruch duldete. Dann würde er Henry eben ohne Vorwarnung in das Gespräch hineinziehen, er hatte es nicht nötig, seinem Partner hinterherzulaufen. Henrys Borniertheit gehörte bestraft. Pitchard nahm den Anruf sofort entgegen und Link schaltete Henry dazu.
„Was gibt es denn so Dringendes“, maulte Henry.
„Freud war eben bei mir, Deine frühere Mitarbeiterin. Sie hat gehört, dass wir German Petroleum bei einem neuen, großen Projekt vertreten wollen.“
„Entschuldige Ernst“, unterbrach ihn Pitchard. „Woher weiß sie das? Sie arbeitet gar nicht mehr bei uns?“
„Sie ist nach wie vor gut in der Kanzlei vernetzt. German Petroleum hat das Projekt Venus gestern Abend verkündet, es stand heute Morgen groß in der Wirtschaftspresse. Ganz

offensichtlich haben sie die Zusage der Fördergelder früher bekommen als erwartet."

„Was", rief Henry aufgeschreckt. „Das habe ich übersehen. Wir müssen unbedingt dafür sorgen, dass wir mandatiert werden. Ich dachte, sie wollten die Kanzlei, die sie berät, gleichzeitig verkünden."

„Das haben sie nicht, davon steht jedenfalls nichts in der Pressemitteilung", antwortete Link ruhig.

„Ich werde sofort Brannenburg anrufen. Was wollte Freud?" Henry wirkte nervös.

„Freud sagte, sie habe Anhaltspunkte für illegale Umweltpraktiken der German Petroleum", fuhr Link fort. „Sie gehe davon aus, dass Henry von diesen Praktiken wisse."

„Was", rief Henry. „Ich soll davon wissen? Wie kommt sie denn darauf?"

„Da müsste ich etwas ausholen, aber dafür hast Du ja keine Zeit", antwortete Link spitz.

„Nein, für so einen Scheiß nicht. Völlig absurd. Was fällt der Frau ein. Warum kommt sie nicht zu mir, anstatt mich bei meinen Partnern zu verleumden?"

„Weil sie Deine überzogene Reaktion vorausgesehen hatte", antwortete Pitchard. Er klang genervt. „Wann bist Du wieder im Münchener Büro, damit wir besprechen können, wie wir jetzt vorgehen?“

„Morgen, Mittwoch“, antwortete Henry. „Um achtzehn Uhr muss ich dann zur Adventsfeier im Industrieklub, eine sehr elitäre Sache, es sind viele Wirtschaftsgrößen eingeladen. Ich werde mit meiner überzogenen Art für Euch morgen Abend neue Mandate hereinholen.“

„Dann treffen wir uns morgen um sechzehn Uhr im Konferenzraum“, bestimmte Pitchard ungerührt von Henrys Spitze. „Ich komme ohnehin nach München, um morgen Vormittag zu Fichts Beerdigung zu gehen. Im Notfall muss der elitäre Industrieklub etwas warten. Henry, ich werde Deinen Bruder bitten, dabei zu sein. Wir haben George gestern mandatiert. Ich nehme an, Du freust Dich darüber. Ernst, könntest Du auch Freud dazu bitten? Ich hoffe sehr, dass sie sich noch einmal die Zeit nimmt.“

„Was ist das denn für eine Panik?“ Henry schrie jetzt. Im Hintergrund lärmten Flugzeugmotoren. „Wir wollen das Mandat für Projekt Venus von German Petroleum. Brannenburg wird es uns nicht geben, wenn wir intern Compliance Untersuchungen führen, die German Petroleum betreffen. Wir wären doch bescheuert, uns unter diesen Umständen mit Freud zu treffen. Brannenburg wird uns das extrem Übel nehmen, wenn er das erfährt.“

„Dann darf er nichts davon erfahren, bis wir alle Fakten kennen“, antwortete Pitchard.
„Es gibt keine Fakten, die wir kennen müssen!“ Henrys Stimme überschlug sich. „Da ist nichts zu berichten, an der Sache ist nichts dran!“
Pitchard blieb fest. „Da weißt Du mehr als ich.“
„Die Freud mache ich fertig!“ Henry sprach plötzlich in einem verhaltenen Ton. Offensichtlich war er jetzt im Flugzeug, denn der Fluglärm war verebbt, und man hörte die Durchsage der Crew.
Pitchard sog hörbar Luft ein und schien mittlerweile um seine Fassung zu ringen.
„Das dachte ich mir. Da wollte ich dann dabei sein“, antwortete er.

10. Kapitel

Schneiders Vorschlag, sich nach der Arbeit auf ein Bier zu treffen, hatte George erstaunt. Um Schneiders Aufgabe zu besprechen, hätten sie sich nicht an einem Dienstagabend in einem Bierkeller treffen müssen. Da er aber auf der Suche nach Informationsquellen bei Hammersmith war, und Schneider als der einzige IT-Manager des Münchener Büros gut über die Kanzlei informiert sein musste, war George auf Schneiders Vorschlag eingegangen. Schnell verstand George den Grund ihres Treffens. Schneider lebte allein und freute sich über Gesellschaft. Er überreichte George einen Datenstick, auf dem er weisungsgemäß alle E-Mails und Dokumente der letzten zwölf Monate, die sich auf der Datenbank zu den Mandaten der German Petroleum befanden, gespeichert hatte. Das sei weitaus weniger Arbeit gewesen, als Schneider zu Beginn befürchtet habe, denn German Petroleum habe der Kanzlei in den letzten zwölf Monaten nur wenig große Mandate gegeben.

„Über den Marktanteil von Hammersmith bei German Petroleum wissen Sie als Anwalt des Unternehmens natürlich mehr als ich.“ In Schneiders Stimme klang Spott mit.

George blickte ihn aufmerksam an. Kannte Schneider seinen eigentlichen Auftrag?
Er zuckte mit den Achseln. „Nein, darüber weiß ich herzlich wenig. Es geht mich auch nichts an. Ich praktiziere gegenwärtig als Einzelanwalt, ich könnte sowieso keine großen Mandate übernehmen."
„Ich weiß, ich habe Ihre Website gesehen, und im Internet natürlich Hinweise auf Ihre Vergangenheit als berühmter Compliance Anwalt in London gefunden. Aber das geht mich natürlich nichts an. Ich bin nur ein kleiner IT-Manager und liefere Ihnen die Daten, die Sie anfordern. Das ist meine Rolle. Wenn ich mehr für Sie tun soll, müsste ich mehr über Ihre Aufgabe wissen." Schneider nahm einen tiefen Schluck aus dem zweiten Glas Bier, das er bestellt hatte. „Sie trinken nicht gerne Bier?" Er deutete auf Georges Glas, das halb geleert vor ihm stand.
George zog eine Grimasse. „Doch zu gerne, deshalb habe ich mir vorgenommen, weniger zu trinken. Was meinen Sie damit, Sie müssten mehr über meine Aufgabe wissen, um mehr für mich tun zu können?"
„Schauen Sie George, oder darf ich Sie duzen?"
George legte wenig Wert auf Formalien und das „Du" würde ihm sicher helfen, Schneider für seine Zwecke

einzuspannen. „Natürlich gerne.“
„Sehr gut, ich bin der Rüdiger. Also, schau George, als Anwalt weißt Du, welche Funktion der Flurfunk in einer Kanzlei hat, nicht wahr? Eine Kopie, die versehentlich auf dem Kopierer liegen bleibt, eine ausgedruckte E-Mail, die in falsche Hände gerät, eine offene Bürotür und ein zu lautes Telefonat, schon wird getuschelt und schnell machen Gerüchte und Fakten ihre Runde, die schwer zu unterscheiden sind. Aber an den Gerüchten ist meistens etwas Wahres dran. Der Flurfunk funktioniert bei uns über die Grenzen der Büros hinaus, denn einige Münchener Mitarbeiter haben für kürzer oder länger schon einmal im Londoner, Pariser oder sogar im New Yorker Büro gearbeitet. Von dort waren schon einmal einige Kollegen und Kolleginnen hier, und so haben sich Netzwerke gebildet.“
„Ach ja, und welche Gerüchte kursieren um meine Person?“
„Die Kanzlei wird erpresst. Von Umweltaktivisten. Du bist ein Compliance Experte. Henry hat Dich empfohlen. Du sollst uns bei der Aufklärung der Erpressung helfen.“
George hob den Daumen. „Du bist gut informiert, Rüdiger. Ich bin allerdings der Falsche für Deine Versuche, Gerüchte zu bestätigen. Ich habe eine Vertraulichkeitserklärung

unterzeichnet und werde einen Teufel tun, mich an den Spekulationen der Netzwerke zu beteiligen."

Rüdiger lachte. „Es genügt schon, dass Du die Gerüchte nicht dementierst."

„Ich gebe keinen Kommentar ab. Wie Du das deuten möchtest, ist Deine Sache. Pitchard hat Dich als Ansprechpartner genannt, damit ich an die Daten komme, die Ihr gespeichert habt. Eine andere Zusammenarbeit hat er nicht erwähnt. Ich glaube auch, dass ihm diese Unterhaltung nicht gefallen würde." George begann sich zu ärgern über den penetranten Versuch seines Gegenübers, ihm vertrauliche Informationen zu entlocken. Rüdiger schien das bemerkt zu haben, denn er lenkte schnell ein.

„So war das auch nicht gemeint. Lies Dir die Informationen durch. Wenn Du weitere Hilfe brauchst, melde Dich. Sollte mir noch etwas Wichtiges zu den Mandaten der German Petroleum einfallen, sage ich Dir Bescheid. Ich habe ein persönliches Interesse daran, Dir zu helfen."

„Ein persönliches Interesse? Welches?"

„Das erkläre ich Dir dann ein anderes Mal."

George stutzte. Entweder war Rüdiger ein Wichtigtuer oder eine größere Quelle für Informationen als erwartet. Er würde Rüdiger fürs Erste in die zweite Kategorie einordnen und ihn entsprechend hofieren. „Ich komme sicher wieder auf Deine Hilfe zurück. Übrigens, ich schätze IT-Manager sehr. Der Bereich ist komplex, enorm wichtig für eine Kanzlei. Ich scheitere schon bei dem Versuch, meinen Drucker einzurichten.“ George zwinkerte Rüdiger zu. Der lächelte und George hatte den Eindruck, dass Rüdiger erleichtert war über die freundliche Wendung des Gespräches. „Möchtest Du noch ein Bier, Rüdiger? Ich will Dich aber nicht aufhalten.“

„Danke, nein. Ich muss noch dringend ein weißes Oberhemd bügeln, morgen früh ist Fichts Beerdigung.“

George erinnerte sich daran, dass Pitchard die Beerdigung erwähnt hatte.

„Wann ist die Beerdigung“, fragte er.

„Die Trauerfeier beginnt um zehn Uhr auf dem Zentralfriedhof. Warum, möchtest Du auch kommen?“

„Das weiß ich noch nicht. Ich habe von dem Unglück gehört. Schrecklich. Ficht war noch jung, oder?“

„Ja, Mitte vierzig. Fünf Jahre jünger als ich. Aber schon ein erfolgreicher Partner.“

„Er hat auch an Mandaten für die German Petroleum gearbeitet, soweit ich weiß.“

„Das hat er. Die mochten ihn und haben ihm in der letzten

Zeit mehr Arbeit gegeben als Henry“, antwortete Rüdiger.
„Ficht war für Henry interne Konkurrenz?“
„Ja, er hat das so wahrgenommen. Ficht war zwar ein genauso arroganter und egozentrischer Sack wie Dein Bruder. Aber er hat es geschafft, sich bei den jüngeren Anwälten zu positionieren, oder sagen wir besser einzuschmeicheln. Die haben lieber für ihn als für Henry gearbeitet. Den jungen Associates gegenüber war Ficht immer offen, fast kumpelhaft. Er konnte sehr einnehmend sein. Ficht kam gebürtig aus Rosenheim. Seinen oberbayerischen Akzent hat er gepflegt. Du weißt ja, ein Mann mit einem solchen Zungenschlag steht für einen Naturburschen, der im Zweifel ohne Sauerstoffmaske auf den Mount Everest klettern kann. Das mögen die Leute.“
George lachte. „Damit konnte ich leider nie dienen. Ich komme aus Essen, Nordrhein-Westfalen, dort ist man früher eher unter die Erde geklettert. War Ficht nur bei den jungen Anwälten oder auch bei den älteren Partnern beliebt?“
„Du bist ein aufmerksamer Zuhörer, George. Bei seinen Partnern war Ficht weniger beliebt. Er war superehrgeizig, hat die Ellenbogen ausgefahren. Auch Link mochte ihn nicht, Ficht war ihm zu ehrgeizig, aber er hat ihn trotzdem

gefördert, um ein Gegengewicht zu Henrys starker Stellung in der Kanzlei aufzubauen. Henry konnte Ficht schon deshalb nicht leiden. Ficht war der Typ eines jungen Partners, der an den Futtertrog wollte, und dann auch nicht davor zurückscheute, denjenigen, der ihm etwas Platz gemacht hatte, ganz zur Seite zu drängen. Das sind natürlich vertrauliche Interna der Kanzlei. Behalte sie für Dich, auch wenn Ficht tot ist."

„Selbstverständlich. Hat Franziska Freud die Kanzlei verlassen, weil sie nicht mit Henry arbeiten wollte?"

„Du hast es erraten. Henry hat ihr deutlich gemacht, dass sie hier nichts werden kann. Entschuldige meine Offenheit, aber Dein Bruder ist ein Idiot. Wer arbeitet schon gerne mit Idioten. Er verschleißt jedes Jahr eine Sekretärin, was immer ein guter Indikator für den Grad der Sozialisierung ist, den ein Partner hat."

George winkte nach der Bedienung und zahlte Rüdigers Bier mit.

Auf dem Weg zum Ausgang passierten sie ein wandhohes Foto, auf dem Männer in Tracht mit aufgekrempelten Ärmeln vor einer Berglandschaft fröhlich Bier tranken. „Eine bayerische Idylle", scherzte George.

„Schau Dir das Foto genauer an", entgegnete Rüdiger

ernst. „Die Gletscher im Hintergrund schmelzen zu schnell, die Kühe zerstören unsere Atmosphäre durch ihre Methanfurze, der Gebirgssee ist ein künstlicher Speichersee für umweltschädliche Schneekanonen, der blaue Himmel sagt uns, dass es zu wenig regnet, die Mannsbilder werden heute Abend am Stammtisch gegen Ausländer wüten. Ach ja, und in der gleichen Sekunde, in der dieses Foto geschossen wurde, zerreißt ein Rudel Wölfe gerade auf einer Alm ein paar Schafe. Idyllen sind angstfreie Zonen. Ein Leben ohne Angst gibt es nicht. Idyllen sind deshalb immer Beschiss.“ George schaute ihn erstaunt von der Seite an, aber Rüdiger war ernst geblieben.

11. Kapitel

Der Sarg mit Fichts Leiche stand aufgebahrt in der Mitte der Friedhofskapelle. Die Trauergäste standen dicht gedrängt in der überfüllten Kapelle. George rieb sich müde die Augen. Er hatte nach dem abendlichen Treffen mit Rüdiger noch bis spät in die Nacht die E-Mails und Dokumente zu German Petroleum Mandaten gesichtet, die sich auf dem Datenträger befunden hatten. Rüdiger hatte Recht gehabt, ihre Menge war überschaubar und er würde die Durchsicht mit einer zweiten Spätschicht heute Abend beenden können, obwohl Rüdiger sich wenig Mühe gemacht hatte, die Daten zu ordnen. Er hatte keine Informationen entdeckt, die auf irgendwelche Unregelmäßigkeiten bei einer Abfallablagerung hindeuteten. Trotz seiner Müdigkeit wollte er zur Beerdigung gehen, in der vagen Hoffnung, dort mit Mitarbeitern der Kanzlei ins Gespräch zu kommen und Informationen über die Kanzlei sammeln zu können. Er entdeckte Bruhns, die wenige Meter vor ihm stand. Als ob sie seinen Blick gespürt hätte, drehte Bruhns sich um und ihre Blicke begegneten sich. Sie schaute ihn erstaunt an und lächelte kurz. Der katholische Pfarrer hatte soeben das kirchliche Ritual in der Kapelle beendet, ein Streichquartett spielte und der Trauerzug bewegte sich langsam aus der Kapelle hinaus, allen voran eine große, schlanke Frau, deren stark geschminktes Gesicht ihre Trauer nicht offen zeigte.

„Das ist Frau Ficht".

George schaute zur Seite. Neben ihm stand Vera Bruhns.

„Eine furchtbar traurige Angelegenheit. Gehen Sie nicht mit zum Grab?"

„Nein", antwortete sie. „Ich kann den Blick offener Gräber nicht ertragen. Er erinnert mich an unsere Zukunft."

George schaute Bruhns verdutzt an. „Wie meinen Sie das?"

„Wir werden Massengräber benötigen. Wir vernichten uns gerade selbst." Sie schüttelte den Kopf. „Aber das ist kein Thema für jetzt."

„Vielleicht für ein anderes Mal", hakte George schnell nach.

„Vielleicht", antwortete Bruhns freundlich. Sie deutete auf einen Mann, der gerade an ihnen vorbeiging und zum Ausgang des Friedhofs strebte. „Das ist Dr. Brannenburg, der Chefjurist der German Petroleum."

George überlegte nur kurz. Er gab Bruhns rasch die Hand, murmelte eine Entschuldigung und eilte Brannenburg

nach. Kurz vor dem Ausgang des Friedhofs hatte er ihn eingeholt.
„Herr Dr. Brannenburg?“
Der Angesprochene drehte sich verwundert nach George um.
„Verzeihen Sie die Störung. Mein Name ist George Klein. Ich habe gestern bereits in Ihrem Sekretariat angerufen, auf Empfehlung von John Pitchard, dem Managing Partner von Hammersmith. Ich bin der Compliance Experte, den die Kanzlei mandatiert hat. Ich untersuche die Umstände der Erpressung.“
Brannenburg blieb stehen. „Ach, Sie sind das“, sagte er in einem unbeteiligten Tonfall. „John Pitchard hat mir von der Sache berichtet. Wie kann ich Ihnen helfen?“
„Können wir uns vielleicht so bald wie möglich für eine Stunde treffen, damit ich Ihnen einige Fragen stellen kann? Mich würde Ihre Meinung zu den Behauptungen der Kämpfer für die Umwelt interessieren.“
Brannenburgs Miene verfinsterte sich. „Die Angelegenheit ist für die Kanzlei und für uns in gleicher Weise unangenehm. Sie können gerne zu mir nach Frankfurt kommen, aber ehrlich gesagt, ich halte das für eine Zeitverschwendung, und ich habe keine überflüssige Zeit, die ich

verschwenden möchte. Wir haben unsere Medienberater eingeschaltet und sind bereit, sollte irgendetwas von dieser Erpressung nach außen geraten."

„Können Sie sich denken, warum dieses Gerücht entstanden ist und wie die Umweltaktivisten davon erfahren haben?"

„Herr Dr. Klein, ich habe hier eine klare Haltung, die ich mehreren Partnern bei Hammersmith bereits kommuniziert habe. Die Compliance Prüfung, die Sie führen, muss augenblicklich aufhören. Es gibt keinerlei rechtswidrige Abfallablagerung in Dülmen. Punkt. Je mehr Sie herumfragen und stochern, umso höher wird das Risiko, dass die Erpressung nach außen dringt. Das ist nicht in unserem Interesse, das ist auch nicht im Interesse von Hammersmith. Ich bin fest davon überzeugt, dass die Umweltaktivisten bluffen und nichts in der Hand haben. Dülmen ist clean."

„Aber irgendjemand muss das Gerücht über illegale Umweltaktivitäten in die Welt gesetzt haben. Gibt es in Ihrem Unternehmen interne Reibereien, Konkurrenten, die daran ein Interesse haben könnten?"

Brannenburg kniff die Augen zusammen. „Wie kommen Sie darauf?"

George zuckte mit den Achseln. „Das war nur ein

Gedanke."

„Ich habe keine Ahnung, wer diesen Mist in die Welt setzt. Die Mitarbeiter unseres Unternehmens sind loyal und würden nicht solche Gerüchte verbreiten. Mehr kann ich Ihnen dazu nicht sagen. Mehr könnte ich Ihnen auch in Frankfurt nicht sagen. Jetzt entschuldigen Sie mich bitte. Dort drüben wartet mein Wagen, ich bin eigentlich im Urlaub und möchte rasch wieder zurück nach Kitzbühel." Mit diesen Worten drehte sich Brannenburg um und ging zu seinem Taxi.

Nachdenklich blickte George ihm nach. Für jemanden, der nichts zu verbergen hatte, hatte Brannenburg auf die Gerüchte sehr nervös reagiert. Brannenburg hatte Pitchard seine Kooperation angeboten, um ihn jetzt kurzerhand abzufertigen. Eine klassische Blockadehaltung. Das musste nicht heißen, dass Brannenburg etwas zu verbergen hatte. Vielleicht war er heute schlecht gelaunt, weil er aus dem Urlaub gerissen worden war. Vielleicht gab es in Dülmen keine giftige Müllablagerung und weitere Fragen waren tatsächlich Zeitverschwendung. Oder er wollte verfängliche Antworten vermeiden, weil das Thema zu brisant war und mehr dahintersteckte. Vielleicht in Dülmen, vielleicht anderswo. Er würde das herausfinden, auch ohne

Brannenburgs Hilfe.
Auf dem Weg zum Ausgang des Friedhofs bemerkte er Rüdiger, der rauchend auf einer Bank saß, den Kopf nach hinten gelehnt und die Augen geschlossen. Aus der Entfernung sah er bleich und mitgenommen aus. Die Beerdigung schien ihm nahegegangen zu sein. Schnell ging George an ihm vorbei, ohne dass Rüdiger ihn bemerkte. Er war zu müde für Rüdigers Gesprächsbedürfnis. George blickte auf seine Armbanduhr. Er hatte noch gut zehn Tage bis zur Abgabe seines Berichts. Er atmete tief durch. Er funktionierte wieder. Er würde das schaffen.

12. Kapitel

„Das Mädchen ist nicht aus dem Holz geschnitzt, das wir hier brauchen. Deshalb habe ich ihr im Herbst nahegelegt zu gehen. Jetzt will sie mich in den Dreck ziehen. Aus Rache. Mit Lügen. Was soll ich denn gegen Lügen tun? Das sind Fake News, was sonst."

Henry lief im Konferenzraum auf und ab und wedelte aufgeregt mit den Händen.

Gelassenheit sieht anders aus, dachte George.

„Das Mädchen, wie Du sie nennst, ist Anfang dreißig. Im Frühjahr wolltest Du Sie noch unbedingt zur Partnerin machen." Pitchard schaute Henry mit einem spöttischen Lächeln auf den Lippen an. „Rising star, top talent, waren das nicht Deine Worte? Was hat Deine Meinung geändert, Henry?"

„Die Tatsache, dass Du danach länger mit ihr auf einem Projekt gearbeitet hast und Dich danach bei unserem Gespräch über ihre Partnerchancen nicht gerade für sie stark gemacht hast", entgegnete Henry bissig.

„Ich habe gesagt, dass ich einen guten Eindruck hatte, aber dass Ihr in München entscheiden müsst, ob Ihr sie als

Partnerin vorschlagt. Du hast sie dann nicht vorgeschlagen, oder sehe ich das falsch?"

Noch bevor Henry antworten konnte, klopfte die Rezeptionistin an die Tür, um die Ankunft von Freud zu melden.

„Haben sich die Erpresser noch einmal gemeldet", fragte George, während sie auf Freud warteten.

„Nein", antwortete Pitchard.

Pitchard legte kurz den Zeigefinger auf die Lippen, da sich die Tür öffnete und Franziska Freud den Konferenzraum betrat. Sie war sorgfältig und professionell gekleidet. Ihr volles, dezent geschminktes Gesicht war eingerahmt von mittellangen, blonden Haaren. Freud machte einen selbstbewussten, entschlossenen Eindruck. Nachdem sich alle gesetzt hatten, eröffnete Pitchard das Gespräch.

„Danke, dass Sie sich noch einmal die Zeit genommen haben, Franziska. Darf ich Sie bitten, kurz zusammenzufassen, was Sie Ernst gestern erzählt haben? Pardon, ich habe versäumt, Ihnen George vorzustellen. Dr. Klein würde uns, wenn nötig, bei der Aufarbeitung von Compliance Verstößen anwaltlich unterstützen. Sie sehen, wir haben schnell reagiert und haben Ihr Gespräch ernst genommen."

Freud nickte, schien aber nicht sonderlich verwundert zu sein über Georges Anwesenheit und seinen Nachnamen, der identisch mit dem Henrys war.

„Darf ich gleich vorab eine Frage stellen, Frau Freud, bevor Sie beginnen“, fragte George höflich. „Wem außer Herrn Link haben Sie denn von Ihren Beobachtungen noch erzählt?“

„Ich kenne meine anwaltliche Schweigepflicht, wenn das der Hintergrund Ihrer Frage sein sollte“, entgegnete Freud schnippisch. „Nur Xaver Ficht.“

„Ficht?“ Link erhob erstaunt die Augenbrauen. „Warum gerade Ficht?“

„Ich habe häufig zusammen mit Xaver an Mandaten der German Petroleum gearbeitet. Außerdem war er von allen Partnern derjenige, der immer ein offenes Ohr für die Probleme der angestellten Anwältinnen hatte. Um Ihrer Frage zuvorzukommen, ja, mit Henry habe ich auch über meine Beobachtungen gesprochen.“

„Das sind keine Beobachtungen, das sind Hirngespinste“, stieß Henry wütend hervor. Pitchard schaute ihn verärgert an.

„Welche Beobachtungen? Vielleicht gehen wir der Reihe nach vor und stellen die Fragen hinterher, meine Herren“, knurrte Pitchard. „Also bitte, Franziska.“

„Irgendwann im Spätsommer dieses Jahres bat mich Henry,

im Auftrag des Leiters der Rechtsabteilung der German Petroleum, Dr. Brannenburg, ein Memorandum zu schreiben über die rechtliche Zulässigkeit der Ablagerung von bestimmten Abfällen durch die German Petroleum. Sie haben vor ungefähr einem Jahr begonnen, enorme Mengen Abfall aus ihrer Raffinerie im Ruhrgebiet in eine nicht weit entfernt liegende Tongrube zu bringen. Der Ort, an dem die Tongrube liegt, heißt Dülmen. Für diese Gegend ist die Bezirksregierung von Münster zuständig. Von Brannenburg hatten wir die Information bekommen, dass es sich bei dem Abfall um Industrieruß handle. Der Abfall hat eine bestimmte Schlüsselnummer, nämlich 061303. Die Zahlen entsprechen zufällig dem Geburtsdatum meines Vaters, der dreißigste März neunzehnhunderteinundsechzig, falls Sie sich wundern, wie ich mir die Zahl des Abfallschlüssels merken konnte. Als ich Henry fragte, warum ausgerechnet jetzt die Rechtmäßigkeit der Abfallablagerung überprüft werden solle, meinte er nur, bei German Petroleum versuchten einige Leute, dem Finanzvorstand und Brannenburg ans Bein zu pinkeln. Darunter sei auch Dr. Jenbach, einer unserer Ansprechpartner bei German Petroleum, Stellvertreter Brannenburgs und sein Widersacher. Jenbach habe wohl auch eine anonyme Anzeige bei der Behörde in

Münster eingereicht, so erzählt man sich bei German Petroleum. Nachweisen konnte man ihm das nicht. "
„Wird der Abfall immer noch dort abgelagert", fragte Pitchard.
„Nein, die Tongrube ist mittlerweile vollständig gefüllt, sagte mir Frau Roderick."
„Wer?"
„Ich komme gleich darauf zurück."
Freud stand auf und holte sich eine Flasche Mineralwasser von einem Beistelltisch.
„Entschuldigen Sie, ich hätte Ihnen schon Wasser geholt", sagte Pitchard schnell. „Lassen Sie mich wenigstens einschenken."
Freud winkte ab. „Kein Problem. Ich kann als Frau nicht auf der einen Seite auf Gleichberechtigung pochen, und dann erwarten, dass mir jemand galant in den Mantel hilft, beziehungsweise mein Glas füllt." Sie trank einen Schluck Wasser und fuhr unbeirrt mit ihrem Bericht fort.
„Die rechtliche Situation war aufgrund meiner Nachforschungen einfach und eindeutig. Die Tongrube liegt zwar neben einer Trinkwasserschutzzone, war aber als Deponie für Industrieruß zertifiziert. German Petroleum hatte den Müll als Industrieruß deklariert. Damit war die Ablagerung

rechtmäßig."
„Sie sagten, es ging um erhebliche Mengen an Müll", bemerkte Pitchard.
„Ja, da liegen über dreißigtausend Tonnen. Es ist ein riesiges Areal, es gibt Fotos von der Deponie im Netz."
Pitchard pfiff leise durch die Zähne. „Das sind Tausende LKW-Ladungen. Eine riesige Menge. Aber wo steckte das Problem, das eine Memo von uns erforderte, oder gab es keines?"
„Das habe ich mich auch gefragt. Ich wollte selbstverständlich kein falsches Ergebnis abliefern. Damals hat mir Henry noch weisgemacht, ich könne hier Partnerin werden." Freud legte eine kleine Kunstpause ein, um ihren letzten Satz länger als notwendig im Raum stehen zu lassen.
Henry atmete hörbar ein, kommentierte Freuds Polemik aber nicht weiter.
„Und", fragte Pitchard ungeduldig. Er war für Kunstpausen nicht der richtige Zuhörer.
„Ich habe das Umweltdezernat bei der Bezirksregierung in Münster angerufen, um weitere Erkundigungen einzuholen. Der Referatsleiter Dr. Weise war krankgeschrieben, aber ich habe mit einer Sachbearbeiterin gesprochen, besagter Frau Roderick. Sie war sehr hilfsbereit und hat

meine Meinung geteilt, dass es an der Ablagerung nach der Aktenlage rechtlich nichts zu beanstanden gab. Über eine Sache hat sie sich allerdings gewundert. Weise, ihr Chef habe laut einer kurzen Aktennotiz einige Monate zuvor ein Gutachten zur Gefährlichkeit des Abfalls in Auftrag gegeben. Aus der Akte ergäbe sich nicht, was aus dem Gutachten geworden war. Auch nicht, warum Weise überhaupt noch zu diesem späten Zeitpunkt, Monate nach der ersten Abfallablagerung, ein Gutachten benötigte."

Henrys Mobiltelefon klingelte. Er schaute auf die Nummer, sprang auf und verließ wortlos den Raum.

„Bislang klingt das alles nach einem einwandfreien Vorgehen von Ihrer Seite aus. Worüber hat sich denn Henry so aufgeregt, dass er danach offenbar Ihre Karriere kippte", fragte George.

„Ich hatte Henry zu Beginn meiner Arbeit vorgeschlagen, bei der Behörde formal nach dem Umweltinformationsgesetz Akteneinsicht zu beantragen. Das hatte er als zu aufwendig abgelehnt. Deshalb habe ich einen weniger aufwendigen Weg eingeschlagen und die Behörde in Münster direkt angerufen. Henry hat sich darüber enorm aufgeregt. Mein Job sei ein Memo gewesen, das die Rechtmäßigkeit der Abfallablagerung bestätigt, aber nicht verzweifelt nach

Gründen für ihre Rechtswidrigkeit zu suchen. Er sei sich zwar sicher, dass unsere Mandantin nichts zu verbergen habe, aber man wisse nie, was hinter den Kulissen gespielt würde. Ich hätte in ein Wespennest stechen und unnötige Rückfragen der Behörde bei Brannenburg auslösen können. Mein Vorgehen habe einen völligen Mangel an Fingerspitzengefühl bewiesen, das dürfe einer Partnerkandidatin nicht passieren."

„Wegen dieses einzigen, vermeintlichen Patzers sind Sie derart mit Henry aneinandergeraten, dass Sie die Kanzlei verlassen haben?" George schaute Freud skeptisch an.

„Ich habe nicht wegen Henry meinen Beruf gewechselt. So wichtig war er nicht. Der Richterberuf wird mich mehr erfüllen."

„Das freut mich." Pitchards Geduld mit Freuds Seitenhieben auf Henry schien erschöpft zu sein. Er schaute auf seine Uhr.

„Also, warum bin ich mit Henry aneinandergeraten", fuhr Freud unbeirrt fort. „Mir kam der Name des Ortes Dülmen bekannt vor. Ich bin daraufhin durch meine Dateien gegangen, habe aber keine Hinweise auf diesen Ort gefunden. Dabei hätte ich schwören können, nicht lange vor dem Entwurf des Memos auf Bitten von Henry einen Vertrag über den Kauf eines Grundstücks in Dülmen entworfen zu haben. Ich habe mich deshalb gut an diese Aufgabe erinnert, weil ich so eine Arbeit selten mache. Ich bin Gesellschaftsrechtlerin, keine Immobilienanwältin. Außerdem wollte mir Henry damals nicht die Namen der Kaufvertragsparteien nennen, was ich auch außergewöhnlich fand. Und beleidigend, wenn ich ehrlich bin. Schließlich bin ich seine Kollegin. Als ich Henry darauf ansprach, hat er einen wahren Tobsuchtsanfall bekommen. Ob ich jetzt eine Privatdetektivin geworden sei. Niemand habe mich gebeten, diese Nachforschungen anzustellen. An diesem Tag habe ich beschlossen, mit ihm nicht mehr zusammenarbeiten zu wollen. Das muss ungefähr Ende September gewesen sein. Ich bin nach einiger Überlegung zu Xaver Ficht gegangen, habe ihm den Sachverhalt geschildert und ihn gefragt, ob er einen Ausweg sähe. Xaver meinte, gegen Henrys Willen hätte ich keine Chance, hier Partnerin zu werden. Das sei leider mal so. Die Kräfteverhältnisse in der Kanzlei könnten sich ändern, er würde mir dennoch raten, eine sinnvollere Stelle zu suchen. Er wolle der Sache mit der Abfallablagerung und Henrys Verhalten aber nachgehen und darüber mit Ihnen John, sprechen."

„Das hat er leider nicht", sagte Pitchard. „Er ist vorher

gestorben."
„Genau deshalb habe ich gestern Herrn Link angesprochen, ich war mir nicht sicher, ob Xaver vor seinem Tod Gelegenheit dazu hatte, Ihnen von meinen Beobachtungen zu berichten. Außerdem habe ich in der Zeitung von dem Projekt der German Petroleum gelesen, grünen Wasserstoff herzustellen. Da sind mir das Memo für die German Petroleum und die Umstände meiner Arbeit daran wieder eingefallen."
„Sie sagten laut Henry wollte jemand dem Finanzvorstand und Brannenburg ans Bein pinkeln. Hat er auch gesagt, wer? Gibt es bei German Petroleum interne Grabenkämpfe?"
„Soweit ich von Henry weiß, war Brannenburgs Stellvertreter Jenbach, sehr unglücklich darüber, dass er den Job nicht bekommen hat. Er ist schon etwas länger bei German Petroleum", antwortete Freud.
„Das sind alles vertrauliche Interna", bellte Henry, der gerade wieder in den Raum trat. „Jenbach ist ein Idiot."
„Warum, nur weil er lieber mit Ficht gearbeitet hat als mit Dir", fragte Pitchard und lächelte amüsiert. „Auch Brannenburg hat die letzten Mandate bei Ficht abgeliefert oder nicht? Das macht dann schon zwei Idioten, den Leiter der

Rechtsabteilung und seinen Stellvertreter."
Henry schaute Pitchard wütend an, antwortete aber nicht.
„Frau Freud, warum ist Ihnen die Angelegenheit überhaupt so wichtig, dass Sie gestern Dr. Link angesprochen haben, obwohl Sie die Kanzlei bereits verlassen haben", fragte George. „Ich nehme nicht an, dass Sie sich nur bei Henry für sein Verhalten revanchieren wollen?"
„Da haben Sie recht. Ich bin keine rachsüchtige Furie." Freuds Augen funkelten George wütend an. „Aber ich habe einen Sinn für Gerechtigkeit. Der Sachverhalt stinkt doch zum Himmel. Ich habe nicht Rechtswissenschaften studiert, nur um Reichen dabei zu helfen, reicher zu werden, so wie es die hoch bezahlten Partner von Wirtschaftskanzleien tun. Wenn ein Energiekonzern illegal handelt, dann muss das aufgedeckt werden. Ich könnte auch zur Staatsanwaltschaft gehen, aber ich möchte Hammersmith nicht in den Rücken fallen, ich hatte hier viele gute Kolleginnen und Kollegen und die Partner waren fair zu mir, bis auf einen."
„Mir ist noch nicht klar, wie Sie auf den Gedanken kommen, hier sei illegal gehandelt worden, mit Wissen von Henry", entgegnete George.
„Finden Sie nicht, dass Henrys aggressive Reaktion

ungewöhnlich war, so als ob er Angst hatte, ich könnte etwas herausfinden, was ich nicht herausfinden sollte? Warum verschwindet ein Grundstückskaufvertrag? Warum ist ein Gutachten aus den Akten der Behörde verschwunden?"
George zuckte mit den Achseln. „Ob aggressiv, defensiv oder verärgert, das kann ich nicht beurteilen. Ob das Gutachten verschwunden ist oder aus irgendwelchen Gründen vielleicht nie in Auftrag gegeben wurde, weiß ich auch nicht. Sie wissen selbst nicht sicher, ob Sie einen Grundstückskaufvertrag über ein Grundstück in Dülmen entworfen haben. Daraus zu folgern, hier stinke eine Sache zum Himmel ist schon recht spekulativ, Frau Freud. Haben Sie Ihr Memo noch?"
Freud schüttelte den Kopf. „Natürlich habe ich nach dem Ende meiner Tätigkeit in dieser Kanzlei keine vertraulichen Dokumente mitgenommen. Meine Dateien sind entweder archiviert oder gelöscht worden."
„Das ist kein Problem", sagte Pitchard. „Ich frage Schneider. Von gelöschten Dateien müssten wir Back-up Kopien haben. Er wird George das Memo und den Entwurf des Grundstückskaufvertrages heraussuchen, wenn er jemals existierte. Hat jemand noch Fragen an Franziska?"
„Ficht hat von Ihnen also keine Unterlagen erhalten, weder

das Memo noch den Kaufvertragsentwurf", hakte George nach.
„Fischen Sie nach Widersprüchen?" Freud schaute George mit spöttischer Miene an, als ob sie einen Gegner taxierte, den sie für hoffnungslos unterlegen hielt. „Das Memo habe ich ihm gegeben. Damals war ich hier noch angestellte Anwältin und er war ein Partner der Kanzlei. Den Vertragsentwurf nicht, da er verschwunden war und ist."
Pitchard verzog genervt seine Mundwinkel. „Wir wollen uns jetzt voneinander erlösen. Vielen Dank, Franziska, für Ihre Zeit. Das war immens hilfreich. Selbstverständlich unterstützen wir keine Rechtsverstöße. Schon gar nicht im Umweltbereich. Wir legen sehr viel Wert auf Gesetzestreue und Nachhaltigkeit. Ich sehe zwar trotz Ihrer Vermutungen keine konkreten Anhaltspunkte dafür, dass Henry oder sonst jemand in unserer Kanzlei illegale Tätigkeiten unterstützt hat, aber wir werden der Sache weiter nachgehen. Wie eingangs erwähnt, würde George uns bei internen Ermittlungen unterstützen."
„Sie sprechen leider im Konjunktiv, John."
Wieder diese schnippische Art! George konnte sich sehr gut vorstellen, wie schwierig es sein musste, für eine junge Frau mit einem Chef wie Henry zurechtzukommen und in

der Kanzlei ihren Weg zu machen. Aber er konnte auch nachvollziehen, warum Henry auf Freuds Auftreten reagierte, wie ein Kampfstier auf ein rotes Tuch.

„Unser Gespräch hat mich enttäuscht“, setzte Freud nach. „Ich bin kein Dummchen, dessen Beobachtungen einfach ignoriert werden können. Mich beschleicht nach unserem Gespräch das Gefühl, dass Sie die Sache vertuschen wollen, auch im Interesse von German Petroleum. Wirtschaftlich würde das Sinn machen. Eine Hand wäscht die andere. Und wirtschaftliche Interessen siegen immer über die Umwelt.“

„Ihr Gefühl trügt Sie“, entgegnete Pitchard. „Ich bin extra für dieses Gespräch aus London eingeflogen. Wir haben mit George einen teuren Topanwalt für Compliance Untersuchungen angesprochen. Warum sollten wir das machen, wenn wir Ihre Beobachtungen nicht sehr ernst nehmen? Ich kann Sie beruhigen. Auch uns ist die Umwelt sehr wichtig.“ Pitchard erhob sich. „Ich bringe Sie noch zur Tür. In jedem Fall sind wir Ihnen dankbar für Ihre Mühen.“

„Dann bin ich erleichtert und hoffe, dass Ihre Untersuchungen schnell zum richtigen Ergebnis kommen“, erwiderte Freud kühl.

„Das hoffen wir alle“, seufzte Pitchard. „Das Gespräch

bleibt unter uns nicht wahr. Wenn wir Anlass dazu sehen, gehen wir gegen die Verletzung von Schweigepflichten gerichtlich vor. Verstehen Sie das bitte nicht als Drohung, sondern als Hinweis."

„Ich denke, ich kann Ihre Bemerkung richtig einordnen."

„Uff." Pitchard blies die Backen auf, als er wieder im Konferenzraum saß. „Nicht ganz einfach im Umgang, die Kollegin. Wobei ich damit nicht gesagt haben möchte, dass dies etwas mit ihrem Geschlecht zu tun hat. Ich habe in meiner Laufbahn genauso viele männliche Kollegen getroffen, die Haare auf den Zähnen hatten."

„Sie ist eine Zicke", raunzte Henry.

„In der Tongrube liegt eine riesige Menge an Industrieruß. Dreißigtausend Tonnen sind viel. Wenn das Giftmüll wäre, der auch noch in der Nähe eines Trinkwassergebietes liegt, dann hätte German Petroleum ein großes Umweltproblem am Hals. Das wäre ein wirkliches Problem für ihr Image. Ich verstehe jetzt Brannenburgs Nervosität", sagte Link.

„Ich kann Euch versichern, ich weiß nichts davon."

„Ich sicher auch nicht", erwiderte Henry mit finsterem Blick.

„Henry, weißt Du Genaueres darüber, warum Euch

Brannenburg im Spätsommer den Auftrag gegeben hatte, die Rechtmäßigkeit der Ablagerungen zu untersuchen, nahezu ein Jahr nach ihrem Beginn,“, fragte George.
„Nein, das weiß ich nicht. Wie Freud sagte, Brannenburg meinte nur, jemand im Konzern versuche dem Finanzvorstand oder ihm zu schaden. Ich habe nicht weiter nachgefragt, Brannenburg mag es nicht, wenn man versucht, Unternehmensinterna aus ihm heraus zu kitzeln. Er hat eine unbändige Angst vor Indiskretionen und davor, dass Vertrauliches aus dem Unternehmen nach außen gerät. Deshalb war auch Freuds Vorgehen völlig unsensibel. Sie ist wie ein Kampfpanzer, null Fingerspitzengefühl.“
„Weißt Du etwas über den Grundstückskaufvertrag, den Freud erwähnte“, fragte Pitchard.
Henry blies die Backen auf. „Ist das jetzt ein Kreuzverhör? Die Antwort ist nein. Keine Ahnung, was sie meint.“
Pitchard schaute George an. „Was halten Sie von Freuds Auftritt? Was ist Ihr Plan?“
„Sie ist emotional und fest davon überzeugt, dass hier ein Umweltskandal vertuscht werden soll“, antwortete George. „Sie stützt sich dabei allerdings nicht auf Fakten, sondern auf ihre eigene Vermutung. Ich bitte Herrn Schneider gleich in der Datenbank noch einmal nach den Dokumenten zu

suchen, die Freud erwähnt hat. Ich bin mir sicher, dass selbst das Memorandum nicht unter den Unterlagen war, die er bislang kopiert hat. Dann reise ich baldmöglichst zur Bezirksregierung nach Münster, um mich dort mit dem Umweltreferenten zu treffen. Einen Antrag auf Akteneinsicht nach dem Umweltinformationsgesetz habe ich bereits gestellt, nachdem ich gehört habe, dass die Tongrube in Dülmen liegt. Die Bezirksregierung in Münster ist für Dülmen zuständig."

„Ich habe bereits gesagt, was ich von diesen Untersuchungen halte, gerade jetzt, wenn wir eine hervorragende Chance haben, die Beratung für Projekt Venus zu bekommen. Wir riskieren fünf Millionen Umsatz", schimpfte Henry und schaute George böse an.

Pitchard reagierte ungehalten. „Das hast Du mehrmals gesagt, und ich habe Dir mehrmals gesagt, warum ich diese Untersuchung durchziehen werde. Georges Besuch in Münster ist absolut notwendig. Gut, dass er seinen Besuch bereits vorbereitet hat. Auch wenn Freuds Ausführungen mehr Spekulationen als Fakten enthielten, allein der Umfang der Abfallablagerungen lässt mich schon aufhorchen. Ich verstehe langsam, warum die Kämpfer für die Umwelt meinen, diese Abfallablagerung sei den Versuch einer

Erpressung wert, und wie Ernst begreife auch ich Brannenburgs Nervosität. Wenn sie etwas in der Hand hätten, wäre das keine Kleinigkeit. Insbesondere nicht jetzt, wo German Petroleum gerade Projekt Venus und ihren nachhaltigen Geschäftsansatz vermarkten."

Henry stand auf. „Dann ist meine Meinung ja überflüssig. Ich gehe besser zur Adventsfeier des Industrieclubs, um für Euch neue Mandate hereinzubringen."

„Tue das, dafür wirst Du auch prächtig bezahlt", antwortete Pitchard ohne eine Miene zu verziehen.

13. Kapitel

Auf dem Weg zum Ausgang der Kanzlei betrachtete George sich in einem Spiegel, der in der Wand des Fahrstuhls eingelassen war. Das Neonlicht warf ein kaltes, fahles Licht auf seine Gesichtszüge. Verdammt, er war alt und hässlich geworden. Sein Gesicht war bleich, seine Gesichtszüge waren verweichlicht, seine ergrauten Haare dünn, die Augen von der überheizten Luft in seiner Wohnung gerötet, sein Körper hatte die Form eines einen Meter dreiundachtzig Zentimeter großen Eies angenommen. Von dem Körper eines Adonis war er Lichtjahre entfernt, allerdings hatte Adonis sein Alter auch nie erreicht. Seine abgetragene, dunkelgrüne Outdoorjacke, die er seit seiner Ankunft in München zu fast jeder Gelegenheit trug, wertete sein abgehalftertes Äußeres auch nicht gerade auf. Aber er mochte seine Jacke, er und sie teilten das gleiche Los der abgenutzten, zum Untergang bestimmten Materie. Nur war die Jacke ihm überlegen, da sie keine Angstanfälle bekam. Sein Leben war ein großer Scheiß, selbst seine Jacke war ihm überlegen. George trat hinaus auf die Brienner Straße, die sich mittlerweile im vollen weihnachtlichen Ornat präsentierte, und reihte sich ein in die abendliche Prozession überdimensionierter Einkaufstüten mit den Insignien überteuerter Boutiquen, an deren Henkeln sich mit Sorgfalt gekleidete Menschen klammerten, die wohlhabend waren oder Wohlstand vortäuschten. Vor dem großen, hell erleuchteten Schaufenster eines Kaufhauses blieb er stehen und beobachtete das Treiben im Inneren. Hoffentlich hatte er bei dem Treffen mit Freud auf Pitchard einen guten Eindruck hinterlassen. Er schüttelte unmutig den Kopf. Natürlich hatte er einen guten Eindruck hinterlassen. Seine verdammte Unsicherheit war zum Kotzen. Er könnte den neuerlichen Druck natürlich vermeiden und Pitchard den Krempel einfach hinschmeißen. Niemand zwang ihn, dieses Mandat weiterzuführen. Er könnte in Zukunft sein Geld mit Schriftsätzen zu Gartenhecken verdienen oder anderen Aufträgen von Spießern, die an seine Tür klopften, ohne weitere Ziele zu haben. Ohne Ziel kein Druck. Er wäre ein freies, beliebig austauschbares menschliches Lebewesen in irgendeiner Wohnung, über sich, neben sich, unter sich irgendwelche andere, beliebig austauschbare Menschen, in irgendwelchen Wohnungen, erwachend, urinierend, frühstückend, zu Mittag essend, zu Abend essend, verdauend, kopulierend, schlafend, Tag für Tag, an kalten, warmen, nassen, trockenen Tagen. Irgendwann würde es für ihn keinen Tag mehr geben. Da wäre dann nichts mehr. Seine Rolle als Anwalt war die eines Lakaien gewesen. Freud hatte das richtig ausgedrückt. Er hatte reichen Mandanten geholfen, reicher zu werden. Mehr nicht. Völlig sinnentleert. Aber er hatte damit ein Schweinegeld verdient, viel mehr als die meisten anderen Anwälte. Er wollte zu seinem Erfolg zurück. Wenn er jetzt versagte, würde er für den Rest seines Lebens versagt haben. Leider war Erfolg kein statischer Endzustand. Er musste täglich erkämpft und verteidigt werden. Also würde er kämpfen. Diese verdammte, beschissene Angst vor seiner Zukunft, davor zu versagen, und wenn er ehrlich zu sich war, auch davor allein zu sein, musste weg. Er wusste das, er hielt immer wieder den gleichen Monolog, dennoch kam seine Angst immer wieder. Er wandte sich ab von dem Schaufenster. Genug lamentiert. Er würde jetzt gefälligst das machen, was er während seiner erfolgreichen Jahre bei Dickert & Dickinson auch gemacht hätte. Den Status seines Mandates überdenken. Planen. Handeln. Und seinen Körper wieder auf Vordermann bringen. Wer die Körperform eines Eies hatte, trat auch wie ein Weichei auf. Das alles konnte er allein bewerkstelligen. Dafür brauchte er keine Freundinnen, Freunde,

Lebensgefährtinnen, Bekannte, Verwandte, Kolleginnen und Kollegen oder sonstige Kategorien zwischenmenschlicher Beziehungen, die früher oder später ohnehin in der Reibungshitze des Miteinander schmolzen, wie ein Schneemann in der Frühlingssonne.

Wenig später, er stapfte gerade die Treppen zu seiner Wohnung hinauf, rief ihn Bruhns an, um ihn zu einem Konzert am nächsten Abend in die Philharmonie einzuladen. Eine Freundin hatte ihr abgesagt und da war ihr der Gedanke gekommen, ihn zu fragen, da er auch klassische Musik liebe. Sie würde mit dem Fahrrad kommen, und er solle daher bitte keine elegante Abendgarderobe erwarten oder selbst anlegen. Noch bevor sein Verstand die volle Kontrolle über seine Antwort übernehmen konnte, hatte George nicht nur zugesagt, sondern auch gleich klargestellt, dass er ebenfalls mit dem Fahrrad kommen werde.

Kurz vor dem Treppenabsatz des zweiten Obergeschosses blieb er abrupt stehen. Vor seiner Wohnungstür stand ein Mann und klopfte ungeduldig an die Tür. George versuchte leise zurückzugehen, aber es war zu spät. Professor Dr. Schreiber hatte ihn bereits gesehen.

„Da sind Sie ja“, rief Schreiber und klang sehr verärgert. „Wir hatten um achtzehn Uhr einen Termin. Jetzt ist es

achtzehn Uhr fünf."
George fluchte innerlich. Den Termin mit Schreiber hatte er völlig vergessen. Er hatte versucht, Schreiber abzuwimmeln, den persönlichen Besprechungstermin als zu teuer und unnötig dargestellt, aber vergebens. Schreiber hatte auf ein Treffen bestanden. Er murmelte eine Entschuldigung und ließ seinen Mandanten in die Wohnung. Drinnen plärrte noch das Radio. Er musste am Morgen vergessen haben es auszuschalten. Eine Radiomoderatorin rief dazu aus, heute Abend, um halb sieben die Fenster zu öffnen, auf die Balkone hinauszugehen und gemeinsam Weihnachtslieder zu singen
Was für eine idiotische Idee. George schaltete das Radio aus. Schreiber hatte bereits seinen Mantel ausgezogen und reichte ihn George mit einer ungeduldigen Geste. Der legte den Mantel auf den Boden, denn die Kleiderhaken im Flur waren überfüllt. Schreiber nahm seine Aktentasche, die ihn angesichts ihres rauen, spröden Leders sein ganzes Berufsleben lang begleitet haben musste, und holte ein Schriftstück hervor. Er ging ins Wohnzimmer, ohne anzubieten, seine Schuhe auszuziehen. George störte sich daran, er mochte keinen Dreck auf dem Boden. Wie sollte sein Hirn funktionieren, wenn bereits der Istzustand unter seinen

Füßen von dem Sollzustand abwich. Er stöhnte leise. Er musste dringend den Rest der Daten sichten, die Rüdiger ihm übergeben hatte. Er hatte keine Zeit für Schreiber, er musste ihn irgendwie loswerden.

Aus der Wohnung über ihm ertönten plötzlich schrille Schreie einer weiblichen Stimme. Gegenstände fielen zu Boden, ein Mann brüllte auf. Schreiber schaute George erschrocken an.

„Er ist oft auf Montage unterwegs. Wenn er nach Hause kommt, haben er und sie einige Minuten heftigen Geschlechtsverkehr“, erklärte George. „Gleich kommt ein Schrei von ihr, wenn sie ihren Orgasmus hat. Danach ist dann für den Rest des Abends Ruhe.“

„Aha“. Schreiber schaute ihn mit einem irritierten Gesichtsausdruck an. Von oben schrie eine Frau laut auf. George murmelte eine Entschuldigung, lief ins Badezimmer, schloss die Tür hinter sich ab und setzte sich auf den geschlossenen Toilettendeckel. Er schaute auf seine Armbanduhr. Nach fünf Minuten begann Schreiber seinen Namen zu rufen, erst zaghaft, dann immer bestimmter. Nach weiteren zwei Minuten klopfte er gegen die Tür des Badezimmers.

„Ich habe Durchfall. Könnten wir den Termin bitte

verschieben“, rief George. „Ich möchte Sie nicht anstecken.“
Das Klopfen verstummte. Einige Sekunden später hörte er die Wohnungstür ins Schloss fallen. George schaute wieder auf die Uhr. Es war achtzehn Uhr dreißig. Er stand auf, ging ins Wohnzimmer, öffnete die Balkontür und trat hinaus. Im Innenhof rauschte der Großstadtverkehr. Der Aufruf der Radiomoderatorin zur Gemeinsamkeit schien ungehört geblieben zu sein. Plötzlich stimmte eine Frauenstimme das „Oh du fröhliche“ an, eine Männerstimme fiel ein. George zögerte einen Moment. Dann überwand er seine Scheu und sang leise mit.

14. Kapitel

Link schreckte auf, als eine Gestalt in sein Büro trat. Er starrte in das Halbdunkel des Zimmers, in dem nur seine Schreibtischlampe brannte. Henry setzte sich ihm gegenüber vor seinen Schreibtisch.
„Mensch Henry, hast Du mich erschreckt. Es ist schon nach zehn. Ist die Adventsfeier beim Industrieklub schon vorbei", fragte er.
Henry reagierte nicht auf die Frage. „Das war ein völlig überflüssiges Treffen mit Freud heute", begann er unvermittelt. „Pitchard hat einfach nicht genug Nerven. Wir verlieren Projekt Venus und die Mandantin nur wegen dieses Mists. Was denkst Du? Oder bist Du etwa der Meinung, Pitchard macht hier einen guten Job?"
Link schwieg. Er war Henrys Meinung, aber er behielt seine Meinung lieber für sich. Eine Allianz mit Henry gegen Pitchard zu schmieden, widersprach seinen Prinzipien. Abgesehen davon wäre es zu gefährlich. Henry würde jedes Bündnis aufkündigen und ihn allein im Regen stehen lassen, sobald er eine bessere Alternative sähe. Aber Henry schien auch keine Antwort erwartet zu haben.

„Ernst, ich weiß, dass wir beide auf der gleichen Seite sind. Ich erzähle Dir jetzt etwas im Vertrauen. Ich setze auf Deine Diskretion?“

„Ja natürlich. Wir kennen uns schließlich schon seit über dreißig Jahren.“

„Gut. Ich habe heute während unseres Treffens mit Freud einen Anruf bekommen, auf den ich seit längerem gewartet hatte, deshalb bin ich aus dem Zimmer gegangen. Mit einem irrsinnig attraktiven Angebot von einer anderen Kanzlei. Voraussetzung ist, dass ich German Petroleum als Mandantin mitbringe. Komm mit, Ernst. Wenn wir beide zu der anderen Kanzlei gehen, wird Brannenburg uns sicher mandatieren. Ich habe bei ihm vorgefühlt, und er hat praktisch zugesagt. Ich würde das Mandat auch ohne Dich bekommen, aber gemeinsam sind wir natürlich stärker. Wir sind doch ein großartiges Team!“

„Ich nehme an, die andere Kanzlei würde Dich nicht nehmen, wenn ihre Partner wüssten, dass hier bei uns eine Compliance Prüfung läuft, bei der Du eine Rolle spielst?“

„Keine Ahnung. Ich habe sie nicht gefragt. Noch ein Grund, warum George die Prüfung unbedingt beenden muss.“

Link war perplex. Er wusste, dass Henry von Ehrgeiz und

Geldgier getrieben war, aber dass er dafür versuchen würde, Hammersmith die Mandantin zu entführen, die er dieser Kanzlei zu verdanken hatte? Jetzt, wo die Kanzlei möglicherweise aufgrund seines Verhaltens ein Compliance Problem hatte, machte er sich aus dem Staub. Weder Henry noch er selbst wären so fest im German Petroleum Mandat verankert, wenn die alten Partner des Münchener Büros sie nicht dort eingeführt hätten. Link schüttelte den Kopf.

„Ich war immer für Ehrlichkeit und Loyalität, Henry. Da möchte ich nicht mitmachen."

„Du könntest dort in den nächsten Jahren doppelt so viel verdienen!"

„Ich will in zwei Jahren in den Ruhestand", entgegnete Link. Ich habe das noch niemandem in der Kanzlei erzählt. Du weißt, wie das ist, man wird dann in den Augen der Partner schnell zu einer lahmen Ente. "

Henry gab nicht auf. „Danke für Deine vertrauliche Information. Aber die Chance, die ich Dir biete, kannst Du Dir nicht entgehen lassen, Ernst. Wer sagt Dir denn, dass Pitchard Dich noch zwei Jahre weitermachen lässt und nicht schon Ende dieses Jahres aus der Kanzlei wirft? Du weißt, unser Firm Committee trifft sich anlässlich unseres

Partnertreffens in gut einer Woche. Du weißt auch, worüber sie wie jedes Jahr um diese Zeit sprechen werden. Über die Umsätze eines jeden von uns. Und über die Bezahlung eines jeden von uns. Ich muss mir da keine Sorgen machen. Bei mir läuft es super. Im Gegenteil, ich freue mich auf das Gespräch mit ihnen. Bei Dir dürfte die Situation eine andere sein. Deine Umsätze sind bescheiden, sie sind die letzten Jahre stetig gesunken. Du verdienst viel zu viel im Verhältnis zu dem, was Du an Umsatz hereinholst. Das passt betriebswirtschaftlich nicht zusammen. Ich biete Dir an, Deinen Hintern zu retten. Willst Du etwa Deine Laufbahn mit einem Rausschmiss beenden?"

Link schluckte. Er wusste, dass Henry mit seiner Einschätzung richtig lag. Ja, er hatte Angst vor diesem Rausschmiss. Henry spürte das. Und spielte mit seiner Angst.

„Ich kenne meinen Ruf bei Pitchard, und der ist erstklassig", entgegnete Link und ärgerte sich über die Unsicherheit in seiner Stimme.

„Dann ist es ja gut, und ich habe mich geirrt", antwortete Henry süffisant. „Vergiss, was ich Dir erzählt habe, und bleibe hier mit Deinem Nacken auf der Guillotine, bis Pitchard sie hinuntersausen lässt. Wenn German Petroleum mir folgt, und sie werden mir sicher folgen, wird Dein

Umsatz bei null liegen."
„Sie haben uns ohnehin wenig Arbeit gegeben, im letzten Jahr. Die Arbeit, die wir bekommen haben, ging an Ficht", bemerkte Link bissig.
„Ficht hat sich in widerlicher Weise bei ihrem früheren Chefjuristen, Herterich, angebiedert. Brannenburg ist ein Studienfreund des Managing Partners der Kanzlei, die mir das Angebot gemacht hat. Er möchte enger mit dieser Kanzlei zusammenarbeiten, er will weg von Hammersmith, wir sind ihm zu teuer. Aber sie haben nicht die Topleute meiner Qualität. Wenn ich zur neuen Kanzlei wechsle, wird er uns sicher mit Umsatz überschütten. Deine Quelle wird austrocknen. Jetzt lasse ich Dich aber wieder arbeiten. Ich habe Dich gewarnt und meine es gut mit Dir. Übrigens, solltest Du auf die Idee kommen, Pitchard von unserer Unterhaltung zu erzählen, werde ich Brannenburg von Deiner Reaktion erzählen und Deiner Entscheidung, lieber bequem Dein Rentenalter zu erreichen, als ihm zu helfen, ein schlagfertiges Anwaltsteam aufzubauen. Das wird er nicht goutieren. Ebenso wenig, wie Deine Frau Dorothea den Schnappschuss schätzen würde, der mir beim letzten Sommerfest gelungen ist."
„Was meinst Du?"

„Du und unsere Finanzpartnerin Ruth in einer engen Umarmung."
„Ruth ist geschieden."
Henry lachte. „Ja, Du aber nicht."
„Das war eine rein freundschaftliche Umarmung."
Wieder musste Henry lachen. „Ein freundschaftlicher Zungenkuss hört, hört."
In Link stieg ein unbändiger Zorn auf. „Du versuchst mich unter Druck zu setzen. Du bist ein riesiges Arschloch, Henry", stieß er hervor.
„Dann sind die Fronten ja geklärt." Henry grinste. „Nur ein Arschloch kann nachhaltig erfolgreich sein, mein Lieber."

Nachdem Henry sein Büro verlassen hatte, begann Link voller Unruhe mit seinen Fingern auf der Schreibtischplatte zu trommeln. Er schwitzte. Dieses Mal war Henry zu weit gegangen. Das würde er nicht auf sich sitzen lassen. Er konnte nicht zulassen, dass Henry das German Petroleum Mandat mitnahm und ihn wirtschaftlich ruinierte. Dafür hatte er zu lange und zu hart für diese Mandantin gearbeitet. Die allermeisten Anwältinnen und Anwälte hier waren hart arbeitende, loyale Teamarbeiter, so wie er selbst. Mit Ausnahme von Henry. Leider war dieser Narzisst wirtschaftlich stark. Link ging zum Schrank, holte seinen Mantel heraus und blieb vor dem Schlachtengemälde von Beerstraaten stehen. Er betrachtete das kriegerische Getümmel auf dem Meer. Wenn Henry seine Drohung doch wahr machte und in die Schlacht gegen ihn zog, dann würde Henry in seiner Rüstung jämmerlich im Meer ersaufen. Er ließ sich nicht erpressen. Henry unterschätzte ihn.

15. Kapitel

George räumte gerade sein Frühstück ab, er hatte vor einigen Tagen in Gedenken an Adonis Superkörper den allmorgendlichen Latte Macchiato und das geliebte, frische Croissant durch grünen Tee und Dinkelflocken ersetzt, als Rüdiger ihn anrief. Er schien seine Ankündigung, ihm helfen zu wollen, ernst gemeint zu haben. Er habe heute Urlaub und könne ihm einige zusätzliche Informationen vorbeibringen. Wenig später klingelte es bereits und er stand vor der Tür.
„Das ist hoch anständig von Dir, dass Du dafür extra zu mir kommst. Häng Deine Jacke an den Haken. Regnet es, sie ist nass?“
„Es schneit zur Abwechslung, und das heftig. Ich wohne gar nicht weit von Dir in der Glockenstraße dreißig und dachte, ich komme kurz vorbei. Ich habe gestern Abend noch nach den Unterlagen gesucht, die Du haben wolltest.“
Sie setzten sich an den Wohnzimmertisch und Rüdiger legte zwei Briefumschläge auf den Tisch.
„Die hier habe ich in den Back-up Dateien gefunden“, sagte er.
George beugte sich vor und griff nach den Umschlägen.

Rüdiger fasste ihn schnell am Arm, lockerte seinen Griff aber sofort wieder.
„Entschuldige." Rüdiger nahm einen der beiden Umschläge und gab ihn George.
„Das ist wie beim Überreichen von Weihnachtsgeschenken", brummte George irritiert, „aber trotzdem kein Grund, mir den Arm abzureißen."
Er öffnete den Briefumschlag und zog eine Kopie von Freuds Memo hervor, das sie während ihres Treffens erwähnt hatte.
„Hurra, das Memorandum wollte ich schon immer mal haben", scherzte er. „Aber warum hast Du sie in den Back-up Dateien gefunden, sind Freuds Dateien gelöscht worden?"
„Ja, ich habe ihre Dateien gelöscht, kurz bevor sie die Kanzlei verlassen hat, auf ausdrücklichen Wunsch Deines Bruders. Er wolle das Risiko ausschließen, dass sie Daten mitnehme, er habe sowieso alle ihre Arbeitsprodukte in seinen Unterlagen. Das ist zwar ungewöhnlich, wir löschen die Daten von ausscheidenden Anwälten nicht so rasch, sondern archivieren sie, aber wer bin ich, dass ich einem Partner wie Henry Klein widerspreche."
„Und mein anderes Geschenk?" George zeigte auf den zweiten Umschlag, der noch auf dem Tisch lag.

„Du hattest mich gebeten, nach einem Grundstückskaufvertrag für ein Grundstück in Dülmen zu suchen, den Freud entworfen hat. Alles im Leben hat bekanntlich seinen Preis“, antwortete Rüdiger.

„Sehr schön gesagt. Was willst Du dafür?“

„Das ist ein sehr interessantes Dokument. Eintausend Euro in bar.“

„Wie bitte?“ George war erstaunt. Er hatte an einen Scherz geglaubt. Wieso kam Rüdiger auf die Idee, dass er Geld dafür zahlen würde, seinen Job für die Kanzlei vernünftig zu erledigen? „Du machst hier doch nur, was Pitchard Dir aufgetragen hat. Selbst wenn ich Dich bezahlten wollte, das wäre zu viel Geld für mich.“

„Du warst mal ein großes Tier im Londoner Anwaltsmarkt. Da werden bestimmt ein paar Pfund übrig geblieben sein“, erwiderte Rüdiger.

„Ein paar Pfund ja, mehr leider nicht. Alles weg.“ George warf unmutig Freuds Memo zurück auf den Tisch. „Was glaubst Du, was Pitchard macht, wenn er von Deiner Geldforderung hört? Er wirft Dich sofort raus.“

„Das glaube ich nicht. Gute IT-Manager sind ungemein schwer zu bekommen. Es war dann nur ein Scherz, alles ein großes Missverständnis, natürlich hätte ich Dir den

Kaufvertrag ohne Zahlung gegeben." Rüdiger lächelte, aber George entdeckte einen Hauch von Unsicherheit in seinem Blick.

Er hätte das Treffen gerne beendet, ihm war Rüdigers Geldgier zuwider, aber sein Instinkt riet ihm, damit noch zu warten. Stattdessen bot er Rüdiger etwas zu trinken an. Er war nicht erstaunt, dass Rüdiger um ein Bier bat. Er hatte bereits einen leichten Alkoholgeruch wahrgenommen, als Rüdiger zur Tür hereingekommen war. Rüdiger trank die Bierflasche, die George aus dem Kühlschrank geholt hatte, mit wenigen Zügen halb leer, und wischte sich mit dem Handrücken den Mund ab.

„Ich bin kein Schwein, George. Auch wenn Du das jetzt denkst. Ich will den Kindern da drüben helfen. Du kannst Dir das Elend nicht vorstellen, indem sie leben. Die brauchen Geld. Keiner hilft. Der Zweck heiligt die Mittel, oder?"

„Ich verstehe kein Wort."

„Meine Frau kam aus dem Kongo. Sie war vierzig, als sie voriges Jahr gestorben ist."

„Das tut mir leid", unterbrach George ihn.

Rüdiger machte eine abwehrende Handbewegung. „Ich brauche kein Mitleid. Sie ist an Krebs gestorben, wie viele andere, die in ihrem Dorf aufgewachsen sind. Neben einer Kobaltmine. Das Dorf und die Mine trennte nur ein Graben, sonst nichts. Das Wasser im Dorf war verseucht von der Mine. Die Mine gehört einem chinesischen Unternehmen, das den Zusammenhang zwischen der Verseuchung und der Mine natürlich bestreitet. Es gibt sogar ein wissenschaftliches Gutachten, das für die Dorfbewohner spricht. Die Chinesen interessiert das nicht. Die Kunden der Mine auch nicht. Die Justiz im Kongo arbeitet langsam. In der Zwischenzeit müssen Kinder versorgt werden, deren Väter und Mütter weggestorben sind. Mein Schwager lebt im Kongo und versucht von dort Spenden für ein Waisenhaus aufzutreiben, das von Nonnen geführt wird. Ich war einmal dort. Seitdem helfe ich ihm dabei. Ich habe meiner Frau versprochen, ihm auch nach ihrem Tod zu helfen.“ Schneider trank den Rest der Bierflasche aus.

„Die Partner bei Hammersmith verdienen einen Haufen Geld“, fuhr er fort. „Einen riesigen Scheißhaufen von Geld. Ja, ich gebe zu, sie arbeiten hart. Ich kenne aber viele, die arbeiten genauso hart oder härter und verdienen weniger, viel weniger. Nur mal so gesagt. Ich wollte eine E-Mail rumschicken und fragen, ob sie für das Waisenhaus spenden. Letztes Jahr Weihnachten. Das wollte Link nicht. Sie hätten bereits zu viele Anfragen, hat er gesagt, und er wolle Schwerpunkte setzen. Nächstes Jahr gerne. Jetzt habe ich wieder nachgefragt, vor vier Wochen, er hat noch nicht geantwortet. Weißt Du, George, es ist nicht so, dass die Anwälte nicht spenden. Doch das tun sie. Sie sind nicht geizig. Maxi Klein kriegt Spenden für irgendeinen Umweltverein. Klar, er ist der Sohn von Papa. Die Charity-Galaveranstaltung des Industrieklubs bekommt Geld, weil Dein Bruder das gut findet. Andere Organisationen bekommen Geld, weil Link sie einfach so auf die Liste gesetzt hat. Und ich? Ich bekomme nichts. Ich habe keine Lobby. Diese beschissene Welt ignoriert mich einfach. George, ich habe Angst davor, nicht beachtet zu werden. Ich habe Angst davor, für die anderen nicht zu existieren. Für mich interessiert sich kein Schwein. Ich will nicht unbeachtet, ohne Sinn leben. Den Kindern zu helfen, das macht Sinn. Aber wenn mir niemand hilft." Rüdiger unterbrach plötzlich seinen Redefluss und starrte mit großen Augen ins Leere.

„Entschuldige, George, ich lebe allein. Da läuft das Ventil manchmal über ", murmelte er.

„Das Gefühl kenne ich", erwiderte George. „Deshalb hast Du also ein persönliches Interesse daran, mir zu helfen, wie Du beim letzten Mal gesagt hast? Um damit Geld zu verdienen?“

„Ich habe meiner Frau kurz vor ihrem Tod versprochen, ihren Leuten zu helfen. Deshalb unterstütze ich das Waisenhaus. Sie brauchen dringend Geld. Das ist sinnvoll, oder?“

„Ja natürlich. Möchtest Du noch ein Bier?“

„Gerne, wenn ich darf.“

George erhob sich und ging in die Küche. Rüdigers Geschichte hatte ihn berührt. Es gab zu viel Elend in der Welt. Er wusste das, jeder wusste das, die Erkenntnis war sorgfältig verpackt in einer Ecke des Gewissens gelagert, und überwältigte ihn immer wieder, wenn sie jemand für ihn aus dem Regal holte.

„Was ist denn mit Deiner Ehe passiert“, rief Rüdiger aus dem Wohnzimmer.

„Meine Frau hatte eine Affäre, wir haben uns auseinandergelebt. So etwas passiert “, sagte George mit einem Achselzucken, als er wieder zurück bei Rüdiger war und reichte ihm die Flasche Bier.

„Scheiße.“ Während Rüdiger trank, schaute George verstohlen auf die Wanduhr. Er hatte sich am Nachmittag mit Hedwig zum Musizieren verabredet. Seine Treffen mit ihr waren ihm wichtig, auch jetzt, obwohl er bei seinen Untersuchungen unter Zeitdruck stand.

Rüdiger schob ihm den zweiten Briefumschlag zu. „Schau Dir diese Kopien an, die ich Dir mitgebracht habe. Du bist ein netter Kerl, ich will kein Unmensch sein. Können wir uns darauf einigen, dass Du eintausend Euro spendest, wenn Du Dein Honorar für Dein Mandat bekommst? Ich habe Dir dabei dann schließlich geholfen. Ich vertraue Dir, dass Du Dein Wort einhältst."

„Danke für Dein Vertrauen", erwiderte George spöttisch. „Mache ich." Er zog mehrere bedruckte Seiten aus dem Umschlag.

„Das ist der Grundstückskaufvertrag, nach dem Du gefragt hast und von dem Freud erzählt hat", erläuterte Rüdiger.

„Das ist eine schwachsinnige Idee, mir damit Geld abknöpfen zu wollen, oder? Pitchard hat Dich instruiert, mir die wichtigen Dateien herauszusuchen, inklusive der Back-up Dateien."

Rüdiger schüttelte den Kopf.

„Das ist nicht der Entwurf eines Vertrages, der in den Back-up Dateien der Kanzlei auftaucht. Das ist eine Kopie der unterzeichneten Urkunde. Da stehen die Namen der Parteien drin und das Grundstück, welches verkauft wird. Den Vertrag mit diesen Angaben hat selbst Freud noch nicht in den Händen gehabt. Er ist in der Kanzlei nie aufgetaucht."

George blätterte durch die Seiten. Rüdiger hatte Recht. Frau Marlies Möllebach verkaufte ihr fünfhundert Quadratmeter großes Grundstück in der Vogelgesangstrasse Nummer zwanzig in Dülmen an eine Deutsche Investment Holding für vierhunderttausend Euro. Die Käuferin wurde vertreten durch ihren alleinigen Geschäftsführer, Herrn Frank Dornebracht, wohnhaft in Bonn. Beurkundet hatte den Vertrag ein Notar in Dülmen, am zwanzigsten September dieses Jahres.

„Wo hast Du denn den Vertrag her, wenn er nicht in der Datenbank der Kanzlei war?“

„Den hat Henry an Dornebracht gesandt, per E-Mail. Habe ich zufällig gesehen, als ich einmal wieder an Henrys Computer ein Problem beseitigen sollte, das kein technisches Problem war. Er war wieder zu dämlich, mit einem Computer umzugehen.“

„Und dann loggst Du Dich entgegen Euren Vorschriften in sein E-Mail Konto ein, um das Dokument herauszufischen?“ George schaute Rüdiger fragend an. „Seine privaten E-Mails liest Du auch, nehme ich an“, hakte er nach.

Rüdiger schwieg, was für George einem „Ja“ gleichkam.

„Henry konnte sich nicht an den Vertrag erinnern, hier hat er scheinbar eine Erinnerungslücke“, setzte George hinzu.

„Sieht ganz so aus“, erwiderte Rüdiger. „Er kann oder er will sich nicht daran erinnern.“
„Wer ist Dornebracht, und wem gehört die Deutsche Investment Holding“, fragte George.
Rüdiger zuckte mit den Schultern. „Mehr weiß ich nicht. Mehr Informationen dazu habe ich nicht.“
„Hat jemand Dich beauftragt, Henrys E-Mails zu überwachen und ihm den Inhalt zu übermitteln?“
„Selbst wenn. Ich tue das alles für mein Waisenhaus, George. Der Zweck heiligt die Mittel.“
„Das hast Du gerade schon einmal gesagt. Mit diesem Totschlag Argument sind gegenwärtig einige Menschen unterwegs. Damit darfst Du Straßen blockieren, oder Kanzleien erpressen, alles für einen guten Zweck, den Du selbst bestimmst. Hat Deine Schnüffelei sonst noch etwas zu Tage gebracht, was für mich interessant sein könnte?“
„Nein leider nicht.“
„Was hast Du sonst noch für Dein Waisenhaus gemacht, E-Mails weiterer Partner überwacht, Telefone angezapft?“
„Entschuldige George, selbst wenn es so wäre, ginge es Dich nichts an, oder? Du bist nicht von der Polizei.“
„Ficht und Henry haben sich intern um Mandate der German Petroleum gestritten. Hat Ficht Dich zu diesen

Schweinereien angestiftet?“

„Fragen zu Ficht müsstest Du an Ficht richten“, antwortete Rüdiger ironisch.

„Das ist schwerlich möglich“, erwiderte George trocken.

Plötzlich ertönte ein Rasseln von der Wand, dann hörten sie vier krächzende Laute, die entfernt den Rufen eines Kuckucks ähnelten. Die Kuckucksuhr, die George von den Vormietern übernommen hatte, meldete immer noch zuverlässig jede volle Stunde, allerdings verließ der Kuckuck sein Häuschen nicht mehr. George war das Recht. Er mochte diese Vogelart nicht. Das positive Image, das ein Kuckuck hatte, war völlig verfehlt, schließlich war er der Vogel, der anderen Vögeln seine Eier unterschob, und damit ihre Brut aus dem Nest warf. Ein moralisch verwerflicher Akt und ein Beispiel dafür, dass ein guter Ruf im Wesentlichen das Resultat einer geschickten Vermarktung war.

„Sei mir nicht böse, Rüdiger, aber ich muss gleich los, ich habe noch einen Termin.“

Rüdiger erhob sich sofort. „Natürlich, ich wollte Dich nicht zu lange aufhalten, ich wollte nur helfen.“

„Das hast Du, vielen Dank.“

Rüdiger zeigte auf die geöffnete Schlafzimmertür. „Da steht ja ein Cello. Spielst Du Cello?“

„Ja, hin und wieder, aber immer gerne.“
„Ich habe früher Gitarre gespielt. Klassische Gitarre.“ Für einen Moment hielt Rüdiger inne und sein Blick verklärte sich, als ob er an eine bessere Zeit dachte.
„Was planst Du als nächstes“, fragte er.
„Mal sehen, dazu muss ich mir heute Abend noch Gedanken machen“, wich George der Frage aus. Rüdiger handelte mit Daten und Informationen, deshalb würde er Rüdiger vorsichtshalber keine Informationen geben, die für irgendjemanden sonst von Interesse sein könnten.
„Hier meine Adresse und Mobilnummer. Wenn Du Hilfe brauchst, melde Dich. Ich bin für Dich da.“ Rüdiger drückte George eine Visitenkarte in die Hand, wandte sich abrupt um und lief mit schnellen Schritten zum Treppenhaus und die Treppen hinab.

Nachdem George die Wohnungstür geschlossen hatte, öffnete er die Fenster im Wohnzimmer, um Rüdigers Geruch von Schweiß, Deo und Alkohol loszuwerden, ging zu seinem Computer und suchte im Internet nach dem Namen Frank Dornebracht. Er wurde schnell fündig. Dornebracht bot gewerbsmäßig seine Dienste als Geschäftsführer für Gesellschaften an. Ihm gehörte die Deutsche Investment

Holding jedenfalls nicht. Er rief den Zugang zum Handelsregister auf. Einzige Gesellschafterin der Deutsche Investment Holding war eine Gesellschaft mit Sitz auf Bermuda, die Deutsche Investment Limited. Eine Gesellschafterin auf den Bermuda Inseln, ein berufsmäßiger Geschäftsführer, von dem man nicht auf die Identität der Gesellschafter schließen konnte, wer immer die Gesellschaft gegründet hatte, wollte im Verborgenen bleiben und hatte versucht, seine Spuren zu verwischen. Aber das sollte ihn nicht davon abhalten herauszufinden, wer wirtschaftlich hinter dem Gebilde stand. George suchte Herders Kontaktdaten heraus und sandte ihm eine E-Mail mit der Bitte, für ihn die Hintermänner der Deutsche Investment Limited ausfindig zu machen. Herder war ein deutscher Anwalt, der es sich auf Bermuda bequem gemacht hatte, und seinen Lebensunterhalt damit bestritt, dort für ausländische Mandanten Firmen zu gründen und sich um ihre sonstigen rechtlichen Belange zu kümmern. George hatte ihn in London kennengelernt, als Herder seiner alten Kanzlei Dickert & Dickinson bei einem Besuch seine Dienste angeboten hatte. Sie hatten sich gut verstanden, nach einem Abendessen gemeinsam betrunken und waren seitdem Geschäftsfreunde. George suchte weiter im Internet nach dem Namen Marlies

Möllebach, der Verkäuferin des Grundstückes. Er fand einen Eintrag, das Kosmetikstudio Möllebach in Dülmen, Inhaberin Marlies Möllebach. George zögerte. Es gab nur einen Weg, Frau Möllebach ohne Aufsehen kennenzulernen und ihr Fragen zu stellen. Dieser Schritt war ihm zutiefst zuwider, der Schritt zur ersten Fußpflege in seinem Leben. Aber es half nicht, er musste schließlich Fortschritte machen. Er wählte die angegebene Telefonnummer und fragte nach einem Termin am nächsten Abend. Er habe Glück, morgen sei zwar ein Freitag, aber um neunzehn Uhr sei noch ein Termin frei, der einzige Termin, der an diesem Tag noch verfügbar sei, und auch nur deshalb, weil soeben jemand abgesagt habe, wie ihm eine mürrische Stimme am Telefon mitteilte, die seine E-Mail-Adresse verlangte für eine verbindliche Terminbestätigung. Dann rief er mehrere Maklerseiten auf, die bebaute und unbebaute Grundstücke in Dülmen anboten. Im Vergleich zu den in Dülmen sonst vorherrschenden Kaufpreisen waren vierhunderttausend Euro für ein Grundstück mit fünfhundert Quadratmetern Fläche sehr großzügig. Er kannte Dülmen. Der Ort lag unweit von Münster und war unauslöschlich in sein Gedächtnis eingebrannt. Fünfzehn Monate seines Lebens hatte er dort dem Staat als Wehrdienstleistender geschenkt, damit der diese Zeit nach seinem Belieben verschleudere. Dülmen weckte bei ihm keine Erinnerung an eine mondäne Stadt mit hohen Grundstückspreisen. Aber vielleicht gehörte die Vogelgesangstrasse zu den besten Wohnlagen Dülmens, obwohl ihm ein kurzer Blick in Google Maps ein anderes Bild bot. Er würde sich das Grundstück morgen vor Ort ansehen müssen. Ihm verblieben noch neun Tage bis zur Abgabe seines Berichts und damit genügend Zeit, um die richtigen Antworten zu finden, vorausgesetzt, er stellte die richtigen Fragen.

16. Kapitel

„Unglaublich“, sagte Hedwig Sauer, nachdem George ihr von den Geschehnissen der letzten Tage erzählt hatte. Sie saß dick eingepackt in Daunenmantel, Wollschal und Wollmütze auf dem Beifahrersitz und starrte nach vorne in das dichte Schneetreiben. „Es ist unglaublich, auf welche Ideen diese jungen Menschen kommen. Ich mache mir auch Sorgen über die Umwelt, selbst alte Menschen mögen keinen Klimawandel. Aber warum diese Angst, dass nicht genug passieren wird?“ Sie schüttelte den Kopf. „Selbst wenn ich Angst um meine Zukunft habe, ich kann doch nicht einfach eine Kanzlei erpressen, weil Gesetze für mich nicht gelten, denn schließlich rette ich die Welt vor dem Untergang. Ich bastele auch keine Briefbombe für den Finanzminister, nur weil ich Angst um die Sicherheit unserer Renten habe, und wir Alten haben überhaupt keine Lobby. Ich weiß nicht, ich kann nicht glauben, dass jemand zu einer solchen Erpressung greift, allein um der Umwelt zu helfen.“
„Was meinen Sie? Berufsverbrecher sind das sicher nicht.“
„Nein, das glaube ich auch nicht. Die Erpressung hat vielleicht noch andere Wurzeln, die sich mit der Angst um die

Umwelt mischen, wie eine Wut auf die, welche entscheiden oder besitzen, weil man selbst nicht entscheidet oder besitzt, oder höchstpersönliche Motive. Ich habe viel Respekt für junge Menschen, die sich für uns alle einsetzen. Zivilcourage ist bewundernswert. Trotzdem, ich kann die Vorgehensweise der Kämpfer für die Umwelt nicht nachvollziehen. Sie prangern Rechtsverstöße durch das Unternehmen German Petroleum an und stellen sich selbst über das Recht. So kann man doch niemanden von seiner Sache überzeugen. Mich zumindest nicht.“ Hedwig schüttelte den Kopf. „Haben Sie sich schon Gedanken darüber gemacht, warum sie ausgerechnet Hammersmith als Opfer ausgewählt haben, es hätte doch näher gelegen, German Petroleum zu erpressen?“ Sie sah George fragend an.

„Pitchard vermutet, die Kämpfer für die Umwelt spekulieren darauf, dass die Partner einer Beratungsgesellschaft eher Angst vor einem Reputationsschaden haben als die Manager eines Unternehmens und deshalb schneller nervös werden und zahlen. Da liegen sie hier aber falsch. Pitchard hat bislang keine Nervosität gezeigt, und Pitchard bestimmt den Kurs. Nur mein Bruder Henry verhält sich wie ein nervöses Rennpferd, aber für ihn ist die German Petroleum eine sehr wichtige Mandantin.“

„Oder er ist nervös, weil an der Behauptung der Erpresser doch etwas dran ist“, warf Hedwig ein.
„Das kann gut sein“, stimmte George zu. „Die Erpresser wären dumm, wenn sie ein Gerücht in Welt setzten, das sie sich komplett aus den Fingern gesogen haben. Angenommen, Hammersmith zahlt nicht und sie machen ihre Drohung war. Wenn sie dann frei erfundenen Blödsinn verbreiten, ist ihre Glaubwürdigkeit dahin. Aber ich habe nicht den Eindruck, dass die Erpresser dumm sind. Sie spielen Hammersmith und ihre Mandantin geschickt gegeneinander aus und erhöhen damit den Druck auf Hammersmith, schnell zu zahlen, um die Angelegenheit zu erledigen.“
„Sie meinen, eigentlich muss Hammersmith die Untersuchungen weiterführen, denn die Kanzlei kann nicht einfach auf die Aussage von Brannenburg vertrauen. Dadurch geraten sie mit Brannenburg aneinander, der kein Aufsehen will und dem ihre Untersuchungen überhaupt nicht passen.“
„So stelle ich mir die Situation vor.“ George nickte. Hedwig hatte recht. Das Verhalten der Kämpfer für die Umwelt warf die Frage nach ihrem Motiv auf. Im Internet gab es zahlreiche Berichte über ihre bisherigen Aktionen, die sich bislang auf Sitzblockaden beschränkt hatten. Mit einer

Erpressung machten sie einen großen Schritt nach oben auf der Leiter der Eskalation. Warum? Stieg ihre Verzweiflung? Warum dann ausgerechnet eine Erpressung? Mit ihr konnte man keine zusätzliche Aufmerksamkeit erringen, denn wenn Hammersmith die geforderte Summe zahlen sollte, würde die Erpressung nicht an die Öffentlichkeit gelangen. Ging es ihnen nur um eine neue Finanzierungsquelle? Oder hatten die Erpresser ein Motiv, das er bislang noch nicht gesehen hatte, welches mit dem Kampf für die Umwelt nichts zu tun hatte? Wenn sich die Kämpfer für die Umwelt ihren Plan bewusst zurechtgelegt hatten und damit rechneten, dass Hammersmith durch German Petroleum unter Druck geriet, müssten sie das Verhältnis zwischen Hammersmith und German Petroleum gut kennen. Aber die Spannung zwischen Hammersmith und ihrer Mandantin waren vielleicht ein Zufall, der den Kämpfern für die Umwelt in die Karten spielte und nicht Teil ihres Plans war. Ihr Brief wirkte jedenfalls eher wirr als kühl durchdacht. In jedem Fall kannte die Gruppe das Mandatsverhältnis. Gab es einen Informationsfluss zwischen der Kanzlei und den Erpressern? Die geschäftlichen Bande zwischen German Petroleum und Hammersmith konnten sie auch Pressemitteilungen über abgeschlossene Projekte entnommen haben, in denen Hammersmith und Henry als rechtliche Berater genannt wurden. Er trommelte unruhig mit den Fingern auf dem Lenkrad. War es ein Zufall, dass Freud ausgerechnet jetzt mit ihrer Geschichte auftauchte? Hatte sie nur von dem Projekt Venus gelesen, wie sie sagte, oder wusste sie von der Erpressung? Wenn ja, warum hatte sie das nicht erwähnt? Vielleicht übte sie doch nur Rache, wollte Henry nervös machen, weil er in ihren Augen ihre Karriere zerstört hatte, und setzte deshalb wilde Spekulationen in den Raum. Pitchard rief ihn ohnehin jeden Abend an, um den Stand seiner Ermittlungen zu besprechen. Er würde Pitchard nachher bitten, ihm über Vera Bruhns die Kontaktdaten Freuds zur Verfügung zu stellen. Vielleicht konnte er mit ihr noch einmal in einem kleineren Umfeld sprechen, in Ruhe, ohne dass sie und Henry sich bei der kleinsten Gelegenheit in die Haare gerieten.

„Haben Sie überhaupt Winterreifen“, riss ihn Hedwig aus seinen Gedanken mit einem skeptischen Blick, nachdem das Wohnmobil kurz ins Rutschen gekommen war.

„Natürlich“, murmelte George und steuerte das Auto langsam die lang gezogene Kurve der Autobahnausfahrt hinunter. Die Scheibenwischer hatten Mühe, den Schneeflocken Herr zu werden, die von einem heftigen, böigen Wind gegen die Windschutzscheibe geschleudert wurden. „Mit diesen Reifen fahre ich das ganze Jahr gut und sicher."

„Kein Wetter, um draußen zu musizieren". George stellte den Wagen auf dem gewohnten Parkplatz am Walchensee ab, schaltete die Standheizung ein, und half Hedwig durch das Innere des Fahrzeugs in den Wohnteil, wo sie sich Mantel, Mütze und Schal entledigte.

„Die Standheizung ist in bedeutend besserer Form als die Reifen es sind." Hedwig holte ihr Cello aus dem Instrumentenkoffer.

„In Pitchards Schuhen möchte ich nicht stecken," sagte sie, nachdem sie ihr Instrument gestimmt hatte. „In den Schuhen Ihres Bruders im Übrigen auch nicht."

„Das stimmt. Beide stehen kräftig unter Druck. Wenn jemand unsere Untersuchungen in die Presse trägt, dann besteht das Risiko, dass der Kurs der German Petroleum Aktien wieder erheblich nachgibt. Der Aktienkurs ist gerade sehr schön gestiegen, nachdem German Petroleum ihr Projekt Venus angekündigt hat. Brannenburg könnte dann gar nicht anders, als sofort mit dem Finger auf die Kanzlei zu zeigen und mit Schadensersatzansprüchen zu drohen, völlig unabhängig davon, ob an der Sache dann etwas dran ist oder nicht. Er bräuchte für seine Karriere einen schnellen Befreiungsschlag, und für die Rolle eines Sündenbocks sind rechtliche Berater immer gut. Aber ich habe Ihnen noch gar nicht im Detail von Projekt Venus erzählt."

„Das brauchen Sie auch nicht. Ich kenne das Projekt. Ich lese Zeitung, und zwar nicht nur das Feuilleton. German Petroleum plant Elektrolyseure für die Herstellung von grünem Wasserstoff. Das hat mich interessiert. Wir wollen ja wissen, welche Energieformen uns in der Zukunft weiterbringen werden, oder? Den grünen Wasserstoff nutzt German Petroleum dann für die Herstellung von Kraftstoffen in ihren Raffinerien. Der Strom für den Betrieb der Elektrolyseure kommt aus umweltfreundlichen Energiequellen, wie zum Beispiel Windkrafträdern. Eingespart wird dadurch Erdgas, das sie sonst für die Produktion von Wasserstoff benötigt hätten. Geplant ist jetzt ein sechzig Megawatt Elektrolyseur. Irgendwann sollen dann in Deutschland Kapazitäten von über fünfhundert Megawatt vorhanden sein. Dafür haben sie Fördergelder der Europäischen Union beantragt. Das Projekt ist ein wichtiger Meilenstein für ihr Ziel, bis zum Jahr zweitausendundfünfzig CO2 neutral zu sein."

George schaute Hedwig erstaunt an. Sie sah sein Gesicht

und lachte lauthals.

„Sie schauen mich ja sehr überrascht an. Ist alles im Internet zu finden. Unterschätzen Sie mich nicht, lieber Herr Klein. Ich funktioniere noch gut, auch wenn ich etwas länger brauche, die Eingangstreppe zu meiner Wohnung hinaufzusteigen."

„Das hatte ich auch nicht bezweifelt. Schließlich hinke ich bei unseren Jazzstücken technisch und geistig hinter Ihnen her."

„Genauso ist es. Wissen Sie, ich frage mich die ganze Zeit, ob der Tod von Ficht nicht mit dieser Abfallgeschichte zusammenhängt. Freud erzählt ihm von ihrem Verdacht. Er stirbt. Das ist doch seltsam, oder?"

„Ich bin Anwalt, der Compliance Verstöße untersuchen soll, und kein Detektiv, der einen Mordfall untersucht. Aber Sie haben Recht, der zeitliche Zusammenhang ist interessant. Aber ich sehe keinen Zusammenhang zwischen dem vermeintlichen Giftmüll in Dülmen und seinem Tod. Ich werde Frau Ficht um ein Treffen bitten. Ich muss allerdings aufpassen, dass ich nicht den Faden verliere, wenn ich rechts und links vom Pfad immer wieder Informationen sammle."

„Sie meinen, mit meinen Ideen verlieren Sie den Faden?"

„Das habe ich nicht gesagt“, seufzte George. Hedwig war nicht nur eine Quelle für Vertrautheit, sondern trainierte auch seine Sensibilität im Umgang mit Menschen. „Ich unterhalte mich gerne mit Ihnen über den Fall. Es ist mir wichtig, so kann ich meine Gedanken noch einmal prüfen.“

„Dann prüfen Sie und werfen mir nicht vor, Blödsinn zu schwafeln. Aber jetzt fangen wir endlich an zu üben, bevor der Standheizung und dem Auto der Diesel ausgeht“, sagte sie in einem energischen Ton.

„Das wäre schlecht. Dann verpasse ich meine Konzerteinladung für heute Abend“, scherzte George. „Vera Bruhns, Hammersmiths Münchener Büroleiterin, hatte noch eine Karte übrig.“

„Schön, dass Sie die Ruhe bewahren und trotz Ihrer heiklen Mission einen Abend im Konzertsaal verbringen.“ Hedwig reagierte mit einem sarkastischen Unterton.

„Mit Bruhns verhält es sich vielleicht wie mit Schneider. Sie könnte einsam sein, und eine gute Informationsquelle für das, was in der Kanzlei vorgeht“, erwiderte George.

„Ist sie hübsch?“

George lachte. „Schon ziemlich. Ich denke aber nicht, dass sie etwas von mir will. Dafür müsste ich optisch wieder besser in Form kommen.“

„So schlimm sehen Sie nicht aus. Wenn ich jünger wäre, würde ich Sie immer noch für ganz attraktiv halten." Hedwig kicherte. „Sie müssten an sich arbeiten, man sieht aber, dass Sie Potenzial haben. Warum sollte Bruhns Ihnen sonst eine Karte anbieten, wenn Sie nichts von Ihnen will?"

„Gute Frage", antwortete George und konnte sich ein kurzes Lächeln nicht verkneifen. Er vermeinte, einen Hauch von Eifersucht aus Hedwigs Reaktion herausgehört zu haben. Er dachte an seine Zeit als junger Anwalt und den Zuspruch, den er bei weiblichen Kolleginnen gefunden hatte. Das waren gute Zeiten gewesen, aber sie waren vergangen, Tempi passati.

Hedwig schaute aus einem kleinen Fenster nach draußen. Für einen winzigen Moment sah er einen Ausdruck von Traurigkeit in ihrem Gesicht, den er so noch nie bei ihr wahrgenommen hatte. „Zu einem Konzert würde ich auch einmal gerne wieder gehen", sagte sie leise. Dann wandte sie sich wieder George zu und lächelte. „Bald besucht mich ja meine Tochter, sie wollte Karten für ein Weihnachtskonzert besorgen."

„Schön, dass Sie ein so gutes Verhältnis zu Ihrer Tochter haben."

„Ja, sie ist ein wunderbares Geschenk. Mein Leben wäre so

viel leerer ohne sie. Schade, dass Sie keine Kinder haben, es lohnt sich.“

„Wie alt ist Ihre Tochter überhaupt, ich habe Sie nie danach gefragt? Wir haben wenig über Ihre Vergangenheit gesprochen, fällt mir auf.“

„Das macht nichts. Wenn ich vor anderen Menschen meine Vergangenheit ausbreite, riskiere ich damit nur eine Fehlinterpretation der Gegenwart.“ Hedwig hob ihr Cello hoch. „Und jetzt los. Es ist wissenschaftlich erwiesen, dass Musizieren vor dem geistigen Verfall schützt und bei Depressionen hilft. Das erste Thema betrifft mich, das zweite Sie.“

17. Kapitel

Ernst Link stöhnte entnervt auf. Die schwarze Limousine, die ihn nach Kitzbühel bringen sollte, bewegte sich im Schritttempo aus der Innenstadt in Richtung Autobahn, gefangen in dem dichten Berufsverkehr des Donnerstagnachmittags. Eine denkbar schlechte Tageszeit, um nach Kitzbühel aufzubrechen, aber er hatte keine Wahl gehabt, nachdem Brannenburg ihn am Morgen angerufen und um ein Treffen in seinem Hotel um neunzehn Uhr gebeten hatte. Seiner Bitte hatte er das Wort „dringend" hinzugefügt und damit klargestellt, dass er das Format der Bitte nur aus Gründen der Höflichkeit gewählt und Link nicht zu ihrem beiderseitigen Vergnügen einbestellt hatte. Die hinteren Scheiben des Wagens waren verdunkelt. Link fühlte sich wie von einem schützenden Kokon umgeben, solange, bis der Hotelportier die Beifahrertür an seiner Seite öffnen würde, mit einem routiniert freundlichen Willkommensgruß auf den Lippen, und er aus dem zerrissenen Kokon herauskriechen musste, einer Raupe gleich im täglichen Kampf darum nicht zertreten zu werden.

In der Mitte der Empfangshalle des Hotels im alpinen Stil loderte ein offenes Feuer in einem steinernen Kamin. Es roch nach Rauch. Brannenburg empfing Link höflich und führte ihn zu zwei Sesseln aus hellbraunem Leder, neben einem Beistelltisch aus rustikalem Altholz, auf dem ein kleines „Reserviert“ Schild stand, ebenfalls aus Altholz gefertigt, das ein herbeieilender Kellner sogleich entfernte. Über ihnen schwebte ein ausrangierter Schlitten, den man dort zur Dekoration aufgehängt hatte, einer jener großen Schlitten, mit dem Generationen von Bauern im Winter mühsam Holz aus dem Wald gezogen hatten. Es war Link unverständlich, warum Innenarchitekten der Meinung waren, dieses Zeugnis kärglichen Lebens könne eine harmonische Symbiose mit der durch materiellen Überfluss geprägten Lobby eines Luxushotels eingehen. Vielleicht stimulierte das Zeugnis vergangener Armut den Alkoholkonsum und damit den Umsatz. Ein Prost auf das Jetzt.

Nachdem sie eine Zeit lang über belanglose Themen wie das Wetter, den Zustand der Skipisten in Kitzbühel sowie die Auswirkungen des Klimawandels auf den Skitourismus gesprochen hatten, kam Brannenburg auf den Grund ihres Treffens zu sprechen.

„Es tut mir leid, dass ich Ihnen schon wieder einen Abend rauben muss. Aber ich habe ein Thema, welches leider keinen Aufschub duldet und das wir persönlich besprechen sollten."
Brannenburg trank einen Schluck des stillen Mineralwassers, das er bestellt hatte.
„Eigentlich wollte ich Hammersmith das Mandat zu Projekt Venus erteilen."
„Warum nur eigentlich", fragte Link. Er versuchte, sich eine Anspannung nicht anmerken zu lassen.
„Weil der Finanzvorstand die Entscheidung über die Auswahl der Kanzlei verschoben hat. Ein Dr. George Klein hat mich nach der Beerdigung Fichts angesprochen und mir Fragen zu unserer Abfallablagerung in Dülmen gestellt. Ich dachte, ich hätte mich in der Vergangenheit klar ausgedrückt. Einer Kanzlei, die in interne Compliance Untersuchungen verwickelt ist, können wir kein Mandat erteilen. Dass Sie als Leiter des Münchener Büros eine wesentliche Rolle bei der Entscheidung gespielt haben, meine Haltung zu ignorieren, ist naheliegend. Genau deshalb spreche ich jetzt mit Ihnen und nicht mit Henry."
Warum hatte er nichts gewusst von dem Kontakt zwischen George Klein und Brannenburg. Pitchard hätte ihn

informieren müssen. Schon wieder dieses beschissene Herrschaftswissen dieses Idioten, der ihn jetzt ins offene Messer laufen ließ.

„Wir haben nichts zu verbergen“, fuhr Brannenburg fort. „Zwar kann ich bei einem international operierenden Konzern, wie wir es sind, nicht ausschließen, dass es gelegentlich zu Unregelmäßigkeiten kommt. Aber wesentliche Compliance Verstöße in unserem Unternehmen wären sicherlich durch unser internes Warnsystem erfasst worden. Ich habe die Angelegenheit mit unserem Finanzvorstand besprochen. Unsere Haltung ist eindeutig. Wir haben nichts zu verbergen. Wir lassen uns durch die Drohung der Erpresser, ein Dossier über unsere Abfallablagerungen in Dülmen an die Presse zu senden, nicht beeindrucken. Selbst wenn wir direkt erpresst würden, wäre die Antwort ein klares „Nein.“ Unser erster Gang wäre der zur Polizei. Was mich hochgradig irritiert, ist, wie unverfroren Ihre Kanzlei meinen Wunsch ignoriert hat, die Compliance Untersuchung bei Hammersmith einzustellen. Ihre Kanzlei verhält sich, verzeihen Sie das Wort, stümperhaft. Sie wissen, wie die Presse nach Skandalgeschichten über German Petroleum lechzt. Gegen Erpresser können wir uns wehren. Falls die Presse von Ihren internen Untersuchungen erfährt, befinden wir uns in einer anderen Situation. Gegen Recherchen der Presse könnten wir uns nicht wehren. Wenn eine angesehene Kanzlei wie Hammersmith interne Untersuchungen führt, dann gibt es in den Augen der Presse genug Gründe, sich mit der Sache näher zu beschäftigen. Sie werden über uns herfallen. Wir arbeiten gerade daran, unser Bild in der Öffentlichkeit zu verbessern und durch unsere umweltfreundliche Strategie den Aktienkurs zu stützen. Wenn in diese Situation dann Gerüchte hineinplatzen, dass wir Behörden bestochen, die Umwelt vergiftet oder sonst gegen Gesetze verstoßen haben, dann erleben wir einen Super-GAU. Von Ihrer Kanzlei losgetreten! Ohne dass der kleinste Teil der Gerüchte belegt werden könnte!"

Link sah Brannenburg erschrocken an. Er hatte sich in Rage geredet.

„Ich bin nicht naiv", fuhr Brannenburg fort. „Ich weiß genau, wer bei German Petroleum die Quelle für die Unruhe ist. Ich habe meine internen Neider. Unser Finanzvorstand hat seine internen Neider. Umso enttäuschter sind wir, dass sich Hammersmith und auch Sie persönlich von unseren Gegnern vor den Karren spannen lassen."

„Glauben Sie mir, ich hatte keine Ahnung von dem Gespräch zwischen Ihnen und George Klein und ..."

„Das ist mir völlig egal, Dr. Link“, schnitt ihm Brannenburg das Wort ab. „Ich glaube Ihnen auch nicht, Sie leiten schließlich das Münchener Büro. Reden Sie Ihre Rolle nicht klein. Stellen Sie die Untersuchungen ein. Sofort. Ich brauche eine loyale Kanzlei, die ihre Energien nicht auf unsinnige Untersuchungen verschwendet. Ich dachte, ich wäre bei unserem Abendessen vor einigen Tagen deutlich genug gewesen. Da habe ich mich offensichtlich geirrt, es muss ein Missverständnis aufgekommen sein. Ich hoffe, heute Abend konnte ich unser Missverständnis ausräumen.”
Link fiel keine andere Möglichkeit ein, als die Unterhaltung durch den Notausgang zu verlassen. „Ich verstehe Ihre Position völlig. Ich werde das weitere Vorgehen umgehend mit meinen Partnern besprechen.“
„Tun sie das. Ich erwarte, dass Ihre Kanzlei wirtschaftlich denkt. Ich brauche keine engstirnigen Paragrafenreiter, die sich wegen jedes möglichen Risikos absichern wollen, auf Kosten ihrer Mandanten. Ich werde diese Untersuchungen nicht tolerieren, glauben Sie mir!“ Brannenburg schaute auf seine Uhr. „Jetzt habe ich Sie lange genug aufgehalten. Sie müssen schließlich noch nach München zurückfahren.“
Er erhob sich. Auch Link sprang aus seinem Sessel.

„Überhaupt kein Problem", sagte er. „Sie scheinen keinen besonders erholsamen Urlaub zu haben."

„Das ist der Preis von Führungsverantwortung. Ich begleite Sie noch hinaus."

„Machen Sie sich keine Umstände."

„Wie Sie wollen." Brannenburg gab Link zum Abschied die Hand und ging mit raschen Schritten in die Richtung des Hotelrestaurants. Link wartete, bis Brannenburg im Restaurant verschwunden war, und eilte dann hinaus zu der Limousine, die auf ihn wartete.

Selbstverständlich war er für Gesetzestreue, Ehrlichkeit, Anstand. Er stellte hohe moralische Anforderungen an sich selbst. Aber er durfte die wirtschaftliche Realität nicht vergessen. Selten hatte er Brannenburg derartig erregt erlebt. Sollte Brannenburg der Kanzlei aus Ärger über die fortdauernde Compliance Untersuchung Geschäft entziehen, dann würde das auch ihn treffen. Der Umsatz, den die Mandate von German Petroleum generierten, steigerte seinen eigenen Wert für die Kanzlei. Das war auch richtig so. Ohne ihn würde es diesen Umsatz nicht geben, er hatte sich dafür über Jahre den Hintern aufgerissen. Ohne Aufträge der German Petroleum wäre seine Position in der Partnerschaft allerdings deutlich schwächer. Sie war ohnehin schon schwierig. Ficht hatte viel Umsatz der German Petroleum auf sich gezogen. Die Gemengelage der Situation wurde gefährlich für ihn. Henry drohte, die Kanzlei zu verlassen und das Mandat in der neuen Kanzlei weiterzuführen. Brannenburg war ungehalten wegen der andauernden Compliance Untersuchungen. In solchen Situationen gingen langjährige Mandantenbeziehungen in die Brüche. Das musste er auf jeden Fall vermeiden, moralische Grundsätze hin oder her. Es war schließlich völlig unklar, ob German Petroleum wirklich mit Hammersmiths Hilfe Gesetze verletzt hatte. Nur wegen an den Haaren herbeigezogener Gerüchte, die Beziehung zu Brannenburg zu gefährden, wäre eine falsche Managemententscheidung. Eine unsinnige Prinzipienreiterei. Link spürte Angst in ihm aufsteigen. Die Angst, zum Opfer zu werden. Das German Petroleum Mandat war seine Lebensversicherung in diesem Laden. Er durfte es nicht verlieren. Er wollte nach dreißig Jahren in dieser Kanzlei nicht wegen schwacher Umsatzzahlen wie Altmetall entsorgt werden. Was wäre das für ein unwürdiges Ende seines Lebenswerkes. Pitchard musste die Compliance Untersuchungen sofort einstellen. Henry musste seine starke Stellung im Mandat an ihn verlieren. Er würde nach London fliegen, um die Angelegenheit persönlich mit

Pitchard zu regeln.

18. Kapitel

George ächzte. Die Regenkleidung über seinem Anzug ließ ihm nicht viel Spielraum für Bewegungen. In der rechten Hand hielt er einen Fahrradhelm. Mühsam zog er sich mit der linken Hand aus dem Taxi. Er hatte in seiner Wohnung aus dem Fenster geschaut. Es war völlig unsinnig, bei diesem Schneeregen mit dem Fahrrad zum Konzert zu fahren, selbst wenn Bruhns mit dem Fahrrad kommen würde und er angekündigt hatte, es ihr nachzutun. Er war grundsätzlich ein Mann, der zu seinen Ankündigungen stand. Das war klar und es war auch klar, dass Bruhns diesen Eindruck gewinnen musste. Er war aber auch kein Idiot, der triefend nass an der Abendkasse erschien. Also hatte er kurzerhand die Radkleidung über seinen Anzug gezogen und war so mit dem Taxi zum Konzertsaal gefahren. Schließlich kam es bei der ersten Verabredung mit einer attraktiven Frau auf den Schein an, nicht das Sein. Er stapfte rasch durch dichten Schneeregen und Schneematsch zum Eingang der Philharmonie.

Er war spät. Pitchard hatte ihn mit seinem täglichen Anruf aufgehalten. George war beeindruckt, wie ruhig Pitchard geblieben war. Schließlich wurde die Kanzlei erpresst und ihr drohte ein großer wirtschaftlicher Schaden. Auch wenn Henry es nicht wahrhaben wollte, Pitchard hatte sehr gute Führungsqualitäten. Vera Bruhns stand schon an der Kasse und winkte ihm zu.

„Sie sind tatsächlich bei dem Sauwetter mit dem Rad gekommen“, rief sie aus. „Wahnsinn. Sie müssen völlig durchgefroren sein.“

„Passt schon“, ächzte George, während er mühsam seine Regenkleidung und Überschuhe abstreifte. Glücklicherweise hatten die wenigen Meter vom Taxi zum Eingang genügt, um ausreichend nass geregnet zu werden, sodass sein Auftritt authentisch wirken musste. „Was tut man nicht alles für die Umwelt.“

„Genau. Es ist alles nur eine Frage der richtigen Kleidung.“ Bruhns präsentierte ihr überwältigendes Lächeln und streckte die Hand zur Begrüßung aus.

„Ich fahre in der Stadt auch immer Rad bei jedem Wetter.“ Bruhns zog ihre Regenjacke und Regenhose aus. Sie trug darunter einen enganliegenden, schwarzen Rollkragenpullover über einer schwarzen Stoffhose und dunkelbraune, feste Lederschuhe. George mochte ihren einfachen, unprätentiösen Kleidungsstil.

„Mit dem Auto würde ich unnötig die Umwelt verpesten", sagte sie. „Ich habe auch gar keines. Ich liebe es, draußen zu sein, wenn man ansonsten die ganze Zeit im Büro hockt. Wenn es gar nicht anders geht, weil das Wetter einfach zu schlecht ist, dann fahre ich öffentlich."

„Eine grüne und reine Umwelt ist für uns alle wichtig", bemühte George einen Allgemeinplatz, um ihr eilig beizupflichten. Er nahm Bruhns Jacke und Hose ab und brachte sie zur Garderobe. Bruhns folgte ihm.

„Übrigens wird es Zeit, dass wir uns duzen, finden Sie nicht", wagte er den ersten Schritt ihrer Annäherung.

„Natürlich gerne." Bruhns strich sich durch ihr schulterlanges Haar, das sie offen trug. Ihre wohldosierte Bewegung setzte den anziehenden Parfümgeruch frei, den George bereits aus dem Büro kannte. „Das wollte ich auch gerade vorschlagen", antwortete sie lächelnd.

Er kaufte rasch ein Programmheft und folgte Vera zu ihren Plätzen. Die verbleibenden zehn Minuten bis zum Beginn des Konzerts verbrachte er mit dem Versuch, in einem zweiten Schritt der vorsichtigen Annäherung möglichst viele Gemeinsamkeiten zwischen ihnen zu finden, die er dann als Gesprächsstoff in der Pause nutzen konnte. Ihre während der Pause erarbeitete Sympathie für ihn sollte dann für einen dritten Schritt genügen, ein vertieftes Gespräch nach dem Konzert bei einem guten Glas Wein. Danach würde man weitersehen. Leider misslang ihm bereits der zweite Schritt. Er sprach über seine Lieblingsrestaurants, erntete aber sofortigen Widerspruch, da Vera sich vegan ernährte. Er schwärmte von seinen Fahrten in die Berge, erntete aber ihr sofortiges Unverständnis für jeden, der nicht gewillt war, auf Transportmittel mit Verbrennungsmotoren zu verzichten. Vera war geschieden, wie sie beiläufig erwähnte, ebenso wie er, aber eine Unterhaltung über die Erfahrungen mit geschiedenen Ex-Partnern führte selten zu guter Stimmung. Als die Dirigentin die Bühne betrat, war als kleinster gemeinsamer Nenner neben dem Interesse an der klassischen Musik schließlich nur der Ärger über die Unzuverlässigkeit des öffentlichen Nah- und Fernverkehrs geblieben. George seufzte. Er würde in der Pause noch einmal ansetzen müssen.

Das Orchester spielte zuerst die Auftragskomposition eines noch lebenden Komponisten, dessen Namen George nicht kannte. Die Musik war schwer zugänglich, trotzdem klatschte er nach dem Ende des Stückes dem Komponisten, der sich auf der Bühne zeigte, begeistert zu, wie alle anderen Konzertbesucher, die das Werk sicher auch nicht verstanden hatten. Aber einen lebenden Komponisten bekam man nicht häufig zu Gesicht. Daraufhin folgte, gewissermaßen als Entschädigung, Mozarts Jupiter-Sinfonie, die das Publikum beschwingt und fröhlich plaudernd in die Pause entließ. Die befriedende Kraft des gemeinsamen Musikerlebnisses zerbröselte jedoch schnell beim Stellungskrieg vor der Theke, wo es George nur nach einigen Wortgefechten mit anderen Besuchern gelang, zwei Gläser Champagner zu ergattern. Als er den Stehtisch erreichte, an dem er Vera zurückgelassen hatte, war diese verschwunden. Sie kehrte bis zum Ende der Pause nicht wieder zurück, sodass George nichts anderes übrigblieb, als die beiden Gläser allein zu trinken, übel gelaunt, weil er Champagner nicht ausstehen konnte, und enttäuscht, weil er das Zeug nur gekauft hatte, um Vera gegenüber Stil vorzutäuschen. Die saß bereits an ihrem Platz, die Schlange an der Toilette sei leider zu lang gewesen, dabei lächelte sie ihn wieder an, aber bereits weniger entwaffnend als zu Beginn des Abends. Jetzt, nach der Pause stieg endlich der musikalische Spannungsbogen, man spielte Bruckners fünfte Sinfonie, ein monumentales Werk, das dem Orchester und dem Dirigenten alles abverlangte, und während dessen es

George betäubt von dem Alkohol nur mühsam gelang, nicht einzuschlafen.

„Hast Du noch ein wenig Zeit“, fragte Vera, als sie nach dem Konzert in den Winterabend hinaustraten. Die kalte Luft erlöste George aus seiner Schläfrigkeit. Er freute sich über Veras Initiative, und sie gingen in ein Lokal in der unmittelbaren Nähe.

Das Gasthaus war bereits von Konzertbesuchern überrannt worden, sodass sie nur zwei Stehplätze an der Theke fanden, direkt vor den Zapfhähnen, an denen ein Kellner lauthals über die Konzertbesucher fluchte und schwitzend halb voll gezapfte Biere auf die bereitstehenden Tabletts knallte. Georges Laune verschlechterte sich erneut. Der Raum war laut, warm, Vera trank ein stilles Mineralwasser und er bekam Kopfschmerzen von seinem Bier. George versuchte, sich seine mangelnde Begeisterung für den bisherigen Verlauf des Abends nicht anmerken zu lassen. Für eine Weile unterhielten sie sich über das Konzert und die aufgeführten Musikstücke sowie ihre Vorlieben für einzelne Komponisten, bis Vera eine Gesprächspause nutzte, um George auf den Stand seiner Arbeit anzusprechen.

„Die Arbeit geht voran, für ein Ergebnis ist es aber noch zu

früh“, antwortete George kurz angebunden. Er wollte dieses Thema nicht vertiefen, schließlich war er an seine Geheimhaltungsvereinbarung gebunden und es eignete sich nicht für eine menschliche Annäherung. „Ich habe den Eindruck, Du interessierst Dich sehr für die Umwelt“, versuchte er, das Gespräch in eine andere Richtung zu lenken.
„Natürlich. Jeder muss sich heutzutage für die Umwelt interessieren“, antwortete Vera. „Meinst Du, die Kanzlei wird auf die Forderung der Erpresser eingehen?“
„Das müsstest Du doch besser wissen, Du kennst die Kanzlei seit langem.“
Sie zuckte mit den Schultern. „Ich bin nur für die Verwaltung zuständig. Ich erfahre wenig über das Geschäft, meine Meinung zu einem solchen Thema zählt nichts. Deshalb bin ich umso mehr daran interessiert, von Dir Näheres zu erfahren. Schließlich verbringe ich einen großen Teil meines Lebens in dieser Kanzlei.“
Vera schien mit allen Mitteln zu versuchen, ihm Informationen über den Fortgang seines Mandates abzutrotzen, dachte George irritiert.
„Was hältst Du denn von der Aktion der Kämpfer für die Umwelt“, fragte er.
„Ich achte Menschen, die etwas bewegen wollen, um unser

Klima zu retten“, antwortete Vera. „Hast Du keine Angst vor der Zukunft?“

„Doch zu oft. Hast du auch Respekt vor kriminellen Aktionen, wie die einer Erpressung“, fragte George.

„Ich persönlich würde nicht so weit gehen, ich habe einen sechsjährigen Sohn, ich kann mir nicht erlauben, ins Gefängnis zu wandern. Aber der Zweck heiligt die Mittel, findest Du nicht auch?“

George horchte auf. „Den Satz habe ich von Rüdiger auch schon einmal gehört.“

„Rüdiger ist ein seltsamer Mensch. Er hat schon viel hinter sich.“

„Was meinst Du damit“, fragte George.

„Er war einmal bei der Kripo und wurde dann entlassen. Aber das muss er Dir selbst erzählen. Rüdiger hat aber recht. Der richtige Zweck rechtfertigt viele Mittel. Es ist großartig, wenn Menschen sich für andere Menschen engagieren. Wenn niemand auf die Straße geht, dann ändert sich an der Klimapolitik nichts.“ Vera argumentierte jetzt lebhaft. „Wir stehen vor dem Weltuntergang. Er wird uns allmählich erfassen, ein Land nach dem anderen bis zum bitteren Untergang aller. Wir haben keine Zeit mehr. Der letzte Bericht des Weltklimarates ist eindeutig. Nach 2030 wird sich die Welt um 1.5 Grad gegenüber dem Jahr neunzehnhundertneunzig erwärmt haben. Wir liegen jetzt schon bei 1.1 Grad. Die Regierungen tun viel zu wenig. Immer mehr Umweltkatastrophen, Hungersnöte, Wassermangel, Migration, Kriege werden folgen. Irgendwann kommt dann der Krieg mit dem alles auslöschenden Atomschlag. Ich muss meinem Sohn und seinen Kindern und Enkeln diese Zukunft ersparen. Um jeden Preis. Gift in der Luft, Gift im Boden. Wir brauchen Aktivisten, um die Menschen wachzurütteln."

„Ja, das wäre gut, wenn sie die Unwissenden wachrütteln könnten", erwiderte George. „Die Kämpfer für die Umwelt erreichen aber das Gegenteil, fürchte ich. Auf mich machen sie den Eindruck von durchgeknallten Chaoten, auch wenn sie intern sehr gut organisiert sind, wie ich gelesen habe, übrigens in einer ziemlich hierarchischen Form."Er selbst war auch der Meinung, dass jede Regierung seinem Land in dieser Zeit eine zielgerichtete Klimapolitik schuldete. Doch er war kein Anhänger des zivilen Ungehorsams. Eine Demokratie lebte von der freien Meinungsäußerung, aber im Rahmen der Gesetze. Vielleicht war er als Jurist zu konservativ oder feige. Viele Bürgerrechte wäre ohne zivilen Ungehorsam nicht erkämpft worden, aber damals lebten

Aktivisten nicht in einer hoch entwickelten Demokratie.
Veras Gesicht verfinsterte sich. „Durchgeknallte Idioten. Entschuldige bitte, George, das klingt nach der Einschätzung eines Dinosauriers, aber nicht nach der eines modernen, mündigen Menschen."
Einen Moment schwiegen beide. „Du hast einen Sohn", nahm George die Unterhaltung wieder auf.
Vera lächelte. „Mein früherer Ehemann und ich haben einen Sohn. Paul lebt bei mir. Er ist zehn Jahre alt. Und Du, hast Du Familie?"
„Nein", antwortete George. „Eine längere Geschichte."
„Du siehst traurig aus, wenn Du das sagst." Vera musterte ihn aufmerksam.
„Traurig? Nein. Wütend auf mich, weil ich meine Ex-Frau geheiratet habe."
„Das klingt in meinen Ohren nicht wütend, sondern traurig. Vielleicht möchtest Du auch beim nächsten Mal darüber sprechen."
George wollte nicht über seine Vergangenheit sprechen, nicht jetzt, auch nicht beim nächsten Mal, aber er behielt den Kommentar für sich, um der Unterhaltung nicht wieder die Chance auf einen harmonischen Abschluss zu rauben.
Vera begann in ihrer Handtasche zu kramen und zog einen

kleinen Zettel hervor. „Bevor ich es vergesse, Du hattest John Pitchard um Freuds Kontaktdaten gebeten. Ich gebe Dir ihre Mobilnummer. Wie lief denn Euer Gespräch mit ihr?“

George nahm dankend die Telefonnummer entgegen und verzichtete darauf, Vera zu fragen, woher sie von dem Gespräch wusste. Dafür kamen viele Quellen infrage, vom Belegungsplan der Konferenzräume bis zu der Rezeptionistin, denn ihr Treffen mit Freud war nicht geheim gehalten worden. „Das Gespräch mit Freud war interessant.“

„Interessant?“

„Freud scheint es sich nicht leicht gemacht zu haben mit meinem Bruder.“

„Niemand tut sich leicht mit Henry“, brach es aus Vera hervor. „Mit Verlaub, er ist ein selbstverliebter Idiot.“

„Trotzdem frage ich mich, warum Freud gerade jetzt ein Gespräch mit Link gesucht hat, einige Wochen nach ihrem Ausscheiden.“

„Dazu kann ich nichts sagen, ich weiß noch nicht einmal, worüber gesprochen wurde. Aber Du musst mir natürlich nichts erzählen.“

„Es tut mir leid, Vera. Pitchard ist es sehr wichtig, dass ich nur mit ihm über Einzelheiten meiner Arbeit spreche“,

antwortete George geduldig.
„Das verstehe ich natürlich. Ich finde es auch sympathisch, dass Du derartig integer und professionell bist.“ Vera schaute auf ihre Uhr. „Ach“, rief sie überrascht. „Schon so spät. Es tut mir leid, George. Es war ein netter Abend. Aber ich muss nach Hause, die Babysitterin hat nur bis Mitternacht Zeit, sie muss morgen früh wieder für ihr Abitur lernen. Wenn es Dir nichts ausmacht, laufe ich schon einmal los.“
„Klar kein Problem, ich übernehme das hier natürlich“, antwortete George. „Hast Du es weit?“
„Ich wohne in einem Vorort. Ich fahre mit der S-Bahn und lasse mein Rad am Bahnhof. Wenn ich jetzt gleich los sause, muss ich nicht lange auf den Zug warten.“
Vera zog rasch ihre Jacke über und nahm ihren Fahrradhelm. George stand auf, um sich von ihr zu verabschieden.
„Was schulde ich Dir für die Karte“, fragte er.
„Sei nicht albern, Du bist natürlich eingeladen. Du kannst Dich gerne beim nächsten Mal revanchieren. Vielen Dank für den netten Abend.“ Sie gab George einen flüchtigen Wangenkuss. „Wir müssen ja nicht bei allen Dingen der gleichen Meinung sein.“ Mit diesen Worten eilte sie zum Ausgang des Lokals, ohne sich noch einmal nach ihm

umzudrehen.
George bestellte bei dem Kellner an der Theke noch ein kleines Bier. Der hatte sich mittlerweile wieder entspannt und schob ihm mit meinem freundlichen Lächeln ein sorgfältig gezapftes Bier über den Tresen. George umfasste das kühle Glas. Vera hatte überraschend viel Sympathien für die Erpresser ihres Arbeitgebers gezeigt. Hedwig hatte recht gehabt. Vera wollte etwas von ihm an diesem Abend, sie wollte ihre Neugierde über den Stand der Erpressung stillen. Wollte sie ihn auch näher kennenlernen? Vielleicht. Sie lebte mit ihrem Sohn allein. Einen Freund hatte sie nicht erwähnt. Er schüttelte den Kopf. Nein, für eine neue Frauenbekanntschaft war er nicht bereit. Der Prozess der Annäherung an eine mögliche neue Partnerin mit der dafür erforderlichen Selbstvermarktung, dem vorsichtigen, gegenseitigen Abtasten, den unausweichlich folgenden Diskussionen über die Form und den Inhalt des Gesagten, die Forderungen, das Ungesagte offenzulegen, dieser Prozess war ihm angesichts des unsicheren Ertrags zu mühsam. Er wollte sich erst einmal auf das Wesentliche konzentrieren, und das war der Erfolg seines Mandats.

19. Kapitel

George hatte vergessen, wie trostlos ein Novembertag im Ruhrgebiet sein konnte. Nur mühsam rollte der morgendliche Berufsverkehr auf der Autobahn voran, eine lange Kette roter Rücklichter in einem Dunst von Auspuffgasen, unter einem grau verhangenen Himmel, der dem Tag jegliche Helligkeit raubte und die Dämmerung zum Dauerzustand machte. Aus dem Autoradio ertönte Popmusik in englischer Sprache, moderiert von einer jungen Stimme, deren vorprogrammierte Fröhlichkeit an der Realität zerschellte. Georges Puls raste von dem Kaffeekonsum der letzten Stunden, mit dem er seinem Körper die Müdigkeit ausgetrieben hatte. Er dachte an seine Kindheit im Ruhrgebiet zurück, in Bredeney, einem Villenvorort von Essen, in den bewaldeten Hügeln an der Ruhr, dort wo seit jeher die Oberschicht wohnte, so wie die Familie Klein, deren Vater damals ein bekannter und wohlhabender Anwalt gewesen war. Aber in Georges Erinnerung überwogen dennoch nicht die Sommertage am Swimmingpool oder auf dem Tennisplatz, sondern die graue, rußige Luft, durchdrungen von einem gelben Schleier, gespeist von Kokereien, Stahlwerken,

Raffinerien und Chemiewerken. Vielleicht zeugte diese Selektion seiner Wahrnehmung von einer negativen Sicht auf die Welt, die ihn umgab. Oder sie war doch eher Zeichen einer realistischen Lebenseinstellung, die er stets für sich in Anspruch genommen hatte. Das hatte ihn von seiner Ehefrau Claire unterschieden, die selbst ihren Ehebruch als Zeichen von Lebensfreude gesehen hatte, und seine Empörung darüber als spießige Schwarzmalerei.

Er näherte sich der Autobahnausfahrt Essen-Bredeney, wo sein Vater nach wie vor wohnte, in einer Wohnung unweit des einstigen Elternhauses. Die Stadt lag auf seiner Route nach Dülmen. Er hatte wenig Zeit, aber ein Besuch seines Vaters war unvermeidbar, nicht aus Vaterliebe, sondern aus einem Pflichtbewusstsein, dessen Ursprung er in seiner katholischen Erziehung verortete, die ihm gebot, Vater und Mutter zu ehren, denn er stand aufgrund seiner Geburt in ihrer Schuld.

„Da bist Du ja, ich habe auf Dich gewartet, ich dachte Du kommst früher“, begrüßte ihn sein Vater in einem vorwurfsvollen Ton.

„Ich habe es versucht. Es gab einen Stau. Ich bin seit drei Uhr heute Morgen unterwegs.“

Sein Vater schloss die Tür hinter ihm und verriegelte sie

sorgfältig. Obwohl er als bald neunzigjähriger Greis schon lange nicht mehr in die Kanzlei ging, trug er jeden Tag auch am Wochenende ein frisch gebügeltes weißes Oberhemd und ein Sakko über einer Stoffhose, denn sein Leben war für ihn nach wie vor eine Pflichtaufgabe. Die eleganten Hausschuhe aus leichtem Leder rundeten sein sorgfältig inszeniertes Auftreten ab. Er führte George in das Wohnzimmer. Sein Vater hatte vor einigen Jahren das Elternhaus verkauft, sich eine großzügig bemessene Wohnung gekauft und sie mit den alten Möbeln des Hauses vollgestopft. Er wollte so die Veränderungen seiner Umgebung möglichst gering halten. Langsam ließ er sich in einen der schweren, dunkelbraunen Ledersessel sinken, die George an die häufigen Abende erinnerten, an denen sein Vater Gäste gehabt hatte, welche für ihn beruflich wichtig gewesen waren, an die verrauchte Luft und die kurzen Vorstellungsrunden, in denen sein Vater wohlgefällig seine beiden Jungen präsentiert hatte, vor ihrer Rückgabe an die Kinderfrau.

„Bitte, bediene Dich.“ Sein Vater deutete auf Kekse und Kaffee, die er bereitgestellt hatte. Trotz seines hohen Alters konnte er mit der Hilfe einer Pflegekraft, die täglich nach ihm sah, allein in der Wohnung leben. „Ich komme allein zurecht, solange und weil ich es will“, pflegte er zu sagen, wenn die Sprache auf die Vorzüge eines Seniorenheims kam. Er hatte nichts von seiner Willenskraft und seiner Disziplin eingebüßt, die er stets auch von seinen Kindern gefordert hatte.

„Danke.“ George goss sich eine Tasse Kaffee ein, obwohl er keinen Kaffee trinken wollte, aber er wusste, dass sein Vater es nicht tolerieren würde, wenn er den ihm zugedachten Kaffee verschwenden müsste.

„Wie geht es Dir?“

„Ich kann nicht klagen“, antwortete sein Vater und schob ihm eine Kanne mit Kaffeesahne zu. Sein hageres Gesicht war immer noch von dichten, weißen Haaren umrahmt. Er hielt sich aufrecht, sodass er schlank wirkte, aber nicht gebrechlich. Seine braunen Augen waren wässrig geworden, aber sein Blick war ebenso distanziert und kühl wie in seinen jüngeren Jahren. Nur seine Haut war von Altersflecken bedeckt und durchkreuzte seinen Plan, durch sorgfältige Kleidung und aufrechte Haltung jünger zu wirken, als er war.

„Ich stehe früh auf, erledige meine Post, dann Yoga, Mittagessen, Spaziergang, abends Fortbildung. Ich war immer ein großer Freund klarer Strukturen, wie Du weißt.“

„Ja, ich weiß.“

„Was macht Deine Arbeit“, fragte sein Vater.

„Ich komme wieder hoch.“

„Gut“. Sein Vater machte eine zufriedene Miene. „Wäre schade, wenn nicht. Du hast genauso viel Talent wie Dein Bruder. Ich bin froh, dass wenigstens Henry ohne Krise durchs Leben kommt.“

„Vergleiche mich bitte nicht mit Henry, er hat auch seine Themen“, brach es aus George hervor.

„Du bist immer den Vergleichen mit Deinem Bruder ausgewichen, George.“

„Wir sollten Brüder sein, keine Wettbewerber. Leider sind wir Wettbewerber und keine Brüder.“

Sein Vater sah ihn missbilligend an. „Ich weiß nicht, was Du meinst. Wenn Du meine Erziehung kritisieren möchtest, das kannst Du natürlich machen, aber schau Dir das Ergebnis an, es passt doch!“

„Du warst hart zu uns. Was zählte, war die Leistung. Sonst nichts. Es ist, als ob Du uns einen Chip eingesetzt hättest, der uns nach vorne treibt, immer getrieben von der Angst, nicht mehr erfolgreich zu sein. Unser Ehrgeiz treibt uns unaufhörlich, uns beide, Henry und mich. Wenn der Erfolg es fordert, treibt uns der Ehrgeiz auch gegeneinander.“

„Genau.“ Sein Vater nickte. „Eben weil Du bei mir durch

eine harte Schule gegangen bist, wirst Du wieder nach oben kommen. Ich habe auch schwierige berufliche Situationen gehabt. Die habe ich mit harter Arbeit überwunden. Ich habe Euch meine Lebenserfahrung weitergegeben, die mich erfolgreich gemacht hat. Dafür solltest Du mir dankbar sein. Stattdessen lamentierst Du über dein angespanntes Verhältnis zu Deinem Bruder. Als ob ich dafür verantwortlich wäre. Im Übrigen belebt Konkurrenz das Geschäft."

„Du hattest Glück mit uns. Andere Kinder wären unter dem Druck zerbrochen. Das ist der Stoff für Drogen und Alkohol."

Sein Vater hob die Augenbrauen, sagte aber nichts.

Georges Blick fiel auf ein Foto, das neben vielen anderen Fotos auf dem Schreibtisch vor dem Fenster stand. Es zeigte ihn und seinen Bruder mit ihrer Mutter am Tage der Einschulung seines Bruders. Fünf Jahre später war sie bei einer Bergwanderung abgestürzt. Sie war allein unterwegs gewesen. Niemand wusste, was passiert war. Später hatte er erfahren, dass sie Depressionen gehabt hatte. Aber er weigerte sich bis heute, die Möglichkeit eines Selbstmordes zu erwägen. Ihre Mutter war von ihnen gegangen, sie hatte ihn und seinen Bruder aber nicht verlassen. Er musste an Fichts Unfalltod denken. Er würde Frau Ficht vorsichtig fragen, ob sie einen Selbstmord für möglich hielt, vielleicht ausgelöst durch berufliche Probleme, durch die Verwicklung in einen Umweltskandal.

„Was macht Claire“, fragte sein Vater.

„Ich weiß es nicht, sie interessiert mich aber auch nicht mehr.“

„Gut. Vergiss die Frau, sie war ein Fehlgriff, Du warst zu gut für sie. Du kommst ohne sie schneller auf die Beine. Was tust Du denn gerade, um wieder hochzukommen?“

George schilderte seinem Vater sein Hammersmith Mandat, ohne aber die mögliche Verwicklung seines Bruders in einen Umweltskandal zu erwähnen.

„Ein interessanter Fall. Eine gute Gelegenheit. Du siehst, Henry hat Dir geholfen. Ein Wettbewerber hätte das nicht getan.“

George schwieg. Er verstand nicht, warum Henry seinen Vater als dement beschrieben hatte. Er hatte die gleiche Art, ihn zurechtzuweisen wie früher. Sein Verstand hatte im Alter nicht gelitten.

„Aber natürlich würde ich mich freuen, wenn meine beiden Söhne sich gut verständen“, fügte er versöhnlich hinzu. Dann begann er, wie bei jedem ihrer seltenen Gespräche,

George von denjenigen seiner Freunde und Bekannten zu berichten, die in der letzten Zeit gestorben waren, mit einem triumphierenden Lächeln auf den Lippen, da er sie überlebt hatte. George schaute auf seine Uhr, nachdem sein Vater die Aufzählung beendet hatte.
„Ich muss los, ich fahre heute noch bis Münster für mein Mandat.“ George stand auf. Sein Vater erhob sich ebenfalls.
„Ich verstehe. Länger als eineinhalb Stunden wird die Fahrt nicht dauern. Ich wünsche Dir viel Erfolg. Du musst das schaffen. Das wirst Du auch. Wo ein Wille ist, da ist auch ein Weg.“ Er begleitete seinen Sohn zur Tür.
„Warum verbarrikadierst Du Dich überhaupt so, hast Du Angst vor Einbrechern“, fragte George und zeigte auf den großen Eisenbügel vor der Tür, den sein Vater gerade öffnete.
„Die Arbeitslosigkeit ist hier hoch, die Verbrechensrate auch. Alles voller Ausländer, Männer, die in unser Land hereingekommen sind, aber nicht arbeiten, da gehe ich kein Risiko ein. Ich verlasse das Haus für meinen Spaziergang, aber den mache ich immer vor Einbruch der Dunkelheit auf der Straße. In den Wald gehe ich nicht mehr. Die Lebensmittel werden mir angeliefert. Das hier ist das Ruhrgebiet und nicht München.“

George ging nicht weiter auf den ausländerfeindlichen Kommentar seines Vaters ein. Er störte ihn, aber mit seinem Vater zu diskutieren, war sinnlos, er hatte seine Überzeugungen, an denen er festhielt. So fand er sich als alter Mann in der Welt zurecht.

„Aber keine Angst, ich bleibe trotzdem hier und komme nicht nach München.“ Sein Vater lachte ein bitteres Lachen, das den unausgesprochenen Vorwurf enthielt, vernachlässigt zu werden.

Der Vorwurf zum Abschied war seine Art, die Bindung zu seinen Kindern zu wahren, sein Versuch, bei ihnen Schuldgefühle zu erwecken und damit ihre Besuche zu erzwingen, denn George ahnte, dass sein Vater trotz seiner Distanz und Kühle ein einsamer Mensch war.

„Ach, George.“ Sein Vater zögerte.

„Ja?“

„Ich bin schon stolz auf Euch, auf alle beide. Ich denke, das wisst Ihr auch.“

Das musste wohl die Altersmilde sein, dachte George spöttisch. „Ja natürlich. Danke.“

„Gute Fahrt.“ Sein Vater schloss die Tür und George hörte, wie er den Sicherheitsriegel von innen zuschob.

20. Kapitel

Die junge Dame am Empfang der Bezirksregierung Münster war an diesem Freitagmittag gut gelaunt. Nach dem kräfteraubenden Treffen mit seinem Vater war George ihr dankbar für die Freundlichkeit, die sie ihm schenkte.

„Einen Termin mit unserem Umweltreferenten Dr. Weise haben Sie um dreizehn Uhr? Das ist seltsam. Wir haben keinen Umweltreferenten. Es gibt eine Abteilungsleiterin für Umwelt und Arbeitsschutz. Sie steht der Abteilung zwei vor. Darin gibt es ein Dezernat für Abfallwirtschaft und Bodenschutz, das Dezernat zwanzig. Herr Dr. Weise ist der Dezernatsleiter. Er ist aber zur Kur."

„Dann vielleicht Frau Roderick, oder so ähnlich?"

„Die ist in Mutterschutz. Worum geht es denn?"

„Um Akteneinsicht und Informationen über eine Abfallablagerung in Dülmen."

„Dann frage ich einmal Herrn Ursus, den Kollegen von Frau Roderick. Er arbeitet auch im Dezernat zwanzig. Vielleicht hat er die Angelegenheit bearbeitet und den Termin ausgemacht. Wie heißen Sie bitte?"

„Dr. George Klein. Ich bin hier als Rechtsanwalt, um die

Interessen meiner Mandantin zu betreuen."
Die junge Frau ging in ein kleines Hinterzimmer, um mit Herrn Ursus zu telefonieren, der in der Tat mit George einen Termin ausgemacht hatte und die Angelegenheit betreute. Er erwartete George in Zimmer einhundertdreizehn.

Das Namensschild neben der Tür zu Zimmer einhundertdreizehn war unbeschriftet. Als auf sein Klopfen niemand antwortete, öffnete George vorsichtig die Tür und trat in ein nüchtern eingerichtetes Zimmer, das dem Stereotyp eines Behördenbüros entsprach. In der Mitte des Raumes befand sich ein hellgrauer Schreibtisch, darauf ein Computerbildschirm und eine zur Seite geschobene Tastatur. Die hellgrau gestrichenen Wände waren kahl, bis auf einen Abrisskalender, den seit Juni niemand mehr beachtet hatte. Vor einem der Wände stand ein raumhoher, geschlossener Aktenschrank. Nur die stereotypische Zimmerpflanze fehlte. Die Luft in dem Raum war überheizt und trocken. Es roch nach Putzmittel.
„Ursus mein Name. Guten Tag, Herr Dr. Klein. Was kann ich denn für Sie kurz vor dem Wochenende noch tun?" Hinter George hatte Herr Ursus das Zimmer betreten. Klein schätzte ihn auf Anfang sechzig. Seine kurz geschnittenen,

grauen Haare verliehen ihm ein sportliches Aussehen. Er bat seinen Besucher, vor dem Schreibtisch Platz zu nehmen, setzte sich, zog die Tastatur heran und schaltete den Computer ein.

„Etwas unfreundlich hier, nicht wahr, aber das ist nicht mein Büro. Ich sitze hier nur zur Vertretung einer Kollegin, die in Mutterschutz ist. Sie hat ihre persönlichen Gegenstände mitgenommen." Ursus schaute George freundlich an.

„Konnten Sie nicht in Ihrem eigenen Büro bleiben, das ist ja kein angenehmer Arbeitsplatz", fragte George in einem verständnisvollen Ton.

„Das macht mir nichts, ich gehe bald in Pension. Eigentlich sollte ich schon weg sein, mit meinem Resturlaub. Deshalb habe ich hier kein eigenes Büro mehr. Aber unsere Chefin hat mich vor zwei Wochen angerufen. Sie suchte händeringend nach einer Vertretung für Frau Roderick, die in den Mutterschaftsurlaub gegangen ist. Junges Leben kommt, altes Leben geht." Er lachte. „Außerdem fehlt uns ja auch noch die Arbeitskraft unseres Chefs, Herrn Dr. Weise, den Sie eigentlich sprechen wollten. Aber Sie sind nicht hier, um mit mir über unsere dünne Personaldecke und meine Pension zu plaudern."

„Nein. Es geht um eine Mülldeponie, die Tongrube der Firma Westmann Abfallentsorgung in Dülmen, Weststraße eins“, antwortete George. „Ich habe einen Antrag auf Akteneinsicht nach dem Umweltinformationsgesetz gestellt.“
Ursus nickte. Er zeigte auf einen Aktenordner, der auf dem Schreibtisch lag. „Ich habe mir die Akte natürlich kommen lassen. Ihren Antrag habe ich gesehen, ich bin leider noch nicht dazu gekommen, ihn zu verbescheiden. Wie gesagt, unsere Personaldecke ist sehr dünn. Sie schrieben, Sie vertreten die Kanzlei Hammersmith, die ein eigenes Interesse daran habe, Näheres über die Abfallablagerung zu erfahren. Das ist ungewöhnlich.“
„Ja, das hängt mit einer Sache zusammen, welche die Kanzlei direkt betrifft“, antwortete George.
„Interessant. Ich fürchte, ohne Prüfung Ihres Antrags kann ich Ihnen keinen Einblick in die Akte geben. Dafür muss ich mir die Akte erst einmal selbst näher anschauen. Wie gesagt, ich bin erst seit zwei Wochen wieder hier. Die Deponie wird von der Firma Westmann betrieben, sagen Sie. Mit Westmann hatten wir noch nie Ärger, sie sind als Deponiebetreiber zuverlässig. Die Kapazitäten der Tongrube sind übrigens erschöpft, die Deponie ist geschlossen. Mehr weiß ich über die Angelegenheit nicht. Die Ablagerung fällt

unter Dr. Weises Zuständigkeit, und der ist schon seit längerem krank."
„Das klingt so, als ob Dr. Weise noch für längere Zeit krank sein wird", fragte George.
„Das habe ich nicht gesagt"
„Könnten Sie mir dann ab Montag Akteneinsicht gewähren? Ich meine online?"
Ursus lachte. „Online? So weit sind wir in unserer Behörde noch nicht. Ich bin ab Montag auch für zwei Wochen im Urlaub. Aber ich helfe Ihnen gerne jetzt und hier, soweit ich kann."
„Könnten Sie kurz nachschauen, ob die Qualität des Abfalls jemals in einem Bodengutachten untersucht wurde", setzte George nach. „Das ist mir nämlich zu Ohren gekommen."
„Wie ist Ihnen das denn zu Ohren gekommen?"
„Eine bei Hammersmith angestellte Anwältin hat vor einiger Zeit mit Frau Roderick telefoniert, da sie eine Stellungnahme zur Rechtmäßigkeit der Ablagerung schreiben sollte, im Auftrag der German Petroleum, deren Abfall dort abgelagert wird. Frau Roderick erwähnte einen Vermerk über ein Bodengutachten, das Herr Dr. Weise in Auftrag gegeben hatte. Der Vermerk befand sich noch in der Akte, das

Gutachten nicht mehr."
Ursus nahm sich die Akte vor und blätterte in ihr scheinbar gezielt für einige Minuten. Dann schüttelte er den Kopf.
„Hier gibt es kein Gutachten oder einen Hinweis über die Beauftragung eines Bodengutachtens. Ich habe keine Ahnung, warum Frau Roderick dieser Meinung war. Ich halte das für sehr unwahrscheinlich. Dann hätte Weise ein Gutachten vom Geologischen Dienst anfordern müssen, dem Landesdienst von Nordrhein-Westfalen. Ein Gutachten war bei der Ablagerung von Industrieruß mit diesem Abfallschlüssel 061303 aber nicht notwendig. Dieser Abfall muss vom einliefernden Recyclingunternehmen nur ordnungsgemäß deklariert werden. Ich habe auch nichts davon gehört, dass nach der Schließung der Deponie noch einmal eine Probe genommen wurde. So würde man auch nur vorgehen, wenn ein Verdacht bestünde, dass der Abfall eine andere Eigenschaft als angenommen hatte."
„Bei gefährlichem Abfall hätte man bei der Ablagerung anders verfahren müssen, nicht wahr?"
„Ja, natürlich, Herr Dr. Klein. Bei gefährlichem Abfall mit dem Abfallschlüssel 070108* sind wir aktiver und kontrollieren regelmäßig die Zusammensetzung und den Verbleib des Abfalls, den die German Petroleum dann auch

nachweisen müsste. Dieser Abfall darf nur in extra dafür zertifizierten Deponien oder in Verbrennungsanlagen mit speziellen Filtern beseitigt werden. Das ist aufwendiger und kostet natürlich auch mehr. Die Deponie in Dülmen dürfte dafür nicht herhalten. Aber ich sehe in der Akte keine Hinweise darauf, dass es sich um gefährlichen Abfall gehandelt hat."
„Wenn jemand Dr. Weise stichhaltige Anhaltspunkte dafür geliefert hätte, dass der Industrieruß gar kein Industrieruß war, sondern aus Ölpellets bestand, dann hätte er ein Bodengutachten in Auftrag gegeben, nehme ich an", fuhr George fort.
„In der Tat. Ölpellets wären auf jeden Fall gefährlicher Abfall, der sicher nicht in diese Deponie gehört. Die riechen auch stark nach Öl. Bei dem Geruch hätte man sicher Proben genommen, die aufwendig sind. Man muss sie nach der LAGA-Richtlinie PN 98 vornehmen lassen."
„Als Privatperson dort mit einem Schäufelchen eine Probe zu nehmen und die untersuchen zu lassen, macht also keinen Sinn?"
Ursus lachte. „Nein, wir reden nicht über Plastik- oder Hausmüll, der an der Oberfläche liegt."
„Ölpellets in dieser Tongrube würden auch das Trinkwasser

gefährden, oder sehe ich das falsch?“
Ursus nickte. „Sicher, sobald die Tongrube leckt und die Pampe in die wasserführenden Schichten gerät. Soweit ich weiß, liegt die Deponie in der Nähe eines Trinkwasserschutzgebietes. Aber inwieweit hier Trinkwasser gefährdet wäre, müssten sie mit der Wasserbehörde besprechen. Meines Wissens würden die Grundwasser-Messanlagen ein Leck im Tonboden schnell erfassen. Ob man dann das Gift noch aus dem Boden herausbekommt, ist eine andere Sache.“
„Wenn Herr Dr. Weise ein Gutachten angefordert hätte, spräche das also bereits dafür, dass der Abfall nicht nur harmloser Industrieruß ist“, fragte George.
„Nein, wie gesagt, es spräche nur dafür, dass es Anhaltspunkte dafür gab.“
„Die würden durch eine Anzeige hochkommen?“
„Ja oft. Bevor Sie mich jetzt fragen, in der Akte finden sich keine Hinweise auf eine Anzeige. Danach habe ich gerade schon gesucht.“
George seufzte. „Ich sehe, der Einzige, der mir zu meinem Fragen verlässlich Auskunft geben könnte, wäre Dr. Weise. Wissen Sie, wo ich ihn erreichen kann?“
Ursus zuckte mit den Achseln. „Ich weiß es nicht. Wenn

etwas Dringendes aufkäme, könnten wir ihn sicher erreichen. Ich nehme an, unser Sekretariat hat seine Adresse."

„Ich nehme an, Ihr Sekretariat ist entweder krank oder im Urlaub", rutschte es George heraus, der zunehmend frustriert war von der Unterhaltung.

„Hören Sie, Herr Dr. Klein. Ich versuche Ihnen zu helfen. Es ist nicht meine Schuld, dass meine Kolleginnen und Kollegen krank oder schwanger sind."

„Ist Dr. Weise sehr krank?"

„Nicht kränker als früher, trotzdem hat man ihn zum Leiter des Dezernats gemacht."

„Und nicht Sie?"

„Das ist Schnee von gestern." In Ursus Stimme klang Ärger mit. „Die Behörde sieht jetzt, was sie davon hat. Unsere Abteilungsleiterin denkt über einen neuen Dezernatsleiter nach. Kollege Weise ist sehr oft krank, ich denke, sie ärgert sich über ihre Entscheidung. Aber das ist nicht mehr mein Problem, ich bin durch und werde pensioniert."

Er schaute auf seine Armbanduhr. „Wir haben jetzt leider Dienstschluss. Mehr kann ich zu der Sache ohnehin nicht beitragen."

George wollte einen letzten Versuch machen, die Adresse Weises herauszufinden, nicht in dem Stil, der ihm sonst

eigen war, aber er wollte nicht so leicht aufgeben.
„Haben Sie vielleicht eine Personalkasse, in die ich einzahlen könnte, als Anerkennung dafür, dass Sie auch nach Dienstschluss noch eine Information ausfindig machen?“
Ursus runzelte die Stirn. „Welche Information?“
„Die Kontaktdaten von Weise. Sehen Sie, die Angelegenheit ist für meine Mandantin sehr wichtig, und wenn ich mit Weise sprechen könnte, dann wäre mir sehr geholfen. Wobei er nie erfahren wird, von wem ich die Information bekommen habe.“
Ursus kratzte sich den Kopf. „Wir sind hier nicht bestechlich, Herr Dr. Klein.“
„Sie dürfen mir doch sicher helfen, es ist eine Form der Akteneinsicht, ich denke nicht, dass Sie dabei illegal handeln. Ich spende einhundert Euro. Sie können dann entscheiden, ob Sie das Geld einem guten Zweck zukommen lassen, oder vielleicht für Ihre gemeinsame Weihnachtsfeier verwenden.“
Ursus stöhnte theatralisch. „Na gut, ich bin einfach zu gut für diese Welt. Ich frage nach.“
Er verließ das Zimmer und kam nach einiger Zeit mit einem Zettel in der Hand zurück. George hatte in der Zeit hundert Euro aus seinem Geldbeutel gezogen. Das Geld würde er

sich von Pitchard wiederholen. Die Kontaktaufnahme mit Weise war dafür wichtig genug. Ursus nahm wortlos das Geld in Empfang, stopfte es in seine Hosentasche und reichte George einen Zettel. „Morgentau Klinik, in Mittenwald, gar nicht weit von Ihnen. Dr. Weise ist dort zur Kur." Ursus zögerte einen Moment. „Eine Privatklinik für die Behandlung von Suchtkrankheiten", setzte er hinzu.

„Hat Dr. Weise Alkoholprobleme,", fragte George.

„Das möchte Ihnen jetzt wirklich nicht sagen. Heroinsüchtig ist er jedenfalls nicht."

„Das kann nicht einfach für seine Ehefrau sein. Er ist doch verheiratet?"

„Ja. Verheiratet, Kinder, das volle Programm. Kommen Sie, ich bringe Sie zum Ausgang, der ist bereits geschlossen. Es gibt zwar viele Kolleginnen und Kollegen, die heute Nachmittag noch arbeiten müssen, aber am Freitag haben wir ab dreizehn Uhr für den Besucherverkehr geschlossen."

„Ist der Geburtsname seiner Frau zufällig Möllebach?"

„Das weiß ich nicht, ich habe privat nicht mir Dr. Weise verkehrt." Ursus nahm eine Daunenjacke aus einem der Schränke an der Wand und winkte George ihm zu folgen. Mit schnellen Schritten eilte er die Treppen hinunter. Am

Ausgang wartete er kurz, um sich zu verabschieden. „Wohin müssen Sie denn heute noch fahren“, fragte er höflich.
„Nach München.“
„Aha, die Stadt mit dem höchsten Stickstoffdioxid Gehalt in Deutschland. Zumindest können Münchens Einwohner in Schönheit sterben.“ Er reichte George die Hand zum Abschied. „Ich wünsche Ihnen viel Erfolg. Wenn Sie weitere Fragen haben, melden Sie sich. Natürlich erst nach meinem Urlaub.“
„Gerne, das ist sehr freundlich. Ich hoffe, dass sich die Welt auch während Ihres Urlaubs weiterdreht und ich Sie danach nicht mehr belästigen muss.“

21. Kapitel

Das Grundstück Vogelgesangstrasse Nummer zwanzig lag in einem Waldgebiet. Der Zaun, der es umgab, war zerfallen und überwuchert von Dornengestrüpp, das Grundstück verwildert. In seiner Mitte stand eine verwitterte Holzbaracke mit einem eingestürzten Dach, an der ein verblichenes blaues Schild mit der Hausnummer baumelte.

„Aus München kommen Sie also. Wollen Sie hier etwas kaufen?“ George drehte sich erstaunt um. Hinter ihm stand ein alter Mann, leicht vorgebeugt auf einen Spazierstock gestützt. Sein unrasiertes Gesicht war von der Kälte gerötet. Er trug einen abgetragenen grünen Lodenmantel und hatte sich eine rote Pudelmütze tief in die Stirn gezogen. Neugierig musterte er George.

„Wie kommen Sie denn darauf“, fragte George erstaunt.

„Na ja. Ihr Auto hat ein Münchener Kennzeichen und Sie fotografieren ein brachliegendes Grundstück. In München sind die Grundstückspreise viel höher als in unserer Gegend. Ich spaziere jeden Abend den gleichen Weg, seitdem ich im Ruhestand bin, und in diesen zehn Jahren hat hier noch nie jemand gestanden und das Grundstück

betrachtet."
„Ich bin hier eher zufällig vorbeigekommen. Die Hütte sieht nicht gerade bequem aus", antwortete George.
Der alte Mann lachte auf. „Da hat es sich schon lange niemand mehr bequem machen wollen."
„Wissen Sie, wem das Grundstück gehört?"
„Irgendeiner Investmentgesellschaft. Sie hat den Grund neulich von Marlies Möllebach gekauft. Sie kommen also zu spät. Ich lebe seit meiner Geburt vor fünfundsiebzig Jahren in Dülmen. Die Marlies kenne ich seit ihrer frühesten Kindheit. Ich war früher Kinderarzt. Kurzum, ich bin hier ganz gut vernetzt. Auch mit dem Notar, der das Geschäft beurkundet hat."
„Frau Möllebach scheint das Grundstück nicht oft genutzt zu haben", hakte George nach.
Der Mann lächelte verschmitzt und machte einen kleinen Schritt vorwärts, um sein auf den Spazierstock gestütztes Gewicht kurz zu entlasten. „Das Grundstück hat Marlies von ihrem Vater geerbt. Der war begeisterter Hobbygärtner. Daher die verfallene Hütte. Hans ist aber schon seit zwanzig Jahren tot. Marlies konnte mit diesem Grundstück nichts anfangen. Geschwister und Kinder hat sie nicht. Gartenarbeit interessierte sie nie. Tja, dann holt sich die Natur

ihren Teil wieder zurück."
„Warum würde jemand denn so ein Grundstück kaufen", fragte George.
„Keine Ahnung. Marlies wollte das Grundstück schon lange verhökern. Nur, wie Sie sagen, warum sollte das jemand kaufen. Hier darf man außer einer kleinen Schutzhütte nichts mehr bauen. Außenbereich. Nicht weit von hier beginnt das Naturschutzgebiet. Hier gibt es über einhundertzwanzig Vogelarten. Aber jetzt hat sie einen Dummen gefunden." Er richtete sich auf. „Es gibt Gerüchte, dass in Dülmen eine neue große Fabrik gebaut werden soll, die Batteriezellen herstellen wird. Vielleicht sind die Vögel dann nicht mehr so wichtig, und es wird hier in der Vogelgesangstraße zusätzlicher Wohnraum geschaffen. Selbst dann wären die vierhunderttausend Euro, die sie dafür bekommen haben soll, ein stolzer Preis. Nicht völlig verrückt, aber sehr hoch. Ich gönne Marlies den Gewinn natürlich, aber gerne sehen wir das in Dülmen nicht, wenn jetzt Spekulanten kommen und die Preise hochtreiben."
„Wenn das Grundstück auf dem Markt ist, dann kann man niemanden vorwerfen, dass er das Grundstück kauft, finden Sie nicht?"
„Nein. Da haben Sie recht. Das Grundstück war aber nicht

auf dem Markt. Zumindest hat es kein Immobilienmakler in den letzten Jahren angeboten. Keine Ahnung, wie Marlies und die Investmentgesellschaft zusammengekommen sind. Jetzt habe ich sie aber lange genug beschwatzt. Ich muss weiter, bevor es dunkel wird. Hier gibt es keine Straßenlaternen. Schönen Tag und gute Rückreise." Er hob seinen Spazierstock zum Gruß und schlurfte langsam, aber zielstrebig davon.
Der Kaufpreis für das Grundstück war also sehr hoch, ganz wie er das gedacht hatte. George schaute auf seine Uhr und lief fluchend zu seinem Auto. Er kam zu spät zu seinem Fußpflegetermin.

Marlies Möllebach war eine hagere, übellaunige Frau. Missmutig tadelte sie George für seine Verspätung, die ihren engen Terminkalender durcheinanderbrachte. Sie winkte George, ihr zu folgen und brachte ihn zu seinem Behandlungsplatz. Keine zwei Meter neben ihm stand ein weiterer Behandlungsstuhl, auf dem eine sehr füllige Frau saß, ungefähr in seinem Alter, ihre beiden Hände weit von sich gestreckt, die Augen geschlossen. Ihre Gesichtszüge waren unter einer aufgelegten Gesichtsmaske erstarrt, während eine Angestellte des Kosmetikstudios ihre

Fingernägel mit signalrotem Nagellack bestrich. Ihr starker Parfümgeruch lähmte Georges Geruchsinn. Plötzlich drehte sie ihren Kopf zu ihm hinüber und grinste ihn breit mit von Lippenstift geröteten Zähnen an, sodass er unmittelbar an das Bild eines Vampirs vor dem ersten Biss denken musste. Er grinste zurück.

„Das Fußbad müssen wir uns leider schenken, aus Zeitgründen. Ziehen Sie bitte die Socken aus. Wir machen erst die Fußnägel und dann die Fingernägel." Möllebachs militärischer Ton riss George aus seinen Gedanken. Er tat wie ihm geheißen und wagte nicht anzumerken, dass er gar keine Fingernagelmaniküre gebucht hatte. Er stellte seine nackten Füße auf einen kleinen Schemel, vor den sich Möllebach gesetzt hatte. Aus den Augenwinkeln bemerkte er, wie die Vampirin neben ihm immer noch herüber starrte. Wahrscheinlich musterte sie seine Füße. George spürte, wie er errötete. Er fühlte sich unbehaglich.

„Ihre Füße sehen furchtbar aus. Überall Hornhaut." Möllebach schüttelte missbilligend den Kopf, sodass ihre dunkelbraunen, zu Zöpfen geflochtenen Haare von links nach rechts hüpften. Sie zog eine kleine Feile aus der Schublade ihres Behandlungstisches.

„Sind sie das erste Mal bei uns", fragte sie, während sie

begann, von seinen Füßen Hornhaut zu entfernen.
„Ja. Haben Sie dieses Studio schon lange?“ George machte sich Sorgen, dass seine Füße aufgrund seiner Nervosität zu schwitzen beginnen könnten.
„Sie sind nicht aus Dülmen, oder?“
„Nein. Aus München. Ich bin auf der Durchreise.“ Seine Füße begannen tatsächlich zu schwitzen. Aber Möllebach musste das gewohnt sein.
„Gehen Sie in München auch zur Maniküre und Fußpflege, allerdings sehen Ihre Hände und Füße nicht so aus?“
„Ehrlich gesagt, es ist heute das erste Mal.“
George schaute auf eine Uhr über dem Eingang des Studios. Es war höchste Zeit für ihn, seine Fragen zu stellen. Möllebach blickte kurz von ihrer Arbeit auf. „Wie komme ich denn zu der Ehre?“
„Eine solche Behandlung wollte ich mir schon lange einmal gönnen. Es spricht für die Qualität Ihrer Behandlung, dass Sie so viel Geschäft haben. Der Militärstützpunkt in Dülmen hilft Ihnen sicher auch, oder?“
„Klar, ein wichtiger Wirtschaftsfaktor.“
„Und treibt die Grundstückspreise, nehme ich an. Zwar nicht gerade auf das Niveau von München, aber dennoch nach oben.“

„Ich weiß nicht, wie hoch die Preise woanders sind. Sie haben Ihre Fußnägel leider schief geschnitten. Das macht meine Arbeit nicht leichter.“

„Tut mir leid, ich habe sie mir extra gestern Abend geschnitten. Ich wollte Ihnen helfen.“

„Das ist schiefgegangen.“ Möllebach trocknete Georges Füße mit einem Handtuch ab und setzte sich dann auf einen Hocker neben Klein. „Die linke Hand bitte auf diese Armlehne.“

„Ist es einfach, in Dülmen ein Baugrundstück zu finden?“

„Warum, wollen Sie hier bauen?“

„Vielleicht. Ich suche schon länger nach einem schönen Platz für ein Ferienhaus in einer Region, die landschaftlich reizvoll ist, aber noch nicht so überlaufen ist wie der Süden.“

„Ach ja? Wenn ich in München wohnen würde, wüsste ich, wo ich ein Ferienhaus bauen würde. Sicher nicht in Dülmen.“

„Verkaufen Sie nicht ein Grundstück?“

„Nein nicht mehr“, antwortete sie. „Es ist verkauft. Woher wissen Sie das denn?“

„Zufall. Ich war spazieren und bin mit einem Bekannten von Ihnen ins Gespräch gekommen. Ein pensionierter

Kinderarzt."

„Ich weiß, von wem sie sprechen. Karl redet zu viel. Ich muss mich jetzt aber konzentrieren. Ihre Fingernägel sind auch eine Katastrophe. Kauen Sie darauf herum?"

„Nein natürlich nicht." George blickte zu seiner Nachbarin hinüber. Er hatte den Eindruck, dass sie nun seine Fingernägel beäugte. Für eine Weile arbeitete Möllebach schweigend weiter.

„Haben Sie und Ihr Mann lange gebraucht, um das Grundstück zu verkaufen", nahm George die Unterhaltung wieder auf.

„Ja, Jahre."

„Da wird Ihr Mann aber erleichtert gewesen sein, dass sie es endlich verkaufen konnten."

Möllebach hielt kurz inne und schaute ihn erstaunt an. „Warum mein Mann? Erst einmal war ich selbst erleichtert. In Dülmen führen die Ehefrauen ihre Geschäfte selbst."

Möllebach stand auf und setzte sich neben Georges rechte Hand.

„Wird dort jetzt gebaut", fragte George. „Ihr Bekannter meinte, das Grundstück liege im Außenbereich, da dürfe man nicht bauen."

„Ich weiß nicht, was die Käuferin damit vorhat. Das muss

ich auch nicht wissen. Vielleicht kommt eine größere Fabrik nach Dülmen und man benötigt Wohnungen, vielleicht wird das Grundstück dann Bauland, vielleicht auch nicht."
George spürte, dass Möllebach sich über seine Fragen zu wundern begann, und ließ sie schweigend arbeiten. Einige Minuten später legte Möllebach ihre Utensilien zur Seite.
„So, bitte schön". Die allerletzte Kundin wartet schon. Vorher muss ich noch telefonieren. Wir sind genau durchgetaktet, da fallen Verspätungen wie die Ihrige ins Gewicht. Vielen Dank für Ihren Besuch." Sie winkte einer jüngeren Hilfe zu.
„Elena, könntest Du den Herrn hier kurz abkassieren?" Sie winkte Georges Nachbarin zu. „Vielen Dank Irma, bis zum nächsten Mal." Mit diesen Worten verschwand sie grußlos hinter einem Vorhang. George bezahlte seine Behandlung. Immerhin hatte Möllebach bestätigt, dass sie kürzlich ein schwer zu verkaufendes Grundstück verkauft hatte. Insoweit hatte sich der Aufwand gelohnt. Den Mehrwert seiner nun sauber geschnittenen und polierten Finger- und Fußnägel konnte er dagegen nicht erkennen.

Draußen vor dem Geschäft stand Irma, die Vampirin, und knöpfte sich ihren leuchtend gelben Daunenmantel zu.

„Die arme Marlies“, sagte sie, als sie George erblickte. Der schaute sie fragend an. „Sie sind ja nicht von hier und konnten das nicht wissen, aber Sie hätten sich nicht nach ihrem Mann erkundigen sollen.“

„Warum denn nicht? Ist er tot?“

Irma machte einen großen Schritt auf George zu, der sich zwang, nicht zurückzuweichen. Sie trug jetzt eine überdimensional große Brille, mit getönten Gläsern und einem Gestell in dem gleichen auffälligen, gelben Farbton wie ihr Mantel.

„Nein, noch nicht. Wäre vielleicht besser für sie.”

„Kennen Sie Frau Möllebach schon lange”, fragte George.

„Schon sehr lange. Marlies und ich sind gemeinsam zur Schule gegangen, wir sind seit vielen Jahren Freundinnen.”

„Dann kennen Sie auch Ihren Ehemann?“

„Kurt? Ja, natürlich, ich war Trauzeugin. Marlies war sehr verliebt damals.“

„Dann muss er ja gut ausgesehen haben,“ bemerkte George.

Irma zuckte mit den Schultern. „Er war o.k. Äußerlich völlig unauffällig. Nichts Besonderes. Aber ein netter, freundlicher Kerl. Und ein promovierter Jurist. Das hat sie beeindruckt. Davon hat sie jetzt auch nichts mehr. Gut, dass ich

nie geheiratet habe. Mich wollte glücklicherweise nie jemand.“ Sie lachte unvermittelt und laut, ein zu lautes Lachen, fast ein Kreischen, das wie der verbitterte Schrei einer verwundeten Seele aus ihr herausbrach.
„Ist ihr Mann krank“, fragte George. „Ich meine, weil Sie sagen, dass sie heute von seinen Vorzügen auch nichts mehr hat.“
Irma seufzte. „Ich muss aufpassen, was ich sage. Sie will auswandern, nach Mallorca, um dort einen Kosmetiksalon für deutsche Touristen aufzumachen. Sie spart schon lange dafür. Das kostet viel Geld. Aber mit einem Ehemann wie Kurt wird das nichts, sage ich ihr immer. Der wird immer wieder in den Suff zurückfallen und dann den Hintern nicht hochbekommen. Das liegt bei denen in der Familie. Ihr Schwager ist auch so versoffen. Sie macht Kurt Druck, aber ich glaube, das hilft nicht.“
„Sind ihre Kinder denn schon aus dem Haus?“
„Sie haben keine Kinder.“
George erinnerte sich daran, dass Ursus Frau und Kinder erwähnt hatte. Das würde hier nicht passen. „Heißt Frau Möllebachs Ehemann zufällig Weise und arbeitet bei der Bezirksregierung in Münster?“
„Sie sind aber neugierig.“ Sie schnaufte verächtlich.

„Marlies Ehemann geht mich natürlich nichts an. Jeder für sich, Gott für uns alle.“ Sie lachte wieder laut auf und ging dann zu einem leuchtend gelb lackierten Auto auf dem Kundenparkplatz. Kurz bevor sie einstieg, drehte sie sich noch einmal um. „Wenn Sie Polizist oder Privatdetektiv oder so etwas sind, dann müssen Sie aber lernen, geschickter zu fragen.“
„Ich werde mir Mühe geben. Ich bin allerdings Rechtsanwalt“, antwortete George und wünschte Irma leise zum Teufel.

Kurze Zeit später hielt George vor der Einfahrt der Abfalldeponie Westmann. Er wollte die Deponie zumindest einmal gesehen haben, wenn er schon in Dülmen war, auch wenn die Dunkelheit schon hereingebrochen war. Mehr konnte er hier nicht bewerkstelligen. Den Gedanken an einen Besuch bei der Firma Westmann hatte er schnell verworfen. Niemand würde dort einem Anwalt mit vertraulichen Informationen weiterhelfen. Das Tor zur Deponie grenzte an einen hohen Zaun. Neben dem Tor war eine Videokamera installiert. Der Bereich der Zufahrt war hell erleuchtet.
George stieg aus dem Auto und inspizierte das Tor und den

Zaun. Ein großes Schild verbot den Zutritt auf das Privatgelände. Ein kleiner Pfad führte am Zaun entlang. George nahm eine Taschenlampe zur Hand, die er immer in seinem Wohnmobil verstaut hatte, und ging vorsichtig den Pfad entlang. Vielleicht würde er irgendwo ein Loch im Zaun finden. Er war erst wenige Minuten gegangen, als er hinter sich lautes Rufen und Hundegebell hörte. Von dort näherte sich rasch das Licht einer starken Lampe. Er hörte das Hecheln eines Hundes, das zu einem Knurren wurde, drehte sich um und blickte in einen Lichtkegel.

„Was machen Sie hier", herrschte ihn eine heisere, männliche Stimme an. „Das ist ein Privatgrundstück. Verschwinden Sie hier schleunigst."

„Wenn Sie mich nicht weiter blenden, mache ich genau das", antwortete George ruhig.

„Sehen Sie zu, dass Sie hier wegkommen. Ich habe das Nummernschild Ihres Autos notiert. Sie bekommen eine Anzeige wegen Hausfriedensbruch. Ich kann auch den Hund loslassen."

„Dann bekommen Sie eine Anzeige wegen Körperverletzung", entgegnete George und trat den Rückweg an, gefolgt von einem hechelnden Hund und schimpfenden Herrchen.

Auf dem Platz vor dem Tor drehte er sich um. Hinter ihm stand ein hochgewachsener, kräftig wirkender Mann in der Uniform eines privaten Sicherungsdienstes, neben sich einen nun laut bellenden Schäferhund, der an der Leine zerrte.

„Ins Auto und weg hier", herrschte er George an. „Die Leute neulich hatten weniger Glück, die dachten, ich meine es nicht ernst. Auf ihre Anzeige wegen Körperverletzung warte ich allerdings noch. Wir haben strikte Anweisungen und die befolge ich."

„Anweisungen von German Petroleum?"

„Von meinem Chef. Wir mussten diese Leute von der Deponie herunterholen. Sie hatten ein Loch in den Zaun geschnitten. Das passiert uns nicht noch einmal. Also weg hier."

„Ach so, Sie meinen diese Umweltaktivisten von den Kämpfern für die Umwelt, oder?"

„Ich weiß nicht, wer das war. Ich weiß nur, dass Sie jetzt hier verschwinden müssen."

George stieg ins Auto, startete den Motor und ließ den Sicherheitsbediensteten in einer großen Rußwolke zurück. Das war eine verdammt gute Bewachung für eine harmlose, stillgelegte Abfalldeponie. Nach einigen Hundert

Metern hielt er am Straßenrand, holte sein Telefon hervor und fand im Internet nach Namen des Leiters Dezernat Abfallwirtschaft und Bodenschutz der Bezirksregierung Münster, Dr. Achim Weise. George fluchte. Es war nicht anzunehmen, dass Irma sich in dem Vornamen von Möllebachs Ehemann geirrt hatte. Ebenso unwahrscheinlich war es, dass sich ihr Ehemann in Dülmen Kurt in Münster Achim nannte. Außerdem hatten Möllebach und Kurt keine Kinder, anders als Achim Weise. Er hätte verdammt noch einmal Irma nach den Nachnamen von Möllebachs Ehemann fragen sollen. Es konnte kein Zufall sein, dass Henry ausgerechnet in Dülmen tätig geworden war. Warum zum Teufel, hatte sich Herder noch nicht gemeldet. Sein Verhalten war zum Kotzen. Er wollte wissen, wer hinter der Bermudagesellschaft stand. Er würde Herder eine Erinnerung senden, deren Ton trotz aller Höflichkeit seinen Ärger über die ausbleibende Antwort nicht verbergen würde.

22. Kapitel

„Hallo Ernst, was treibt Dich denn an einem frühen Freitagabend nach London?“ Pitchard schaute Link erstaunt an.
„Hast Du kurz Zeit?“ Link trat zögernd in Pitchards Büro.
„Ja natürlich. Ich hoffe allerdings nicht, dass Du mich wieder davon überzeugen möchtest, die Compliance Untersuchungen einzustellen. Das Thema wäre für uns beide vertane Zeit. In dreißig Minuten muss ich außerdem mit unserer Finanzchefin telefonieren. Du weißt, unsere jährlichen Partnerbewertungen stehen vor der Tür. Ich hoffe, die Zeit reicht Dir.“
„Ja, das genügt.“ Link war sich nicht sicher, ob Pitchard ihn mit dem Hinweis auf die Partnerbewertungen ängstlich stimmen wollte, oder ob es ein unschuldiger Hinweis auf seine limitierte Zeit war.
„Nein, um die Einstellung der Compliance Untersuchung wollte ich Dich nicht wieder bitten.“ Link trat in Pitchards Büro und schloss die Tür hinter sich. Pitchard stand hinter einem Stehpult, auf das er einen Stapel Papiere gelegt hatte, die er gerade durchblätterte. Link bemerkte die legere Kleidung Pitchards, Bluejeans, ein schwarzer Kapuzenpulli und

Turnschuhe: die freitägliche Bürokleidung, mit der seine alternden Kollegen zeigen wollten, dass sie im Geiste jung geblieben waren. Er hatte immer darauf verzichtet, jugendlich wirken zu wollen. Außerdem würde sein Bauch den Kapuzenpulli wölben.

„Setz Dich doch.“ Pitchard deutete auf zwei kleine Sessel, die hinter einem Besprechungstisch in der Ecke des Raumes standen. Obwohl heute in London die Sonne schien, hatte Pitchard die Jalousien der raumhohen Fenster heruntergelassen und das Neonlicht an der Decke angeschaltet. „Ich selbst bleibe lieber stehen, ich muss meinen Rücken schonen.“

Link folgte der Aufforderung allerdings ungern, da es ihn in die Situation brachte, zu Pitchard aufschauen zu müssen. „Ich musste sowieso nach London“, log er, denn er war nur für das Gespräch mit Pitchard nach London gereist. „Ich wollte aber kurz vorbeischauen und Dir von einer Sache berichten.“

„Nämlich?“

Link war nervös. Er fühlte sich nicht wohl in seiner Haut. Aber er hatte seinen Entschluss gefasst.

„Henry spricht mit einer anderen Kanzlei über einen Wechsel.“

„Ach?“ Pitchard beugte sich vor und schaute Link aufmerksam an. „Woher weißt Du das?“

„Er wollte mich davon überzeugen mitzugehen.“

„Wann hast Du mit ihm gesprochen?“

„Vorgestern“, antwortete Link. „Ich habe aber natürlich kein Interesse an einem Wechsel, trotz der höheren Bezahlung.“

„Natürlich nicht. Mehr Geld heißt mehr Umsatz. Mehr Umsatz heißt mehr Druck. Warum solltest Du Dir das in dieser späten Phase Deiner Laufbahn antun. Zu welcher Kanzlei will Henry denn wechseln?“

„Das hat er mir nicht gesagt. Aber Brannenburg weiß wohl Bescheid, und er würde ihn bei der neuen Kanzlei mandatieren, sagte mir Henry.“

„So, Brannenburg weiß bereits Bescheid. Unvorsichtig von ihm, so viele Köpfe einzuweihen. Es wundert mich allerdings nicht, dass er versucht, die Flucht aus der Kanzlei zu ergreifen, bei dem Ärger, der ihm hier womöglich droht.“

„Warum, hat George etwas gefunden?“

Pitchard zögerte mit seiner Antwort. „Vielleicht, die Ergebnisse sind bislang noch zu zwiespältig, um sichere Schlüsse zu ziehen. Du bist der Standortleiter unseres Münchener

Büros, also solltest Du früher oder später wissen, wo wir stehen. Henry scheint einer Investmentgesellschaft geholfen zu haben, ein Grundstück in Dülmen zu erwerben. Interessanterweise ist Dülmen der Ort, in dem die Abfalldeponie liegt, in der German Petroleum giftigen Abfall vergraben haben soll. Du erinnerst Dich an den Erpresserbrief."

„Das riecht nach Bestechung, oder?"

„Lass mich das so formulieren", antwortete Pitchard. „Ich würde meinen Kopf nicht für German Petroleum verwetten, und ich würde in dieser Situation mein berufliches Schicksal nicht mit dem von Henry verknüpfen."

„Was wäre das für ein Desaster für German Petroleum, wenn der Sachverhalt bekannt wird." Link schüttelte ungläubig den Kopf. „Zu diesem Zeitpunkt. Sie haben gerade ihr Projekt Venus bekannt gegeben, die Investoren glauben ihnen ihre neue strategische Ausrichtung, weg von der hässlichen Ölverarbeitung zu grüneren Produkten, und dann platzt dann so etwas rein. Sie riskieren, ihre Fördergelder zu verlieren. Der Aktienkurs ist gerade nach der Bekanntgabe von Projekt Venus nach oben geschossen, der würde ebenso schnell wieder tief fallen. Brannenburg würde wie wild um sich schlagen."

Pitchard nickte. „Wenn wir tatsächlich einen Umweltskandal und Korruption aufdecken, Henry wissentlich beteiligt ist und das in die Öffentlichkeit gerät, könnte Henry sein Mandat und seinen Wechsel zu einer anderen Kanzlei vergessen. Das wäre es dann für ihn gewesen. Man kann nur für uns und ihn hoffen, dass kein guter Reporter Wind von der Sache bekommt. Ich bin mir sicher, dass schon bloße Vermutungen, die in den Medien auftauchen, seinen Wechsel zunichtemachen würden, unabhängig davon, ob sie sich später als wahr erweisen oder nicht. Für German Petroleum wäre er als Anwalt nicht mehr tragbar, und ich habe starke Zweifel daran, ob er sich bei uns halten könnte. Das würde Henrys Karriere versenken."

„Ich wäre von einem Verlust des Mandates auch sehr betroffen", sagte Link. „Du weißt, wie sehr ich für das Mandat geschuftet habe."

„Das ist zu befürchten", stimmte ihm Pitchard zu. „Aber trotzdem müssen wir unsere Untersuchung durchziehen. Eine illegale Abfallablagerung ist wie eine tickende Zeitbombe. Irgendwann geht die Sache sicher hoch. Je später sie detoniert, umso schlimmer ist die Explosion auch für uns."

Jetzt galt es, Link nahm seinen ganzen Mut zusammen.

„Wir müssen unsere Kanzlei schützen und Henry feuern. Wenn jemand sich derart illoyal verhält und versucht, eine unserer wichtigsten Mandantinnen zu einem Wettbewerber zu locken, ist das Grund genug. Wenn er gemeinsam mit German Petroleum gegen Gesetze verstoßen hat, könnten wir nach außen auf diese Weise zeigen, dass wir ein derartiges Verhalten nicht tolerieren und schon beim kleinsten Verdacht rigoros durchgegriffen haben."

„Henry ist unser wichtigster Umsatzträger in München, und ohne Not werde ich ihn nicht vertreiben. Du kennst unsere Branche zu Genüge. Der Grad der Narrenfreiheit eines Partners bestimmt sich nach seinem Umsatz. Traurig, aber wahr."

Link schluckte. Er hatte sich eine andere Antwort erhofft. In seiner gesamten Karriere hatte er nicht versucht, einen Kollegen aus der Kanzlei zu manövrieren, aber Henrys Verhalten ließ ihm keine Wahl. „Wir können doch nicht abwarten, bis Henry abgeworben wird, und dann gleichzeitig unsere wichtigste Mandantin verlieren. Wir dürfen auch nicht abwarten, bis wir wissen, ob er rechtswidrig gehandelt und unsere Reputation in den Dreck gezogen hat."

„Ich sehe keine Alternative", antwortete Pitchard bestimmt.

Link machte einen letzten Versuch, Pitchard umzustimmen. „Ich könnte alle Mandate von German Petroleum und auch das Projekt Venus führen, ohne Henry. Ab sofort. Wir kappen Henrys Zugang zu allen Informationen. Brannenburg wird bei einem anlaufenden, wichtigen Projekt wie Venus nicht die Kanzlei wechseln wollen."

„Entschuldige meine Offenheit, Ernst. Du stehst bei German Petroleum für die Vergangenheit, Henry für die Gegenwart. Leider ist uns mit dem Tod von Ficht der Mann für die Zukunft abhandengekommen. Wenn wir Henry jetzt feuern, dann marschiert er nicht nur schnurstracks zur Konkurrenz, sondern schiebt uns bei Brannenburg auch noch den schwarzen Peter zu, weil wir ihn davongejagt haben. Wenn die Konkurrenz Wind von seinen Compliance Problemen bekommt, ist ihm dieser Weg aber verschlossen. Dafür kann ich sorgen. Auch wenn das nicht ohne Risiko für uns ist. Ich werde mit unserem Firm Committee besprechen, wie wir auf seine Abwanderungsgedanken am besten reagieren. Es kann sein, dass die anderen Mitglieder des Committee eher Deiner Linie folgen wollen. Ich denke, wir werden auf jeden Fall sehr schnell mit Henry sprechen, möglichst freundschaftlich. Natürlich werde ich unser Gespräch heute mit keinem Wort erwähnen."

Das Telefon auf Pitchards Schreibtisch klingelte. Er schaute auf die Nummernanzeige und nahm den Hörer auf. „Das muss ich annehmen“, flüsterte er. „Vielen Dank für das interessante Gespräch und Dein Kommen, Ernst.“

Link verließ bedrückt das Büro. Er hatte ein flaues Gefühl im Magen. Wenn Henry aus irgendwelchen Quellen von seinem Gespräch bei Pitchard erfahren sollte, würde er zu jedem erdenklichen Mittel greifen, ihm zu schaden. Dem musste er zuvorkommen. Er wollte auch nicht auf die Entscheidung des Firm Committee warten. Er musste seine berufliche Zukunft selbst entscheiden. Pitchard selbst hatte ihn gerade auf die Idee gebracht, wie er Henry zu Fall bringen könnte. Einen Pfeil hatte er noch im Köcher.

23. Kapitel

George war hundsmüde von der langen Rückfahrt aus Dülmen. Es war spät in der Nacht auf Samstag. Er hätte auf einem Rastplatz ein paar Stunden schlafen können, aber er wollte nicht unnötig Zeit verlieren; am Tage würde er auf den überfüllten Autobahnen nur bedeutend langsamer vorankommen. Jetzt stand er mit einem Wäschekorb, in den er seine Reiseutensilien gepackt hatte, im Erdgeschoss seines Wohnhauses, vor dem Fahrstuhl, der wieder einmal außer Betrieb war. Natürlich, gemessen an dem Glück gesund zu sein, und ein Dach über dem Kopf zu haben, war das Unglück eines defekten Fahrstuhles um vier Uhr morgens zu vernachlässigen. Auf der anderen Seite konnte er nicht dauerglücklich sein, nur weil er gesund und nicht obdachlos war. Freiheit war, sich beklagen zu dürfen.
Langsam stieg er die Treppen hinauf zu seiner Wohnung, setzte den Korb ab, schloss die beige, von langjährigem Gebrauch mit Kratzern und schwarzen Striemen übersäte Wohnungstür auf und erstarrte. Die Schubladen der Kommode im Flur lagen herausgerissen auf dem Boden. Der Wandspiegel war zerschmettert. Er lief in die Wohnung.

Die Vorhänge waren heruntergerissen, in der Küche lag das Geschirr zersprungen auf dem Boden, auch das Wohnzimmer war verwüstet. Er eilte ins Schlafzimmer und atmete auf. Sein Cello war unversehrt. Vor dem Bett lag ein bedruckter Zettel.

„Hör auf mit Deiner Wichs Schnüffelei. Beim nächsten Mal kommen wir wieder, wenn Du hier bist."

Eine unbändige Wut stieg in George auf, die er laut aus sich herausschrie. Diese Schweine. Plötzlich hörte er Schritte im Wohnzimmer. Er stürzte mit geballten Fäusten hinaus und schaute in das erschrockene Gesicht seines Nachbarn Prantl, der im Bademantel vor ihm stand.

„Ich war zufällig gerade wach, da hörte ich Ihr Schreien. Entschuldigen Sie. Ich dachte Sie können vielleicht Hilfe gebrauchen." Er zeigte auf das verwüstete Zimmer. „Ich hatte gestern Abend Lärm vernommen, habe mich aber nicht getraut, an der Tür zu klingeln. Haben Sie schon die Polizei gerufen, um den Einbruch zu melden?"

„Nein. Das waren keine Einbrecher, das war meine Ex-Frau. Sie hatte noch den Schlüssel zur Wohnung." George wollte auf keinen Fall die Polizei involvieren. Er war sich sicher, dass der Einbruch im Zusammenhang mit seiner Arbeit für Hammersmith stand. Aber diesen Zusammenhang

musste er selbst herausfinden.
„Aha.“ Prantl nickte verständnisvoll. „*War of the Roses*. Zum Glück bin ich Junggeselle. Soll ich Ihnen beim Aufräumen helfen?“
George lehnte ab, konnte aber trotz seiner Wut nicht umhin zu lächeln. Der Mann war ein freundlicher Mensch, eine Spezies, von der er gehört hatte, dass es sie gäbe, allerdings so wie man von einer aussterbenden Tiergattung hörte, die nur noch mit viel Geduld in entlegenen Bergregionen der Welt aufzuspüren war. Er schloss die Haustür, schob einen Stuhl unter die Klinke, bahnte sich erschöpft seinen Weg ins Schlafzimmer und warf sich aufs Bett, nachdem er es von den aus den Schränken gerissenen Kleidungsstücken befreit hatte. Mit dem Gedanken, dass das Erwachen furchtbar sein würde, schlief er ein.

Am Morgen bekam er willkommenen Besuch von Hedwig.
„Natürlich komme ich sofort vorbei, wenn Sie unser samstägliches Treffen absagen, weil bei Ihnen eingebrochen wurde.“ Hedwig besichtigte ungläubig die Wohnung. George räumte sein Laptop beiseite. Da Pitchard telefonisch nicht erreichbar gewesen war, hatte er ihm per E-Mail einen Bericht über das Vorgefallene und seinen Plan für die

nächsten Schritte gesandt. Erst nach dem Absenden seiner Nachricht war ihm eingefallen, dass er Rüdiger durchaus zutraute, auch Pitchards und seine E-Mails mitzulesen. Aber es war zu spät. Hoffentlich überschätzte er Rüdigers Neugierde.

„Holen Sie mal einen Besen, wir räumen hier jetzt zuerst auf. Bei diesem Anblick werden Sie Ihre Wut im Bauch sicher nicht los, und mit Wut im Bauch kann man nicht gut nachdenken“, sagte Hedwig und begann, die zerbrochenen Teller in der Küche vom Boden aufzuheben.

„Ist es das wert“, fragte sie. „An Ihrer Stelle würde ich das Mandat zurückgeben. Die Situation wird zu gefährlich.“

George schluckte seinen Ärger über Hedwigs unerbetenen Ratschlag herunter. Er war unausgeschlafen und angesichts des Vorgefallenen leicht reizbar. Sie meinte es nur gut mit ihm.

„Kommen Sie George, schalten Sie mal Benny Goodman ein, freuen sich über seine swingende Musik, und dann geht es mit leicht wiegenden Schritten frisch an die Arbeit.“

Nach gut zwei Stunden hatten sie gemeinsam die Wohnung wieder in einen passablen Zustand gebracht, und saßen gleichermaßen ermattet auf dem Sofa. Im Hintergrund lief immer noch Musik. George lobte Hedwig für ihre

Behändigkeit und Ausdauer angesichts ihres Alters, was sie mit einem Knurren kommentierte. Sie empfand seine Kommentare über ihr Alter offensichtlich als ebenso lästig wie er ihre unerbetenen Ratschläge.

„Jetzt hat sich Ihre Wut hoffentlich etwas gelegt. So wie ich Sie kenne, George, werden Sie das Mandat nicht niederlegen?“

„Natürlich nicht. Jetzt erst recht nicht.“ George schilderte Hedwig seine Begegnungen in Münster und Dülmen. Für ihn gab es nur zwei Personen, die hinter dem Einbruch und der Warnung stehen konnten. Die erste war Brannenburg, der ihn einschüchtern und das Ende seiner Arbeit erzwingen wollte. Die zweite Person war sein Bruder, der um seine wirtschaftliche Existenz bangte, sollte George seine Arbeit fortführen und German Petroleum deshalb Hammersmith von der Liste ihrer Kanzleien streichen. Beide hatten ihn bislang bedrängt, seine Arbeit einzustellen. Dabei ging er im Falle Brannenburgs davon aus, dass Brannenburg nur ein Helfer war. Wer diese Mittel anwendete, kämpfte um mehr als um die Stellung eines Rechtsabteilungsleiters. Henry, auf der anderen Seite, war emotional und rücksichtslos in einem, ein Narzisst, dem er in extremen Situationen die Einschüchterung durch einen Einbruch

oder andere, drastische Mittel zutraute.
Hedwig nickte. „Ich kann Ihre Motivation, das Mandat abzuschließen, nachvollziehen. Letztlich hat diese Warnung das Gegenteil erreicht. Sie bestätigt, dass die Erpressung nicht ohne Substanz ist. Sonst würde sich nicht jemand durch ihre Arbeit bedroht fühlen. Was sind Ihre nächsten Schritte?“
„Die Ruhe bewahren und weitere Informationen sammeln. Freud entwirft einen Grundstückskaufvertrag, ausgerechnet für ein Grundstück in Dülmen, dem Ort, in dem die Tongrube liegt. Der Vertragsentwurf verschwindet. Henry sendet dem Geschäftsführer der Käuferin einen unterzeichneten Kaufvertrag über ein Grundstück in Dülmen. Das ist kein Zufall. Der Kaufpreis ist hoch. Für das Grundstück hatte sich seit Jahren kein Käufer gefunden. Es war kein Makler eingeschaltet. Jemand wusste, dass Möllebach verkaufen wollte. Das riecht sehr nach Bestechung. Mir fehlt noch der Zusammenhang zwischen Möllebach und Weise, oder einem anderen Mitarbeiter der Behörde. Ursus war bereit, von mir eine kleine Summe Geld anzunehmen, gegen Herausgabe der Adresse der Klinik. Ursus ist bestechlich, aber er ist erst seit zwei Wochen in der Abteilung zurück, als Vertretung von Roderick. Er kann mit der Sache nichts

zu tun gehabt haben."

„Vielleicht hat der Käufer Frau Möllebach sogar noch mehr gezahlt als den im Vertrag angegebenen Preis", warf Hedwig ein.

„Dann hätte sich die Käuferin, die Deutsche Investment Holding den umständlichen Kauf eines Grundstücks gleich sparen können, und Geld ohne den Kauf überweisen können. Wenn die Deutsche Investment Holding etwas mit der German Petroleum zu tun hat, was ich noch nicht weiß, dann wäre es ein bemerkenswerter Schritt, dass sie ein Grundstück kauft. Die Spuren eines Grundstückskaufs kann man nicht beseitigen, anders als internen Unterlagen über eine schwarze Kasse oder Zahlungen. Ich kann mir das in diesem Fall nur so erklären, dass Weise, oder wer immer sonst bestochen werden sollte, auf ein Geschäft bestanden hat, das sich zur Not erklären lässt, und nicht bereits für Unbeteiligte auf den ersten Blick Fragen aufwirft. Der Kaufpreis war sehr hoch, aber nicht auffällig hoch. Niemand, mit dem ich gesprochen habe, hat sich verwundert die Augen gerieben. Weniger Profit, mehr Sicherheit. Allerdings gehe ich nicht ohne weiteres davon aus, dass German Petroleum eine Behörde besticht. Die German Petroleum AG ist immerhin ein börsennotierter Konzern. Das wäre sehr ungewöhnlich, auch wenn wir schon Bestechungsskandale und kriminelles Verhalten bei deutschen börsennotierten Unternehmen erlebt haben."

„Genauso ungewöhnlich wäre es, wenn Manager eines börsennotierten Unternehmens Sie bedrohen ließen. Vielleicht liegt hier eine ungewöhnliche Situation vor", sinnierte Hedwig.

„Vielleicht, Hedwig. Wären dreißigtausend Tonnen Giftmüll in einer Tongrube in Dülmen eine Sondersituation, bei der jemand zu diesen Mitteln greifen würde?"

„Meine Gegenfrage: Würde ein Rechtsanwalt wie Henry seine Mandantin bei einer Bestechung unterstützen und dann die Wohnung seines Bruders zertrümmern lassen, weil er Angst um seine Karriere hat?"

George zuckte mit den Achseln. „Manche Menschen verlieren die Nerven und werden kriminell aus Angst um ihre Karriere und ihren Status. Ich fahre heute Nachmittag nach Mittenwald und versuche Weise zu treffen, um ihm auf den Zahn zu fühlen. Montagvormittag bin ich dann bei Frau Ficht. Pitchard hat mir geholfen, den Termin zu vereinbaren."

„Müssten Sie sich nach Ihrer Reise nach Dülmen und dem Schock bei Ihrer Rückkehr nicht etwas ausruhen", fragte

Hedwig besorgt.
„Doch. Das mache ich morgen. Irgendwann braucht mein Hirn Schlaf für seine Tätigkeit." George wusste, dass gegenwärtig nur sein Adrenalin die Erschöpfung vertrieb. Die Autofahrt nach Münster und zurück hatte ihm zwei kurze Nächte in Folge beschert.

Sein Telefon klingelte. Zu Georges großen Erstaunen rief ihn Maxi Klein an. Er hatte mit Henrys Sohn seit langer Zeit nicht mehr gesprochen. Maxi bat ihn um ein Treffen, und sie verabredeten sich für Montagmorgen in einem Cafe´ am St. Anna Platz im Münchener Stadtteil Lehel.

Hedwig hatte das Gespräch mitverfolgt. „Ich weiß, Sie wollen das nicht hören. Ich mache mir Sorgen um Sie. Nicht speziell wegen dieses Treffens mit Ihrem Patensohn, aber wegen der gesamten Situation. Darf ich Ihnen einen Vorschlag machen? Fahren Sie heute nicht allein nach Mittenwald. Nehmen Sie mich mit zu Weise. Stellen Sie mich als Ihre Assistentin vor. Wir wissen nicht, ob irgendwelche Schläger auf Sie angesetzt wurden. Wenn ich dabei bin, wird sich jeder zweimal überlegen, Sie anzugreifen. Ich wäre Zeuge eines Angriffs. Ich komme als Ihre Freundin und als Ihr Bodyguard mit."

George lachte und schüttelte den Kopf. „Da würde ich mir

zu viel Sorge um meinen Bodyguard machen. Als Musikerin sind Sie mir dann doch lieber. Wir würden zu zweit Weise auch zu sehr einschüchtern."
Hedwig stand auf. „Na gut", seufzte sie. „Ich hoffe, Sie werden es nicht bereuen, das Angebot der alten Hedwig ausgeschlagen zu haben."

Der Anruf Maxis war nicht der einzige Anruf, der George an dem Vormittag erreichte. Auch Henry meldete sich, als George bereits auf dem Weg nach Mittenwald war. Konnte es Zufall sein, dass Henry ihn ausgerechnet heute anrief? Wollte er seine Reaktion auf den Einbruch testen?
„Hallo George, ich dachte ich rufe kurz mal durch, um zu schauen, wie es Dir geht." Nach diesen Eingangsworten wusste George, dass sein Bruder mit seinem Anruf einen bestimmten Zweck verfolgte. Henry rief niemals an, nur um zu wissen, wie es ihm ging.
„Hast Du Lust, Dich mit Maxi und mir heute Abend in Kitzbühel zu treffen, und mit uns morgen auf eine Skitour zu gehen? Ich weiß, das ist ein sehr spontaner Vorschlag. Ich wusste bis heute Morgen nicht, ob ich heute Abend rechtzeitig aus dem Büro komme. Es ist zwar Samstag, aber ich stecke mitten in einer großen Sache."

George runzelte die Stirn. Welcher Plan steckte hinter diesem Vorschlag? Sie waren seit ihrer Jugend keine Skitour mehr gemeinsam gegangen.
„Ich finde, wir sollten als Brüder, die das Schicksal jetzt in die gleiche Stadt verschlagen hat, mehr miteinander unternehmen. Deinen Patensohn Maxi hast Du auch schon lange nicht mehr gesehen, er würde sich sehr freuen. Wir sind doch früher auch mit Vater gemeinsam losgezogen, erinnerst Du Dich noch daran? Die Einheimischen haben sich totgelacht, wenn sie unseren Ruhrpott Akzent gehört haben. Aber wir haben es ihnen gezeigt!“
George erinnerte sich sehr gut daran, und es war keine schöne Erinnerung, von ihrem Vater den Berg hochgetrieben zu werden.
„Ich habe keine Ausrüstung mehr“, wandte George ein.
„Du kannst meine alte Ausrüstung haben. Ich habe mir letzte Woche alles neu gekauft. Meine alte Ausrüstung funktioniert aber noch hervorragend. Soweit ich mich erinnere, haben wir die gleiche Schuhgröße. Ich treffe Maxi in einer Alpenvereinshütte in der Nähe von Kitzbühel. Ich schicke Dir die Adresse mit Textnachricht. Eine einfache Anfahrt, die Hütte liegt im Tal. Ich muss am Sonntagabend ohnehin wieder früh in München sein.“

George wunderte sich darüber, dass Maxi den Ausflug am Morgen nicht erwähnt hatte. „Weiß Maxi, dass ich mit von der Partie sein soll", fragte er.
„Nein, noch nicht, aber er wird sich sicher darüber freuen."
„Brauchen wir nicht einen Bergführer?"
„Ich kenne das Gebiet wie meine Westentasche. Wir gehen nur bis auf zweitausend Meter Höhe, der größte Teil der Route liegt unter der Baumgrenze. Ich kenne eine leichte Tour, die können wir alle gemeinsam gehen."
George hatte nur eine Erklärung für Henrys Vorschlag. Henry war unruhig, da er nicht wusste, was sein Bruder bereits herausgefunden hatte. Seine Unruhe war so groß, dass er gewillt war, vierundzwanzig Stunden seiner Zeit zu opfern, um ihn auszufragen und erneut auf ein vorschnelles Ende seiner Arbeit zu drängen. George beschloss, den Spieß umzudrehen. Er hatte zwar nicht die geringste Lust auf das Zusammensein mit seinem Bruder. Auch rann ihm die Zeit davon, er hatte nur noch gut eine Woche, bis er Pitchard das Ergebnis seiner Untersuchung präsentieren musste. Aber das Treffen war eine gute Gelegenheit, seinerseits Henry auf den Zahn zu fühlen und herauszufinden, ob er hinter dem Angriff auf seine Wohnung stand.
"In der Not frisst der Teufel Fliegen", murmelte er.

“Was hast Du gesagt”, rief Henry.

“Eine wundervolle Idee, ich komme gerne!“

24. Kapitel

Weise war von mittelgroßem Wuchs, seine spärlichen, grauen Haare hatte er zu einem Scheitel gekämmt, und den Schwund seines Haupthaares durch einen akkurat gestutzten Schnurrbart konterkariert. Seine Gesichtsfarbe war fahl, seine Augen gerötet.

„Sie wollten mich sprechen“, fragte er mit einer überraschend dünnen und hohen Stimme.

„Danke, dass Sie mich empfangen, Dr. Weise. Mein Name ist George Klein, ich bin Rechtsanwalt. Können wir vielleicht irgendwo sprechen, wo wir ungestört sind?“

„Worüber wollen Sie denn mit mir sprechen?“

„Über die Ablagerung von Abfall der German Petroleum in einer Tongrube in Dülmen, und ein Gutachten, das aus der Akte über die Deponie verschwunden ist.“

Über Weises Gesicht huschte ein spöttisches Lächeln.

„Da kommen Sie spät. Sie sind schon mein zweiter, unangekündigter Besucher, der innerhalb kurzer Zeit an der Tongrube Interesse zeigt. Wie haben Sie mich denn gefunden?“

„Zufall. Wer war denn der andere Besucher, wenn ich die

Frage stellen darf?“

„Dürfen Sie, ich nehme mir allerdings die Freiheit heraus, sie nicht zu beantworten. Also gut, dann gehen wir kurz dort in den Speisesaal, dort müssten wir ungestört sein.“

Weise führte George von der Rezeption in einen Speisesaal mit weißen Kunststofftischen, Plastikstühlen und einem dunkelbraunen Holzboden. An der hellgelb gestrichenen Wand hingen vergrößerte Schwarz-Weiß Fotografien mit Bergmotiven. Große, hellblaue Vorhänge schafften eine wohnliche Atmosphäre; jemand hatte in letzter Sekunde die letzte gestalterische Möglichkeit genutzt, dem sterilen, zweckgebundenen Raum Leben einzuhauchen. Deckenhohe Fenster gaben den Blick auf das Karwendelgebirge frei. Sie setzten sich an einen der leeren Tische.

„Bevor ich mit Ihnen weiterrede, erzählen Sie mir doch bitte, für wen Sie handeln, Herr Dr. Klein. Ich nehme an, das ist Ihr korrekter Name, zumindest gibt es in München einen Rechtsanwalt mit Ihrem Namen, wie ich eben kurz feststellen konnte, bevor ich heruntergekommen bin“, eröffnete Weise die Unterhaltung bestimmt. „Ich mag es gar nicht, wenn mich jemand für dumm verkaufen will, nur weil ich Patient in einer Entzugsklinik bin.“

„Entschuldigen Sie, Herr Dr. Weise, das war nicht meine

Absicht. Ich vertrete die Kanzlei Hammersmith, in der Henry Klein Partner ist. Sie kennen ihn sicher?“
Weise schüttelte den Kopf. „Den Namen habe ich noch nie gehört.“
„Er ist mein Bruder und betreut bei Hammersmith die Mandantin German Petroleum AG. Ich wurde von Hammersmith beauftragt, die Umstände der Abfallablagerung in der Tongrube der Firma Westmann in Dülmen aufzuklären.“
„Warum beauftragt eine Kanzlei einen Rechtsanwalt, die Umstände einer Abfallablagerung zu untersuchen?“ Weise schaute ihn misstrauisch an.
„Die Partner der Kanzlei Hammersmith möchten vermeiden, in eine Geschichte hineingezogen zu werden, in der jemand möglicherweise kriminell gehandelt hat.“
„Kriminelles Verhalten von wem, von Ihrem Bruder, oder von mir?“
Weise lehnte sich vor und faltete seine Hände mit der gleichen Geste, die George nutzte, wenn er vermeiden wollte, dass sein Gesprächspartner das Zittern seiner Hände bemerkte.
„Nein, kriminelles Verhalten unterstellt Ihnen niemand“, antwortete George rasch. „Aber vielleicht können Sie uns helfen, die Umstände der Ablagerung besser zu verstehen.“

„Ich kann Ihnen zu dem Sachverhalt nicht mehr sagen, als ohnehin in der Akte steht, leider. Die werden Sie einsehen können, sobald Ursus sie freigegeben hat. Ich habe gestern kurz mit ihm telefoniert, das machen wir regelmäßig. Er hat mir dabei von Ihrem Besuch erzählt", antwortete Weise.

„Ursus ist jetzt erst einmal im Urlaub. Haben Sie ein Gutachten über die Qualität des Abfalls in Auftrag gegeben?"

Weise schüttelte unmutig den Kopf. „Schauen Sie, ich habe einmal den Fehler gemacht, aus reiner Gutmütigkeit zu diesem Thema Auskunft zu geben, obwohl ich damals krankgeschrieben war. Meine Kollegin Roderick hatte eine telefonische Anfrage, und benötigte meine Hilfe. Daraufhin begannen sich die Anfragen zur Tongrube in Dülmen zu häufen. Ich verstehe den Hintergrund der Anfragen nicht. Ich bin krankheitsbedingt nicht im Büro. Bitte respektieren Sie das, gehen den ordnungsgemäßen Weg und beantragen Akteneinsicht."

„Die bringt mir herzlich wenig, wenn ich nach etwas suche, was sich nicht in der Akte befindet, und Sie die einzige Person sind, die den Vorgang kennt. Das Gutachten haben Sie Monate nach Beginn der Abfallablagerung angefordert. Warum erst dann? Das Recyclingunternehmen musste den Abfall doch sicherlich schon früher deklarieren. Vielleicht hat jemand eine Anzeige erstattet? Auf dem Gelände sollen hochgiftige Ölpellets lagern."

„Lieber Herr Dr. Klein, ich habe nicht gesagt, dass ich ein Gutachten angefordert habe. Bitte schieben Sie mir keine Aussage unter, die ich nicht gemacht habe. Wie gesagt, Ich verstehe das plötzliche Interesse an der Tongrube nicht. Die Tongrube wurde in einem Routinevorgang mit harmlosem Industrieruß gefüllt. Der Deponiebetreiber, die Firma Westmann, ist uns seit langem bekannt. Die würden keine unsauberen Machenschaften unterstützen."

„Vielleicht kannte die Firma Westmann selbst die wirkliche Zusammensetzung des Abfalls nicht?"

„Ich halte es für ausgeschlossen, dass diese Firma, die sehr umsichtig agiert, sich nicht für die Zusammensetzung des Mülls interessiert, der auf ihrem Gelände abgelagert wird. Sie haftet für Umweltschäden, die der Müll dort verursacht. Ölpellets haben einen starken Geruch, das hätte Westmann bemerkt. Meine Vermutung ist, dass hier jemand aus Missgunst ein Gerücht losgetreten hat, das sein Eigenleben bekommen hat."

„Ach ja, wer soll das gewesen sein?"

Weise zuckte mit den Achseln. „Keine Ahnung. Anders kann ich mir die Aufregung nicht erklären."

Die Tür zum Speisesaal wurde aufgestoßen und eine Gruppe von Männern kam laut lachend herein und ging auf ihren Tisch zu.
„Es gibt jetzt gleich Nachmittagskaffee, dann ist es hier vorbei mit der Ruhe“, sagte Weise leise. „Aber wir sind ja auch fertig. Ich denke, Ihr Mandant kann beruhigt die Akte schließen. In der Tongrube wurde kein Abfall illegal abgelagert. Glücklicherweise, denn wir wollen ja alle eine intakte Umwelt um uns herum.“
„Noch eine kurze Frage. Kennen Sie das Grundstück Vogelgesangstrasse Nummer zwanzig in Dülmen?“
Weise schaute ihn mit einem verständnislosen Blick an. „Nein, wie kommen Sie denn darauf?“
„Entschuldigen Sie, nur so ein Gedanke.“
„Gegenwärtig scheinen sich zu viele Menschen nur so Gedanken zu machen“, bemerkte Weise mit verärgerter Mine. Er stand auf und ging den anderen Patienten entgegen. „Schon wieder ein Journalist“, rief ihm jemand lachend entgegen. „Die geben sich bei Dir ja die Klinke in die Hand. Du kommst noch auf Seite eins, gleich neben Helene Fischer“. Weises Antwort ging in dem Gelächter der Gruppe unter.

Nachdenklich verließ George die Klinik und ging zurück zum Parkplatz. Er wusste nach wie vor nicht, was es mit dem Gutachten auf sich hatte. Weise hatte seine Frage abgeblockt. Das musste nicht heißen, dass er etwas zu verbergen hatte. Gut möglich, dass er nicht weiter gestört werden wollte. Nervös hatte er nicht gewirkt. Aber vielleicht hatte er seine Unruhe auch nur geschickt versteckt. Wenn der scherzhafte Zuruf des Mitpatienten vor einigen Minuten Gehalt hatte, dann interessierte sich auch ein Journalist für die Sache. Das war beunruhigend, er musste unbedingt Pitchard davon berichten. Es war zum Heulen, er kam einfach nicht weiter. Die altbekannte Nervosität stieg in ihm auf. Aber sie bemächtigte sich seiner nicht mehr. Seitdem er die Kraft gefunden hatte, den Birnenschnaps aus seiner täglichen Nahrung zu streichen, ging es ihm besser. Gerade noch rechtzeitig, sonst wäre er auch früher oder später in einer Klinik wie dieser gelandet. Er schob die Zweifel an seiner Vorgehensweise beiseite. Er musste wie früher agieren. Stetige Selbstkontrolle war hilfreich, stetige Selbstzweifel waren der Anfang vom Ende.

George erreichte sein Wohnmobil und blieb wie angewurzelt stehen. Der Wagen stand auf vier platten Reifen. Er untersuchte die Reifen. In jedem Reifen steckte ein Nagel. Hinter den Scheibenwischern klemmte ein Zettel, wieder mit einer Drohung. „*Allerletzte Warnung.*“ George schaute sich um, aber bis auf wenige, vereinzelt geparkte Autos war der Parkplatz leer. Er setzte sich auf das Trittbrett unter der Fahrertür und starrte fassungslos vor sich hin. Er hatte nicht mit einem weiteren Angriff gerechnet, zumindest nicht so bald. Das konnte unmöglich Henry gewesen sein. Henry würde ihm nicht die Reifen zerstechen lassen, an dem Tag, an dem sie sich abends in Kitzbühel zu einer Skitour treffen wollten. Oder gerade doch, um ihn vor ihrem Treffen weichzukochen? Wütend holte er sein Telefon hervor, um Henry zur Rede zu stellen, verwarf den Gedanken dann aber. Er wollte es Henry nicht zu leicht machen, ihn zu belügen. Ihr Treffen heute Abend hatte gerade weiter an Bedeutung gewonnen. Stattdessen rief er einen Abschleppdienst an. Während er auf die Ankunft des Abschleppwagens wartete, dachte er an Hedwig Sauers Warnung. Er hätte die Freundin jetzt gerne um sich gehabt.

25. Kapitel

„Warum bist Du denn so spät dran? Es ist schon fast zehn.“ Henry winkte George zu, als dieser die Gaststube der Alpenvereinshütte betrat. George stellte seinen Rucksack auf den Boden, bestellte sich ein Bier, und setzte sich zu Henry an den Tisch.

„Mit dem Zug dauert es leider ein wenig“, antwortete er. „Ich bin froh, dass ich es überhaupt geschafft habe, das war die letzte Verbindung aus München.“

„Du hättest mir sagen sollen, dass Dein Auto kaputt ist, mein Fahrer hätte Dich abgeholt. Deine Skisachen habe ich netterweise schon in den Skikeller bringen lassen.“

„Jemand hat alle vier Reifen meines Autos zerstochen und eine Warnung hinterlassen, mit der Schnüffelei aufzuhören.“

„Was“, rief Henry. George registrierte, dass er aufrichtig erstaunt klang, aber das konnte gut gespieltes Theater sein. „Ich bin diese Nacht aus Münster zurückgekehrt und habe eine verwüstete Wohnung vorgefunden, mit der gleichen Nachricht.

„Wen hast Du in Verdacht“, fragte Henry.

„Dich.“
Henry lachte laut auf. „Das ist ein freundlicher Beginn unseres Abends. Ich darf Dich beruhigen. Ich höre von diesen Angriffen das erste Mal.“
„Es muss jemand sein, der ein sehr starkes Interesse an dem raschen Ende meines Mandats hat. Da fallen mir nur Du und Brannenburg ein.“
Henry schüttelte unwillig den Kopf. „Eigentlich müsste ich jetzt beleidigt aufstehen und unsere gemeinsame Skitour absagen. Wie gesagt, mich kannst Du von Deiner Liste streichen. Was Brannenburg angeht, ich kenne ihn seit langem. Diese Aktionen traue ich ihm nicht zu.“
„Ich habe natürlich keinen Grund, Dir nicht zu glauben.“
George hatte sehr wohl einen Grund, seinem Bruder nicht zu glauben, nämlich den, dass Henry seit jeher ohne Skrupel log, wenn es für ihn opportun war.
„In Brannenburg kannst Du Dich täuschen“, fuhr George fort. „Ich stimme Dir zu, dass dieses Verhalten harter Tobak für einen Chefjuristen wäre. Aber vielleicht wird er bei German Petroleum unter Druck gesetzt, oder er handelt mit einem Manager aus dem Unternehmen gemeinsam. Sollten die Angriffe aus der Sphäre der German Petroleum kommen, müsste Brannenburg davon zumindest wissen. Er ist

bei German Petroleum derjenige, der mit der Kanzlei den Kontakt hält, er weiß von meinem Auftrag."

Henry zuckte mit den Achseln. „Das ist reine Spekulation. Wenn ich etwas höre, was für die Frage relevant ist, sage ich Dir natürlich Bescheid."

George horchte auf. Von draußen drang das Geräusch heftigen Regens durch die Fenster. Die Wettervorhersage für den nächsten Tag war schlecht, eine Warmluftfront würde Sturm und Regen bringen. Er deutete nach draußen. „Bei dem Wetter steigt die Lawinengefahr."

„Lawinengefahr?" Henry lächelte George spöttisch an. „Wo hast Du das denn her?"

„Aus dem Internet. Diese Nacht wird der Neuschnee nass und schwer. Morgen früh werden wir Lawinenstufe vier von fünf Stufen haben mit der Empfehlung, Touren zu unterlassen."

„Quatsch. Wir steigen morgen nur knapp über die Baumgrenze auf. Das sind hier die Kitzbüheler Alpen und keine Achttausender. Lass uns lieber noch etwas trinken, anstelle uns vor Angst in die Hose zu machen."

Henry winkte den Wirt der Alpenvereinshütte heran.

„Sepp, jetzt bringst Du mir und meinem Bruder bitte noch zwei Helle und zwei Obstler."

Wenig später schlurfte Sepp heran und brachte die Getränke. George schmunzelte innerlich. Sepp sah aus wie ein durch Künstliche Intelligenz erschaffener Hüttenwirt, ein Prototyp, von mittelgroßer Statur, mit einem von der Witterung gegerbten Gesicht unbestimmbaren Alters, bekleidet mit einem rot-weiß karierten Hemd, einer Cordhose, wollenen Socken und dunkelbraunen, fleckigen Sandalen aus gelöchertem Gummi. Leider sprach Sepp hochdeutsch mit sächsischer Einfärbung, was seiner alpenländischen Aura sehr zusetzte. Das hätte die Künstliche Intelligenz besser hinbekommen.

„Ihr sorgt wenigstens für Umsatz und bestellt nicht nur Teewasser", brummelte er und deutete auf eine Gruppe von Gästen, die an einem langen Tisch über eine Landkarte gebeugt saßen, neben sich Butterbrotdosen, Kekspackungen und Thermoskannen.

„Wo wollt Ihr denn morgen hin?"

„Auf den Floch", antwortete Henry.

Sepp runzelte seine Stirn. „Bis zur Hinterkaralm ist das ungefährlich, da geht Ihr über einen Ziehweg. Weiter würde ich nicht gehen. Der Gipfelhang ist steil, ihr müsst den queren. Beim Abfahren müsst Ihr entweder den Hang wieder queren oder Ihr fahrt in eine Mulde, beides gefährlich bei

dem Wetter.“
Henry machte eine abwertende Handbewegung. „Wir passen schon auf unseren Hintern auf.“
„Und andere müssen dann ihren Hintern riskieren, um Euch aus der Lawine wieder rauszuziehen, tot oder lebendig.“ Sepp schaute Henry böse an.
„Wir gehen bis zur Alm, wenn es gefährlich aussieht, kehren wir um“, versuchte George die Situation zu befrieden.
Sepp murmelte noch etwas Unverständliches vor sich hin, bevor er zurück zur Theke ging.
„Warum sich diese *Locals* immer so aufblasen, vor allem, wenn sie dann noch aus Preußen kommen“, murrte Henry.
„Ich hätte lieber mit Dir in unserem Chalet in Kitzbühel übernachtet, aber ich baue das gerade für teures Geld um. Das Haus haben wir einem Schlagerstar abgekauft. Er hatte einen schrecklichen Geschmack. Aus seiner Kegelbahn machen wir einen Schießstand, für Luftgewehr. Du musst dann unbedingt mal kommen.“
„Um Luftgewehr zu schießen?“
Henry ignorierte Georges ironischen Unterton. „Ich dachte, wenn wir schon nicht in unser Chalet können, dann übernachten wir hier, richtig zünftig.“
Er leerte sein Schnapsglas und setzte es bedächtig auf dem

Tisch ab. George ließ sein Glas unberührt, was Henry nicht aufzufallen schien.
„Wo ist denn Maxi“, fragte George. „Sagtest Du nicht, er wolle auch dazu kommen.“
„Er hat mir heute Nachmittag abgesagt. Er wäre sehr gerne gekommen, musste aber etwas Wichtiges erledigen.“ Henry klang enttäuscht.
„Schade“.
„Als Finanzierungsquelle bin ich gut genug, seine Zeit verbringt er natürlich lieber mit seinen Freunden oder seiner Freundin Franziska“, meinte Henry bitter. Er griff zu seinem Bier. „Es ist nicht so, dass er heute Abend keine Zeit gehabt hätte, wenn er wirklich gewollt hätte.“
„Seine Freundin Franziska?“
„Genau, *die* Franziska. Er und Freud haben sich bei einer Party kennengelernt, die ich zu Hause für die Kanzlei gegeben habe. Eine unsägliche Wahl, aber was soll ich machen.“
George fragte nicht weiter nach, aber er konnte an dem Gesicht seines Bruders sehen, dass ihn die Absage Maxis verletzt hatte. Er verschwieg daher den Anruf Maxis und sein bevorstehendes Treffen mit ihm am Montag.
„Sag mal George“, begann Henry scheinbar zögerlich, „ich

habe da ein riesengroßes Problem, bei dem Du mir helfen könntest."
„Das wäre?" Jetzt geht der Zirkus los, dachte George belustigt.
„Ich hatte gestern Abend ein sehr unangenehmes Gespräch mit Pitchard. Er hat mir damit gedroht mich rauszuschmeißen."
„Warum das denn?" George war baff. „Ich dachte Du bist der größte Umsatzträger im Münchener Büro?"
„Weil ich mit einer anderen Kanzlei über einen Wechsel spreche", erwiderte Henry. „Ich habe leichtsinnigerweise meinen Partner Ernst Link eingeweiht, und der ist damit schnurstracks zu Pitchard gelaufen, wie ich von einem Freund in der Kanzlei erfahren habe." Der Freund musste Rüdiger gewesen sein, der ihm diese Information verkauft hatte, dachte George sofort. Er konnte sich nicht vorstellen, dass Henry Freunde in der Kanzlei hatte.
„Eine Sauerei, nicht wahr? Aber er wird dafür bezahlen, George. Es gibt da ein paar nette Fotos vom letzten Sommerfest, auf dem der gute Ernst unsere Finanzpartnerin küsst. Ein unästhetischer Anblick, zumindest wird seine Frau das so empfinden."
Wenn er meinte, sich bei jemandem rächen zu müssen, war

Henry sich für keine Schlammschlacht zu schade, dachte George.

„Würde die Kanzlei mit Dir nicht auch German Petroleum als Mandantin verlieren? Ich dachte die hängen nur an Dir“, fragte er.

„Hier ist genau das Problem, bei dem Du mir helfen musst. Ich meine, Du *musst* mir helfen, George!“

Henry schaute ihn fast flehentlich an. George konnte sich nicht erinnern, seinen Bruder ihm gegenüber jemals in einer Position des Bittstellers gesehen zu haben. Die Lage musste für ihn ernst sein. Und er musste heute Abend mehr Alkohol getrunken haben, als er verkraften konnte.

„Ich habe ein superattraktives Angebot von der anderen Kanzlei. Ich könnte fast das Doppelte verdienen von dem, was ich bei Hammersmith verdiene. Sie würden mich in ihr oberstes Führungsgremium berufen. Kein Pitchard mehr, mit dem ich mich herumärgern müsste. Die einzige Voraussetzung ist, dass ich German Petroleum als Mandantin mitbringe. Sauber. *Clean*. Ohne die Belastung durch die Compliance Untersuchungen, die bei Hammersmith laufen. Sie haben mich heute Vormittag angerufen und das zur Bedingung gemacht. Ich weiß nicht, woher sie von unserer Untersuchung wissen, aber ich traue Pitchard zu, ihnen das gesteckt zu haben, um meinen Wechsel zu behindern. Brannenburg würde mich bei der neuen Kanzlei mandatieren. Das hat er mir schon zugesagt. Der Wechsel zu der neuen Kanzlei ist meine einzige Chance. Jetzt, da Hammersmith weiß, dass ich wechseln will, habe ich mir dort Feinde gemacht. George, ich habe Angst, dass ich rausfliege, bevor ich bei der neuen Kanzlei einen Job habe. Wenn die Compliance Prüfung läuft, wird Brannenburg mir bei der neuen Kanzlei keine Aufträge geben. So lange werden die mich auch nicht einstellen. In der Wirtschaft gilt leider keine Unschuldsvermutung. Jeder will seinen Arsch absichern. Ich bin in einer beschissenen Situation!“

Jetzt verstand George, warum Henry ihn heute Mittag kontaktiert hatte, um sich dringend mit ihm zu treffen.

„Was soll ich denn Deiner Meinung nach jetzt konkret tun“, fragte er seinen Bruder und ahnte dessen Antwort.

„Schließe Deinen Bericht ab. Sofort. Du hast nichts gefunden, was auf irgendwelche illegalen Handlungen von mir hindeutet. Ob German Petroleum eine reine Weste hat oder nicht ist nicht das Thema Deines Berichtes. Es geht um meine Rolle und damit die Rolle Hammersmiths. Ich habe eine reine Weste. Ich versichere Dir als mein Bruder, das ist das ehrliche, richtige Ergebnis. Ich weiß von keinen illegalen Abfallablagerungen! Du sollst das nicht umsonst machen. Ich zahle Dir das Honorar, das Du von Hammersmith bekommst, noch einmal drauf."

„Wie heißt denn die andere Kanzlei, die Dir so viel Geld zahlen möchte", fragte George.

„Das tut nichts zur Sache."

„Finde ich schon, wenn Du mich um diesen Gefallen bittest."

„Ich bitte Dich nicht um einen Gefallen", erwiderte Henry. „Ich biete Dir eine Gegenleistung an. Aber gut. Wenn Du den Namen unbedingt wissen willst. Die Kanzlei heißt Dickert & Dickinson. Du kennst sie ja."

George fühlte sich, als ob ihm Henry einen Schlag in die Magengegend versetzt hätte. Ausgerechnet die Kanzlei, die ihn vor die Tür gesetzt hatte, machte jetzt seinem Bruder ein hervorragendes Angebot. Was für eine Demütigung. George riss sich zusammen und versuchte unbeeindruckt zu wirken.

„Wenn Du eine reine Weste hast, dann lass mich meine Arbeit doch in Ruhe beenden", sagte er. „Pitchard würde mir sowieso nicht glauben, wenn ich jetzt plötzlich dieses Resultat liefere."

„Zeit, Zeit, Zeit", rief Henry. „Mir läuft die Zeit weg,

Dickert & Dickinson hat ihr Angebot befristet. Bis Ende nächster Woche."

George schüttelte energisch den Kopf. „Wenn ich meinen Bericht Hals über Kopf abschließe, mit dem Ergebnis, das alles in Ordnung ist, und es stellt sich heraus, ich habe etwas übersehen, dann habe ich eine Klage auf Schadensersatz von Pitchard am Hals, weil ich fehlerhaft gearbeitet habe. Nein, mein Lieber, so werde ich Dir nicht helfen können. Aber auf andere Weise. Du beantwortest mir ehrlich meine Fragen, damit ich hoffentlich zu dem Ergebnis komme, das Du Dir erhoffst. Nicht weil ich Dir einen Gefälligkeitsbericht schreibe. Sondern weil das Ergebnis der Realität entspricht."

„Nur zu, ich habe nichts zu verbergen".

„Hier sind meine ersten beiden Fragen", begann George. „Warum hast Du Dornebracht, dem Geschäftsführer der Deutsche Investment Holding, einen unterzeichneten Kaufvertrag über ein Grundstück in Dülmen gesandt, die Stadt, in der zufälligerweise auch die Abfalldeponie liegt? Wer steckt hinter der Käuferin, die kunstgerecht aufgesetzt wurde, mit einem Fremdgeschäftsführer und einer Gesellschafterin auf den Bermuda Inseln?"

„Die Antworten sind simpel. Ich kenne Dornebracht seit

vielen Jahren. Er hat mich um Hilfe bei dem Grundstückskauf gebeten. Die Gesellschaft wollte ein Grundstück kaufen, er hatte keine Zeit für die Transaktion. Ich habe die Verkäuferin des Grundstücks angesprochen und den Kauf durchgezogen. Eine Transaktion, die mit German Petroleum überhaupt nichts zu tun hat. Ich kenne die Gesellschafterstruktur der Deutsche Investment Holding nicht. Ich weiß nicht, wer dahintersteckt. Es kann mir auch egal sein."

„Möllebach verkauft ein Grundstück an eine Gesellschaft, ohne wissen zu wollen, wer hinter der Gesellschaft steckt? Wie ist Dornebracht an Möllebach und das Grundstück gekommen, es wurde von keinem Makler angeboten? Das Grundstück liegt ausgerechnet in der Stadt, in der die Abfalldeponie der German Petroleum liegt?" George lächelte ironisch. „Das sind sehr merkwürdige Ungereimtheiten, findest Du nicht?"

„Ich habe keine Ahnung, warum er ausgerechnet auf dieses Grundstück gestoßen ist. Ein reiner Zufall. Warum sollte ich ihm nicht helfen. Wenn eine Gesellschaft in Dülmen ein Grundstück kaufen will, ist das kein Verbrechen. Der Auftrag Brannenburgs, über die Abfallablagerung in Dülmen eine rechtliche Stellungnahme zu schreiben, kam kurze

Zeit später. Zu dem Zeitpunkt des Kaufes wusste ich noch gar nichts von der Thematik rund um die Abfallablagerung. Ich habe schlicht und einfach nicht an den Grundstückskaufvertrag gedacht, als wir das Memo schreiben sollten."

„Das klingt unwahrscheinlich. Der Grundstückskauf wurde im September beurkundet. Freud hat im September an dem Memo gearbeitet. Selbst wenn der Auftrag für das Memo nach dem Grundstückskauf einging, der Ort Dülmen hätte Dich stutzig machen müssen. Außerdem hat Dich Freud auf den Ort Dülmen im Grundstückskaufvertrag angesprochen, worauf Du sehr empfindlich reagiert hast."

Henry zuckte die Achseln. „Ich hasse es, wenn mir unterstellte Anwältinnen plötzlich ein Eigenleben entwickeln, ohne vorherige Absprache mit mir. Wie soll ich so komplexe Mandate führen? Das müsstest du als Anwalt doch verstehen."

„Nachtruhe, meine Herren." Sepp schlurfte wieder heran. „Ich muss morgen früh um fünf Uhr raus, um Euch Frühstück zu machen."

„Einen Moment noch", bat Henry. „Wir frühstücken sowieso erst um sieben Uhr."

„Die Mehrheit in diesem Raum möchte um sechs Uhr frühstücken, und die Mehrheit entscheidet. Denkt daran, dass

Ihr auch noch Eure Zimmer räumen müsst, bevor Ihr aufbrecht."

„Ich dachte wir können die Sachen im Zimmer lassen, bis wir wiederkommen", protestierte Henry. „Das hattest Du mir bei meiner Ankunft zugesagt."

Sepp schüttelten den Kopf.

„Dann zahlen wir die nächste Nacht", bot Henry an.

„Geht nicht mehr. Wir sind ausgebucht."

„Das ist reine Willkür", beschwerte sich Henry. „Ich werde den Geschäftsführer des Deutschen Alpenvereins davon informieren. Er ist mit mir im Industrieklub in München."

„Auweia", spöttelte Sepp. „Etzat bin i *in trouble.* Wir sind allerdings eine Hütte des Österreichischen Alpenvereins." Mit diesen Worten verschwand er hinter der Tür seines Büros.

„Also hilfst Du mir und schließt den Bericht kurzfristig ab?" Henry ließ nicht locker.

„Ich glaube nicht, dass Du mir auf meine zwei Fragen die Wahrheit gesagt hast. Würdest Du mir etwa in einer vergleichbaren Situation auf diese Weise helfen?"

„Würde ich, ja."

„Das glaube ich Dir nicht, außer es würde Dir nutzen", entgegnete George.

„Du hilfst mir also nicht?"
„Nicht so. Nein."
„Gut, dass Vater das nicht mitbekommt."
„Vater hätte in meiner Situation die gleiche Entscheidung getroffen, da bin ich mir sicher. Aber ich denke morgen noch einmal darüber nach." George wusste, dass er seine Haltung nicht ändern würde. Aber er hoffte, das Thema so beenden zu können.
„Wir sind seltsame Brüder, findest Du nicht auch?" Henry schaute ihn mit einem verschleierten Blick an. Er war angetrunken, dachte George. „Irgendwann einmal haben wir zusammengespielt, als kleine Kinder, zusammen gegessen, wurden zusammen gebadet. Und jetzt? Jetzt kämpfen wir gegeneinander. Dazwischen lag die harte Schule unseres Vaters und der Tod unserer Mutter."
Jetzt zieht er die Karte der Bruderliebe. George fühlte eine starke Abneigung gegenüber Henry. Mal war er arrogant, aggressiv, dann wieder weinerlich und emotional, gerade so, wie er glaubte, am besten zum Ziel zu kommen.
„Ja, Vater hat uns zu zähen Kämpfern erzogen. Wir müssen aber nicht gegeneinander kämpfen, oder? Jeder macht seinen Job, das hilft auch dem anderen", antwortete er.
In diesem Moment wurde es dunkel im Raum. Nur die

grünen Lichter über den Notausgängen flackerten matt. George war froh, dass Sepp für das Ende des Abends gesorgt hatte.

„Das muss die Hinterkaralm sein.“ Henry deutete mit dem Skistock auf eine am Hang liegende Ansammlung von Hütten und Ställen, die jetzt im Winter verlassen dalagen, die Fenster zum Schutz gegen den Schnee mit Brettern verrammelt. Er schaute auf seine Armbanduhr.

„Es ist gerade einmal zehn Uhr. Viel zu früh, um schon umzudrehen. Der Gipfel ist noch nicht einmal in Sichtweite.“

George stieß prüfend seinen Skistock in den Schnee. Wie vorhergesagt hatte über Nacht warme Luft das Gebiet erreicht und den Schnee in eine nasse, schwere Masse verwandelt. Der Himmel war von dichten Wolken verhangen, die nur eine diffuse Sicht zuließen, bei der die Konturen des Geländes in einem monotonen Grau verschwammen. Auf dem Gipfel würde es stürmisch sein, dem schnellen Flug der Wolken nach zu urteilen.

„Lass uns zurückgehen“, rief er seinem Bruder zu, der bereits vorausgegangen war. „Das sieht nicht gut aus. Außer uns ist auch niemand unterwegs. Das ist kein gutes Zeichen.“

Henry schüttelte heftig den Kopf. „Ich gebe hier doch nicht auf!“
George zögerte. Dann folgte er Henry widerwillig. Er konnte seinen Bruder bei diesem Wetter nicht allein aufsteigen lassen. Nach einer halben Stunde Gehzeit erreichten sie einen Grat. Henry keuchte heftig.
„Ich kann auch vorgehen und die Spur durch den Schnee legen“, schlug George vor.
Henry lehnte brüsk ab. „Ich glaube, ich bin doch noch etwas fitter als Du.“
„Dort ist der gefährliche Gipfelaufstieg.“ George zeigte mit dem Stock auf einen steilen, ungefähr zweihundert Meter vor ihnen liegenden Hang.
„Der Gipfelhang, den Sepp für gefährlich hält, meinst Du.“ Henry bahnte sich weiter seinen Weg durch den tiefen Schnee. Auf dem Grat hatte der Wind hohe Schneewechten aufgetürmt, sodass die beiden den Grat unterhalb der Wechten passieren mussten. Immer wieder lösten sich kleine Schneebretter, die den Hang hinunterglitten. Aber der Hang hielt.
„Berg heil!“ Henry schaute seinen Bruder triumphierend an, als sie schließlich den Gipfel erreicht hatten. „Und jetzt schnell ab nach unten.“

Sie schnallten die Felle unter den Ski ab und machten sich für die Abfahrt bereit. Plötzlich hörten sie ein lautes, dumpfes Geräusch.
„Der Schnee setzt sich." Henry lachte, aber in seiner Stimme schwang Unsicherheit mit. George fühlte sich unwohl.
„Ich fahre voran. Warte, bis ich unten bin, ich gebe Dir dann ein Zeichen." Henry setzte seine Skibrille auf und fuhr anfänglich zögerlich, dann immer selbstbewusster den Hang hinunter. Er war ein sehr guter Skifahrer, aber auch er hatte Mühe, in dem schweren Schnee seine Schwünge zu setzen. Am Ende des Hanges angekommen, winkte er seinem Bruder nachzukommen. Klein fuhr vorsichtig los. Nach einigen Sekunden hörte er wieder das drohende, dumpfe Setzgeräusch des Schnees. Er stoppte und blickte hinter sich. Über ihm hatte sich quer durch die Schneedecke ein Riss gebildet. Dann rutschte das Schneebrett ab. George versuchte, nach rechts aus dem Hang zu fahren, aber die ins Tal rauschende Schneemassen zogen ihm sofort die Füße weg. Die Skistöcke wegwerfen, ging ihm durch den Kopf, die Hände vor den Kopf. Todesangst überfiel ihn. Sekunden später wurde er gegen einen Felsen geschleudert. Er atmete schwer. Sein Oberkörper war nicht

verschüttet. Mühsam befreite er sich aus dem Schnee. Vorsichtig bewegte er seine Arme und Beine. Verletzt zu sein schien er nicht. Der Schock ließ seinen Puls rasen. Unten sah er Henry. Er hatte sich auf einen Gegenhang flüchten können, sodass die Nassschneelawine an ihm vorbeigerauscht war. George blickte sich suchend um, aber seine Stöcke und Skier waren nirgendwo zu sehen. Sie mussten irgendwo in der Lawine stecken. Da würde er jetzt auch stecken, mit Metern von Schnee über sich, wenn er nicht dieses unglaubliche Glück gehabt hätte, gleich zu Beginn des Abgangs, als die Schneemassen sich noch nicht aufgetürmt hatten, von einem Felsen aufgehalten worden zu sein. Er stapfte schnell zur Seite einen Hang hinauf, um sich vor einer möglichen, neu nachkommenden Lawine zu sichern. Dann ging er schräg dem Hang folgend hinunter, wobei er bei jedem Schritt tief in den nassen Schnee einsank. Keuchend erreichte er schließlich Henry, der im Schnee saß, die Skier neben sich in den Boden gesteckt, leichenblass.

„Mann, George, Du hättest mich beinahe umgebracht", stammelte Henry. „Warum bist Du noch in den Hang hineingefahren. Jeder Idiot hätte gesehen, dass der gleich rutschen wird."

„Halt Dein Maul. Es war schließlich Deine beschissene

Idee, hier hochzugehen."
George ließ sich neben Henry in den Schnee fallen.
„Wo sind Deine Skier", fragte Henry.
George deutete auf den Lawinenkegel unter ihnen.
Einige Minuten schwiegen beide, bis Henry sich erhob.
„Ok, ich fahre ab. Ich warte am Auto auf Dich."
„Das kann dauern, bis ich durch den Schnee gestapft bin."
„Kein Problem. Dort unten auf dem Weg wird der Schnee nicht mehr so tief liegen. Ich kann in der Zeit meine E-Mails im Auto checken." Mit den Worten stand er auf, schnallte wortlos seine Skier wieder an und fuhr ins Tal ab. George schaute ihm sprachlos nach. Wer seinen Bruder in dieser Situation ohne Skrupel zurückließ, hatte auch keine Skrupel dabei, Schläger zu engagieren, welche die Wohnung seines Bruders verwüsteten, und sein Auto demolierten.

26. Kapitel

Maxi presste den Teebeutel mit seinen Fingern zusammen und legte ihn neben seine Tasse. „Der Montagmorgen steht Dir ins Gesicht geschrieben“, scherzte er.
George ging auf Maxis Scherz nicht ein. Er war nach den letzten Tagen wütend und entschlossen, sich nicht einschüchtern zu lassen. Wer auch immer ihn bedroht hatte, lag falsch mit seiner Hoffnung, ihn auf diese Art zum Aufgeben bewegen zu können. Jeder Angriff hatte einen Teil der Trümmerschicht, unter dem sein altes Ich verschüttet war, abgetragen. Henrys Rücksichtslosigkeit gestern hatte die letzten Brocken gesprengt. Seine Energie und Kampfeslust, die ihn früher ausgezeichnet hatten, waren vollständig zurückgekehrt. Er streckte allen Arschlöchern, die ihn fertigmachen wollten, seinen deutlich ausgestreckten Mittelfinger entgegen.
„Ich habe wenig geschlafen. In meine Wohnung wurde eingebrochen, die Reifen meines Autos zerstochen, und außerdem wäre ich gestern fast von einer Lawine verschüttet worden“, antwortete George. Er rührte seinen Milchkaffee um. Das Café am St. Anna Platz hatte außer Maxi und ihm

keine Gäste. Auf dem mit Holzimitat überzogenen Plastiktisch trockneten Kaffeeflecken neben Brotkrümeln. Eine junge Frau in einer braunen Schürze mit dem Logo des Cafés stand gelangweilt hinter der Theke und spielte mit ihrem Smartphone.

„Wow. Das klingt nach viel Pech. Und nach viel Glück, wenn Du von einer Lawine verschüttet wurdest und hier unversehrt sitzt."

„Ich war mit Deinem Vater in den Kitzbüheler Bergen bei großer Lawinengefahr unterwegs. Wir hatten Glück. Wolltest Du nicht auch am Samstagabend dazu kommen", fragte George.

„Vater wollte, dass ich dazukomme", seufzte Maxi. „Obwohl er vor Samstagvormittag gar nicht wusste, ob ihm nicht ein wichtiger Mandantentermin dazwischenkommen würde. Die Zeiten, in denen ich brav zu Hause warte, ob mein Vater Zeit für mich hat oder nicht, sind vorbei. Das versteht jeder, nur mein Vater nicht."

„Dein Vater liebt Dich und möchte möglichst viel Zeit mit Dir verbringen", warf George ein.

„Ja, wenn es in seinen Zeitplan passt." Maxi schnaubte verächtlich. „Trotzdem ist er natürlich mein Vater, und ich mache mir gerade Sorgen um seine Gesundheit. Deshalb wollte ich Dich treffen."

„Warum machst Du Dir Sorgen um seine Gesundheit? Er ist selbstbewusst und voller Energie wie seit jeher", bemerkte George verwundert.

„Das kann auch Show sein." Maxi zog eine gefaltete Seite Papier aus der Hosentasche und reichte sie George. Es war die Kopie einer Rechnung über zehntausend Euro Beratungshonorar, adressiert an die Deutsche Investment Holding, gestellt nicht von der Kanzlei Hammersmith, sondern von Henry privat für Beratungsleistungen im Zusammenhang mit dem Projekt Grundstückskauf Dülmen.

„Ich war mit Vater vor einer Woche beim Abendessen, und er hat mir von Deinem Mandat erzählt. Er regt sich darüber sehr auf. Du weißt, dass er herzkrank ist?"

„Nein, das wusste ich nicht. Ich habe allerdings ein Tablettenschächtelchen mit Herztabletten gefunden, die er bei mir verloren hatte."

„Er fühlt sich zu Unrecht an den Pranger gestellt", fuhr Maxi fort. „Es wäre sehr gut für seine Gesundheit, wenn Du Deine Untersuchungen schnell beenden könntest. Deshalb wollte ich Dir mit dieser Information helfen. Franziska hat Euch von dem Grundstückskauf in Dülmen berichtet, dem Ort, in dem German Petroleum eine Tongrube illegal

mit Abfall gefüllt hat. Das ist offensichtlich Henrys Rechnung für seine Beratung bei dem Kauf. Die Rechnung habe ich aus Henrys Akten in seinem Büro zu Hause gefischt."
Seine Freundin Franziska Freud hatte Maxi offensichtlich gut informiert, dachte George „Warum gehst Du von einer illegalen Abfallablagerung aus", fragte er Maxi. „Diese Einschätzung kommt sicher nicht von Henry."
Maxi stutzte für einen Moment. „Gefüllt haben soll, meinte ich natürlich", setzte er rasch nach. „Natürlich bestreitet Henry das."
„Warum sollte mir die Rechnung helfen, den Fall schnell im Sinne von Henry zu beenden?" George verstand nicht, worauf Maxi hinauswollte.
„Henry konnte sich an den Kaufvertrag nicht mehr erinnern", antwortete Maxi. „Dies hier wird seiner Erinnerung nachhelfen. Die Rechnung wurde von ihm privat gestellt. Das zeigt doch, dass die Kanzlei bei der Beratung der Deutsche Investment Holding nicht involviert war. Ich weiß nicht, ob die Deutsche Investment Holding in irgendeiner Weise mit der German Petroleum in Verbindung gebracht werden kann. In jedem Fall hat Henry hier nicht in seiner Eigenschaft als Partner von Hammersmith, sondern privat beraten. Damit ist die Kanzlei raus. Darum geht es doch bei

Deinem Mandat, oder? Wenn Du zu dem Ergebnis kommst, dass der Kanzlei kein Vorwurf gemacht werden kann, dann ist Deine Arbeit beendet. Henrys private Aktivitäten sind nicht Gegenstand Deines Auftrags“, antwortete Maxi bestimmt.

George schaute Maxi verdutzt an. Er hatte sich offenbar intensiv mit dem Fall beschäftigt. Seine Stimme war fest und verriet nichts von der Sorge, die er sich um seinen Vater machte. Auf George hinterließ Maxi den Eindruck einer Härte und Entschlossenheit, die er früher an ihm nicht bemerkt hatte.

„Ich bin natürlich kein Experte wie Du“, sagte Maxi. „Aber jedes Puzzlestück hilft, oder? Egal. Entweder Du teilst meine Meinung oder nicht. Ich möchte Dir meine Hilfe nicht aufdrängen. Jetzt muss ich leider los.“

„Ich schätze Dein Engagement natürlich“, beschwichtige George sein Gegenüber. „Musst Du los, um Taxi zu fahren?“ Maxi hatte ihm zu Beginn ihres Treffens von seinem Aushilfsjob als Taxifahrer erzählt, der ihm half, die Zeit zu finanzieren, in der er sich über seinen weiteren Weg im Klaren werden wolle.

„Nein, ich habe noch einen Job, der mich mehr erfüllt. Leider sehr schlecht bezahlt.“

George schaute ihn fragend an. Maxi winkte ab. „Erzähle ich Dir bei der richtigen Gelegenheit“ Er erhob sich und stellte seine Teetasse auf einen Geschirrwagen. „Wir bleiben auf jeden Fall in Kontakt.“
„Ja, natürlich“, antwortete George. „Danke noch einmal. Ich kann jede Hilfe gebrauchen.“

George schaute aus dem Fenster. Leichter Schneeregen hatte eingesetzt. Die dunkle Fassade der mächtigen St. Anna Kirche mahnte zur Gottesfurcht.
Wie sollte er Maxis Auftritt einordnen? War sein Motiv Sorge um seinen Vater? Die Rechnung entlastete Henry nicht, sondern im Gegenteil, sie belastete ihn. Er hatte die Käuferin des Grundstücks in der Vogelgesangstrasse beraten, privat an der Kanzlei vorbei. Warum? War seine Beratung Teil einer Konstruktion, über die Weise der Kaufpreis für das Grundstück zugeflossen war? Als Gegenleistung hatte er dann ein Gutachten verschwinden lassen, das belegte, dass die Tongrube illegal genutzt wurde. Vielleicht wollte Henry aber auch nur sein Beratungshonorar an der Kanzlei vorbeischleusen, um privat Kasse zu machen. Aber das glaubte er nicht. Dafür war das Honorar zu klein und das Risiko der Entdeckung zu hoch. Außerdem hielt er

Henry nicht für einen Kleinkriminellen, der versuchte, sich durch solche Betrügereien die ohnehin prall gefüllten Taschen weiter zu füllen. Das Risiko, dass die Offenlegung der Rechnung Henry schaden könnte, musste auch Maxi gesehen haben. Er war nicht dumm. Warum tat er das? Teilte er Freuds Abneigung gegen seinen Vater? Die Glocken der St. Anna Kirche begannen dumpf zu läuten. George schaute auf die Uhr. Es war gleich elf Uhr. Das konnte keine Messe sein, in Zeiten des Priestermangels und Besucherschwundes. Wahrscheinlich eine Beerdigung. Ohne kirchlichen Segen wollten nach wie vor die Hälfte der Toten nicht bestattet werden, hatte er gelesen. Man wusste schließlich nie, was nach dem Tod noch kam, da war es besser, auf Nummer sicherzugehen. Ein Kleinbus hielt vor der U-Bahn Haltestelle St. Anna Platz, aus dem ein Mann mit einem Pappschild und einer Decke in der Hand ausstieg, um sich an den Eingang der Treppen zu setzen, die hinab zur Haltestelle führten. Eine Gruppe Jugendlicher ging die Treppen hinauf, ohne den Bettler zu beachten, und schlenderten vor dem Café vorbei, die Hände tief in den Taschen ihrer Jacken vergraben, auf den Ohren Kopfhörer, mit denen sie das Hier und Jetzt ausblendeten. Kinder. Claire hatte Kinder gewollt. Ihm war ihre Lösung der

Kinderfrage damals egal gewesen. Deshalb war sie wahrscheinlich nicht schwanger geworden. Vielleicht hätten Kinder ihrer Beziehung gutgetan. Aber wie viel Freude hätte ihm ein Kind gebracht, das ihm nach Jahren finanzieller und menschlicher Unterstützung durch seine Eltern als Teenager die lebensfeindliche Gegenwart vorhielt, wenn es nicht gerade schallisolierte Kopfhörer trug? Er stand auf, zahlte seinen Kaffee und ging zur U-Bahn. Als er den Bettler passierte, nahm der gerade einige Münzen aus einem eingedrückten Pappbecher vor sich und stopfte sie sich in seine Jackentasche. Jemand musste in der Zwischenzeit Mitleid mit ihm gehabt haben. Aber ein mit Münzen gefüllter Becher war schlechtes Marketing. George blieb stehen und reichte dem Bettler einen Geldschein. Er hatte von den Bettelbanden gehört, die zur Weihnachtszeit in die Stadt einfielen. Dennoch bedauerte er den Mann, dem seine Eltern in seiner Kindheit höchstwahrscheinlich nie eine Chance eingeräumt hatten, seinem Elend zu entkommen. George eilte die Treppen hinunter. Er musste sich beeilen. In einer Stunde war er mit Frau Ficht in ihrem Haus in Grünwald verabredet. Wahrscheinlich ein überflüssiger Besuch. Aber er hatte Fichts Tod bislang völlig aus seinen Überlegungen ausgeblendet. Oft waren die Schritte, die zunächst als überflüssig erschienen, am Ende doch zielführend.

27. Kapitel

„Schön, dass wir uns nach längerer Zeit wieder treffen." Gottfried Werner setzte sich mit Elan an den gedeckten Tisch, nahm hastig die gefaltete, blau-weiß karierte Stoffserviette vom Teller und warf sie sich auf den Schoss. „Ich habe mich sehr gefreut, als Sie mir heute Morgen eine Nachricht gesandt haben."

„Ja, es ist wirklich ein glücklicher Zufall, dass Sie ausgerechnet heute in München sind und auch gleich Zeit hatten", antwortete Link.

„Mein Mittagstermin ist kurzfristig ausgefallen. Ganz rechtzeitig habe ich es leider trotzdem nicht geschafft. Ich musste noch einen Artikel für unsere online Plattform fertig schreiben, der gleich erscheinen soll. Immer dieser Druck, schnell etwas produzieren zu müssen, und das an einem Montag. Wie geht es Ihnen denn, Herr Dr. Link?"

Gottfried Werner nestelte kurz an dem offenen Kragen seines weißen Hemds, über dem er ein hellgraues, leicht zerknittertes Sakko trug. Link und Werner kannten sich schon seit über zwanzig Jahren. Werner war ein blitzgescheiter Frankfurter Wirtschaftsjournalist; was er schrieb, wurde gelesen. Link hatte ihm immer wieder mit Hinweisen auf interessante Themen geholfen, soweit es seine anwaltliche Schweigepflicht zugelassen hatte, und Werner hatte ihn dafür im Gegenzug von Zeit zu Zeit wohlwollend als Spitzenanwalt seines Fachs beschrieben.

„Mir geht es blendend", antwortete Link mit der fröhlichen Stimme eines Menschen, dem es blendend ging. „Ich habe Ihren letzten Beitrag über den Finanzskandal bei der Badener Bank gelesen. Ich fand, er war hervorragend recherchiert und geschrieben."

„Danke." Werner lächelte. Er setzte seine Lesebrille auf und warf einen raschen Blick auf die Speisekarte. „Im Hofbräuhaus muss man einen Schweinebraten essen und selbst mittags ein Bier trinken, oder?"

„Wenn man aus Frankfurt kommt, unbedingt. Ich mache es ihnen nach."

„Sehr schön", sagte Werner und rieb sich die Hände, nachdem sie ihre Bestellungen aufgegeben hatten. „Wenn Sie bei uns in Frankfurt sind, lade ich Sie dann zu Handkäs mit grüner Soße ein und Apfelwein."

„Warum drohen Sie mir?"

Werner lachte. „So schlimm schmeckt das nicht. Was gibt es denn Neues auf dem Transaktionsmarkt? Irgendetwas

Spannendes, von dem sie mir erzählen dürfen, was aber noch nicht in der Zeitung stand?“ Er zwinkerte Link zu.
„Von dem Joint Venture zwischen German Petroleum und einem norwegischen Windkraftbetreiber haben Sie gehört?“
„Sie meinen den Plan, grünen Wasserstoff herzustellen“, erwiderte Werner. „Ja, habe ich. German Petroleum hat dazu vor kurzem eine Pressemitteilung herausgegeben. Alles ziemlich aufgebauscht, wenn Sie mich fragen. Gemessen an dem Gesamtumsatz des Unternehmens ist das ein kleines Projekt. Aber dem Aktienkurs hat es gutgetan. Hauptsache man kann in diesen Zeiten irgendetwas vorzeigen, was mit erneuerbaren Energien zu tun hat. Warum erwähnen Sie das Projekt, spielen Sie da eine Rolle?“
„Wir werden sicher eine Rolle spielen“, antwortete Link. „Unsere Bewerbung für das Mandat läuft noch, aber wir bekommen praktisch alle Mandate, die German Petroleum zu vergeben hat. Wir hoffen daher sehr, dass unsere Mandantin von der EU die notwendigen Fördergelder bekommt und sie dann auch behält.“
„Wie meinen Sie das? Die Fördergelder haben sie laut ihrer Pressemitteilung doch sicher?“
Werner schaute Link aufmerksam über den Rand seiner

Lesebrille an.
„Da bin ich mir nicht so sicher.“ Link lächelte vielsagend.
Ein Kellner näherte sich und knallte zwei Maß Bier auf den Tisch.
„Na, dann trinken wir erst einmal“, sagte Link. „Auf Ihre nächste Story!“
Link nippte an seinem Glas, das er für sich als Dekoration bestellt hatte, denn bei diesem Gespräch musste er nüchtern bleiben.
Werner tat es ihm nach. „Warum sind Sie sich nicht sicher“, nahm er den Gesprächsfaden wieder auf.
Link zögerte mit der Antwort, um die Spannung zu erhöhen.
„Ich befinde mich in einem Dilemma“, antwortete er schließlich. „Auf der einen Seite gibt es da möglicherweise eine Situation, welche die Öffentlichkeit kennen sollte.“
„Aha. Und auf der anderen Seite?“
„Tue ich unserer Kanzlei und mir persönlich keinen Gefallen, wenn ich Sie hier auf die Spur bringe.“
Werner lachte und hob scherzhaft den Zeigefinger.
„Mein lieber Dr. Link, Sie wissen genau, dass ich Sie jetzt nicht mehr gehen lasse, wenn Sie mir nicht gleich erzählen, was die Öffentlichkeit wissen sollte.“

„Also gut, weil wir uns schon so lange kennen und ich darauf vertrauen kann, dass Sie Ihre Quellen schützen. Ich habe gehört, dass German Petroleum in großem Stil giftigen Abfall illegal in einer Tongrube in Dülmen abgelagert hat, möglicherweise auch noch anderswo. Die Behörde hat weggeschaut. Es sieht ganz nach Korruption aus."
Werner zog ein kleines Notizbuch und einen Kugelschreiber aus der Innentasche seines Jacketts.
„Das passt hervorragend. Ich habe erst gestern mit unserem Chefredakteur besprochen, dass ich verstärkt investigative Reportagen schreiben soll, nach dem Erfolg meines Berichts im letzten Monat über den Finanzskandal bei der Badener Bank. Ein Umweltskandal käme für German Petroleum jetzt zum denkbar schlechtesten Zeitpunkt zu Tage. Warum könnte das Auswirkungen auf die Kanzlei und Sie persönlich haben?" Er schaute Link aufmerksam an.
„Wenn Projekt Venus zusammenbricht, dann fällt für uns Umsatz weg", antwortete Link.
„Sie meinen, die EU wird einem Unternehmen, das nachweislich gegen Umweltvorschriften verstößt, keine Fördergelder bewilligen. Sind Sie denn persönlich auch in die Sache verwickelt?"
„Ich? In illegalen Ablagerungen? Glücklicherweise nicht.

Aber wenn der Kanzlei der Umsatz einer Mandantin wie German Petroleum wegfallen würde, dann träfe mich das natürlich auch wirtschaftlich."

„Bei wem sollte ich denn mit meinen Nachforschungen ansetzen", hakte Werner nach.

„Ich würde sagen bei Dr. Brannenburg, dem Leiter der Rechtsabteilung der German Petroleum AG", antwortete Link. „Er hat sein Büro auch in Frankfurt. Versuchen Sie es auch bei meinem Partner Dr. Henry Klein. Er arbeitet mit Brannenburg sehr eng zusammen. Er hätte womöglich persönlich ein Problem, wenn die Sache auffliegt, wenn Sie verstehen, was ich meine."

„Ich verstehe."

„Ich möchte Henry an dieser Stelle aber nicht belasten."

„Natürlich nicht. Besonders einfach im Umgang ist Ihr Partner Henry Klein allerdings nicht." Werner rümpfte die Nase. „Ich hatte einige Male das Vergnügen. Sie sind mir als Gesprächspartner bedeutend lieber."

„Danke, das freut mich. Ja, Henry kann schwierig sein. Vielleicht sollten Sie es auch bei dem zuständigen Umweltreferenten der Bezirksregierung in Münster versuchen, Herrn Dr. Wiese."

„Meinen Sie Dr. Weise?"

„Ja, entschuldigen Sie. Kennen Sie ihn?“

Werner schüttelte den Kopf. „Nur flüchtig. Das Gebräu, dass Sie mir da einschenken, ist ja ziemlich toxisch. Der Chefjurist eines börsennotierten Unternehmens, der mit dem angesehenen Partner einer Wirtschaftskanzlei einen Umweltskandal vertuscht. Haben Sie nicht noch einen anderen jungen Partner, der eng mit German Petroleum zusammenarbeitet?“

„Sie meinen sicher Dr. Ficht. Er ist vor kurzem bei einem Wanderunfall gestorben. Eine tragische Geschichte, wenn ein junger Familienvater stirbt.

„Ficht ist tot?“

„Sie klingen erschrocken, Herr Werner. Kannten Sie ihn gut?“

„Wir haben uns einmal für ein Pressegespräch getroffen.“

Der Kellner stellte ächzend ein großes Tablett neben dem Tisch ab und reichte ihnen ihre Teller. Werner klappte schnell sein Notizbuch zu.

„Mehr kann ich leider nicht berichten.“ Link nahm sein Essen entgegen.

„Wie gesagt, zwei Herzen wohnen in meiner Brust“, setzte er hinzu. „Aber wenn German Petroleum hier wirklich die Umwelt verdreckt hat, dann gehört das aufgedeckt und geahndet."

Werner nickte. „Genau deshalb gibt es bei uns die Pressefreiheit. Ich kann Ihnen garantieren, ich setze mich sofort dran. Das ist eine hoch interessante Geschichte. Nur der Sex fehlt noch." Er lachte.

„Damit kann ich leider nicht dienen", antwortete Link. Bei Werners Bemerkung dachte er unwillkürlich an die letzte Nacht. Die schlimmste Nacht in seiner Ehe. Er hatte auf Dorothea eingeredet, bis zum frühen Morgen um fünf, nachdem sie am Abend auf ihn gewartet hatte, leichenblass in der Hand ein Foto von der letzten Sommerfeier, auf dem er seine Finanzpartnerin Ruth Neumann küsste. Er konnte sein Verhalten nur mit seiner Trunkenheit entschuldigen. Sie wollte ihm nicht sagen, von wem sie das Foto hatte. Aber er wusste, wer ihr das Foto gesandt hatte. Es kam nur Henry in Betracht, der sich an ihm dafür rächen wollte, dass er Pitchard über seine Wechselabsichten unterrichtet hatte. Seine Kinder hatten ihn gleich heute Morgen voller Empörung angerufen. Seine Familie war in den vergangenen Jahren sein Halt gewesen, und jetzt stand sie gegen ihn. Das Vertrauen seiner Frau war verspielt. Er war heute Morgen erst gar nicht ins Bett gegangen. Eine Dusche, dann ins Büro. Noch aus dem Auto heraus hatte er Werner angerufen, um Henry zu vernichten. Ihm wurde schwindlig.

„Geht es ihnen nicht gut?“ fragte Werner besorgt.

Link atmete tief durch. Wie konnte es ihm gut gehen, mit dieser Angst, alles verloren zu haben.

„Doch, danke“, zwang er sich zu einer ruhigen Antwort. „Nur ein wenig Schlafmangel. Um zurück zu unserer Geschichte zu kommen, bitte rücken Sie die Kanzlei nicht in ein schlechtes Licht.“

„Machen Sie sich keine Sorgen, Dr. Link. Um Ihr Gewissen zu beruhigen, ich bin an der Geschichte ohnehin schon dran.“

„Wie das?“ Link blickte Werner erstaunt an.

„Dazu darf ich nichts sagen. Sie wissen ja, ich schütze meine Quellen.“

„Wissen Sie schon länger davon?“

„Das möchte ich Ihnen nicht sagen. Meine Recherchen laufen auf Hochtouren, aber Sie haben mir jetzt noch einmal sehr geholfen.“

„Kam die Quelle aus unserer Kanzlei?“

Werner lachte. „Sie sind hartnäckig, aber ich werde Ihnen dazu nichts sagen.“

Link kam ein Gedanke. „Ficht?“

Werner widmete sich seinem Teller und spießte ein Stück Schweinebraten auf. „Nein. Guten Appetit, lieber Herr Dr. Link.“

28. Kapitel

George ging durch das Gartentor einen Kiesweg hinauf zu der repräsentativen Villa, in der die Familie Ficht lebte. Frau Ficht erwartete ihn an der Haustür.

„Vielen Dank, dass Sie sich mit mir treffen, Frau Ficht."

„Ja natürlich, Herr Klein, kommen Sie bitte herein. Viel Zeit habe ich aber leider nicht. Meine Kinderfrau ist krank geworden. Ich muss in einer halben Stunde unseren Jüngsten von der Schule abholen und danach gleich in die Klinik."

„Ich hoffe niemand aus Ihrer Familie ist krank?"

„Nein. Ich bin Ärztin. Mein Dienst dort beginnt um vierzehn Uhr."

Frau Ficht ging voraus in ein weiträumiges Wohnzimmer. Durch die Fenster sah George auf eine mit einer dünnen Schneedecke bedeckte Terrasse und einen abgedeckten Pool, hinter dem sich ein großer Garten erstreckte. Ficht musste trotz seiner jungen Jahre bereits sehr gut verdient haben, was ihm jetzt allerdings auch nicht mehr half.

„Setzen Sie sich doch." Frau Ficht wirkte kraftvoll und selbstbewusst. „Darf ich Ihnen etwas anbieten, einen

Kaffee oder Wasser?“

„Nein, danke.“ George setzt sich auf den Rand eines tiefen Sessels. „Schön haben Sie es hier. Das Haus sieht sehr neu aus.“

„Wir sind letztes Jahr eingezogen. Was kann ich für Sie tun?“

„Wie ich am Telefon sagte, arbeite ich an einem internen Compliancebericht für die Kanzlei. Eine Mandantin, die German Petroleum AG, hat möglicherweise gegen Gesetze verstoßen.“

„Ich weiß. Xaver hat mir vor seinem Tod ein wenig von den Umständen erzählt. Es geht um Abfall, der möglicherweise illegal entsorgt wurde, irgendwo bei Münster. Sie sind Henrys Bruder, sagte mir John Pitchard? Ich habe ihn angerufen, bevor ich Ihnen zugesagt habe. “

„Ja. Hat Ihr Mann sich sehr mit der Sache beschäftigt? Ich meine, weil er Ihnen davon erzählt hat?“

Frau Ficht lächelte. „Er war mein Ehemann. Natürlich hat er mir von seiner Arbeit erzählt.“

„Hatte Ihr Mann vielleicht über seine Mitarbeiterin Franziska Freud von dem Verdacht der illegalen Deponie gehört?“

„Ja, von Freud. Sie hatte Ärger mit Henry Klein wegen

dieser Sache, glaube ich, weil sie irgendetwas recherchiert hatte, was ihm nicht passte. Wessen Interessen vertreten Sie denn? Pitchard sprach nur über ein Compliance Mandat, ich war in Eile, wir hatten keine Zeit am Telefon darüber im Detail zu sprechen."

„Ich vertrete die Interessen von Hammersmith."

Frau Ficht lachte auf mit einer Bitterkeit, die George erstaunte.

„Die Kanzlei hat kein Interesse, Herr Klein. Ihr Bruder hat sein Interesse, Link, Pitchard, jeder Partner, Anwalt, Angestellter, männlich wie weiblich hat ein eigenes Interesse. Sie haben nur ein einziges gemeinsames Interesse, nämlich möglichst viel Geld zu verdienen."

„Was sind Ihrer Meinung nach denn die eigenen Interessen Links, Pitchards oder Henrys?"

„Das weiß ich nicht. Ich weiß nur, was ihre Interessen waren, als mein Mann noch lebte. Pitchard wollte bei den Partnern möglichst viel Umsatzdruck erzeugen, Link Ihren Bruder aus den Mandaten der German Petroleum heraushalten und Henry meinen Mann aus dem German Petroleum Mandat drängen. Allerdings ohne Erfolg. Xaver hat immer mehr Mandate von German Petroleum direkt bekommen. Der damalige Chefjurist, Herterich hieß er, hat in diesen Fällen Henry gar nicht erst eingeschaltet. Herterich hat Xaver sehr geschätzt. Er war einige Male bei uns zu Hause zu Gast."

„Die Runde bestand dann aus Herterich und Ihrem Mann, oder waren noch andere Kolleginnen und Kollegen aus der Kanzlei anwesend?"

„Nein. Die beiden haben Mandate besprochen und wir haben auch gemeinsam zu Abend gegessen, ein oder zwei Mal, nicht bei jedem Besuch."

George hob erstaunt die Augenbrauen. „Warum haben sich die beiden denn hier und nicht in der Kanzlei getroffen?"

Frau Ficht hob die Schultern. „Diese Frage kann ich Ihnen nicht beantworten. Vielleicht war Herterich froh, einmal nicht in einem Büro oder Konferenzraum zu hocken, wenn er in München war."

„Wie oft war das und seit wann haben die beiden so eng zusammengearbeitet?"

„Ich habe die Treffen nicht gezählt. Aber bestimmt über zwei, zweieinhalb Jahre. Zum Schluss immer intensiver. Xaver wurde intern für Henry zu einer ernsten Konkurrenz, obwohl er mit seinen fünfundvierzig Jahren fast dreizehn Jahre jünger war als Henry. Er hat enorm hart gearbeitet und war enorm erfolgreich. Letztes Jahr wurde er von der

Fachpresse zum besten Nachwuchsanwalt Deutschlands gewählt."

„Ich nehme an, für seinen Erfolg waren die Mandate der German Petroleum ein wichtiger Baustein?"

„Ja, natürlich. Herterich hat ihm die Chance geboten, sich im Markt zu etablieren, er hat sie genutzt. Dies alles hier wäre ohne seinen Erfolg nicht möglich gewesen. Die Kinder und ich waren sehr stolz auf ihn, und er war stolz auf uns. Er war ein großartiger Vater und Ehemann."

Frau Ficht schien plötzlich mit den Tränen zu kämpfen. Sie verließ wortlos mit schnellen Schritten das Zimmer. Nach wenigen Minuten kam sie zurück. Ihre Augen waren gerötet. Ihr kraftvolles Auftreten war nur Fassade gewesen, dachte George.

„Entschuldigen Sie bitte", sagte sie. „Es fällt mir noch schwer, über Xaver zu sprechen."

„Natürlich, das verstehe ich sehr gut", antwortete George. „Darf ich dennoch einige wenige Fragen stellen?"

„Deshalb sind Sie ja hier."

„Hat Ihr Mann jemals über Herrn Schneider gesprochen hat, den IT-Manager des Münchener Büros?"

„Wir haben mehrmals für sein Projekt im Kongo gespendet, ich glaube, er unterstützt ein Waisenhaus. Er war einmal hier, um Xavers Computer einzurichten. Wir sind ins Gespräch gekommen und er hat mir von seinem Engagement dort erzählt. Er war uns sehr dankbar dafür. Aber nein, darüber hinaus haben wir nicht über Herrn Schneider gesprochen."

Sie blickte auf eine große Standuhr, die neben dem Eingang zum Zimmer stand.

George beugte sich vor. „Eine Frage noch, ich hoffe, sie ist nicht zu schmerzlich. Wie ist ihr Mann zu Tode gekommen?"

„Er ist in der Eschenloher Klamm von einem Felsen gestürzt, das ist in der Nähe von Garmisch-Partenkirchen. Er ging dort häufig wandern."

„Ist das Gelände dort sehr gefährlich?"

„Eigentlich nicht. Der Fels war zwanzig Meter neben dem Weg. Xaver wollte wohl ohne Weg durch die Gegend streifen, das hat er manchmal getan. Dabei muss er abgerutscht sein. Sagt die Polizei."

„War Ihr Mann in den Wochen oder Tagen vor seinem Unfall bedrückt, hat er sich anders benommen als sonst? Hat er Ärger im Büro gehabt?"

Frau Ficht schüttelte den Kopf. „Das hat die Polizei auch schon gefragt. Nicht anders als sonst, es gab auch keine besonders negativen Ereignisse. Er war immer nervös und überarbeitet. Ich bin Fachärztin für innere Medizin und kenne die negativen Auswirkungen von Stress auf den Körper. Der interne Druck, die Konkurrenz, die Mandanten, die ihn jederzeit erreichen konnten und wollten, er hat darunter gelitten, bei allem Erfolg, den er hatte. Immer hatte er Angst davor zu versagen, keine neuen Mandate mehr zu bekommen. Er hatte zu viel Angst vor Misserfolg, davor, seine Karriere nicht weiterzubringen. Er war getrieben. Die Angst hätte ihn langfristig kaputtgemacht."

„War ihr Mann deshalb in Behandlung?"

Frau Fichts Gesichtszüge verhärteten sich für einen Augenblick. „Ich verstehe nicht, warum Ihre Arbeit für Hammersmith Fragen über den psychischen Gesundheitszustand Xavers erfordern. Er hätte sich nie umgebracht, wenn Sie darauf hinauswollen. So war er nicht."

Frau Ficht stand auf. „Ich muss leider los, sonst komme ich zu spät zur Schule."

„Natürlich." George erhob sich ebenfalls. „Entschuldigen Sie, wenn ich Fragen gestellt habe, die Ihnen zu nahe gingen."

Frau Ficht begleitete George zur Tür. „Wissen Sie, es wird überall mit harten Bandagen gekämpft. In meiner Klink ist das nicht anders. Aber Henry Klein war ganz besonders unangenehm. Wenn er aufgrund Ihrer Arbeit Ärger bekommt, dann würde das den Richtigen treffen. Er ist rücksichtslos und selbstverliebt. Ich sage Ihnen das offen, obwohl Sie sein Bruder sind."

„Danke. Ich verstehe Ihre Gefühle, aber als sein Bruder hoffe ich, dass meine Arbeit Henry keinen Ärger einbringt."

George verabschiedete sich und machte sich auf den Weg zurück zur Straßenbahnhaltestelle, um von Grünwald zurück in die Innenstadt zu fahren. Sein für teures Geld neubereifter Wagen stand abholbereit auf dem Vorhof einer Werkstatt in München. Pitchard hatte bei der Nachricht über den Schaden fair reagiert. Die Kanzlei würde die Kosten für die Reparatur übernehmen. Er hatte ihm auch freigestellt, aus dem Mandant auszusteigen, wenn es ihm zu gefährlich geworden war, aber sehr erleichtert geklungen, als George das Angebot ablehnte. Er ließ sich sein Gespräch mit Frau Ficht noch einmal durch den Kopf gehen. Ficht hatte ein besonders enges Verhältnis zu Herterich, Brannenburgs Vorgänger. Das passte zu den spöttischen Bemerkungen Pitchards Henry gegenüber, während ihres Treffens mit Freud. Ficht hatte Henry übertrumpft bei ihren

Versuchen, Geschäft von German Petroleum zu bekommen. Allerdings waren die häufigen Treffen zwischen Herterich und Ficht in dessen Haus sehr ungewöhnlich. Der häufige Kontakt der beiden sollte offenbar geheim bleiben. Frau Ficht hatte sich heftig gegen den Gedanken gewehrt, Ficht könne sich umgebracht haben. Das war verständlich. Er musste an den Unfalltod seiner Mutter denken. Der Gedanke an einen Selbstmord einer Mutter, eines Vaters, eines Partners war unaussprechbar und nicht zu ertragen. Aber die starke Gegenreaktion der Witwe Fichts ließ darauf schließen, dass sie sich mit diesem Gedanken beschäftigte.

George war mittlerweile an der Straßenbahnhaltestelle angekommen. Ein silberfarbener Mittelklassewagen fuhr langsam an ihm vorbei. George bemerkte zwei Männer in dem Auto. Der Beifahrer schien ihn beim Vorbeifahren zu mustern. Nach ungefähr zweihundert Metern blieb das Fahrzeug stehen und wendete mit quietschenden Reifen. George rannte in eine kleine Seitenstraße, die wenige Meter entfernt war. Er bog in einen Trampelpfad ein, der von der Straße abzweigte und lief den Pfad entlang, vorbei an den Hecken von Villengrundstücken, die am Isarhochufer lagen. Er drehte sich um, konnte aber keine Verfolger ausmachen. Erst jetzt verlangsamte er sein Tempo und stieg hinunter zur Isar. Dort setzte er sich schwer atmend auf einen Stein und wischte sich den Schweiß von der Stirn. Der Fluss führte viel Wasser. In seiner reißenden Strömung hätte er keine Überlebenschance. Seine Abwesenheit würde spät bemerkt werden. Er wäre das ideale Opfer für ein Gewaltverbrechen. „Nein, meine liebe Hedwig“, murmelte George. „Ich bemitleide mich nicht, das ist ein Fakt.“ Er wartete noch einige Minuten und ging dann über einen Uferweg zurück nach Grünwald. Von dem silberfarbenen Auto war nichts zu sehen. Er war gerade in die Straßenbahn eingestiegen, als sein Mobiltelefon klingelte Er traute seinen Augen nicht. Bromsfield rief ihn an, der Managing Partner von Dickert & Dickinson, der Mann, der ihn gefeuert hatte und nun seinen Bruder anheuern wollte. Nach einem kurzen Zögern nahm er den Anruf an. Bromsfield schlug ein Treffen am Abend in der Lobby eines Hotels in München vor, entschuldigte sich vielmals mit höflichen Floskeln für die Kurzfristigkeit seines Vorschlags, und George sagte zu. Er hatte mit Bromsfield und Dickert & Dickinson abgeschlossen, aber er wollte nicht unhöflich sein. Nein, das stimmte nicht. Er log sich selbst an. In der Sekunde, in der er den Namen Bromsfields gesehen hatte, war die Hoffnung in ihm aufgestiegen, dass Bromsfield ihn wieder zurück in seiner Kanzlei haben wollte. Ausgerechnet Bromsfield, der ihn auf die Straße gesetzt hatte, als es ihm dreckig ging. Kaum rief Bromsfield an, fiel er zurück in seine alte Gewohnheit und machte sich abhängig von der Anerkennung durch andere. Sein Magen verkrampfte sich bei dem Gedanken daran, wieder von Bromsfield enttäuscht zu werden. Nein, er durfte auf keinen Fall sein neu gewonnenes Selbstvertrauen verlieren, seinen Stolz. Sein Mittelfinger musste jederzeit bereit sein, sich Bromsfield kerzengerade entgegenzustrecken.

29. Kapitel

Dick Bromsfield hatte sich äußerlich nicht verändert. Ein großer, schwergewichtiger Mann, kahl, mit einer stets leicht geröteten Gesichtshaut, der seine Augen zusammenkniff, wenn er sein Gegenüber musterte.

„It is so nice to see you again, George", sagte Bromsfield nun zum wiederholten Male seit dem Beginn ihrer Unterhaltung, die er bislang scheinbar ziellos mit Belanglosigkeiten gefüllt hatte. Auch er sprach ein passables Deutsch, fiel allerdings öfter ins Englische zurück als Pitchard. Er prostete George zu und nippte an seinem Bier.

„Da ich selten in München bin und wir uns so lange nicht gesehen haben, wollte ich Dich unbedingt treffen, George. Nicht lange, ich weiß, Du bist ein beschäftigter Mann."

„Eine sehr schöne Idee." George wartete ungeduldig darauf, dass Bromsfield auf den eigentlichen Grund ihres Treffens zu sprechen kommen würde.

„Wie geht es der Kanzlei", versuchte er das Gespräch auf das Thema des Geschäfts zu lenken, und der Rolle, die er darin spielen könnte.

„Der Kanzlei geht es hervorragend, ein super Jahr jagt das

andere, auch wenn wir Dich natürlich vermissen.“ Bromsfield zwinkerte George zu. War das die Eröffnung seiner Bitte an ihn, wieder in die Partnerschaft zurückzukehren? George verfluchte sich innerlich für seine Aufregung.
„Ich wollte es damals so. Aber nichts muss ewig währen“, erwiderte George. Das war seine Steilvorlage. Bromsfield musste den Ball nun nur noch annehmen. Aber er nahm ihn nicht an. Noch nicht.
„Das stimmt. Aber life goes on. Ich sehe das gerade an meinen Kindern. Unsere Älteste hat in diesem Jahr ihr Studium abgeschlossen. Kaum zu glauben, ich sehe den Tag ihrer Einschulung noch vor mir, als ob es gestern gewesen wäre.“
Bromsfield setzte sich in seinem Sessel zurück und überschlug die Beine. „Erzähle mir doch, wie es Dir ergangen ist. Kommst Du noch häufig nach London?”
„Nein, es gibt keinen Anlass.“
„Bist Du nicht mehr Mitglied in unserem Club?“
„Ich wurde wegen meiner Verurteilung gebeten, den Club zu verlassen. Aufgrund der geltenden Regeln über die Voraussetzungen einer Mitgliedschaft. Keine Vorstrafen.“
„Oh.“ Bromsfield setzte eine bestürzte Miene auf. „Warum hast Du mir nichts gesagt? Da hätte ich etwas tun können

für Dich, ich bin ja im Präsidium."
„Das Präsidium hat den Beschluss gefasst."
„Da muss ich gerade abwesend gewesen sein. Sag mir, wenn ich hier helfen soll. Ich habe übrigens gehört, dass Du meinen Freund John Pitchard getroffen hast und er Dir ein Mandat angeboten hat. Hast Du es angenommen?"
„Ja habe ich", erwiderte George und fragte sich, worauf Bromsfield hinauswollte.
„Congratulations!" John hat mir ein wenig von Deiner Aufgabe erzählt. Du weißt wir sind gute Freunde. Es geht um ein schwieriges Compliance Thema, für das man viel Fingerspitzengefühl benötigt, aber das hast Du ja. Eine dumme Situation für die German Petroleum."
George zuckte mit den Achseln. „Ich weiß nicht, was man sich im Markt so alles erzählt."
„Man erzählt sich vieles im Markt", antwortete Bromsfield. „Ich kenne German Petroleums Chefjuristen Brannenburg gut. Er spricht schon lange davon, uns mandatieren zu wollen. Sein Verhältnis zu Hammersmith ist nicht spannungsfrei. Es ist kein Geheimnis, dass wir an dem Mandat sehr interessiert sind. Von daher helfen uns Hintergrundinformationen sehr weiter. Kannst Du mir helfen? Du bist immerhin ein früherer Partner unserer Kanzlei. Ich habe Dich

John selbstverständlich für Dein Compliance Mandat wärmstens empfohlen." Er zwinkerte George zu. Deshalb hatte Bromsfield ihn also treffen wollen, stellte George enttäuscht fest. Bromsfield erhoffte sich, von seinem früheren Partner Einzelheiten über dessen Auftrag zu erfahren, die ihm bei seinem Versuch helfen könnten, Hammersmith aus dem German Petroleum Mandat zu werfen.
„Dazu darf ich nichts Näheres sagen ", wehrte George die Frage ab.
„Natürlich nicht. Das war auch nicht meine Absicht gewesen. Wir haben Dich immer sehr für Deine Integrität geachtet. Hammersmith scheint im Inneren etwas Probleme zu haben, oder?" Bromsfield schaute ihn aufmerksam an.
„Davon habe ich nichts gehört, aber ich gehöre auch nicht zur Kanzlei."
„Eben genau deshalb dachte ich, Du würdest uns ein wenig helfen"
Bromsfield schaute auf die Uhr. Dieses Mal wollte George ihm allerdings nicht die Genugtuung lassen, das Treffen zu beenden. Er sprang auf und reichte dem erstaunt dreinblickenden Bromsfield die Hand.
„Ich muss leider auch dringend weg, ein wichtiger Mandantentermin wartet auf mich. Vielen Dank noch einmal für

die Idee, sich zu treffen. Es hat mir so viel Freude bereitet, Dich zu sehen."

Zurück in seiner Wohnung warf er sich auf sein Sofa und schloss die Augen. Es war dumm von ihm gewesen, zu hoffen. Seine Enttäuschung war unberechtigt, da seine Erwartung unberechtigt gewesen war. Es gab für Bromsfield keinen Grund, ihn anzuwerben. Er wusste, dass Bromsfield seine Spezialisierung als Compliance Partner gleich nach seinem Ausscheiden durch einen jüngeren Partner aus seinem Team abgedeckt hatte. Für Bromsfield war er wirtschaftlich wertlos. Aber er würde jetzt nicht wieder zurück in das weinerliche Selbstmitleid verfallen, das ihn im letzten Jahr wie ein Virus befallen hatte. Das Treffen mit Bromsfield war abgehakt. Er raffte sich auf und holte den Laptop hervor, um seine eingegangenen E-Mails zu lesen. Endlich! Er stieß einen befreienden Seufzer aus. Herder hatte ihm geantwortet. Er entschuldigte sich für die Verspätung und berief sich auf eine Auslandsreise. Also hatte Herder ihn immerhin noch in Kategorie zwei plus der Herderschen Kundenstruktur eingeordnet. Er wurde mit einer verspäteten Antwort plus einer Entschuldigung bedient, aber immerhin mit einer Antwort. Der nächste Abstieg wäre dann der in die Kundenkategorie drei, die eine verspätete Antwort ohne Entschuldigung vorsah, vor dem endgültigen Fall in Kategorie vier, in der seine Anfragen unbeantwortet bleiben würden. Herder berichtete, dass die Deutsche Investment Limited vor zweieinhalb Jahren auf den Bermudainseln gegründet worden war. Die Anteile an ihr würden durch eine Anwältin gehalten, die ebenfalls auf den Bermudainseln lebte. Bei ihr endete die Kette der Eigentümer der Gesellschaft nicht, denn sie hielt die Anteile wiederum für jemanden Dritten als Treuhänderin. Sie durfte ihm eigentlich keine Auskunft darüber erteilen, wer ihr den Treuhandauftrag erteilt habe und damit der oberste Gesellschafter war. Aber Herder sei gut bekannt mit der Kollegin, er habe ihr bereits einige Male Kunden für ihre Treuhandtätigkeit vermittelt, sie stehe in seiner Schuld und habe ihm geholfen. Er habe sich also für George mächtig ins Zeug gelegt, wie er schrieb, weil er wisse, dass er die Information vertraulich behandeln werde. Oberster Gesellschafter der Deutsche Investment Gruppe sei ein gewisser Dr. Xaver Ficht, Rechtsanwalt aus München gewesen. Er sei allerdings vor kurzem gestorben. Seine Nachfolge habe Dr. Stefan Brannenburg, Unternehmensjurist aus Frankfurt am Main angetreten. „Yes“, brüllte George, und streckte der Welt seinen steil nach oben gereckten Mittelfinger entgegen. Diese Information hatte er sich erhofft. Brannenburg war an den Gesellschaften beteiligt. Sicher nicht in privater Funktion. Herder hatte ihm den Beweis für die Verbindung zwischen den Deutsche Investment Gesellschaften und der German Petroleum geliefert. Und Ficht hatte inmitten der Konstruktion gesteckt, als Strohmann für German Petroleum. Es war Zeit für einen zweiten Besuch Weises, gleich jetzt, auch wenn er nicht vor einundzwanzig Uhr in Mittenwald sein dürfte. Weise musste mehr über die Hintergründe des Grundstückskaufs der Deutsche Investment Holding wissen, als er beim letzten Mal zugegeben hatte. Es gab nur einen Grund, warum die German Petroleum sich hinter der Gruppe der Deutsche Investment Gesellschaften versteckte. Das Unternehmen hatte die Struktur benutzt, um Weise zu bestechen. Fichts Beteiligung an der Deutsche Investment Limited und Brannenburgs Nachfolge waren seine neuen Angriffspunkte bei seinem Gespräch mit Weise. Ficht war der Anwalt, der in den letzten Jahren bei Hammersmith am engsten mit German Petroleum zusammengearbeitet hatte. Wenn die Deutsche Investment Holding ein Grundstück in Dülmen kaufte, dann hatte die German Petroleum AG über Brannenburg und Ficht den Kauf veranlasst. Was ihm jetzt nur noch fehlte, war die Erklärung, wie das Geld von Möllebach an Weise geflossen war. Welche Verbindung bestand zwischen Möllebach und Weise? Vielleicht wusste Henry mehr. Kurzentschlossen rief er Henry an, auch wenn er nicht daran glaubte, dass Henry am Telefon eine Lüge eingestehen würde. Henry reagierte wie vorhergesehen.

„Die Deutsche Investment Gesellschaften sind Mandanten der Kanzlei. Glaube mir doch, ich habe mit diesem ganzen Scheiß nichts zu tun. Weder mit dieser verdammten Ablagerung in dieser verdammten Tongrube, noch mit den Angriffen auf Dich. Du musst sehr schnell herausfinden, wer die Erpresser sind, was hinter der Geschichte steckt, damit ich endlich entlastet bin."

„Ich versuche es", antwortete George ruhig. „Ich tue mein Bestes. Warum hast Du den Immobilienvertrag mit Möllebach ausgehandelt? Haben Ficht und Du gemeinsam für die German Petroleum die Kohlen aus dem Feuer geholt, um ihre Mandate nicht zu verlieren?"

„Warum Ficht? Was meinst Du?"

„Ficht hielt als Strohmann für die German Petroleum die Anteile an der Deutsche Investment Limited, über eine Treuhandkonstruktion. Nach Fichts Tod steigt jetzt

Brannenburg ein.“ Für einige Sekunden hörte George nur Henrys schweres Atmen
„George, sie haben mich verarscht“. Henry keuchte. „Ficht und Brannenburg haben mich ins offene Messer rennen lassen. Um sich zu schützen. Ich hatte keine Ahnung. So eine Schweinerei. Ich muss jetzt Schluss machen, sorry, ich bin bei einem Abendessen.“ Henry beendete abrupt das Gespräch.
George runzelte die Stirn. Henry hatte eine wuchtige Reaktion gezeigt. Auf der anderen Seite konnte Henry ein verdammt guter Schauspieler und Lügner sein. Aber möglicherweise hatte Ficht die Struktur genial eingestielt. Nicht Weise, sondern Möllebach hatte eine Zahlung erhalten. Sollte jemand trotzdem Verdacht schöpfen, würde der Verdacht auf Henry fallen, und nicht auf Ficht oder die German Petroleum, denn Henry hatte den Kauf verhandelt. Ohne gute Beziehungen zu einem Anwalt auf den Bermuda Inseln würde die Recherche nach der Gesellschafterstruktur bei der Deutsche Investment Limited enden. Ficht hatte einen Schutzwall eingezogen. Aber um sich vor was zu schützen? In jedem Fall vor der Aufdeckung der Bestechung Weises. Weise musste bezahlt worden sein, damit er als zuständiger Dezernatsleiter half, eine massive

Umweltverschmutzung in der Dülmener Deponie zu vertuschen. Anders konnte er sich die Zahlung an Möllebach nicht erklären, auch wenn er den Zusammenhang zwischen Möllebach und Achim Weise in Münster noch nicht gefunden hatte. Henry war zwar an dem Geschehen beteiligt. Es konnte aber gut sein, dass Brannenburg und Ficht seinen Bruder nicht über die Hintergründe des Immobiliengeschäfts eingeweiht hatten. Plötzlich schoss ihm ein Gedanke durch sein Hirn. Auf diese Idee hätte er früher kommen können. Er googelte nach dem Namen Kurt Weise in Dülmen und wurde fündig. Dr. Kurt Weise, Rechtsanwalt, musste der Ehemann Möllebachs sein. Irma, die Vampirin hatte von einem promovierten Juristen gesprochen, den Möllebach unglücklicherweise geheiratet hatte, und von einem versoffenen Schwager. Möllebachs Ehemann Kurt Weise und der Umweltdezernent Achim Weise waren Brüder. Achim Weise hatte sein Schmiergeld über seinen Bruder und seine Schwägerin erhalten. Dafür hatte Möllebach ihr Grundstück an die Deutsche Investment Holding veräußert, und für sich den Teil der Bestechungssumme zurückbehalten, der dem tatsächlichen Marktwert des brachliegenden Grundstücks in der Vogelgesangstrasse entsprach. Seine anfängliche Vermutung war richtig. German

Petroleum und Achim Weise hatten eine unauffällige Konstruktion gewählt, in der seine Schwägerin einen Kaufpreis für ihr Grundstück erhalten hatte, der hoch, aber nicht völlig überzogen war und sich zur Not mit dem möglichen Bau der neuen Batteriezellenfabrik und den dann steigenden Grundstückspreisen erklären ließ. Vorsicht statt Gier. Dr. Achim Weise schien ein ängstlicher Mensch zu sein. Bei seinem letzten Gespräch mit Weise hatte er kläglich versagt. Er musste in der Lage sein, einem ängstlichen Menschen mehr Informationen zu entlocken als bisher.

Der Mann an der Rezeption der Morgentau Klinik bot ein imposantes Erscheinungsbild. Er war groß, sein eng geschnittenes Oberhemd brachte seinen muskulösen Oberkörper zur Geltung. Sein Kopf war glatt geschoren, und auf seinen entblößten Unterarmen waren Tattoos mit Motorradmotiven zu sehen.

„Haben Sie einen Termin mit Herrn Dr. Weise“, fragte er George. „Es ist schon sehr spät. Dr. Weise hat ausdrücklich darum gebeten, grundsätzlich nicht gestört zu werden.“

„Natürlich“, log George. „Ich kenne ihn gut, ich habe ihn schon getroffen.“

„Er hat an der Rezeption hinterlegt, dass jeder Besuch unerwünscht sei.“

„Warum, bekommt er so häufig Besuch?“
„Nein sehr wenig. Trotzdem. Am Freitag war ein Journalist da, aus Frankfurt, den wollte er auch nicht sprechen.“
„Sie fahren Motorrad?“ George deutete auf die Tattoos. „Sieht aus wie eine Eintausender Kawa.“
„Genau. Das ist meine Maschine. Sind Sie auch Motorradfahrer?“
„War ich mal. Meine erste Maschine war eine Yamaha XS 400, dann die SR 500.“
Der Mann lachte. „Die SR 500 mit dem einen Topf? Das waren noch Zeiten. Keine Antiblockiersysteme, Sitzheizungen und der ganze Schnickschnack.“
„Genauso ist es. Könnten Sie nicht vielleicht Dr. Weise wenigstens fragen, ob er mit mir sprechen möchte?“
Der Mann zuckte mit dem Achseln. „Von mir aus. Vielleicht macht er bei Ihnen eine Ausnahme. Ich will mir auch später keine Vorwürfe anhören, weil ich ihn nicht gefragt habe.“ Er nahm einen Telefonhörer zur Hand. „Ich klingele mal bei Herrn Dr. Weise durch.“
Der Rezeptionist wählte eine Nummer, aber niemand antwortete. „Dann ist er sicher im Aufenthaltsraum. Der schließt um zweiundzwanzig Uhr, also in zehn Minuten.“
Er ließ George auf einem Sessel neben der Rezeption Platz

nehmen, um dort auf Weise zu warten.

Wenige Minuten später kam Weise aus einer Tür. Als er George sah, blieb er augenblicklich stehen. Er blickte den Rezeptionisten mit einem verärgerten Gesichtsausdruck an.

George stand auf und setzte eine freundliche Miene auf.

„Entschuldigen Sie die späte Störung, Herr Dr. Weise, schon wieder ich, dieses Mal aber mit einem schönen Gruß von Ihrer Schwägerin, Frau Möllebach." Weise stutzte.

„Was soll das?"

„Können wir kurz sprechen?" George deutete auf die Sitzgruppe neben ihnen.

Weise setzte sich zögerlich. „In dreißig Minuten ist Bettruhe."

„Ich brauche Ihre Aufmerksamkeit sicher nicht länger." George setzte sich neben Weise. „Erklären Sie mir doch kurz, warum ausgerechnet Ficht, der Haus- und Hofanwalt von German Petroleum, ein Grundstück Ihrer Schwägerin kauft, über eine komplizierte Gesellschafterstruktur, die bis in die Bermuda Inseln reicht und die man gerne aufsetzt, wenn der Gesellschafter verborgen bleiben soll?"

„Marlies klärt mich nicht täglich darüber auf, was in ihrem Leben vorgeht. Ich habe keine Ahnung. Ich kenne auch keinen Herrn Ficht", antwortete Weise, ohne ein Zeichen von

Unruhe. Gut, seine Verwandtschaft mit Möllebach hatte Weise damit schon einmal bestätigt, stellte George zufrieden fest.

„Marlies wird erstaunt sein, wenn sie ihren Namen in der Frankfurt Zeitung wiederfindet, als jemand, der an der Bestechung eines Amtsträgers mitgewirkt hat. Die German Petroleum AG, eine deutsche börsennotierte Gesellschaft, hat ihren Schwager, den Leiter des Dezernats Abfallwirtschaft und Bodenschutz in der Bezirksregierung Münster bestochen."

„So einen Unsinn muss ich mir nicht anhören." Weise rutschte auf den Rand seines Sessels, so als ob er augenblicklich wieder aufspringen und davonlaufen wollte.

„Geben Sie mir noch einen Moment. Sie haben ein Umweltgutachten zu der Abfalldeponie in Dülmen und jegliche Hinweise auf das Gutachten aus der Akte verschwinden lassen. In dem Gutachten wurde die illegale Ablagerung von Ölpellets durch die German Petroleum nachgewiesen. Als Gegenleistung hat die German Petroleum über die Deutsche Investment Holding Ihrer Schwägerin, Frau Möllebach ein Grundstück abgekauft, zu einem Preis, der über dem Marktwert liegt. Nicht exorbitant über dem Marktwert, so dass es jedem sofort auffallen würde, aber doch zu einem sehr guten Preis, denn das Grundstück war seit Jahren unverkäuflich. Das Geld ist an Sie geflossen, minus einer Summe für Möllebach, die sich darüber freuen konnte, dass sie das Grundstück endlich losgeworden war. Bitte erzählen Sie mir nicht, dass Ihr Bruder und Ihre Schwägerin die Hintergründe des Grundstücksverkaufes nicht kannten. Dafür war der Kauf zu ungewöhnlich. Ich könnte Herrn Werner von meinen Vermutungen erzählen, er würde sie journalistisch einwandfrei verwerten. Marlies und ihr Bruder Kurt würden entsetzt sein. Dülmen würde über sie sprechen. Das sind geldgierige, unehrliche Leute, würde man sagen. Das würde die Eröffnung eines Beauty-Salons auf der Insel Mallorca nicht leichter machen."

„Was für ein Umweltgutachten? Wie soll Marlies Name in die Frankfurt Zeitung kommen? Wer ist Herr Werner?" Weises Stimme hatte einen unsicheren Ton angenommen als bisher.

„Ein bekannter Journalist, der gerade versucht, für die Frankfurt Zeitung das skandalöse Umweltverhalten der German Petroleum aufzudecken", antwortete George. „Ich kenne ihn gut. Vielleicht suchen Sie einmal nach den jüngsten Artikeln von ihm. Er hat zuletzt den Finanzskandal der Badener Bank ans Tageslicht gebracht. Davon haben Sie

sicher gehört. Ich nehme stark an, dass er der Journalist ist, der sie am Freitag sprechen wollte."
Weise hielt seine Hände ineinander verschränkt und bewegte die Daumen ohne Unterlass.
„Ich weiß genug, um eine Anzeige wegen Bestechlichkeit gegen Sie zu erstatten", fuhr George fort. Die Staatsanwaltschaft braucht nur beim Geologischen Dienst Nordrhein-Westfalen anzurufen, um zu überprüfen, ob Sie dort ein Gutachten in Auftrag gegeben haben und das Gutachten anfordern." Weise blickte George unruhig an, seine Augenlider zuckten nervös.
„Warum Bestechlichkeit", fragte Weise. „Das Grundstück wurde nicht von mir, sondern von meiner Schwägerin verkauft, zum Marktpreis. Das ist nicht illegal."
„Nachdem es über Jahre unverkäuflich war?"
„Zufall."
Weise war eine überraschend harte Nuss, dachte George.
„Dann spreche ich mit Ihrer Abteilungsleiterin, schildere ihr die Fakten und schaue, ob sie nicht eine Kopie des Gutachtens anfordern möchte", versuchte George noch einmal Weise aus der Reserve zu locken. Ursus hatte die Unzufriedenheit ihrer Chefin mit Weises häufiger Abwesenheit angedeutet. Ihre Einbeziehung musste Weise als bedrohlich

empfinden.

„Verstehen Sie mich nicht falsch. Mir geht es nicht darum, Sie beruflich zu ruinieren“, setzte George nach. „Ich verstehe, dass Sie in einer schwierigen Situation sind. Mir geht es einzig darum, zu verstehen, wie tief Hammersmith in die Sache verwickelt ist. Meine Aufgabe ist es, einen Bericht für Hammersmith zu schreiben. Der Inhalt bleibt vertraulich. Niemand bei Hammersmith hat ein Interesse daran, Ihre Rolle in die Welt hinauszuposaunen und damit den Ruf der Kanzlei zu ruinieren. Schließlich war Ficht ein Partner der Kanzlei. Und Henry Klein ebenfalls. Dieser Name sagt Ihnen etwas, nehme ich an?“

Weise nickte langsam. „Er hat den Verkauf des Grundstücks abgewickelt, für die Käuferin, diese Deutsche Investment Gesellschaft.“

„Warum haben Sie das Gutachten über die Qualität des Abfalls denn überhaupt in Auftrag gegeben?“

„Kein Wort nach außen?“

„Mein Bericht bleibt vertraulich“, bestätigte George.

„Im Frühjahr kam ein anonymes Schreiben mit der Behauptung, der Abfall sei falsch deklariert und bestehe in Wahrheit aus giftigen Ölpellets, Abfallprodukte einer Raffinerie der German Petroleum im nahe gelegenen

Duisburg. Das Schreiben war fundiert", begann Weise. „Ölpellets fallen in die Kategorie Gefährlicher Abfall, sie dürfen auf keinen Fall in der Deponie in Dülmen gelagert werden. Ich habe umgehend beim Geologischen Dienst Nordrhein-Westfalen ein Bodengutachten in Auftrag gegeben, und den Chefjuristen der German Petroleum, Dr. Brannenburg zu einer Stellungnahme aufgefordert. Ich wurde daraufhin von Ficht kontaktiert, im Auftrag Brannenburgs, der mich offen fragte, was er tun müsse, damit ich den Auftrag für das Bodengutachten zurückziehe und die anonyme Anzeige vernichte. Die Behauptungen in der Anzeige seien sicher falsch, aber Gerüchte über Umweltvergehen könnten German Petroleum schaden, völlig unabhängig von ihrem Wahrheitsgehalt."

George erinnerte sich an das Gespräch mit Freud. Sie hatte Henry zitiert, danach war die anonyme Anzeige von Jenbach erstattet worden. „Sie wissen also doch, wer Ficht ist. Er hat sich ausdrücklich als Vertreter von German Petroleum vorgestellt?"

„Ja, sonst hätte ich seinen Vorschlag, das Gutachten und die Anzeige verschwinden zu lassen, auch nicht nachvollziehen können."

„Warum verschwinden lassen, gab es das Gutachten zu

dem Zeitpunkt schon“, fragte George nach.

„Ich hatte ihm gesagt, dass ich den Auftrag für das Gutachten nicht ohne Nachfragen zurückziehen könne, das sei zu auffällig. Ficht wollte dann, dass ich das Gutachten vernichte, sobald es eintrifft, genauso wie die Anzeige. Sie müssen meine damalige Lage verstehen. Ich war am Ende. Meine Alkoholkrankheit hatte mir gesundheitlich sehr zugesetzt. Meine Frau und ich haben ein Haus gekauft. Ich habe die Laufzeit der Finanzierung zu kurz strukturiert, jetzt musste ich neu finanzieren. Bei den hohen Zinsen konnte ich das nicht, ohne zusätzliche Mittel hätten wir ausziehen müssen. Sie kennen das nicht. Jeden Morgen bin ich aufgewacht mit der Angst vor meiner Sucht und dem sozialen Abstieg. Was für eine Blamage, das Haus verkaufen zu müssen. Wohin danach? In eine Mietwohnung ziehen? In Münster? Ich konnte schon die Nachbarn flüstern hören. Dr. Weise und seine Frau sind eingezogen, haben Sie schon gehört, er wurde aus seinem Haus geworfen, das wird zwangsversteigert. Immer hatte ich diese Angst. Zuerst habe ich Fichts Ansinnen brüsk zurückgewiesen. Ich bin nicht bestechlich. Ich habe noch nie betrogen im Leben. Aber den Gedanken an eine Finanzspritze, die mir mit meinem Zinsproblem weiterhelfen konnte, bin ich nicht mehr losgeworden. Ich war ein Fisch an der Angel, der Widerhaken saß fest. Das Gutachten kam schnell. Ich habe es nicht zur Akte genommen und die Anzeige aus der Akte entfernt. Dummerweise hatte ich vergessen, meine interne Notiz, in der ich den Auftrag an den Geologischen Dienst vermerkt hatte, zu entfernen. Die Notiz ist dann Frau Roderick aufgefallen."

„Wie viel Geld haben Sie am Ende dafür bekommen?"

Weise blickte zu Boden.

„Es bleibt unter uns", setzte George nach.

„Vierhunderttausend."

„Die ganze Summe?" George war verblüfft. „Ihre Schwägerin wollte nichts für ihr Grundstück?"

„Meine Schwägerin hat mir ein Darlehen gegeben."

„Ein Darlehen? Sie braucht doch selbst Geld für ihre Auswanderpläne nach Mallorca."

Weise schaute ihn erstaunt an. „Woher wissen Sie das?"

„Von einer gemeinsamen Bekannten. Lügen Sie mich bitte nicht an, Dr. Weise. Dann bin ich an mein Versprechen, unser Gespräch vertraulich zu behandeln, nicht mehr gebunden."

„Zweihunderttausend habe ich vom Kaufpreis bekommen, den Rest hat mir die Deutsche Investment Holding in bar

gezahlt, für Beratungsdienste."
Er hatte falschgelegen. Hedwig hatte richtig getippt. Es war noch eine zusätzliche Barzahlung geflossen. Gier statt Vorsicht.
„Ich nehme an, Ficht hat Ihnen das Geld in bar übergeben, ganz klassisch, in einem kleinen Köfferchen?"
„Ja."
„Was sagte denn das Gutachten", fragte George weiter. „Das Zeug in der Deponie ist giftig und verseucht das Grundwasser, oder?"
„Fragen Sie doch Frau Freud, die Anwältin von Hammersmith. Sie hat über Frau Roderick eine Kopie des Gutachtens erhalten. Ich möchte nicht noch mehr über die Sache ausplaudern."
„Frau Freud hat eine Kopie des Gutachtens erhalten", fragte George ungläubig. Warum hatte Freud bei ihrem Gespräch in der Kanzlei das Gutachten nicht erwähnt, sondern von einem Gutachten gesprochen, das aus der Akte verschwunden war, und so eine falsche Spur gelegt?
„Kannte Henry Klein die Hintergründe?"
„Das weiß ich nicht. Wir haben nur über den Grundstückskauf gesprochen."
„Wer hat mich bedroht", fragte George unvermittelt und

beobachtet sorgfältig Weises Reaktion.
Weise blickte ihn erstaunt an. „Was meinen Sie?"
George winkte ab. „Vergessen Sie meine Frage." Weise wusste nichts, er war der falsche Adressat der Frage. Sein Erstaunen war echt.
„Wir haben jetzt Bettruhe." Weise erhob sich langsam. „Ich hoffe, ich konnte Ihnen helfen. Ich werde sonst mit niemandem mehr über die Angelegenheit sprechen."
„Sagen Sie mir noch, was im Gutachten stand", bat George.
Weise schüttelte den Kopf. „Ich überblicke die Interessenlagen nicht. Brannenburg, Ficht, Freud, Henry Klein, ich weiß nicht, wie genau sie zusammenhängen, ich will nicht noch mehr Nachfragen und Ärger. Es reicht. Ich habe einen Fehler gemacht. Ein Fehler genügt."
„Ich verstehe. Wie gesagt, unser Gespräch bleibt vertraulich."
Weise schaute George ängstlich an. Dann drehte er sich um und eilte zum Aufzug. George blickte ihm nach. Weise war ein armes Schwein. Er hatte sich bestechen lassen, soviel war klar. Er hatte sich in einem unüberlegten Augenblick tief in den Schlamm hineinmanövriert. Nun wusste er nicht, wie er wieder herauskommen sollte, und hatte große Angst davor, weitere Fehler zu begehen und im Schlamm völlig

zu versinken. Sollten die Fakten an die Öffentlichkeit geraten, wäre es für die Staatsanwaltschaft ein Einfaches, das Gutachten vom Geologischen Dienst anzufordern. Ficht war tot und Brannenburg würde erst einmal alles abstreiten. Weise würde es als erstes erwischen.

Zurück im Auto holte George sein Telefon hervor, um Pitchard die neuesten Entwicklungen zu berichten. Es war fast dreiundzwanzig Uhr, aber Pitchard hatte darauf bestanden, auch spät abends erreichbar zu sein. German Petroleum stand hinter der Deutsche Investment Holding und ihrer Muttergesellschaft, der Deutsche Investment Limited. Sie sollten offensichtlich im Verborgenen außerhalb ihrer Bilanz operieren. Ficht hatte German Petroleum bei den Geschäften der Gesellschaften gedeckt und zur Seite gestanden. Aber warum hatte German Petroleum den Aufwand betrieben und zwei Gesellschaften gegründet, davon eine auf den Bermuda Inseln, die noch dazu über eine Treuhandschaft von Ficht gehalten wurde? Nur um Weise zu bestechen? Die Tongrube musste giftige Ölpellets enthalten, die das Grundwasser und das benachbarte Trinkwassergebiet bedrohten. Nur so ließ sich Brannenburgs Aufregung erklären. Das war schlimm für die Umwelt und gefährlich für die Reputation der German Petroleum. Dafür allein würde ein Konzern aber kaum eine komplizierte Gesellschaftsstruktur für illegale Zahlungen schaffen. Herder hatte berichtet, dass die Deutsche Investment Limited vor zweieinhalb Jahren gegründet worden war. Laut Handelsregisterauszug war ihre Tochtergesellschaft, die Deutsche Investment Holding kurz darauf gegründet worden. Die Ablagerungen in Dülmen hatten vor einem Jahr begonnen, also deutlich nach dem Aufsetzen der geheimen Struktur. Verbargen sich noch größere Probleme der German Petroleum hinter der verschleierten Gründung der Gesellschaften? Hatten die Erpresser noch ein Ass im Ärmel, das sie kurz vor Fristablauf präsentieren würden, um den Druck auf Hammersmith zu maximieren? Ficht hatte sich über die letzten zwei- bis zweieinhalb Jahren immer wieder mit dem früheren Chefjuristen Herterich getroffen. Er war seit dem Aufsetzen der Struktur involviert gewesen. George war sich nach wie vor nicht sicher, ob Ficht und Brannenburg seinen Bruder eingeweiht oder ihn nur benutzt hatten. Er traute Henry nicht über den Weg. War er ohne seine Schuld in die Affäre hineingezogen worden, wie er behauptete? Freud hatte während ihres Treffens in der Kanzlei eine Verdächtigung zulasten Henrys präsentiert, ohne zu erwähnen, dass sie das Gutachten gesehen hatte. Ihr Freund Maxi hatte ihm eine Rechnung vorgelegt, die Henry belastete. Warum? Aus Rache an Henry, weil er Freuds Karriere gekippt hatte? Sicher nicht aus Sorge um Henrys Gesundheit, wie Maxi vorgegeben hatte. Wer hatte die Kämpfer für die Umwelt mit den Informationen versorgt, die zu der Erpressung geführt hatten? George stöhnte. Wenn er Pitchard jetzt anrufen und er ihn bei ihrem Gespräch nach dem Stand seiner Untersuchungen fragen würde, müsst er ihn mit diesem Fragenkatalog beglücken. Pitchard war ein ruhiger Mensch, aber die Zahl der unbeantworteten Fragen, fünf Tage vor dem Tag, an dem er Ergebnisse liefern musste, würden den ruhigsten Mandanten verunsichern. Verunsicherte Mandanten waren eine Strafe für jeden Anwalt, denn ihre Nervosität kostete unnötig Zeit und Nerven. Er legte sein Telefon wieder zur Seite. Er würde seinen Anruf bei Pitchard verschieben, bis er mehr Antworten als Fragen liefern konnte. Erst wollte er sich mit Freud treffen. Er würde sie gleich morgen früh anrufen. Sie konnte ihm ein Treffen nicht verwehren, denn schließlich war sie es gewesen, die Pitchard bedrängt hatte, die Rolle der Kanzlei bei der Abfallablagerung in Dülmen aufzuklären. Der Knoten für die Aufklärung dieser verwickelten Situation schien unlösbar fest, aber in der Vergangenheit hatte er immer zur rechten Zeit am richtigen Ende des Knotens gezogen. Es gab keinen Grund, warum ihm das nicht auch bei diesem Mandat gelingen sollte.

30. Kapitel

„Wie schön, dass Sie sich trotz des Drucks, der auf Ihnen lastet, die Zeit genommen haben.“ Hedwig richtete sich in ihrem Bett auf. George wurde verlegen. Er hatte sich am Morgen gleich auf den Weg gemacht, als er von Hedwig die Nachricht erhalten hatte, dass sie im Krankenhaus liege, aber war es nicht mehr gewohnt, dass sein Erscheinen bei einem Menschen Freude auslöste.

„Sie haben mich ganz schön erschreckt “, sagte George leise und setzte sich auf einen Hocker neben Hedwigs Bett.

„Sie brauchen wegen meiner Nachbarin hier im Zimmer nicht leiser zu sprechen, sie ist schwerhörig. So ein verfluchter Mist. Ich bin gestern Abend im Badezimmer ausgerutscht. Gott sei Dank hatte ich meinen Alarmknopf umgehängt. Er ist mit dem Roten Kreuz verbunden. Sie haben mich gleich mit einem Krankenwagen hierhin gebracht und gestern Abend noch operiert. Ein Oberschenkelhalsbruch. Ich soll noch eine Woche hierbleiben, Krankengymnastik machen und diesen Quatsch. So lange bleibe ich sicher nicht.“ Sie deutete auf einen Stapel Noten auf dem Tisch neben ihr. „Meine Nachbarin hat einen Schlüssel zu meiner

Wohnung und hat mir netterweise heute Morgen meine Noten gebracht. Die Noten kann ich zumindest lesen, dann habe ich die Musik in meinem Kopf." Sie begann leise die swingende Melodie von „It ain´t mean a thing if it ain´t got that swing" zu singen und dazu mit den Fingern zu schnippen. „Ich hoffe, sie üben kräftig", raunte sie ihm zu, als sie geendet hatte und lachte.

„Zumindest habe ich mir nicht einen Arm gebrochen, das wäre schlimmer gewesen. Gibt es etwas Neues in unserem Fall?"

George erzählte ihr von den jüngsten Ereignissen.

„Ich habe Ihnen doch gesagt, Sie sollen auf sich aufpassen. Die Reifen hat ihnen also jemand zerstochen. Bald werden Sie zerstochen." Hedwig schüttelte den Kopf. „Entschuldigen Sie, aber wie kann jemand sich nur so blöd verhalten wie Sie, George. Aber egal. Sie sind zu alt, um lernfähig zu sein. Außerdem wissen Anwälte sowieso alles besser. Ich habe in letzter Zeit viel über die Kämpfer für die Umwelt nachgedacht. Je länger ich über sie nachdenke, insbesondere die jungen Aktivisten, desto mehr verstehe ich sie. Stellen Sie sich vor, Sie wären noch jung und hätten Angst um Ihre Gesundheit. Sie sähen sich umgeben von Menschen, die mit ihrem Lebensstil das Leben der jungen

Generation verbrauchen, die Umwelt verpesten, um bequem zu leben, ohne Rücksicht auf den Preis, den die nächsten Generationen dafür zu zahlen zu haben. Sie protestieren, und keiner schert sich darum. Sie protestieren heftiger, kleben sich auf der Straße fest, beschmutzten Denkmäler, Kunstgegenstände, stören Veranstaltungen, lassen sich allerlei unerhörte Sachen einfallen, um die Aufmerksamkeit auf Ihre Sache zu lenken. Das Resultat ist, dass die Menschen, die gerade die Umweltressourcen verbrauchen, die Sie für Ihr zukünftiges Leben brauchen, Sie bestrafen. Was würden Sie fühlen?"
George lächelte. Da lag Hedwig mit einem gebrochenen Oberschenkel und ihre Energie schien ungebrochen.
„Sehen Sie, Sie lächeln. Das ist das Problem. Im besten Fall ernten die Kämpfer für die Umwelt ein Lächeln, im schlechtesten Fall fangen sie sich eine Gefängnisstrafe ein. Haben Sie sich schon einmal Gedanken über den CO2-Ausstoß gemacht, den Sie verursachen? Ihr Wohnmobil gehört ausgemustert. Ich kann Ihnen sagen, wie ich reagieren würde, wenn ich jung wäre. Ich hätte eine riesige Wut auf die etablierte Klasse."
„Die Kämpfer für die Umwelt müssten bemerkt haben, dass nicht nur die Alten meiner Generation, sondern auch

viele junge Menschen bei ihrem Lebensstil auf die Umwelt pfeifen“, wandte George ein. „Man muss nicht nach Ibiza oder Mallorca fliegen, um sich zu besaufen, oder?“
Hedwig schüttelte unwillig den Kopf. „Es geht nicht um Fakten, sondern um Empfindungen. Wer sich bei den Kämpfern für die Umwelt engagiert, und das sind übrigens nicht nur junge Leute, hat Angst. Keine Furcht vor einer bestehenden, konkreten Gefahr. Angst. Angst ist ein Lebensgefühl. Sie ist unbestimmt. Sie ist immer da. Aus Angst entsteht Wut.“
„Sie meinen, die Erpressung ist erst der Anfang, es kommt noch schlimmer?“
„Ich meine, die Kämpfer für die Umwelt haben mehr kriminelle Energie, als Sie denken, weil sie sich moralisch im Recht fühlen und Angst um ihr Leben haben. Sie sehen sich als Märtyrer. Was haben Sie als Märtyrer zu verlieren? Nichts.“
„Was wollen Sie damit für meinen Fall konkret sagen“, fragte George.
„Für unseren Fall, meinen Sie“, bemerkte Hedwig augenzwinkernd. „Ich glaube, wir dürfen nicht in herkömmlichen moralischen Vorstellungen denken. Diese jungen Leute haben ein Ziel, das Vorrang über alles hat. Sie haben eine

Mission. Sie haben Angst vor der Zukunft. Sie fühlen sich unbeachtet. Sie müssen sich Gehör verschaffen. Dieses Gemisch treibt sie voran, bis es explodiert."

„Ich gebe Ihnen recht", pflichtete George ihr bei. „Um die Hintergründe der Erpressung aufzudecken, müssen wir uns bei unseren Überlegungen auch in das Denkschema der Erpresser hineinversetzen. Wer passt in das Raster, das Sie eben beschrieben haben, wer hat eine Mission, die ihn oder sie angeblich legitimiert, wer hat Angst, unbeachtet zu bleiben? Rüdiger zum Beispiel, der das Waisenhaus im Kongo finanzieren muss. Die Angst, mit seiner Mission nicht gehört zu werden, macht ihn gefühlt zum Außenseiter. Er ist ein seltsamer Kauz, es fällt mir schwer, Rüdiger einzuschätzen."

Hedwig nickte. „Menschen, die aus Angst eine Mission haben, sind bei der Wahl ihrer Mittel nicht zimperlich. Rüdiger Schneider ist deshalb jedem zu Diensten, der ihm Geld für das Waisenhaus verspricht. Sie können sich nicht auf ihn verlassen. Im Gegenteil, Sie müssen sich vor ihm in Acht nehmen. Es gibt in unserem Fall viele Beteiligte, die Angst haben, sei es vor der Klimakatastrophe, vor sozialer Isolation, dem gesellschaftlichen Abstieg, dem beruflichen Scheitern. Die Kämpfer für die Umwelt, Bruhns,

Schneider, Ihr Bruder, sicher auch Ficht. Alles intelligente Leute, deren Angst ihre Intelligenz fehlleitet und die unberechenbar geworden sind. Angst reißt Hemmschwellen nieder, vergessen Sie das nicht."

„Im Ruhrgebiet würde man sagen, man ist von lauter Bekloppten umgeben", murmelte George.

In dem Moment wurde die Tür geöffnet und die Krankenschwester steckte ihren Kopf herein.

„Wir wollen Frau Hedwig nicht zu sehr belasten, es wäre gut, wenn Sie Ihren Besuch jetzt beenden könnten. Sie muss die Vollnarkose von gestern noch verdauen."

George erhob sich. Er zeigte auf die Blumen, die neben dem Bett von Hedwigs Zimmergenossin standen.

„Entschuldigen Sie, beim nächsten Mal bringe ich auch Blumen mit", sagte er unbeholfen. Hedwig winkte ab. „Ich habe meine Noten. Ich bin hier bald weg, ob die Ärzte das wollen oder nicht. Ausruhen kann ich mich auch zu Hause, zur Physiotherapie komme ich auch mit Krücken. Zur Not lasse ich mich auf einen Rollator ein, aber nur kurzfristig."

Als George sich an der Tür noch einmal nach Hedwig umdrehte, hatte sie ihre Augen bereits geschlossen und schien bereits zu schlafen. Ihr Gesicht war mager, ihre Augenhöhlen eingefallen und ihre Wangenknochen traten deutlich hervor. Wie klein bei einem Menschen doch der Schritt zum Verfall war.

Zurück in seiner Wohnung holte George sein Cello hervor. Freud hatte zugesagt, ihn heute am frühen Abend in dem Vorort zu treffen, in dem sie wohnte. Bis dahin verblieb ihm noch etwas Zeit. Er begann, eine Partita von Johann Sebastian Bach zu spielen, mehr schlecht als recht, aber doch so, dass die Musik ihn entspannte. Außerdem konnte er bei seinem Spiel gut nachdenken. Früher, als er mit Claire in London in ihrem großen Haus gewohnt hatte, war er oft am Abend nach dem Büro noch in die Bibliothek gegangen, wo sein Cello stand, um so den Tag zu verdauen. Das war gut für seine mentale Gesundheit gewesen, aber schlecht für ihre Ehe. Er hätte stattdessen Sex mit Claire haben sollen. Es war ihm ein Rätsel, wann Johann Sebastian Bach die Zeit gefunden hatte, zwanzig Kinder zu zeugen. Aber Bach war ein disziplinierter Mann gewesen und hatte die Zeiten für ihre Zeugung sicher sorgfältig im Voraus geplant. Er dachte an Hedwigs Worte. Sie hatte recht. Rüdiger hatte Angst davor, mit seinen Anliegen nicht gehört zu werden. Angst riss Hemmschwellen nieder. Rüdiger wusste von seinen Plänen, nach Münster zu fahren. Am nächsten

Tag war seine Wohnung verwüstet. Er hatte Pitchard von seinem ersten Besuch bei Weise in der Klinik in Mittenwald per E-Mail informiert. Danach waren die Reifen seines Autos zerstochen. Auch den Besuch Frau Fichts hatte er per E-Mail angekündigt, nur um nach seinem Besuch von einem Auto verfolgt zu werden. Er hätte vorsichtiger sein sollen. Selbst mit Freud hatte er noch heute Morgen den Standort ihres Treffpunkts in einer E-Mail ausgetauscht. Er musste davon ausgehen, dass Rüdiger seine E-Mails mitlas. Seine E-Mail Adresse hätte er ohne Schwierigkeit bei Vera Bruhns unter einem Vorwand erfragen können, Vera und er hatten bereits mit E-Mail kommuniziert. Es war gut möglich, dass Rüdiger sich von jemandem für die Überwachung seiner E-Mails bezahlen ließ, der ihn durch seine Drohungen einschüchtern wollte. Alles für sein Waisenhaus. Der Zweck heiligte die Mittel. Es musste eine große Erniedrigung für ihn gewesen sein, als Link seine Bitte, ihn in die Liste für Weihnachtsspenden aufzunehmen, abgewiesen hatte. Andere waren in seinen Augen willkürlich bevorzugt worden. Selbst Maxi war mit einem Umweltverein in der Liste vertreten. George runzelte die Stirn und hielt mit seinem Spiel inne. Es wäre interessant zu wissen, welchen Umweltverein Maxi mit seiner Spende unterstützt hatte. Er ging rasch zu seinem Telefon und sandte Vera eine Sprachnachricht mit der Bitte um die Liste der Weihnachtsspenden des letzten Jahres. Vorsichtshalber bat er um ihre Antwort mittels einer Textnachricht. Angesichts seiner Zweifel an Rüdigers Ehrlichkeit musste er bei dem Gebrauch seiner E-Mails vorsichtiger werden. Als er sich eine Stunde später auf den Weg zu Freud machte, hatte Vera ihm bereits geantwortet und die Liste in ihre Antwort einkopiert. Anders als bei Herder war er in ihrer Prioritätenliste also noch nicht abgerutscht. Es wäre schön, Vera wiederzusehen, dachte er, verwarf den Gedanken aber sofort wieder, denn er drohte in ihm Emotionen zu wecken, die ihn jetzt unnötig von seiner Arbeit ablenken würden. Er überflog die Namen der Spendenempfänger und ihrer Sponsoren, unter denen sich auch Maxi und eine von ihm benannte Stiftung befand. Er konnte Rüdigers Frustration verstehen. Selbst ein Tierschutzheim hatte eine Spende erhalten.

31. Kapitel

Die S-Bahn hielt mit laut quietschenden Rädern am Ende des Sackbahnhofes. Die Pendler im Zug starrten müde ins Leere, ihre Gesichter zeigten kaum Regungen. Die Türen der S-Bahn öffneten sich nicht. Die Menschen harrten aus, wie sie den ganzen Tag über ausgeharrt hatten, bis der Zugführer endlich den Weg freigab. Draußen fegte ein böiger, kalter Wind über den Bahnhofsvorplatz und ließ die sternenförmigen LED-Leuchten, die als Weihnachtsschmuck über den Platz gespannt waren, heftig schwanken. Der Zug leerte sich rasch, und die Menschen eilten zu ihren Häusern und Wohnungen, um den Beginn des nächsten Arbeitstages möglichst lange herauszögern zu können.
George hatte die S-Bahn seinem Auto vorgezogen, um zu dem mit Freud vereinbarten Treffpunkt zu gelangen. Zum einen staute sich der Berufsverkehr aus München heraus in die Vororte an jedem Nachmittag, sodass die Zugfahrt schneller war als eine Fahrt mit dem Auto. Zum anderen war Hedwigs Bemerkung über sein fehlendes Umweltbewusstsein nicht ohne Wirkung geblieben. Er folgte Freuds Standortbeschreibung und ging auf ein Geschäftshaus zu,

dessen Fassade von dem Gesetz der Zweckmäßigkeit regiert wurde und keine ästhetischen Ansprüche stellte. Zwischen einem großen Lebensmittelgeschäft und einer Apotheke befand sich eine Bar. Freud war gerade im Begriff, ihre Bestellung aufzugeben, als George die Bar betrat. Sie trug Bürokleidung und musste mit der gleichen S-Bahn aus der Stadt gekommen sein, die auch er genommen hatte.

„Danke, dass Sie sich die Zeit genommen haben, Frau Freud“, begrüßte George Freud betont höflich.

„Kein Problem. Wenn unser Treffen der Sache dient. Ich arbeite gerade bei der Staatsanwaltschaft, um diese Zeit komme ich ohnehin aus der Stadt.“ Freud wirkte kühl und abweisend.

„Wohnen Sie schon lange hier“, erkundigte sich George.

„Nein, seit einigen Wochen. Mein Freund und ich haben eine gemeinsame Wohnung gesucht, hier haben wir erst einmal etwas gefunden. Mein Gehalt ist seit meinem Weggang von Hammersmith stark geschrumpft, mein Freund verdient auch wenig, die Stadt ist zu teuer geworden.“

„Möchten Sie auch einen Tomatensaft wie die Dame oder benötigen Sie die Getränkekarte? Wir haben spezielle Weihnachtscocktails.“

George schaute auf. Neben ihm stand ein schwarz

gekleideter junger Mann und lächelte ihn freundlich an.
„Vielen Dank. Ich mache mir nichts aus Weihnachten. Ich bin aus der Kirche ausgetreten. Von daher genügt mir ein stilles Wasser."
„Man muss nicht Mitglied der Kirche sein, um einen Weihnachtscocktail zu trinken", entgegnete die Bedienung und grinste. „Aber wie Sie wünschen."
„Wie kann ich Ihnen helfen", fragte Freud, als sie wieder allein waren. „Wie geht es mit Ihrer Arbeit voran?"
„Ich befinde mich kurz vor dem Abschluss meiner Untersuchungen. Ich habe interessante Nachrichten für Sie."
„Interessante Nachrichten für mich", fragte Freud erstaunt. „Da bin ich aber gespannt." George war fest entschlossen, sich durch Freuds schnippische Art nicht aus dem Konzept bringen zu lassen, auch wenn sein Puls sich aus Abneigung beschleunigte.
„Ihre Befürchtung, dass Henry Klein der German Petroleum bei der illegalen Ablagerung von Abfall geholfen hat, haben sich nicht bestätigt. Ich dachte, das interessiert Sie. Sie sind sicher auch nicht daran interessiert, dass Ihr früherer Chef ohne Grund in Verruf kommt. Sie mögen ihn zwar nicht, aber vielleicht findet er jetzt doch wieder Gnade bei Ihnen."

George bemerkte, wie Freuds Miene sich anspannte. „Henrys Schicksal ist mir egal. Wollen Sie mir erzählen, wie Sie zu diesem erfreulichen Ergebnis gekommen sind?“
„Ich hatte ein sehr informatives Treffen mit dem Umweltdezernenten bei der Bezirksregierung in Münster, Herrn Weise. Sie haben mit ihm während der Arbeit an Ihrem Memo telefoniert.“
„Darum wollten Sie mich sprechen und fahren mit der S-Bahn den ganzen Weg zu uns heraus? Nur um mir diese Nachricht zu überbringen? Das wäre viel Aufwand, um mich glücklich zu machen.“
„Sie unterschätzen die Bedeutung, die Ihr Glück für mich hat.“ George biss sich auf die Lippen. Verdammt. Er wollte sich von Freud nicht provozieren lassen. „Deshalb, und weil ich eine Sache noch nicht verstehe. Bevor ich meine Untersuchungen abschließe, möchte ich alle offenen Fragen beantwortet sehen. Bei unserem Treffen in der Kanzlei hatten Sie berichtet, dass ein Bodengutachten aus der Akte verschwunden war. Das war aber nur die halbe Wahrheit. Weise hat Ihnen eine Kopie des Gutachtens übermittelt. Sie hatten es also in ihren Händen.“
Freud zuckte mit den Schultern. „Das muss ich vergessen haben. Ich kann mich an kein Gutachten erinnern. Wie ich

Ihnen sagte, habe ich mit Frau Roderick gesprochen, die das Fehlen des Gutachtens in der Akte bemerkt hatte."

„Das hat Herr Weise auch bestätigt. Frau Roderick hat ihn angerufen, und er hat ihr geholfen, das Gutachten in den Akten zu finden. Weise wollte Missverständnisse vermeiden. Deshalb hat er mit Ihnen telefoniert, um sicherzustellen, dass kein falscher Verdacht über die Abfallablagerung auftaucht und Ihnen eine Kopie des Gutachtens zugesandt. Ihre Aussage, das Gutachten sei verschwunden, ist also sehr erstaunlich."

„Sie werfen mir vor, Sie angelogen zu haben?" Freud hatte einen aggressiven Unterton angenommen.

Volltreffer, dachte George zufrieden. Freud ging in ihren Angriffsmodus über, sie war in der Defensive, sie hatte gelogen.

„Nein. Jeder vergisst einmal etwas, manchmal sogar Wichtiges", antwortete George betont ruhig. „Ihr Freund, mit dem Sie zusammenwohnen, ist Maxi, Henrys Sohn?"

„Das ist meine Privatsache. Wollen Sie mir vielleicht verraten, wie Sie zu dem Ergebnis gekommen sind, dass Henry nichts von der illegalen Ablagerung wusste", fragte Freud.

„Weise hat mir das bestätigt."

„Woher will Weise das denn wissen?" Freud zog zornig die

Augenbrauen zusammen. „Ich habe den Eindruck, Sie finden erst das Ergebnis und bemühen sich dann um Argumente, die das Ergebnis stützen könnten. Aber egal. Wissen Sie, Herr Klein, ich lasse mich ungern der Lüge beschuldigen und bin auch nicht in einem Kreuzverhör. Das habe ich nicht nötig. Ich denke, unser Gesprächsstoff hat sich damit erschöpft, oder?“
George zuckte mit den Achseln. „Wie Sie meinen. Ich hatte gehofft, Sie würden mit mir den Inhalt des Gutachtens teilen.“
„Ich wiederhole mich, ich kenne das Gutachten nicht.“ Sie stand auf und zog ihren Mantel an. „Dieses Treffen hätten wir uns schenken können. Wenn Sie mir weniger glauben als einem Beamten, der um sein berufliches Überleben kämpft, dann tut es mir leid. Sie kennen das heutige Phänomen der Fake News. Schade, dass Sie den falschen Behauptungen Weises derart naiv folgen. Weise und Henry haben nur ein Interesse, sie wollen die wahre Sachlage vertuschen. Das müssten Sie mit Ihrer Erfahrung doch erkennen. Wie dem auch sei. Ich wollte Ihnen weiterhelfen, aber jemand, der lügt, kann Ihre Arbeit natürlich nicht weiterbringen.“

George verließ kurz nach Freuds donnerndem Abgang die Bar und ging zurück zum Bahnhof. Er war zufrieden mit dem Ergebnis des Treffens. Es war kurz gewesen, aber Freuds aggressive Reaktion hatte für sich gesprochen. Sie hatte das Gutachten gesehen, nicht in ihrem Memo erwähnt und auch nicht bei ihrem Treffen in der Kanzlei. Die Frage war nur, warum? Sie konnte nicht vergessen haben, es zu erwähnen, dafür war das Gutachten zu wichtig. Die einzige Erklärung war, dass das Gutachten einen Inhalt hatte, den Freud verschweigen wollte.

George eilte über den Vorplatz des Bahnhofs, der verlassen da lag. Zwei Taxen warteten auf die Ankunft der nächsten S-Bahn. Der Wind war stärker geworden. Er lief die Treppen zu einem Tunnel hinunter, der zu den Gleisen führte. Aus den Augenwinkeln nahm er zwei Gestalten wahr, die rechts am Boden kauerten und sich erhoben, als er an ihnen vorbeiging. Der plötzliche Schlag von rechts gegen seinen Kopf ließ ihn zur anderen Seite taumeln. „Gegenwehr“, schoss es ihm durch den Kopf. Er brüllte laut auf und warf sich den beiden Gestalten entgegen, von denen eine ihn in den Hoden trat, sodass er sich krümmte und zu Boden fiel. Ein neuer Schlag gegen seinen Kopf. Jemand schrie laut auf. Er hielt schützend die Hände über seinen Kopf. Es kamen keine neuen Schläge. Er öffnete die Augen und sah mehrere Menschen um sich herum. Die S-Bahn musste angekommen sein, schoss es ihm durch den Kopf. Er richtete sich langsam auf und betastete seinen Kopf und sein Gesicht. Seine Hände waren blutig. „Ich hole die Polizei", hörte er jemanden rufen. Er schüttelte den Kopf. „Nein, lassen Sie", murmelte er. Jemand reichte ihm ein Papiertaschentuch. „Danke. Ich komme zurecht."

Den Vorschlag des Arztes, in der Notaufnahme, die Nacht zur Beobachtung im Krankenhaus zu verbringen, lehnte George augenblicklich ab. Seine Platzwunde über dem Auge war genäht. Es mochte sein, dass er eine Gehirnerschütterung davongetragen hatte, er fühlte sich aber stark genug, nach Hause zu fahren. Aus dem Taxi unterrichtete George Pitchard von dem neuesten Angriff. Aus Pitchards Stimme klang aufrichtige Sorge um ihn. Er bot ihm an, ihn angesichts der gefährlichen Situation, in der er sich offensichtlich befand, aus dem Mandat zu entlassen, was George sehr schätzte. Nicht alle Managing Partner hätten in dieser Situation sein persönliches Wohl über ihr Interesse an der Lösung des Falles gestellt. Aber George dachte nicht eine Sekunde daran, in dieser Phase aufzugeben. Die Nachricht über Fichts private Treffen mit dem früheren Chefjuristen Herterich, seine Treugeberstellung in der Deutsche Investment Limited und Brannenburgs Eintritt in die Treuhandschaft nach Fichts Tod quittierte Pitchard mit einem „interesting.“ Ficht war an einem intransparenten Firmengeflecht beteiligt, hinter dem angesichts Brannenburgs Beteiligung German Petroleum stehen musste, und Pitchard nahm die Nachricht darüber fast unbeteiligt zur Kenntnis. Da verstehe jemand die Engländer, dachte George. Er schluckte eine weitere Kopfschmerztablette, die der Arzt ihm mitgegeben hatte. Sein Kopf dröhnte. Aber er wollte noch nicht zurück in seine Wohnung. Vorher musste er noch ein Gespräch führen. Das Taxi bog in die Glockenstraße ein, und hielt vor der Hausnummer dreißig.

32. Kapitel

Rüdiger Schneider ließ George in seine Wohnung, ohne im mindesten über den späten Besuch erstaunt zu sein. Im Wohnzimmer lagen mehrere leere, zerquetschte Bierdosen, die Rüdiger auf den Boden geworfen hatte. Auf dem Tisch stand eine offene Flasche Wodka. „Setz Dich doch“, lallte er und zeigte auf einen Sessel. „Die haben Dich aber übel zugerichtet.“ Er schwankte in die Küche, von wo er mit einer Dose Bier für George zurückkam. Dann ging er mit unsicheren Schritten ins Badezimmer. George hörte das Klirren von Glas und danach Rüdigers lautes Fluchen. Als er zurückkam, hielt er ein nasses Handtuch in der Hand.

„Da, zum Kühlen.“

George nahm das Handtuch. „Woher weißt Du, dass ich überfallen wurde? Meine Wunde könnte auch von einem Unfall stammen.“

Rüdiger zog eine Grimasse. „So sieht man nicht nach einem Unfall aus. Ein Überfall, Hammer, wirklich.“ Er schien zu versuchen, seinen Gedanken einen Weg durch den Alkoholnebel in seinem Hirn zu bahnen.

„Warte“, murmelte er, „warte.“ Er ging mit langsamen

Schritten zurück ins Badezimmer, und kurz darauf hörte George Duschgeräusche und ein lautes Schnaufen. Einige Zeit später erschien Rüdiger in einen Bademantel gehüllt.
„Heiß und kalt duschen, kann ich nur empfehlen, wenn Du einen kleinen Schwips loswerden willst.“ Er sprach noch undeutlich, hatte aber seine Gedanken offenbar wieder im Griff. „Jetzt nur noch einen Kaffee, dann bin ich so weit. Möchtest Du auch einen?“
„Nein danke. Ich bin hellwach.“
„Was ist passiert“, fragte Rüdiger, als er mit seiner Tasse Kaffee aus der Küche kam, und setzte sich ihm gegenüber auf ein Sofa.
„Ich habe mich mit Franziska Freud getroffen und bin danach überfallen worden. Deshalb bin ich bei Dir. Du wusstest von meinem Besuch.“
„Wollten sie Dein Geld oder Dein Handy?“
„Du weißt, was sie wollten. Bei den bisherigen Einschüchterungsversuchen haben sie mir noch einen Zettel dagelassen. Dieses Mal hatten sie wohl keine Zeit dafür.“
„Vielleicht solltest Du jetzt vorsichtiger werden“, sagte Rüdiger. „Jemand kämpft hier mit harten Bandagen. Ich mache mir wirkliche Sorgen um Dich, mein Freund.“
„Es gibt drei Personen, die von meinem Treffen mit Freud

heute Abend wussten, nämlich Freud, die es sicher Maxi erzählt hat, und Du."
„Ich?"
„Freud hat mir ihren Standort per E-Mail gesandt. Du hast Dich in mein E-Mail-Account eingeschlichen, genauso wie in Henrys Account."
Rüdiger trank bedächtig einen Schluck Kaffee. „Das tut gut", seufzte er. „Entschuldige, was hast Du gefragt?"
In George stieg Wut auf. Sein Kopf dröhnte, und der Mann, der dafür mitverantwortlich war, spielte mit ihm Katz und Maus. „Du bist käuflich", fauchte er. „Der Zweck heiligt die Mittel. Brannenburg muss meine Untersuchungen stoppen. German Petroleum hat gemeinsam mit Ficht eine Struktur geschaffen, um Behörden bestechen zu können. Brannenburg hat Dir Geld für Dein Waisenhaus versprochen, wenn Du ihm über den Stand meiner Arbeit berichtest und hinter mir her spionierst. Du hast ihm heute Abend von meinem Ausflug zu Franziska Freud berichtet. Das bot Euren Schlägern endlich die Gelegenheit, ihre Drohungen wahr zu machen."
„Was meinst Du mit Euren Schlägern?"
„Die Schläger, die Du Brannenburg vermittelt hast."
„Warum sollte ich das tun? Wer ist noch einmal

Brannenburg?“
George hatte genug. Er verlor die Kontrolle über sich. Alles in ihm war Zorn und Frustration. Er sprang auf, packte Rüdiger am Kragen seines Bademantels, riss ihn trotz seiner Masse vom Sofa empor und schleuderte ihn zu Boden.
„Hör auf mich zu verarschen“, schrie er. „Hört alle auf mich zu verarschen.“ Er kniete über Rüdiger, schlug ihm ins Gesicht, immer wieder, mit der flachen Hand, blindlings, während Rüdiger vergeblich versuchte, ihn abzuschütteln. Endlich ließ George von ihm ab und rollte zur Seite, sodass er rücklings neben Rüdiger lag. Eine Zeit lang war nur ihr Keuchen zu hören. George drehte sich zu Rüdiger und erschrak. Sein Gesicht war aschfahl, aus seiner aufgeplatzten Oberlippe tropfte Blut. George erhob sich mühsam, nahm das Handtuch, das ihm Rüdiger gebracht hatte, und tupfte mit ihm Rüdigers Wunde ab. Der kroch auf allen vieren zum Sofa und hievte sich stöhnend hinauf auf die Sitzfläche. Dort saß er mit geschlossenen Augen, heftig atmend. Es dauerte einige Minuten, bis Rüdiger sich beruhigt hatte. George brachte ihm ein Glas Wasser, zog einen Stuhl heran und setzte sich ihm gegenüber.
„Warum bist Du denn bei der Kripo weg?“
„Was?“ Rüdiger richtete sich langsam auf und betastete

seine Lippen. Wer hat Dir das denn erzählt?"

„Jemand."

Rüdiger schwieg. George wartete.

„Ich habe Dir von meiner Frau aus dem Kongo erzählt", unterbrach Rüdiger schließlich das Schweigen.

„Ja. Sie war Tierärztin und ist an Krebs gestorben. Eine schreckliche Geschichte", antwortete George.

„Sie war keine Tierärztin. Ich habe sie in Köln kennengelernt, wo ich früher bei der Kripo war. Ich bin kein Kölner, aber da war gerade eine Stelle als Kriminalhauptkommissar frei. Ich habe in Duisburg angefangen, Abteilung Wirtschaftskriminalität, aber für eine Beförderung musst Du halt örtlich flexibel sein. Ich bin damals ab und zu ins Bordell gegangen. Ich war ledig, habe viel gearbeitet. Meine Freundinnen haben es nie lange bei mir ausgehalten. Zuviel Arbeit ohne feste Arbeitszeiten und so. Ich habe sie dort kennengelernt. Im Puff. Nachdem ich sie ein paar Mal besucht hatte, haben wir begonnen, uns unsere Geschichten zu erzählen. Oder anders gesagt, ich habe sie dafür bezahlt, mir zuzuhören, und ich habe ihr zugehört. Klingt rührselig, der gute alte Mann und das arme junge Mädchen, war aber so. Nach dem Sex, immer öfters statt dem Sex. Mit zwanzig aus dem Kongo weggelockt, Zwangsprostitution.

Reisepass vom Zuhälter weggenommen. Sie steckte fest. Sie kam aus ärmlichsten Verhältnissen. Ich weiß nicht, welcher Teil ihrer Geschichte gelogen war und welcher nicht. Aber es ging ihr dreckig in diesem Bordell. Sie war häufig krank. Ich habe sie dann rausgekauft. Ich hätte meine Kollegen informieren können. Aber dann hätte sie sehr viel Ärger bekommen, sie hatte keine Arbeits- oder Aufenthaltserlaubnis. Ihr Zuhälter wollte sie nur ziehen lassen und ihren Reisepass herausrücken, wenn ich für ihn herausfand, welche Daten bei der Polizei über ihn gespeichert waren. Sie hatte ihm unvorsichtigerweise erzählt, dass ich bei der Kripo war. In Köln war ich in der Abteilung für die Bekämpfung von Internetkriminalität. An die Datenbank heranzukommen, war für mich kein Problem. Ich habe ihm die Daten geliefert. Verliebt wie ich war. Ein Fehler. Er hat das seinen Kumpeln erzählt, darunter war leider ein Verbindungsmann der Polizei. Das war es dann. Ruckzuck war ich vorbestraft. Verletzung des Dienstgeheimnisses. Auf Bewährung. Entlassung aus dem Polizeidienst."

„Und Deine Frau, hattest Du überhaupt eine", fragte George.

„Wir haben wirklich geheiratet. Sie bekam auf diese Weise einen deutschen Pass. Ich war in sie verliebt. Sie ist an

Krebs gestorben. Der Teil der Geschichte stimmt leider auch.“

„Tut mir leid.“

„Das muss Dir nicht leidtun. Jeder hat sein Säckchen zu tragen. Ich hatte schon immer ein Talent dafür, mich in die Scheiße zu bugsieren.“

“Welcome to the club”, bemerkte George spöttisch.

“Nein, wirklich. Nicht Brannenburg, sondern Dein Bruder wollte, dass ich ihn regelmäßig über den Stand Deiner Compliance Untersuchungen unterrichte, nachdem Du ihm nichts sagen wolltest oder durftest oder beides.“

„Gegen Bezahlung, oder? Für Dein Waisenhaus. Also Spitzeldienste, wie ich schon angenommen hatte. Ich dachte, in Deinen Augen ist Henry ein großes Arschloch?“

„Ja, ein Arschloch, wie ich Dir schon einmal gesagt habe.“ Schneider machte ein angewidertes Gesicht.

„Aber pecunia non olet, Geld stinkt bekanntlich nicht“, höhnte George. „Henry hat dann Brannenburg regelmäßig informiert, um sich mit ihm gut zu stellen. Er wollte das German Petroleum Mandat schließlich zu einer anderen Kanzlei mitnehmen. Wenn Pitchard das erfährt, bist Du Deinen Job los.“

„Deshalb stecke ich in der Scheiße. Bei meiner

Vergangenheit kann ich mir keinen Rausschmiss erlauben. Ich sitze dann auf der Straße, ohne Chance auf einen Job."
„Du überwachst mich. Wirst Du doppelt dafür bezahlt, von Henry und von Brannenburg?"
Rüdiger schüttelte den Kopf. „Ich habe mit Brannenburg nichts zu tun. Jeder bescheißt und lügt, um an Geld zu kommen. Ich bin es leid, der ehrliche und gutmütige Idiot am Ende der Nahrungskette zu sein."
„E-Mail Accounts hacken ist kriminell."
Rüdigers Augen verengten sich. „Ja und?" Er schaute George zornig an. „Warum soll ich in diesem Spiel der Verlierer sein? Ich schade niemandem. Ich bekomme Geld von denjenigen, die ohnehin zu viel haben. Ich vermarkte meine Fähigkeiten und meine Kontakte. Das macht jeder."
George hob die Augenbrauen. „Mann, Du machst es Dir aber einfach."
„Einfach? Nein, nichts ist einfach. Ich habe keine Lobby in der Gesellschaft." Rüdiger klang verzweifelt. „Wenn es mir dreckig geht, falle ich bodenlos. Ich habe einen Riesenschiss davor. Ich sitze dann auf der Straße. Das interessiert keine Sau. Also muss ich mich wehren. Meinst Du, ich sitze hier blöd rum und lasse das alles mit mir machen? Nein, mein Junge, wenn andere mich verarschen, dann verarsche

ich eben auch. Ich brauche da keine komplizierten Bücher über Moral oder Ethik zu lesen. Ich kann mir nicht leisten, bei den Verlierern zu sein. Wie Du mir, so ich Dir."

„Warum erzählst Du mir das alles so offen? Ich könnte zur Polizei gehen."

„Machst Du nicht."

„Warum nicht?"

„Wir sind seelenverwandt."

„Seelenverwandt?" George konnte sich ein Grinsen nicht verkneifen. „Soweit würde ich vielleicht nicht gehen."

Aber Rüdiger blieb ernst. „Du hattest Deine Position im Leben gefunden. Du warst ein Staranwalt in einer hoch angesehenen Londoner Kanzlei. Du bist von Deinen Leuten verstoßen worden. Jetzt hat Du Angst, für den Rest Deines Lebens im Schatten der Erfolgreichen arbeiten zu müssen. Du möchtest niemandem Böses tun, Du würdest auch Henry nicht bloßstellen, aber Deine Angst treibt Dich vorwärts und macht Dich zu jemandem, der Du früher nicht warst. Du willst Deinen Erfolg zurück, um jeden Preis, auch wenn es zulasten Deines Bruders geht. Denn Du hattest Pech und wurdest deshalb verarscht, und Du hast Angst, zugrunde zu gehen, also wirst Du ohne Rücksicht auf andere um Dein Überleben kämpfen und andere verarschen.“ Rüdiger machte eine Pause und trank Wodka, bevor er weiterredete. „Ich bin in der gleichen, beschissenen Situation.“

„Du weißt viel, wenn Du Dich in die E-Mails aller möglichen Leute einschleichst“, sagte George. „Wer ist an der Erpressung und den Angriffen auf mich beteiligt? Du bist dabei, da bin ich mir sicher.“

Rüdiger schüttelte heftig den Kopf, sagte aber nichts.

„Du bist jedem, der Dir Spenden für Dein Waisenhaus gezahlt hat, in den Arsch gekrochen“ George zwang sich, ruhig zu bleiben. „Du hast meine E-Mails gelesen, vielleicht sogar mein Telefon überwacht, hast mich beschattet und hattest aus Deiner Kripozeit Kontakt zu Leuten, die bereit waren, mich anzugreifen, alles gegen Bezahlung. Irgendjemand bei German Petroleum, Brannenburg oder sonst jemand hat Dich dafür bezahlt. Sehe ich das falsch?“

„Wir sind seelenverwandt.“

„Lass mich mit diesem Scheiß in Frieden. Am liebsten würde ich Dich noch einmal vermöbeln, dieses Mal aber richtig.“ George schaute Rüdiger verächtlich an. „Aber ich komme auch ohne Gewalt zurecht, anders als Dein Auftraggeber. Ich frage Dich nicht noch einmal, wer das war, Du lügst mich sowieso an. Was ist mit Ficht? Warum war er in der Struktur?“

„Ficht ist tot.“

„Das weiß ich selbst, verdammt“, schrie George. „Das habe ich nicht gefragt.“ Er atmete tief durch. „Entschuldige, dass ich Dich angeschrien habe, Du machst es uns nicht leicht, Seelenverwandte sollten sich nicht anschreien müssen.“

„Das mit Ficht ist schiefgelaufen. Ohne meine Schuld. Er hat seine Rechnung nicht bezahlt. Er wollte die volle Kontrolle über das Mandat haben. Ich sollte deshalb Henrys Kommunikation mit German Petroleum überwachen. Dafür wollte er mir eintausend Euro pro Monat zahlen.“

„Ficht wollte, dass Du einen seiner Partner überwachst? Ich bin seit dreißig Jahren Anwalt, aber so etwas habe ich noch nicht gehört.“

Rüdiger hob die Schultern. „Mit Ficht und Henry haben sich zwei Alphatiere gefunden. Der eine kämpfte für seinen beruflichen Aufstieg, der andere gegen den Abstieg. Ficht war höflich im Umgang, Henry ein Arschloch, aber beide waren gleich armselige Kreaturen, voller Angst vor dem Scheitern, wenn Du sie erst einmal durchblickt hast.“

„Was ist denn mit Ficht schiefgelaufen?“

„Nach fünf Monaten wusste er scheinbar genug und hat den Auftrag beendet“, antwortete Rüdiger. „Vielleicht wurde ihm die Geschichte zu heiß. Als ich ihn an meine ausstehende Rechnung erinnert habe, hat er nur gelacht. Ich dürfe mich gerne bei Pitchard über die ausstehende Rechnung beschweren. Was er nicht wusste, ich lasse mich nicht mehr verarschen. Ich hatte ihn auch überwacht, genau für diesen Fall, und dabei etwas herausgefunden, was für ihn ein echtes Problem darstellte. Das Ende seiner Karriere. Ich habe ihm gesagt, ich würde diese Informationen ins Netz zu stellen. Ich konnte nicht wissen, unter welchem Druck er stand. Er muss depressiv gewesen sein. Kurz danach ist er bei dem Wanderunfall gestorben. Das war niemals ein Unfall. Er ist gesprungen.“ Rüdiger verzog die Mundwinkel. „Ein leichter Ausweg. Die arme Familie.“

„Du bist also für seinen Tod verantwortlich“, stellte George fest.

„Nein.“ Rüdiger rieb sich die Augen. „Ich konnte nicht wissen, was in ihm vorgeht.“

„Was hast Du über ihn herausgefunden?“

Rüdiger blickte auf. „Würdest Du an meiner Stelle Schlechtes über einen Toten berichten, dessen Tod Du verursacht hast, wenn auch schuldlos? Würdest Du seinen Ruf ruinieren und seine Familie mit in diesen Abgrund ziehen? Würdest Du so weit gehen und so einen Scheiß bauen?“

„So ein Unsinn", entgegnete George. „Auf der einen Seite spionierst Du für jeden, der Dich zahlt das Privatleben anderer aus, auf der anderen Seite zeigst Du plötzlich Skrupel, über jemanden zu berichten, der tot ist."
„Ich spioniere niemanden aus. Ich lese E-Mails. Mehr nicht. Ich bin kein gewöhnlicher Verbrecher."
„Eine interessante Abgrenzung", spottete George. Er verzog schmerzerfüllt sein Gesicht. In seiner Aufregung hatte er seine Kopfschmerzen verdrängt, aber jetzt war auch sein Adrenalin gegen den Schmerz machtlos. „Entweder Du beantwortest meine Fragen, oder ich berichte Pitchard haargenau von unserem Gespräch", fügte er hinzu. „Der geht zum Staatsanwalt, Du sitzt im Gefängnis, und Euer Waisenhaus bekommt erst einmal kein Geld mehr."
Der Hieb hatte gesessen. „Du bist ein Schwein, genauso ein Schwein wie Dein Bruder", ächzte Rüdiger.
„Weise hat Freud ein Gutachten über die Zusammensetzung des Abfalls für die Dülmener Deponie gesandt. Per E-Mail an ihre Hammersmith Adresse. Wo ist das Dokument?"
„Frag doch Vera, wenn Du mehr darüber wissen willst, Ihr habt ja eine gute Beziehung zueinander." Rüdiger lachte heiser. Dann legte er sich längs auf das Sofa, kreuzte die

Arme übereinander und schloss die Augen. George umklammerte die Lehnen seines Sessels. Alles um ihn herum kreiste. Er musste sich einen Moment ausruhen.

Als George wieder aufwachte, war fast eine Stunde vergangen. Rüdiger lag auf dem Sofa und schlief laut schnarchend. Sein Kopfschmerz war durch den Schlaf nicht besser geworden. Leise stöhnend stand er auf und wankte zur Tür. Auf dem Schreibtisch stand Rüdigers Laptop. Er drückte eine Taste, aber der Bildschirm war gesperrt. Um den Computer herum lag ein ungeordneter Haufen ausgedruckter Papiere. Rasch blätterte George durch die Seiten, aber konnte nichts von Belang finden. Mit dem Fuß stieß er gegen Rüdigers Aktentasche. Er zögerte kurz, öffnete sie dann aber. Das war legitim, schließlich log Rüdiger ihn an, und er machte gerade seine Arbeit. Die Aktentasche war leer, bis auf ein kleines Notizheft. Er blätterte rasch durch die Seiten. Es war übersät von Notizen zu Einnahmen und Ausgaben. Offensichtlich versuchte Rüdiger so Buch über seine finanzielle Situation zu führen. Als IT-Spezialist musste Rüdiger die Sicherheit von Daten einschätzen können und war offensichtlich der Meinung, dass ein Notizbuch in einer Aktentasche der sicherste Aufbewahrungsort war. Wenn es brenzlig wurde, konnte man ein Notizbuch schließlich schneller verschwinden lassen als Daten, die auf einer Cloud gespeichert waren. George wollte die Notizen bereits wieder zurücklegen, als ihm mehrere Einträge auf einer der letzten Seiten ins Auge fielen. Klein wegen Bruder, fünftausend Euro. Da hatte sein Bruder aber tief in die Tasche gegriffen, um seine E-Mails überwachen zu lassen. Ficht wegen Klein, fünftausend Euro. Dieser Eintrag war mehrmals umkreist. Das musste der offene Betrag sein, von dem Rüdiger berichtet hatte. Klein wegen Pitchard, fünftausend Euro. George musste lächeln. Rüdiger hatte bei den Hammersmith Partnern in München eine Marktlücke aufgetan. Mit Ficht und Henry schien Rüdiger zwei besonders misstrauische Alphatiere als Kunden gefunden zu haben. Brannenburg wegen Jenbach, fünftausend Euro. George pfiff leise durch die Zähne. Konnte es sein, dass der Chefjurist eines börsennotierten Unternehmens die E-Mails seines Stellvertreters überwachen ließ und dafür fünftausend Euro zahlte? Noch dazu von einem IT-Manager, der bei der Anwaltskanzlei angestellt war, mit der German Petroleum eng zusammenarbeitete. Das war unwahrscheinlich, aber es war nicht unmöglich. Keine Sauerei war in der Wirtschaftswelt unmöglich. Er fotografierte schnell die Seiten und steckte das Notizbuch zurück in die Tasche. Dann verließ er leise das Zimmer.

33. Kapitel

George legte schlecht gelaunt die Speisekarte beiseite. Seine Kopfschmerzen von gestern Abend hatten zwar nachgelassen, ihn aber dennoch viel zu früh geweckt. Außerdem mochte er keine veganen Restaurants. Gemüse konnte er sich zu Hause in der Mikrowelle zubereiten. Die hämische Bemerkung Rüdigers vom Vorabend, er solle sich wegen des Gutachtens an Vera wenden, hatte George auf eine Idee gebracht. Es gab eine plausible Erklärung dafür, dass Vera das Gutachten kannte. Diese Erklärung passte auch zu ihren Äußerungen während ihres gemeinsamen Konzertbesuchs. Deshalb musste er mit ihr sprechen, als Informationsquelle, nicht als attraktive Frau. Auf seine Bitte um ein Treffen hatte Vera ein gemeinsames Mittagessen in diesem Restaurant vorgeschlagen, allerdings ohne ihm die ideologische Prägung ihrer Restaurantauswahl offenzulegen

Plötzlich bemerkte er Unruhe am Nachbartisch, an dem zwei ältere Frauen saßen. George schätzte sie auf Anfang sechzig. Eine der Frauen lächelte ihn an. George lächelte zurück. Sicher gehörte Dauerlächeln zur Etikette eines veganen Restaurants, dachte George, denn man war schließlich unter Freunden, die mit ihrem Mahl einen Beitrag zur Rettung der Erde leisteten. Die andere Frau kreischte freudig auf.

„Da ist Helmut endlich!“

Sie deutete auf einen Mann, ungefähr in ihrem Alter, der gerade das Restaurant betreten hatte. Die beiden Frauen winkten aufgeregt. Helmut hatte sie bereits bemerkt und kam an ihren Tisch geeilt. Er wirkte müde, und seine ergrauten, noch vollen Haare hingen ihm wirr über der Stirn.

„Entschuldigen Sie“, rief eine der Frauen neben ihnen und winkte dem Kellner. „Kommen Sie bitte auch zu uns? Helmut hat Hunger. Er stand eine halbe Stunde im Stau, auf dem mittleren Ring, und das nach einer Nachtschicht in der Klinik.“

„Helmut ist Chirurg, der beste Chirurg in München“, fiel ihre Nachbarin mit lauter Stimme ein.

George musste unwillkürlich an die Szene der Oper „Die Zauberflöte“ denken, in der sich die Botinnen der Königin der Nacht um den schönen Jüngling Tamino streiten. Tamino, der Chirurg. Er musste trotz seiner Kopfschmerzen lachen.

Im gleichen Moment betrat Vera das Restaurant, und setzte

sich zu ihm. Sie war stärker geschminkt als bei ihrem Konzertbesuch. Trotz ihrer Schminke wirkte sie müde und abgespannt.

„Warum lachst Du“, fragte Vera sichtlich irritiert.

„Die Gruppe neben uns ist amüsant“, antwortete George mit halblauter Stimme. Vera zog unmutig ihre Augenbrauen hoch.

„Entschuldige.“ George riss sich von der Szene am Nachbartisch los. „Ich wollte nicht unhöflich sein.“

Ein Kellner eilte an ihren Tisch und empfahl das Tagesgericht mit einer Bestimmtheit, die keinen Widerspruch duldete, denn wann sonst bekam man die Gelegenheit, einen Fladenbrotburger aus Auberginen zu essen. Vera akzeptierte dankbar die Empfehlung, und auch George fügte sich ohne weitere Gegenwehr seinem Schicksal. „Du siehst übel aus“, sagte sie unvermittelt. „Es tut mir leid, dass Du überfallen wurdest. Das hätte nicht passieren dürfen.“

„Woher weißt Du, dass ich überfallen wurde?“

„Von Rüdiger“, antwortete Vera. „Wenn Du mich nicht heute Morgen angerufen hättest, dann wäre ich auf Dich zugekommen. Ich lehne Gewalt ab. Ich will Dir deshalb helfen.“

„Du willst mir helfen? Warum, wenn ich fragen darf?“

„Siehst Du", seufzte Vera. „Genau das ist Dein Problem. In Deiner Gedankenwelt gibt man nur, um zu nehmen. Jedes Angebot zu helfen, wird bewusst platziert für einen Zweck. Du bist völlig verkrampft. Ihr nervt. Ihr seid alle emotional abgestorben."
„Wen meinst Du mit Ihr?"
„Eure ganze Sippe von Testosteron getriebenen Männern."
„Ich glaube, hysterische Überreaktionen sollte man nicht nur bei Männern suchen, die versuchen, ihren Job zu machen. Meine Ex-Frau kompensiert ihren Alterungsprozess gerade dadurch, dass sie mit ihrem jungen Fitnesstrainer und seinen Freunden durch die Nachtclubs in London zieht, soweit ich informiert bin. Ich denke auch nicht, dass ich verkrampft bin. Gestresst ist das bessere Wort", erwiderte George. Vera schien schlecht gelaunt zu sein, er war nicht besser gelaunt, die Allgemeinplätze über das Wesen eines Mannes beleidigten seine Intelligenz, das Gespräch würde schwierig werden, durfte es aber nicht, denn er hoffte auf Informationen.
„Auf das Wort Stress reagiere ich allergisch. Ein Weichspüler jeder Beziehungskrise. Tut mir leid, ich weiß, ich bin unausstehlich, aber es geht nicht anders, ich lasse mich gerade überfordern. Ich bin gestresst, also bin ich. An dieser

Einstellung gehen Beziehungen zugrunde." Vera hielt inne. „Entschuldige, ich wollte Dich nicht angreifen. Das sind meine persönlichen Altlasten. Ich war einmal mit einem Investmentbanker verheiratet."

Was er jetzt sicher nicht brauchen konnte, dachte George verärgert, war eine Diskussion über seine Fähigkeit, eine Beziehung zu führen.

„Ich brauche niemanden, der mir ohne Gegenleistung hilft, nur um mich glücklich zu machen", erwiderte er. „Für das Glück gibt es die Erlösung durch den Tod. Zufriedenheit reicht mir als Etappenziel völlig aus."

Der Kellner brachte bereits das Tagesgericht. George probierte es lustlos und legte dann seine Gabel weg. „Schmeckt wie Brokkoli. Müssten aber Auberginen sein,", bemerkte er halblaut. Aber vielleicht war gerade dies die Kunst der veganen Küche, ein Fladenbrot aus Auberginen nach Brokkoli schmecken zu lassen.

Vera aß einige Bissen und schob ihren Teller dann ebenfalls zur Seite.

„Warum hast Du mich angerufen, George?"

„Du bist ein Mitglied der Kämpfer für die Umwelt, nicht wahr? Eine Erpresserin."

Vera schaute George erstaunt an. „Ich bin keine

Erpresserin“, entgegnete sie bestimmt.
„Du hast große Angst vor einer Umweltkatastrophe, und sorgst Dich um die Zukunft Deines Kindes. Du wusstest von meinem Mandat. Du hast mich zum Konzert eingeladen, um mich über den Stand meiner Arbeit auszuhorchen. Du und Rüdiger, Ihr seid diejenigen, die Kanzleiinterna an die Gruppe weitergegeben haben. Ihr beiden habt das gleiche Wissen, die gleiche Überzeugung. Ihr habt beide Angst und verscheucht mit dem Leitspruch "Der Zweck heiligt die Mittel" moralischen Bedenken.“
„Unsinn“, entgegnete Vera scharf. „Ich bin vor allem ein aktives Mitglied unserer Demokratie. Ziviler Ungehorsam ist das Mittel, die Politik zu alarmieren und zu zwingen, sich mit den Klimafragen auseinander zu setzen und aktiv zu werden. Wir müssen aufhören, fossile Energien zu unterstützen. Wir brauchen eine Verkehrswende. Wir müssen aufhören, Essen zu verschleudern.“
„Nett auswendig gelernt. Ihr habt sicher ein Ausbildungsprogramm, das Du durchlaufen hast. Du unterstützt keine körperliche Gewalt, sagst Du, und willst mir deshalb helfen. Es war also nicht Brannenburg, der mich gejagt hat, sondern Ihr habt hinter den Drohungen und dem Angriff gesteckt, die Kämpfer für die Umwelt! Natürlich zu Recht,

als die moralisch unangreifbaren Kämpfer für das Überleben des Planeten. Ich frage mich allerdings nach Eurem Motiv."
Vera schüttelte den Kopf. „Das waren nicht wir Umweltaktivisten, das war eine kleine Gruppe von uns. Sie hat sich besonders für die Erpressung eingesetzt und war der Meinung, wir sollten Deine Arbeit verhindern, mit aller Gewalt, um die Kanzlei in die Knie zu zwingen. Nur dann würde Hammersmith das Lösegeld zahlen." Sie strich sich in einer müden Geste durch ihr Haar. „Ich und andere Mitglieder der Gruppe waren ganz anderer Meinung. Wir wollten Deine Arbeit unterstützen. Du würdest herausfinden, dass unsere Behauptungen zur Tongrube in Dülmen richtig sind. Genau in diesem Fall würde Hammersmith das Lösegeld zahlen. Einige von uns haben sogar versucht, auf das Gelände der Abfalldeponie zu gelangen, um eine Bodenprobe zu nehmen, leider vergeblich. Die Deponie wird bewacht. Eine Bodenprobe ist auch aufwendig, habe ich gehört."
„Aber Ihr konntet Euch mit Eurer Meinung, die vernünftig ist, nicht durchsetzen", fragte George. "Warum nicht?"
„Es ist bei uns dann wie überall. Es herrscht der menschliche Faktor." Vera klang resigniert. „Der Wortführer dieser

aggressiveren Strömung bei uns möchte unbedingt in den obersten nationalen Führungskreis der Kämpfer für die Umwelt. Er meint dafür mit neuen, radikaleren Ideen glänzen zu müssen. Er hat sich innerhalb der Organisation sehr vehement für die Erpressung eingesetzt, und es geschafft, unser Führungsteam davon zu überzeugen, dass es völlig legitim sei, sich durch illegale Aktionen zu finanzieren. Die Vermögenden profitieren von der industriellen Entwicklung, damit von der Umweltverschmutzung, und sie haben die Klimakatastrophe mit verursacht. Deshalb sei es folgerichtig, sie dafür zahlen zu lassen. Er habe Beweise für die illegale Abfallablagerung in Dülmen und Henrys Rolle. Viele von uns waren gegen die Erpressung. Natürlich haben wir bereits Aktionen durchgeführt, die nicht rechtmäßig waren. Aber zwischen der Blockade einer Straße und einer Erpressung liegen Welten, sie ist nicht legitim, von Gewalt ganz zu schweigen. Unsere Gruppe war immer für die Gewaltfreiheit. Wenn sich ein Mitglied jetzt danebenbenimmt und meint, er könne diese Grenzen überschreiten, dann müsste man ihn aus der Organisation werfen."

„Wird er herausgeworfen?"

„Er bringt ziemlich viel Spenden herein."

„Ein umsatzstarker Umweltaktivist", sagte George

spöttisch. „Bei Euren Klassenfeinden, den Anwälten, ist es genauso. Wer viel Umsatz macht, darf goldene Löffel stehlen, bis zu einer Grenze, die niemand so genau kennt.“

Vera ignorierte die Provokation. „Deine Arbeit an dem Mandat ist gefährlich für ihn. Wenn Du herausfändest, dass seine Behauptungen in dem Erpresserbrief falsch sind“, fuhr sie fort, „wäre die Glaubwürdigkeit des Wortführers in der Organisation dahin. Er kann dann seinen Aufstieg in den obersten Führungskreis vergessen. Ich denke, die Gruppe der Erpresser ist davon ausgegangen, dass die Kanzlei sich vielleicht bluffen lässt, auf jeden Fall aber schnell zahlt, um die Sache aus der Welt zu bekommen. Deshalb wurde die Summe auch nicht höher als auf eine Million Euro angesetzt. Mit der Mandatierung eines Compliance Experten, der die Stichhaltigkeit der Vorwürfe prüft, haben sie nicht gerechnet.“

„Warum hat Freud dann sehr darauf gedrängt, dass der Sachverhalt aufgeklärt wird? Sie gehört doch auch zu Eurem Camp. Um sicherzustellen, dass Pitchard den im Erpresserbrief angesprochenen Sachverhalt ernst nimmt?“

„Das weiß ich nicht. Ich war bei dem Treffen nicht dabei.“

„Aber Freud ist auch in der Gruppe der Kämpfer für die Umwelt, bohrte George nach.

„Dazu kann ich Dir nichts sagen."

Er war auf der richtigen Fährte, dachte George. „Eine Million Euro. Das zeigt, wie naiv Ihr seid. Diese Summe ist auch für eine Anwaltskanzlei zu hoch, um sie grundlos zu verschleudern. Von wem hatte diese kleine Erpressergruppe innerhalb Eurer Organisation denn die Informationen über mein Mandat und meine Rolle? Doch von Dir und Rüdiger?"

„Nicht von mir. Ich wollte mit der Erpressung nichts zu tun haben."

„Von Rüdiger? Gehört Rüdiger auch zu Euch Umweltaktivisten, er unterstützt Euch doch?"

„Wenn wir ihn zahlen", antwortete sie mit einem verächtlichen Unterton. „Er will nur Geld verdienen. Ohne Spende für sein Waisenhaus unternimmt er nichts."

„Die Angriffe auf mich hat doch nicht ein Mitglied Eurer Gruppe allein geplant? Zu solcher Gewalt muss man sich gegenseitig hochpeitschen. Das macht doch kein Umweltaktivist, der nur Gutes für die Welt erreichen will?"

„Deinen zynischen Unterton kannst Du dir sparen, George. Nur weil einige unserer Gruppe Mist bauen, heißt das noch lange nicht, dass unsere Ziele und unsere Anstrengungen ins Lächerliche gezogen werden können. Wer wem wobei geholfen hat, logistisch oder moralisch oder wie auch immer, kann ich Dir nicht sagen. Ich war gegen die Erpressung. Deshalb wurde ich auch nicht über alle Einzelheiten informiert. Ich denke, sie haben mir nicht mehr getraut.

„Wer gehört denn zu der kleinen Gruppe, die für die Erpressung und die damit verbundenen Aktionen war? Wer ist der ominöse Wortführer, der Euch von der Legitimität der Erpressung überzeugen konnte?"

„Das ist doch egal. Ich habe die ganze Nacht nicht geschlafen, George. Ich will der Sache unserer Gruppe nicht schaden, aber ich kann das Vorgehen jetzt nicht weiter tolerieren. Nachdem ich die Geschichte von dem Gutachten gehört habe, das Freud verschwiegen hat, war ich kurz davor, Dich anzurufen. Die Anwendung von Gewalt hat die Grenze der Legitimität klar überschritten. Gewalt, Lügen, eine Erpressung. Wir sind auf dem falschen Weg. So verscheuchen wir alle unsere Unterstützer. Das schadet unserer Umwelt, uns, mir, meinem Sohn."

„Warum habt Ihr nicht gleich German Petroleum erpresst?"

„Weil die Erpresser dachten, eine Kanzlei zahlt schneller, ohne viel Gegenwehr. Berater haben Angst vor schlechter Presse. Mit einem börsennotierten Konzern wollte man sich nicht anlegen."

„Was meinst Du mit der Geschichte von dem Gutachten? Warum Lügen?“

„Freud hat eine Kopie des Bodengutachtens von Weise bekommen. Rüdiger hat es mir gezeigt“, antwortete Vera.

„Er hat es aus irgendwelchen E-Mails gefischt?“

„Ja. Aus Freuds Hammersmith E-Mail-Account. Er sollte ihre E-Mails nach ihrer Kündigung löschen. Vorher hat er bestimmte E-Mails gelesen.“

„Warum hat der Arsch mir diese E-Mail nicht gezeigt“, brauste George auf.

„Weil Rüdiger niemals ein Interesse daran hatte, Dir zu helfen. In dem Moment, in dem ihm klar war, dass Du ihn nicht bezahlen würdest, war er an Dir nicht mehr wirklich interessiert. Das durfte er nicht offen zeigen, denn Du solltest Dich nicht bei Pitchard beschweren können. Rüdiger hilft niemanden ohne Gegenleistung. Er ist besessen von der Idee, von der Gesellschaft ignoriert zu werden und seiner Mission, ein Waisenhaus im Kongo finanziell zu unterstützen. Aber lass mich zurück zum Gutachten kommen. Das Gutachten des Geologischen Diensts Nordrhein-Westfalen kommt zu dem Ergebnis, dass der Abfall in der Deponie ungefährlicher Industrieruß ist, für dessen Ablagerung die Deponie zertifiziert ist. In Dülmen gibt es keinen

Umweltskandal. Die Abfallablagerung ist rechtens."

„Rechtens? Ungefährlicher Industrieruß?" George schaute Vera ungläubig an. „Freud hat also bewusst verschwiegen, dass sie das Gutachten kannte, obwohl es belegte, dass die Deponie sauber war? Warum, um sich an Henry zu rächen?"

„Nein. Die Erpresser sind davon überzeugt, dass jemand das Gutachten gefälscht hat. Sie glauben fest daran, dass Weise bestochen wurde, um das Gutachten zu fälschen. Sie glauben auch fest daran, dass Henry eine Schlüsselrolle bei dem Umweltskandal gespielt hat. Er war schließlich einer der Partner, die das Mandat geführt haben."

„Gibt es Anhaltspunkte für eine Fälschung?"

„Nein."

„Das ist auch ein blödsinniger Gedanke. Ein Anruf beim Geologischen Dienst würde jede Fälschung sofort entlarven. Franziska Freud gehört also zu Euch Kämpfern für die Umwelt. Da sie davon überzeugt ist, dass es sich bei dem Gutachten um eine Fälschung handelt, ist sie auch Mitglied der kleinen Gruppe der Erpresser, von denen Du Dich distanzierst."

Vera schwieg.

„Wer zum Teufel sind diese Erpresser? Wie kannst Du Dich

von ihnen distanzieren, ohne die Erpressung zu verhindern? Wenn Hammersmith zahlt, wird Dir als Mitglied der Kämpfer für die Umwelt das Geld auch nutzen. Wenn Du nicht willst, dass weitere Gewalt angewendet wird und ich nicht tot im Graben liege, dann sag mir die Namen“, forderte George ungeduldig. Veras Hilfestellung war ein Glücksfall, aber ihr Versteckspiel war unnötig und reizte ihn.

„Ich werde Dir keine Namen nennen“, antwortete Vera bestimmt. „Der Name Franziska Freud ist mir herausgerutscht. Ich habe nie gesagt, dass sie zu den „Kämpfern für die Umwelt“ gehört. Bitte lege mir keine Worte in den Mund. Im Übrigen habe ich meine Grundsätze: Keine Gewalt, keine Erpressung und kein Verrat. Wenn sich mehr Menschen daran halten würden, sähe die Welt besser aus.“

„Euer Geheimbündnis funktioniert offensichtlich“, bemerkte George spöttisch. „Leider bist Du ein unmündiger Mitläufer. Wohl fühlst Du Dich bei dieser Aktion offensichtlich nicht, also versuchst Du Dein Gewissen zu entlasten, ohne aber konsequent die Aktion abzubrechen.“

„Es tut mir leid, wenn Du das so siehst.“

George zuckte mit den Schultern. „Was soll ich tun. Ich kann Euch nicht zwingen, mich aufzuklären und Eure eigenen Leute bloßzustellen. Mein Job ist nicht Euer Job. Den Rest muss ich selbst erledigen. Auf jeden Fall schätze ich Deine Offenheit und Deine Hilfe. Ich bewege mich zwar gefühlt nur im Schneckentempo zur Ziellinie, aber ich bewege mich."

Vera nickte. „Wenn die Schnecke dann die Ziellinie überschritten hat, soll sie mir Bescheid sagen. Vielleicht können wir uns wieder treffen, mit einem angenehmeren Gesprächsgegenstand. Einen Punkt möchte ich deshalb noch klarstellen. Ich habe Dich zum Konzert eingeladen, weil ich gerne mit Dir ausgehen wollte. Nur deshalb."

„Das freut mich", antwortete George. „Ich würde mich gerne wieder mit Dir treffen."

Während George seine Gesprächspartnerin aus dem Restaurant hinausbegleitete, warf er einen kurzen Blick auf den Nachbartisch, an dem ein schwitzender Tamino, eingepfercht zwischen zwei gealterten Götterbotinnen, einen Fladenburger aus Auberginen aß, der auch für ihn nach Brokkoli schmecken musste. Tamino, der Chirurg, sah sehr unglücklich aus. Rechtzeitig die Flucht zu ergreifen, war eine Kunst, die er nicht zu beherrschen schien.

34. Kapitel

Brannenburg saß bereits an einem Tisch vor einer ausgetrunkenen Tasse Kaffee und wartete. Er hatte am Morgen auf Georges Bitte um ein Treffen zunächst ablehnend und ungehalten reagiert, dann aber rasch seine Meinung geändert, nachdem George auf den Eintrag in Rüdigers Notizbuch zu sprechen gekommen war. Da er zufällig an diesem Mittwoch an der Universität St. Gallen eine Vorlesung über „Gute Unternehmensführung aus rechtlicher Sicht" hielt und am Abend zurück nach Frankfurt fahren musste, hatten sie sich am frühen Abend in einem Rasthaus an der Autobahn zwischen St. Gallen und Bregenz verabredet. Nach einer kühlen Begrüßung ging Brannenburg ohne weitere Umschweife zum Angriff über, warf George sinnloses Tun vor, das nur ein Ergebnis haben könne, nämlich Hammersmiths Verlust des German Petroleum Mandates. George hatte diese Eröffnung erwartet und blieb ruhig.

„Ich habe eine Bitte", entgegnete er freundlich, als Brannenburg seine Schimpftirade beendet hatte. „Helfen Sie mir zu verstehen, warum Ficht Treugeber der Deutsche Investment Limited war."

„Das wusste ich nicht“, erwiderte Brannenburg. „Ich kenne die Gesellschaft auch nicht.“
„Das ist seltsam, denn Sie haben nach Fichts Tod erst kürzlich seine Stellung als Treugeber in dieser Gesellschaft übernommen.“
Brannenburg ging auf diesen Widerspruch nicht weiter ein und blieb bei seiner Strategie, dass ein Angriff die beste Verteidigung ist. „Warum sollte ich Ihnen überhaupt etwas erzählen“, raunzte er.
„Weil ich sonst Ihren Kollegen Jenbach zur Bedeutung des Eintrages in Rüdiger Schneiders Notizbüchlein befragen würde. Der Eintrag wird ihn und andere Kollegen bei der German Petroleum sicher interessieren, und ich denke die Staatsanwaltschaft auch. Ich nehme nicht an, dass Sie daran ein Interesse haben, sonst würden Sie nicht hier sitzen.“
„Hammersmith erwartet doch nicht ernsthaft, dass ich weiter mit der Kanzlei zusammenarbeite, nachdem ihr Anwalt mir mit der Staatsanwaltschaft gedroht hat“, antwortete Brannenburg mit finsterer Miene.
„Sehen Sie diese Drohung einfach als meine persönliche Drohung an“, erwiderte George.
„Wie meinen Sie das?“
„Meine Wohnung wurde verwüstet, danach die Reifen

meines Autos zerstochen, beide Male mit der Aufforderung, meine Arbeit einzustellen. Gestern Abend wurde ich von zwei Schlägern überfallen, wie Sie unschwer an meinem Gesicht erkennen können. Sie und Rüdiger Schneider stecken hinter diesen Angriffen. Ihnen sind meine Nachforschungen ein Dorn im Auge, wie Sie mir gerade noch einmal klar zu verstehen gegeben haben. Schneider leistet Ihnen bei dem Versuch, mich zur Aufgabe zu bewegen Hilfe gegen Bezahlung. Natürlich nehme ich das persönlich."

Brannenburg starrte George verwundert an. „Das sind reine Hirngespinste, Herr Dr. Klein."

Brannenburgs Erstaunen wirkte authentisch, dachte George. Die Anstifter für die Überfälle kamen also in der Tat aus dem Kreis der Umweltaktivisten, wie Vera es ihm heute Mittag beschrieben hatte, so unglaublich das auch klingen mochte.

„Beenden wir das gegenseitige Abtasten", ergriff Brannenburg die Initiative. „Ich hasse es, meine Zeit zu verschwenden. Hier ist mein Angebot. Ich helfe Ihnen, die Rolle zu verstehen, welche Ficht und Ihr Bruder bei der Abwicklung unserer Abfallentsorgung gespielt haben. Sie helfen mir im Gegenzug, die Rolle Jenbachs zu verstehen, welche er bei

Ihren Untersuchungen spielt oder gespielt hat."
„Sie meinen Ihren Stellvertreter", vergewisserte sich George.
„Genau. Sie haben ihn gerade bereits erwähnt. Ich schätze ihn sehr, er ist ein hervorragender Jurist. Gute Kontakte im Unternehmen haben mir zugetragen, dass er zu einer Gruppe von Kolleginnen und Kollegen gehört, die unserem Finanzvorstand und mir gegenüber kritisch eingestellt sind. Die Gruppe wird angeführt von einer Managerin, die sich als Nachfolgerin des Finanzvorstandes sieht. Da der Finanzvorstand keine Rücktrittspläne hegt, muss sie an seinem Stuhl sägen. Wenn der Finanzvorstand vom Stuhl fiele, könnte es gut sein, dass er mich mitreißen würde. Darauf hofft jedenfalls Jenbach." Brannenburgs Stimme klang für einen winzigen Moment unsicher. Er hat Angst, seinen Job zu verlieren, dachte George.
Brannenburg schien seine Gedanken erraten zu haben. „Verstehen Sie mich nicht falsch. Mir geht es nicht um meine Position. Ich sitze fest im Sattel. Unser Finanzvorstand selbstverständlich auch. Der Vorstandsvorsitzende unterstützt ihn, der Aufsichtsratsvorsitzende ist ein großer Fan des Vorstandsvorsitzenden. Mir geht es lediglich um das Wohl der German Petroleum AG. Als Chefjurist ist es

meine Pflicht dafür zu sorgen, dass niemand im Unternehmen vertrauliche Informationen nach außen weitergibt, insbesondere nicht mein Stellvertreter."

„Haben Sie Schneider deshalb Jenbachs E-Mails überwachen lassen", fragte George. „Nur so kann sein Eintrag gedeutet werden."

„Natürlich nicht. Sie haben seinen Eintrag missverstanden. Unser IT-System ist hervorragend gegen Hacker geschützt, Schneider könnte Jenbachs E-Mails bereits aus technischen Gründen nicht überwachen. Im Übrigen würde ich einen Teufel tun und einen korrupten IT-Manager unserer Anwaltskanzlei mit der Überwachung eines Kollegen zu beauftragen, und mich damit in dieser Situation angreifbar machen", entgegnete Brannenburg. „Schneider hat mir lediglich angeboten, uns den E-Mail-Austausch zwischen Pitchard und Jenbach zur Verfügung zu stellen. Wir haben ihm eine Spende für sein Waisenhaus zukommen lassen, als Dank."

„Aus welchem Grund meinte er, Sie seien daran interessiert?"

„Er sagte, er habe gerüchteweise von einer Intrige gegen den Finanzvorstand und mich gehört und wollte mir helfen." Diese Information musste Rüdiger von Freud haben.

Es war unglaublich, wie gut er informiert war, dachte George. „Woher kannten Sie Schneider“, fragte er.
„Ich bin häufig in Hammersmiths Münchener Büro gewesen, und er hat mir jedes Mal mit dem Einrichten meines Computers geholfen.“
„Eine gewagtes Angebot finden Sie nicht auch? Wenn Sie Pitchard davon erzählt hätten, wäre Schneider gefeuert worden.“
Brannenburg zuckte mit den Schultern. „Ich habe seinen Vorschlag mit unserem Finanzvorstand, meinem Chef, besprochen. Wir müssen wissen, ob Jenbach vertrauliche, unternehmensinterne Informationen weitergegeben hat. Zur Not bedienen wir uns dafür auch der Hilfe von Leuten wie Schneider. Wo gehobelt wird, da fallen Späne.“ George musste innerlich lächeln. Da hielt Brannenburg in einer angesehenen Universität große Reden über gute Unternehmensführung und zögerte nicht, Jenbachs Persönlichkeitsrechte zu verletzen, weil es ihm in den Kram passte. Er war schon immer der Meinung gewesen, dass man Vorträge über Führungskultur als theoretischen Schnickschnack in die Tonne treten konnte.
„Also, Herr Dr. Klein, was wissen Sie über Jenbachs Versuche, Unruhe ins Unternehmen zu bringen“, fragte

Brannenburg betont forsch.

George zögerte. Seine Vorsicht riet ihm, sich bei Pitchard zu vergewissern, ob er Brannenburg sein Wissen über Jenbachs Rolle offenlegen durfte. Aber er konnte jetzt schlecht sein Gespräch mit Brannenburg unterbrechen und Pitchard anrufen, um dessen Erlaubnis einzuholen. Das Risiko, Pitchard zu verärgern, würde er eingehen müssen. Ohne Risiko kein Erfolg. Sein Gespräch mit Brannenburg musste ihn heute weiterbringen. Er berichtete Brannenburg über die Gerüchte, dass Jenbach gegen ihn arbeite und die anonyme Anzeige über die Tongrube in Dülmen bei der Bezirksregierung Münster eingereicht habe. Brannenburg nickte zufrieden, da sie seine eigenen Erkundigungen bestätigten. Im Gegenzug berichtete Brannenburg, was er über die Rolle Fichts bei der Unterstützung der German Petroleum wusste. Seine Ausführungen bestätigten wiederum Georges Vermutungen und bisherigen Informationen. Ficht hatte eng mit seinem Vorgänger Herterich zusammengearbeitet und ihm dabei geholfen, die beiden Deutsche Investment Gesellschaften zu gründen. Ficht war an allen Aktivitäten dieser Gesellschaften beteiligt, als rechte Hand Herterichs, der sich bewusst Hilfe außerhalb des Konzerns gesucht hatte. Dafür hatte Herterich den Großteil der neuen

Mandate für Hammersmith an Ficht gegeben. Er selbst sei erst nach dem Tod Fichts vom Finanzvorstand gebeten worden, in Fichts Fußstapfen zu treten, und seine Stellung in der Deutsche Investment Gruppe zu übernehmen. Er wisse noch nicht, was die Aufgabe der Gruppe sei, da müsse er sich erst klug machen.

„Sie wissen nicht, dass die Deutsche Investment Holding ein Grundstück von der Schwägerin Weises erworben hat", fragte George daraufhin.

„Wer ist Weise?"

„Weise ist der Umweltdezernent in der Münster Bezirksregierung, der Sie angeschrieben hat, nachdem eine anonyme Anzeige über die angebliche Umweltbelastung der Tongrube in Dülmen eingegangen war. Wie eben gesagt, die Anzeige kam vermutlich von Jenbach."

„Ich habe kein Schreiben von Weise erhalten. Von dem Grundstückskauf weiß ich nichts."

„Ficht ist daraufhin an Weise herangetreten, mit der Bitte, das Gutachten und die Anzeige aus der Akte zu nehmen. Weise hat Ficht den Gefallen getan, allerdings nicht unentgeltlich. Im Gegenzug hat die Deutsche Investment Holding an die Schwägerin Weises einen sehr großzügigen Kaufpreis für Brachland in Dülmen überwiesen und zusätzlich eine Barzahlung an Weise geleistet. Weise hat so vierhunderttausend Euro kassiert. Zu der Zeit waren Sie bereits Chefjurist der German Petroleum. Davon wussten Sie nichts? Sie waren doch der Chef der Compliance Abteilung, bevor sie Chefjurist wurden. Ihrer Abteilung ist die Existenz der Deutsche Investment Gesellschaften, einer Gruppe von Gesellschaften, die von der German Petroleum genutzt werden, aber bewusst außerhalb des Konzerns operieren, nicht aufgefallen?"

Brannenburg schob unmutig die leere Kaffeetasse von sich. „Ich hatte Ihnen angeboten, Informationen über die Rolle Fichts zu liefern. Sie veranstalten ein Verhör."

„Entschuldigen Sie." George gab augenblicklich nach, er brauchte Brannenburg noch für eine weitere Frage. „Hat Ficht bei den Geschäften für die Deutsche Investment Gesellschaften alleine gehandelt, oder waren andere Partner von Hammersmith beteiligt, etwa Henry?"

„Ob noch jemand in der Kanzlei über Fichts Aktivitäten informiert war, müssten Sie herausfinden. Meiner Kenntnis nach nicht. Herterich mochte Henry nicht. Zu arrogant. Zu borniert. Deshalb halte ich es für ausgeschlossen, dass er neben Ficht auch Henry in den Hintergrund der Deutsche Investment Gruppe eingeweiht und ihn mit wichtigen

Aufgaben betreut hat. Henry hätte sicher mitgewirkt, wenn er gefragt worden wäre. Henry würde uns bei allem behilflich sein, um das wir ihn bitten. Er will unbedingt wieder mehr Arbeit von der German Petroleum AG bekommen."

Brannenburgs Behauptung, kein Schreiben mit der Bitte um Stellungnahme erhalten zu haben, widersprach den Angaben Weises. Warum sollte Weise an dieser Stelle gelogen haben. Sie war unglaubwürdig. Brannenburg hatte Herterichs schmutzige Geschäftsaktivitäten weitergeführt. Vielleicht nicht freiwillig, vielleicht auf Druck des Finanzvorstandes, aber er war sicher nicht gutgläubig.

„Welche Aufgaben genau Ficht für Herterich erledigt hat, wissen Sie nicht, oder", fragte George betont freundlich und behutsam.

Brannenburg hob in einer theatralischen Geste abwehrend die Hände. „Wie gesagt, fragen Sie mich nicht, was genau die Funktion der Deutsche Investment Gesellschaften war. Ich bin erst dabei, das herauszufinden. Um klar zu sein: Das ist Teil unserer unternehmensinternen Aufgaben und nicht Ihre Aufgabe. Wir mischen uns schließlich auch nicht in Ihre Angelegenheiten. Natürlich wissen wir, dass Hammersmith von Umweltaktivisten erpresst wird. Pitchard hat mich davon unterrichtet. Ich habe Pitchard sofort gesagt, dass die Deponie clean ist. Warum er nicht einfach zur Polizei geht und die Umweltaktivisten anzeigt, weiß ich nicht. Aber das ist nicht meine Angelegenheit, wir lassen Hammersmith allein entscheiden."

„Ich frage mich, warum Henry die Deutsche Investment Holding privat bei dem Kauf der Immobilie von der Schwägerin Weises in Dülmen beraten hat, wenn weder Herterich noch Sie ihn im Boot haben wollten."

Brannenburg seufzte. „Wie gesagt, ich weiß nichts von einem Immobilienkauf, egal, wie oft Sie mich fragen. Ich glaube, wir sind an den Punkt gelangt, an dem wir uns im Kreise drehen und können unser Treffen beenden. Ich habe noch eine lange Autofahrt vor mir, bis nach Frankfurt. Heute ist erst Mittwoch, die Arbeitswoche ist noch lang."

Wieder allein lehnte sich George auf seinem Stuhl zurück und verschränkte die Hände hinter dem Kopf. Er war einen Schritt weitergekommen. Brannenburg hatte die Verflechtung zwischen den Deutsche Investment Gesellschaften, Ficht und Herterich bestätigt. Er wusste sicher von der Aufgabe der Gesellschaften und der Bestechung Weises. Brannenburg war zu nahe am Geschehen, um nicht daran beteiligt zu sein. George ließ die Gespräche der letzten Tage

Revue passieren. Seine Gegenüber hatten viel verschwiegen und doch einzelne Informationen preisgegeben, die ihm halfen, ein erstes, stimmiges Bild zusammenzufügen. Die Behauptung der Kämpfer für die Umwelt, Hammersmith unterstütze eine illegale Abfalldeponie in Dülmen, war falsch. Das Bodengutachten, das Weise eingeholt hatte, belegte das Gegenteil. Es gab keinen Grund, an der Richtigkeit des Gutachtens zu zweifeln. Worauf die Erpresser ihre Meinung gründeten, es handele sich bei dem Gutachten um eine Fälschung, hatte auch Vera ihm nicht sagen können. Ihre Haltung entsprang einem allgemeinen Misstrauen gegenüber allen staatlichen Stellen und anderen Klassenfeinden. Oder den Erpressern waren Fakten schlicht egal. Eine Anwaltskanzlei konnte man schließlich auch durch die Drohung unter Druck setzen, Gerüchte über einen Skandal in die Welt zu setzen. Das reichte, um sie in die Defensive zu treiben. Was Henry anging, auch hier lagen die Erpresser falsch. Er war keine Schlüsselfigur, die German Petroleum bei der vermeintlich illegalen Abfallablagerung geholfen hatte. Weder Weise noch Brannenburg hatten Henrys Rolle derart beschrieben, und sie hätten keinen Grund gehabt, Henry ihm gegenüber zu schützen. Henrys Empörung, als er von dem Zusammenspiel

Brannenburgs und Fichts hörte, die ihn für den Kauf des Grundstücks eingespannt hatten, war echt. Sie hatten sich Henry bedient, um selbst aus der Schusslinie zu bleiben. In einem Punkt musste er den Erpressern allerdings rechtgeben. German Petroleum hatte illegal gehandelt und ein Partner Hammersmiths hatte ihnen dabei geholfen. Brannenburg oder ein anderer Manager hatte Ficht instruiert, Weise zu bestechen, um das Bodengutachten und die anonyme Anzeige verschwinden zu lassen. Das waren alles gesicherte Erkenntnisse. Und nun?

George sprang auf, zog sich seine grüne Outdoorjacke an und ging hinaus. Das Rasthaus lag hoch über dem Bodensee, ein riesiger dunkler Fleck in der Nacht, umrundet von den Lichtern der Dörfer und Städte am Ufer. Nebel zog den Hang hoch, der die hellen Lichtpunkte in der Ferne langsam verschluckte. Er sog die kühle, feuchte Luft ein.

Es war ausgeschlossen, dass Herterich mit der Hilfe von Ficht den aufwendigen und gefährlichen Schritt gegangen war, ein undurchsichtiges Firmengeflecht außerhalb der Konzernbilanz zu schaffen, nur um von Möllebach ein Grundstück für vierhunderttausend Euro zu kaufen. Wenn German Petroleum so weit ging und einen Beamten bestechen ließ, nur um einen unbegründeten Verdacht auf eine

Umweltverschmutzung aus einer Akte entfernen zu lassen, hatte jemand im Unternehmen große Sorge davor, dass jemand auf die Idee kommen könnte, Abfallablagerungen aus der Vergangenheit genauer unter die Lupe zu nehmen. German Petroleum hatte Dreck am Stecken aus der Vergangenheit. Das passte zu der Deutsche Investment Gruppe, die bereits vor zweieinhalb Jahren gegründet worden war und deren Konstruktion sehr auf illegale Zahlungen hindeutete, die über die Gruppe flossen, Korruptionszahlungen, um illegale Abfallablagerungen zu verdecken. Dies waren Unternehmensinterna, die ihm im Grunde egal sein konnten, insoweit hatte Brannenburg recht. Aber Ficht und damit ein Partner von Hammersmith, spielte bei der illegalen Praxis eine wesentliche Rolle. Die Erpresser könnten davon wissen und in den nächsten Tagen, kurz vor Ende der Zahlungsfrist, Hammersmith mit Beweisen überraschen, die belegten, dass Ficht als Partner der Kanzlei in den letzten Jahren bei der Vertuschung eines gewaltigen Umweltskandals geholfen hatte. Dieses Risiko konnte ihm nicht egal sein. Wie hoch war es? Dazu müsste er wissen, wer die Erpresser waren, welchen Zugang sie zu kanzleiinternen Informationen hatten. Die Kämpfer für die Umwelt standen nicht geschlossen hinter der Erpressung, so viel war nach seinem letzten Treffen mit Vera klar. Aber es gab einen Wortführer, der die Erpressung vorantrieb, um Geld für die Finanzierung der Umweltaktivisten einzutreiben und um weitere Stufen der internen Hierarchie zu erklimmen. Dieser Wortführer musste hinter den Angriffen auf ihn stehen. Er musste viel Wut und Hass in sich tragen. Einen Menschen zu verletzen war eine völlig andere Dimension des Widerstandes als das passive Lahmlegen von Verkehrswegen oder sogar eine Erpressung.

George strich sich müde über die Augen. Es wurde spät, seine Kopfschmerzen meldeten sich wieder. Aber er wollte seinen Gedankengang zu Ende führen. Er spürte, er war nahe an der Lösung seines Falles. Wer gehörte sonst noch zu den Erpressern? Wer war der Wortführer, der sich intern profilieren wollte, über den Vera gesprochen hatte? Das konnte nicht Freud gewesen sein, sie war in der Ausbildung zur Richterin. Für eine führende Stellung in einer Umweltorganisation wie die der Kämpfer für die Umwelt hatte sie keine Zeit. Er erinnerte sich an die Liste der Weihnachtsspenden, die Vera ihm mit einer Textnachricht zugesandt hatte. Er rief Veras Nachricht noch einmal auf. Die Organisation, die für Maxi Spenden gesammelt hatte, hatte einen nichtssagenden Namen. „Stiftung für eine gemeinsame

Zukunft". Er suchte im Internet nach mehr Informationen. Die Stiftung selbst führte keine Aktionen durch, aber sie unterstützte eine Vielzahl von Umweltaktivitäten und finanzierte andere Umweltgruppen. In der Liste der gesponserten Gruppen fand sich auch der Name Kämpfer für die Umwelt.

35. Kapitel

George saß auf einem riesigen Sofa aus schwarzem Leder und ließ seinen Blick durch das zweistöckige Wohnzimmer der Maisonettewohnung wandern, die Henry bewohnte. In der Mitte des Raumes stand ein schwarzer Konzertflügel auf einem dunklen Holzfußboden. Henry spielte zwar kein Klavier, er habe aber vor, das Spielen zu erlernen, hatte er George bei seiner Ankunft erklärt. An den Wänden hing zeitgenössische Kunst. Raumhohe Panoramafenster boten einen Blick über die Dächer der Stadt auf die Türme der nahe gelegenen Theatinerkirche. Aus großen Lautsprechern klang leise Barockmusik. Das abgedunkelte Hintergrundlicht, das Henry an diesem dunklen, grauen Morgen eingeschaltet hatte, rundete das bis ins letzte Detail durchdachte Design der Wohnung ab. Aus der Küche im oberen Stockwerk hörte George das Zischen einer Kaffeemaschine. Maxi saß neben ihm mit verschränkten Armen und schaute stumm aus dem Fenster. Kurz darauf kam Henry die Treppe hinunter, in der Hand ein Tablett mit drei Tassen Cappuccino, die er mit der Bemerkung servierte, seine Haushälterin komme heute leider etwas später. Er setzte

sich seinem Sohn gegenüber in einen Sessel.
„Du hast sicher Alexa installieren lassen, die den Rest erledigen kann“, bemerkte George spöttisch.
„Die Kaffeemaschine kann ich auch selbst bedienen. Übrigens das gleiche Gerät, das in der Bar des „Bayerischen Hof“ steht, damit Ihr schätzt, was ich serviere“, erwiderte Henry ungerührt.
Henry und Maxi hatten sich nur äußerst unwillig zu einem Treffen am Morgen überreden lassen; Henry hatte eigentlich keine Zeit, weil er mittags nach London fliegen musste, weshalb das Treffen in seiner Wohnung stattzufinden hatte, und Maxi hatte eigentlich keine
Lust, weil es für ihn ein verdammt weiter Weg in die Innenstadt war, nur um mit seinem Vater und Onkel in der Innenstadt einen Kaffee zu trinken.
Maxi trank einen kleinen Schluck und stellte die Tasse wortlos zurück auf den Tisch, ohne eine Miene zu verziehen. George probierte ebenfalls und machte eine höflich anerkennende Geste.
„Also, warum war Dir unser Treffen so wichtig?“ Henry lehnte sich in seinem Sessel zurück und überschlug die Beine.
„Ich habe meine Arbeit an dem Mandat beendet, zwei Tage

früher als geplant“, antwortete George.
„Das sind gute Nachrichten für Dich, wir freuen uns darüber, aber was sind die Nachrichten für die übrigen Personen in diesem Raum?“
„Du bist draußen“, antwortete George. „Es ist klar, dass Du nicht an illegalen Umweltaktivitäten der German Petroleum in Dülmen beteiligt warst, wie Du immer betont hast.“
Henry nickte zufrieden. „Habe ich doch immer gesagt“, brummte er.
„Was?“ Maxi lehnte sich vor. „Wie bist Du zu diesem Ergebnis gekommen?“
„Du klingst nicht besonders glücklich über dieses Ergebnis, Maxi“. Henry schaute seinen Sohn irritiert an.
„Ich bin mir sicher, dass Maxi sich tief in seinem Inneren freut“, sagte George und konnte sich dabei einen ironischen Unterton nicht verkneifen. „Er hat mir noch vor gar nicht langer Zeit gesagt, wie sehr er sich um Dich sorgt, da Dich die falschen Verdächtigungen gesundheitlich schwer angreifen. Du hast ihm von meinem Mandat und der Erpressung bei einem Abendessen erzählt. Maxi hat mir deshalb extra die Kopie einer Rechnung gebracht, in der Du der Deutsche Investment Holding Deine Beratung bei einem

Immobilienkauf in Dülmen in Rechnung gestellt hast, privat, nicht über die Kanzlei. Er wollte mir helfen, meine Ermittlungen in Deinem Sinne schnell zu beenden.“

Maxi warf George einen bösen Blick zu.

„Wie bist Du denn an diese Rechnung gekommen?“ Henrys entspannte Haltung war mit einem Mal verflogen. Er hatte seine Kaffeetasse zurück auf das Tablett gestellt, und fixierte Maxi mit einem durchdringenden Blick. „Die Rechnung hatte ich in meinem Büro zu Hause abgeheftet. Du durchsuchst meine Sachen?“

„Keinen Streit, bitte. Lasst mich doch kurz das Ergebnis meiner Arbeit zusammenfassen“, fiel George ein. „Ich wollte Euch persönlich informieren, schließlich sind wir eine Familie und Ihr sollt das Ergebnis als erste kennen. Ich habe mit Weise gesprochen, dem Leiter des Umweltdezernats der Bezirksregierung Münster. Wie Ihr wisst, hat sich Franziska Freud Sorgen um die Rechtmäßigkeit der Abfallablagerungen in Dülmen gemacht. Ein Bodengutachten über die Qualität des Abfalls sei aus der Akte des Umweltdezernats verschwunden. Nun, Franziska Freud hatte recht. Es existiert tatsächlich ein Bodengutachten des Geologischen Dienstes des Landes Nordrhein-Westfalen. Es befindet sich auch nicht mehr in der Akte. Das Gutachten hatte

Weise aufgrund einer anonymen Anzeige in Auftrag gegeben. Weise hat sich danach von der German Petroleum AG bestechen lassen, damit er sowohl die Anzeige als auch das Gutachten aus der Akte entfernte. Als Gegenleistung hat German Petroleum über Scheinfirmen ein Grundstück der Schwägerin Weises zu einem überhöhten Kaufpreis kaufen lassen und darüber hinaus Weise zweihunderttausend Euro in bar gezahlt. Als Franziska Freud für ihre Arbeit an dem Memorandum um eine Kopie des Gutachtens bat, hat ihr Weise eine Kopie gesandt. Warum auch nicht, schließlich war Franziska im Auftrag der German Petroleum AG tätig. Wenn Freud nicht eigenmächtig bei der Bezirksregierung angerufen hätte, ohne vorherige Rücksprache mit Henry oder Brannenburg, dann hätte niemand von dem Gutachten erfahren. Seltsamerweise hat Franziska danach völlig vergessen, in ihrem Memorandum oder bei unserem Treffen in der Kanzlei zu erwähnen, dass sie das Gutachten in den Händen hielt.Das kann bei dem ganzen Stress als Anwältin schon einmal passieren. Freud hat bei unserem Treffen sehr vehement die Meinung vertreten, das spurlose Verschwinden des Gutachtens sei ein starkes Indiz für die illegale Ablagerung des Abfalls. Es gibt aber keine illegale Ablagerung. Das Gutachten bestätigt, dass sich in der Deponie kein gefährlicher Sondermüll befindet, sondern der deklarierte Industrieruß. Dort ist also alles in Ordnung. Freud hatte bei unserem Treffen also nicht nur vergessen zu erwähnen, dass sie das Gutachten kannte, sondern auch, dass das Gutachten Henry entlastet. Das sind doch gute Nachrichten für Henry oder nicht, Maxi?"

„Natürlich", antwortete Maxi. Er schaute George misstrauisch an. „Worauf willst Du hinaus? Es ist doch klar, warum Franziska das Gutachten nicht erwähnt hat. Es war gefälscht. Die Behörde und German Petroleum haben unter einer Decke gesteckt. Der Geologische Dienst ist doch auch nur so eine Marionette. Die Behörden fälschen alles, man kann sich auf keine Informationen oder Dokumente mehr verlassen. Es gibt an jeder Stelle Fake News. Wenn ich der Erpresser wäre, würde ich Euch jetzt fragen, warum Henry denn zur gleichen Zeit ein Grundstück in Dülmen gekauft hat, für eine Gesellschaft, deren Gesellschafterstruktur sich auf den Bermudainseln verliert. "

„Spielst Du jetzt den Advocatus Diaboli und versetzt Dich in die Lage der Erpresser", fragte Henry.

„Ja, ich möchte, dass Du vor späteren Argumenten Deiner Gegner sicher bist", antwortete Maxi.

„Keine Sorge, ich kann Dir das erklären." Henry lächelte

überheblich. „Brannenburg ist auf mich zugekommen und hat mich gebeten, dem Finanzvorstand der German Petroleum AG, also seinem Chef, einen Gefallen zu tun. Er wolle in ein Grundstück in Dülmen investieren. Als Privatmann. German Petroleum taucht deshalb nirgendwo bei dem Immobilienkauf auf. Du siehst Maxi, das reicht nicht für eine Anklage."

„Warum hat der Herr Finanzvorstand denn das Grundstück nicht einfach selbst gekauft", fragte Maxi.

„Weil er diskret investieren wollte. Wenn der Chefjurist und der Finanzvorstand meiner wichtigsten Mandantin mich um einen Gefallen bitten, dann tue ich ihnen diesen Gefallen und hinterfrage ihren Wunsch nicht. Sie wollten, dass ich den Kauf begleite. Sie kannten mich. Sie hatten Vertrauen zu mir", antwortete Henry.

„Das ist aber nicht die Version, die Du mir bereits präsentiert hast", fiel George ein. „Danach war der Geschäftsführer der Käuferin Dornebracht, ein alter Bekannter und hatte Dich um einen Gefallen gebeten."

„Das tut doch nichts zur Sache, oder?" Henry verdrehte die Augen. „Brannenburg wollte nicht, dass ich die privaten Investitionen seines Finanzvorstandes in die Welt hinausposaune. Ob Dornebracht oder Brannenburg auf mich zugekommen ist, um mir den Wunsch des Finanzvorstandes zu überbringen, ist unerheblich. Vielleicht war es der eine, vielleicht der andere. Ich weiß es nicht mehr genau. Das ist auch völlig egal.

„Der Finanzvorstand der German Petroleum AG kauft ausgerechnet das Grundstück der Schwägerin Weises? Das ist Dir nicht komisch vorgekommen?“ Maxi schaute seinen Vater skeptisch an.

„Von wem weißt Du das denn“, fragte George, obwohl er sich die Antwort denken konnte.

„Von Franziska.“

„Sie kannte die Einzelheiten des Grundstückskaufvertrages doch gar nicht“, erwiderte George. „Zumindest hat sie das bei ihrem letzten Auftritt behauptet.“

Maxi zuckte mit den Schultern.

„Du hast diese Information von Schneider nicht wahr?“ George war sich sicher, dass Rüdiger die Quelle war, aber Maxi zeigte keine Reaktion auf seine Frage.

„Entweder glaubst Du mir, Maxi oder nicht“, schnaubte Henry aufgebracht. „Der Finanzvorstand hatte über einen Freund aus der Industrie gehört, dass da oben eine neue Mega-Batteriezellenfabrik angesiedelt werden soll, mit eintausend neuen Arbeitsplätzen. Dann würden die verfügbaren Grundstücke in Dülmen knapp. Die Gemeinde hatte deshalb zugesagt, sich um die Ausweisung neuen Baulands zu kümmern. Darunter war das Gebiet, in dem die Vogelgesangstrasse lag. Sein Freund hatte kein Interesse daran, ein Grundstück zu kaufen, der Finanzvorstand schon. Er will aber grundsätzlich nicht, dass seine privaten Investments bekannt werden. Daher hat er für seine Investitionen die Deutsche Investment Gruppe mit einem Treuhänder auf den Bermudainseln gegründet. Es war ein sehr unglücklicher Zufall, dass er dann an ein Grundstück geraten ist, das ausgerechnet der Schwägerin Weises gehörte. Wenn er das gewusst hätte, dann hätte er seine Finger davongelassen. Auch ich hätte ihm dringend abgeraten. Brannenburg vertraut mir sehr und hatte mich gebeten, für die Käufergesellschaft des Finanzvorstandes die Verhandlungen mit Frau Möllebach zu führen und das Geschäft abzuwickeln. Wenn ich gewusst hätte, das Ficht ganz oben in dieser Struktur steckt und ich Teil eines größeren Plans war, ohne es zu wissen, hätte ich das Mandat natürlich nicht angenommen."

„Warum hast Du Deine Beratung privat abgerechnet, nicht über die Kanzlei", fragte George.

„Brannenburg wollte das private Geschäft von unserer

Beratung der Gesellschaft trennen."
„Du erzählst uns hier ein Märchen." Maxi war anzumerken, dass er nicht mehr lange ruhig bleiben würde. „Du warst eingeweiht. Du hättest Nein sagen können, Du kanntest die Bedeutung des Standortes Dülmen, bei Dir hätten alle Alarmglocken klingeln müssen, selbst wenn Du nicht eingeweiht warst."
„Wenn Du Anwalt geworden wärest, Maxi und einen Hauch von Ahnung von der Härte unseres Geschäftes hättest, dann wüsstest Du, dass man so einem Mandanten keinen Gefallen abschlägt. Aber so weit hast Du es ja leider nicht gebracht."
Maxi war aufgesprungen und schien kurz davor zu sein, seinen Vater am Kragen zu packen. „Du lügst mich an, um Deinen Hintern zu retten. Es geht immer nur um Dich. Ich, mein Leben, meine Gefühle, meine Sorgen haben Dich nie interessiert. Die Umwelt, die Gesundheit Tausender Menschen interessieren Dich nicht. Du gehst rücksichtslos Deinen Weg."
„Ach nein." Henry lachte verächtlich. „Du und Franziska, Ihr seid die Märtyrer, die sich für die Rettung der Welt aufopfern? Quatsch. Eure Angst um die Umwelt ist doch nur ein Deckmantel. Ich kann Dir sagen, was Euch wirklich

treibt. Du bist frustriert, weil Du bislang nichts, aber auch gar nichts im Leben erreicht hast und Du hast Angst. Aber keine Angst vor der Umweltkatastrophe. Du suchst verzweifelt eine Rolle in der Gesellschaft. Du hast Angst, sie nicht zu finden, außen vor zu bleiben. Und Deine Freundin Franziska ist hysterisch."

Maxi beugte sich vor. Er bebte vor Zorn. „Der einzige Mensch, der Dich wirklich interessiert bist Du", schrie er. „Deine Wichskarriere. Dein Erfolg. Du bist kein Vater, sondern ein Narzisst, wie er im Buche steht. Ja, ich habe Angst vor der Zukunft. Vor der Klimakatastrophe. Die steht uns bevor. Jeder weiß das. Wo kommt denn meine Angst her? Wenn Du Dich wie ein Vater verhalten und mir Halt im Leben gegeben hättest, dann würde ich heute anders mit der Welt umgehen können. Selbstbewusster. Gelassener. Du hast mich immer nur runtergemacht. Wie gerade eben. Du warst immer ein beschissener Vater. Dein albernes Getue um unser angeblich so gutes Verhältnis kotzt mich an. Alles nur Show für Deine Mandanten, eine Zugabe zu Deinem perfekten Lebenslauf. Zugegeben, Du kannst nichts dafür, Du hattest selbst keinen Vater. Aber worin Du ganz groß bist, ist Dich selbst zu bewundern. Das Klima? Ist Dir scheißegal. Funktioniert doch noch alles. Weihnachten in

Kitzbühel, im Sommer in Sardinien. Die Zukunft Deines Sohns? Der soll erst einmal so viel Geld verdienen, wie ich, bevor sein Leben zählt."

Henry saß stumm da und sah seinen Sohn an mit dem erstaunten Blick eines Menschen, der nicht begriff. Er sank langsam zurück auf seinen Stuhl.

„Natürlich interessierst Du mich", sagte er leise. „Aber der Erfolg kommt doch nicht von allein. Meinst Du, ich habe keine Angst vor der Zukunft, vor dem Scheitern, vor dem Nichts? Aber ich stemme mich gegen die Angst, schaffe Werte, tue etwas und heule nicht nur herum."

„Lasst mich weitermachen", fiel George ein. Maxi reagierte jetzt emotional. Das war für ihn ein guter Zeitpunkt, die Endphase seines Angriffs auf ihn einzuläuten.

„Was mich einige Mühe gekostet hat, war herauszufinden, wer von den Kämpfern für die Umwelt hinter der Gruppe der Erpresser steht", fuhr er fort. „Ich habe mich gefragt, woher die Umweltaktivisten überhaupt wissen, dass ein Partner von Hammersmith German Petroleum in Bezug auf eine Umweltablagerung in Dülmen beraten hat. Ein offizielles Mandat der Kanzlei, das sie der Presse entnehmen konnten, gab es nicht, denn Henry hat privat abgerechnet. Die Zahlungsfrist, welche die Erpresser gesetzt haben, fiel praktischerweise auf den Tag nach einem Partnertreffen der Kanzlei, bei dem ihr Management die Gelegenheit haben würde, über die Zahlung zu entscheiden. Die Erpresser müssen einen guten Einblick in das Innenleben Hammersmiths gehabt haben. Ihr Brief an Hammersmith war zum Teil juristisch formuliert. Ich habe also nach einem Mitglied bei den Kämpfern für die Umwelt gesucht, das Zugang zu den Kanzleiinterna hat und juristisch vorgebildet ist. Zunächst einmal kam mir Franziska Freud in den Sinn. Sie hat das entlastende Gutachten verschwiegen, um die Erpressung zu ermöglichen. Sie ist daher entweder ein Mitglied der Kämpfer für die Umwelt oder unterstützt sie. Freud hat gerade die Richterlaufbahn eingeschlagen. Es ist unwahrscheinlich, dass sie im Nebenberuf eine Erpressung einstielt und führt. Also, wer kommt sonst infrage? Unter den Empfängern der Weihnachtsspendenaktion Hammersmiths vom letzten Jahr war eine Gesellschaft mit dem erhellenden Namen „Stiftung für eine gemeinsame Zukunft“. Diese Umweltstiftung verteilt wiederum Gelder an die Kämpfer für die Umwelt, und sie ist auf Bitten Maxis mit einer Spende bedacht worden. Maxi passt auch sonst zu meinem Suchprofil. Er hat über seine Freundin Franziska Freud und seinen Vater Zugang zu vertraulichen

Informationen der Kanzlei und wusste daher, dass neben Link vor allem sein Vater und Ficht an Mandaten der German Petroleum arbeiten. Freud hat Maxi von ihrem Verdacht erzählt, dass in Dülmen illegal Abfall abgelagert wurde, mit Henrys Unterstützung. Er hat sich auf die Suche nach Nachweisen für Henrys vermeintliche Mittäterschaft gemacht, in Henrys Arbeitszimmer zu Hause herumgewühlt und mir die Rechnung gebracht, die zeigte, dass Henry für die German Petroleum in Dülmen privat tätig war. Maxi wusste, dass die Rechnung seinen Vater belastet, nicht entlastet. Er wollte mit der Rechnung die Behauptung im Erpresserbrief unterstützen und den Druck auf die Kanzlei erhöhen. Maxi versucht sich bei den Kämpfern für die Umwelt mit der Erpressung zu profilieren, da er in das höchste Führungsgremium der Organisation berufen werden möchte. Den Ehrgeiz hat er also doch von seinem Vater geerbt. Es war sicher kein Zufall, dass Maxi mich ausgerechnet am Morgen nach dem Einbruch in meine Wohnung angerufen hat, um sich danach zu erkundigen, wie es mir geht, und ein Treffen vorzuschlagen, bei dem er nicht im Geringsten erstaunt darüber war, dass ich bedroht wurde."

„Was soll diese unsortierte Litanei?" Maxis Gesicht war rot angelaufen.

„Das werde ich Dir sofort sagen", antwortete George, ohne sich von Maxi aus der Ruhe bringen zu lassen. Er wandte sich Henry zu. „Dies sind alles Fakten, die meine Schlussfolgerung zulassen. Maxi ist ein Mitglied der Kämpfer für die Umwelt und die Erpressung geht auf ihn zurück. Er hat bewusst Hammersmith ins Visier genommen. Die Partner der Kanzlei passen in sein Schema der Vermögenden, die für die Umweltverschmutzung zur Kasse gebeten werden sollen."

Henry warf einen ungläubigen Blick auf Maxi.

„Alles Blödsinn", rief Maxi wütend.

„Ich bin noch nicht fertig", erwiderte George. „Es kommt noch besser. Franziska und Du, Ihr kanntet das Gutachten, und Du wusstest genau, dass Ihr mit der Erpressung falsch lagt. Du hast Dich trotzdem in Eurer Organisation für die Erpressung stark gemacht. Aus Sorge, ohne die notwendigen Gelder mit Eurer Mission zu scheitern, aus Angst vor der Umweltkatastrophe, aus Angst vor der Zukunft, aus Wut auf die etablierte Gesellschaft, und weil Du bei den Kämpfern für die Umwelt Karriere machen willst. Der Anwalt Henry Klein steht in Deinen Augen für die etablierte Gesellschaft. Und dann gibt es noch die Wut, vielleicht sogar den Hass gegen Deinen Vater Henry Klein, von dem Du

Dich vernachlässigt fühlst. Franziska hat Dich dabei unterstützt. Bei ihr trat an die Stelle der Wut auf einen Vater die Wut auf den Partner Henry Klein, der ihre Karriere zerstört hatte. Aus all diesen Gründen hast Du Hammersmith als Ziel Deiner Erpressung ausgewählt, und Henry bloßgestellt. Deinen Mitstreitern hast Du die Existenz des entlastenden Gutachtens verschwiegen. Du warst fest davon überzeugt, dass Hammersmith die Sache möglichst schnell aus der Welt haben will und zahlen wird. In Deinen Augen waren eine Million Euro für sie zu wenig Geld, um dafür einen Skandal zu riskieren. Als ich mich daran gemacht habe, die Hintergründe der Erpressung aufzuklären, bist Du in Panik geraten. Sollte ich auf das Gutachten stoßen und die Fakten aufdecken, würde die Erpressung scheitern. Deine Glaubwürdigkeit bei den Kämpfern für die Umwelt wäre verloren gewesen. Ich musste auf jeden Fall dazu gebracht werden, mein Mandat niederzulegen. Ich habe es lange nicht glauben können, dass ein studierter Jurist in Deinem Alter so weit gehen kann. Aber Deine Wut und Angst sind umgeschlagen in Drohungen und Gewalt. Du bist bei den Kämpfern für die Umwelt umgeben von Menschen, die wütend sind. Sehr viele lehnen Gewalt ab, denke ich. Du eben nicht. Deshalb hast Du mich bedrohen und angreifen lassen. Der Zweck heiligt die Mittel. Wer die Umwelt retten will, darf bei der Wahl der Mittel nicht zimperlich sein. Du hattest Rüdiger Schneider an Deiner Seite. Als ehemaliger Kripobeamter wusste er, wie man eine Schlägerbande findet und beauftragt. Er wollte seinen Teil von dem Erpressungserlös für sein Waisenhaus. Auch er hat Angst davor, von der Gesellschaft nicht gehört zu werden. Auch er ist zornig auf diejenigen, die ihn nicht beachten. Auch er ist frustriert. Der Zweck heiligt die Mittel auch bei ihm."

Maxi war erbleicht. „Quatsch. Alles erfunden. Die Fantasie geht mit Dir durch."

George lächelte gelassen. „Dann muss auch Vera phantasiert haben, als ich gestern mit ihr gesprochen habe. Sie war geschockt über die Angriffe auf mich und hat sich von der Gewalt bei Euch distanziert."

„Mein eigener Sohn erpresst mich", schrie Henry zornentbrannt. „Du kanntest das Gutachten, das meine Unschuld belegt hat. Du wolltest mich in den Dreck ziehen. Du bist ein Judas, der seinen eigenen Vater verraten hat." Henry atmete schwer. Von seiner Stirn liefen Schweißperlen. Er war aufgestanden und lehnte sich auf den Wohnzimmertisch, die Hände zu Fäusten geballt.

„Jetzt spiele bitte nicht den Jesus am Kreuz. Deine Generation ist an allem schuld." Maxi fuchtelte wild mit seinen Händen. „Euer verdammtes Streben nach immer mehr Wohlstand, Eure Angst davor, dieses Ziel nicht zu erreichen. Ihr lebt auf meine Kosten. Um die Umwelt zu retten, brauchen wir eine andere Gesellschaftsform. Die reiche Elite beutet die Umwelt aus, um reicher zu werden. Meine junge Generation ist die letzte Generation, die unsere Erde retten kann. Wir müssen das Geld und die Macht umverteilen, in die richtigen Kanäle leiten. Das Volk muss über unsere Klimapolitik bestimmen. Die Aktionen, in denen wir uns ankleben, Gebäude oder Flugzeuge oder Kunstwerke besprühen, waren ein netter Anfang, aber so können wir die Bevölkerung nicht aktivieren. Wir brauchen öffentliche Aufmerksamkeit, nur so können wir die Politik unter Druck setzen. Wir müssen mehr und größere Aktionen starten. Dafür brauchen wir Geld. Wenn wir das von den Reichen nehmen, ist das völlig legitim. Wenn wir es mit Gewalt nehmen müssen, dann ist es so. Wenn ich dafür ins Gefängnis muss, dann Pech, Hauptsache, wir erreichen unser Ziel."

„Ein schönes Früchtchen", höhnte Henry. „Lebt von meinem Geld, dem Geld des Klassenfeindes. Setz Dich auf Deinen Hintern und arbeite Dir den Arsch ab, so wie ich.

Dann kannst Du etwas bewirken. Ich weiß von dem ganzen Umweltscheiß von German Petroleum nichts. Wie um Himmels willen soll ich denn beweisen, dass ich etwas nicht wusste? Das musst Du doch einsehen, Maxi. So viel Hirn habe ich Dir mitgegeben."
„Rede bitte nicht so einen Bullshit", erwiderte Maxi. Er hat Hass in den Augen, dachte George erschrocken. Er musste unwillkürlich an Maxis Taufe denken, an den Moment, als er als Taufpate das Baby Maximilian George Henry Klein unbeholfen am Taufbecken in seinen Armen hielt. So viel musste seitdem im Hause seines Bruders schiefgelaufen sein, dass Maxi sich derart gegen seinen Vater stellte. Maxi griff nach dem Mobiltelefon vor sich auf dem Tisch und tippte mit vor Erregung zitternden Fingern auf die Tastatur. Triumphierend hielt er den Bildschirm hoch, auf dem ein Dokument flimmerte.
„Wir sind die Bösen, und der internationale Klimakiller German Petroleum ist der Gute, ja?" Er drückte George das Telefon in die Hand.
„Da lies doch. Dagegen ist die Tondeponie der reinste Fliegenschiss."
Erstaunt schaute George auf die erste Seite eines gescannten Dokuments, das mit Interner Aktenvermerk

überschrieben war. Der Autor war Brannenburg.

„Da schaut der Herr Superanwalt nicht wahr? Den hat Brannenburg im April verfasst, kurz bevor er zum Chefjuristen ernannt wurde."

„Vielleicht fasst Du den Inhalt kurz für uns zusammen, Maxi", herrschte Henry seinen Sohn an. „Was soll diese Show?"

„Den Gefallen tue ich Dir gerne", antwortete Maxi sarkastisch. „Wie Henry weiß, war Brannenburg früher Chef der Compliance Abteilung von German Petroleum. Dort hat er anscheinend einen guten Job gemacht, denn er hat herausgefunden, dass German Petroleum bewusst und massiv gegen Umweltgesetze verstieß, um Kosten zu sparen, mit Wissen des Finanzvorstandes und des damaligen Chefjuristen Herterich. In den beiden Raffinerien der German Petroleum in Deutschland, nämlich in Gelsenkirchen-Scholven und in Waldbrunn bei Ingolstadt, werden petrochemische Produkte hergestellt, Heizöl, Diesel, Benzin und anderes Zeug. Dabei fallen Ölpellets als Abfallprodukte an, aus Ruß und Öl gepresste, kleine Klumpen. Hunderte Tonnen täglich. Diese Klumpen enthalten Nickel und Vanadium, hochgiftige und krebserregende Schwermetalle. Eine gefährliche, ölige Pampe. Wenn der Mist einmal ins

Grundwasser gelangt, kann er nicht mehr durch Klärwerke gereinigt werden, das schaffen die nicht. Die Ölpellets waren über Jahre legal von Kraftwerken als Brennstoff angenommen worden. Wahrscheinlich wurde damit immer noch jede Menge Gift in die Atmosphäre geschleudert, aber sie hatten zumindest die dafür rechtlich geforderten speziellen Filter. Leider gab es immer weniger Kraftwerke, die dieses Zeug verbrennen wollten. Entweder, weil Kraftwerke wegen der Energiewende vom Netz genommen wurden, oder weil sie auf andere, wirtschaftlichere Brennstoffe umstellten. Also wohin mit dem Gift? In die Erde natürlich. Dummerweise benötigte man dafür spezielle, dafür zertifizierte Deponien. Diese Entsorgung war viel teurer als die Verbrennung vorher und drohte die Raffinerien unwirtschaftlich werden zu lassen. Der Finanzvorstand war unter Druck, das bisherige Budget musste halten. Also haben die Herren geschmiert. Zunächst einmal Abfallmakler, die bereit waren, die Entsorgung des Giftmülls mit falschen Angaben zu vermitteln. Dafür rechneten die Abfallmakler zusätzliche Beratungsleistungen ab, die sie nie erbracht hatten. Bezahlt wurden sie mit Schwarzgeld über eine Gruppe von Gesellschaften außerhalb des German Petroleum Konzerns, die Deutsche Investment Holding GmbH und ihre

Muttergesellschaft, die Deutsche Investment Limited mit Sitz auf den Bermudainseln. Einen Teil ihrer Prämie reichten die Maklerfirmen unter der Hand an Recyclingfirmen weiter, welche dafür Ölpellets mit Sand vermischten und mit Kronocarb, das bei der Titandioxid Herstellung entsteht, selbst ein vanadiumhaltiges, umweltschädliches Produkt. So wurde man den verräterischen Ölgeruch der Ölpellets los und konnte sie falsch als ungefährlichen Industrieruß deklarieren. Auf diese Weise hat man in den letzten zwei Jahren fast hunderttausend Tonnen Giftmüll in Deponien irgendwo in Europa geworfen, die allesamt für Ölpellets nicht zertifiziert sind. Die Namen der Orte, in denen die Deponien liegen, hat Brannenburg in eine Anlage zu seinem Aktenvermerk gepackt. Die Anlage zu dem Vermerk haben wir noch nicht, sie ist verloren gegangen."

„Du hast diesen Aktenvermerk von Rüdiger, nehme ich an", fragte George.

„Wir haben sie von einem Sympathisanten erhalten. Der hat zufällig eine E-Mail von Jenbach an Pitchard gesehen, mit diesem Aktenvermerk."

„Von Jenbach an Pitchard?" Das verstand George nicht. Warum hatte Pitchard ihm den Aktenvermerk dann nicht gezeigt? „Wie kommt Jenbach dazu, den Vermerk an

Pitchard zu senden?“

Maxi grinste hämisch. „Ich bin nur ein kleiner, dummer Umweltaktivist und weiß natürlich nicht, was die wirklich großen Spieler der Wirtschaft bewegt. Aber ich bin noch nicht ganz fertig mit meiner kurzen Zusammenfassung. Die Orte der Deponien werden wir noch herausfinden, die Deponie in Dülmen kennen wir bereits. Die Behörden haben den Industrieruß durchgewunken. Wenn Schadstoffe als ungefährlich deklariert wurden, musste niemand die Lieferunterlagen weiter prüfen. In den wenigen Fällen, in denen Behörden bisher Verdacht geschöpft hatten, war es German Petroleum gelungen, die Behörden zu bestechen, so wie die Behörde in Münster. Der Finanzvorstand hat die Praxis zumindest gebilligt. Herterich, der damalige Chefjurist und Brannenburgs Vorgänger, hatte die Praxis aktiv unterstützt und die Gesellschaften der Deutsche Investment Gruppe aufgebaut, mit Fichts Hilfe. Im Unternehmen weiss nur ein sehr kleiner Kreis von Vertrauten des Finanzvorstandes von dieser Riesensauerei. Das alles hat Brannenburg herausgefunden. Der Finanzvorstand hat Brannenburg in einem persönlichen Treffen angewiesen, die Ergebnisse seiner Ermittlungen nur ihm und Herterich zu übergeben und sie ansonsten im Unternehmen geheim zu halten.

Daraufhin schrieb Brannenburg den Aktenvermerk, um seinen Arsch zu retten, sollte jemand anderes hinter die illegale Praxis kommen. Mit seinem internen Vermerk hätte er in diesem Fall zeigen können, dass er alles aufgedeckt hatte, aber auf Anweisung des Finanzvorstandes nichts sagen durfte. Das Verhalten des Finanzvorstandes war völlig plausibel. Hauptsache, er konnte Geld einsparen und den Gewinn der Raffinerien sichern. Dem Mann ging die Düse, dass er bei einer ordnungsmäßigen Ablagerung wegen der hochschnellenden Entsorgungskosten unter Druck gekommen wäre."

„Alles frei erfunden", knurrte Henry. „Du schwätzt Blödsinn."

„Blödsinn?" Maxi schaute seinen Vater zornig an. „Das glaube ich kaum. Deshalb habe ich den Aktenvermerk an Werner gegeben, einen Reporter der Frankfurt Zeitung. Franziska kannte seinen Namen."

Henry schaute seinen Sohn fassungslos an.

„Du hast die Informationen an einen Journalisten weitergegeben?" Henry zeigte auf seinen Sohn. „Du lieferst Deinen eigenen Vater mit Lügen ans Messer", flüsterte er mit tonloser Stimme.

„Lügen?" Maxi lachte. „Willst Du immer noch behaupten,

dass überall giftige Ölpampe als harmloser Industrieruß verkauft wurde, nur ausgerechnet in Dülmen nicht? Warum sollte es dort anders gelaufen sein? Und dass Du als der große, berühmte Lieblingsanwalt der German Petroleum AG davon nichts wusstest? Aber wenn es Lügen sind, dann brauchst Du da ja keine Angst vor einem harmlosen Presseartikel haben."

„Vielleicht wollte der Betreiber der Deponie in Dülmen nicht mitspielen und kein Schwarzgeld annehmen. Vielleicht war er zu ehrlich und anständig dafür, oder die Sache war ihm zu riskant. Du kannst das negative Bodengutachten des Landesdienstes Nordrhein-Westfalen doch nicht einfach ignorieren. Was für eine unüberlegte, blödsinnige Reaktion." George schüttelte den Kopf. „Erst baut Ihr Eure Story auf, und riskiert Kopf und Kragen mit einer strafbaren Erpressung. Dann machst Du eine Kehrtwendung, unterrichtest die Presse und lässt die Erpressung leerlaufen. Das hast Du aber in Eurer Organisation nicht abgestimmt, oder? Vera wusste davon nichts. Kann es sein, dass Du bei den Kämpfern für die Umwelt Dein eigenes Süppchen kochst? Dass es Dir nicht um den Erfolg Eurer Mission geht, sondern in erster Linie um Dich, um Deinen Hass gegen Deinen Vater?"

Maxi schwieg. Offensichtlich war ihm die Information über sein Gespräch mit Werner in seiner Wut unbeabsichtigt herausgerutscht.

„Warum unüberlegt? Das war die Gelegenheit, unsere Mission in die Presse zu bekommen“, sagte er endlich mit entschiedener Stimme, die keinerlei Reue zeigte. „Mein Gespräch mit Werner habe ich mit unserem obersten Führungszirkel abgestimmt. Die Zahlungsfrist, die wir Hammersmith gesetzt hatten, ist zu lang gewesen, um den Druck aufrechtzuerhalten. Franziska hatte mir geraten, bis zu der Partnerversammlung der Kanzlei am kommenden Wochenende zu warten, da dann das Management der Firma zusammentritt. Unsere Chance, an das Geld zu kommen sei höher, wenn das Firm Committee sich persönlich untereinander austauschen kann und wir Dir Zeit geben, Deine Untersuchungen zu führen, und die Kanzlei erkennt, dass wir mit unseren Behauptungen richtig liegen. Ich hätte nicht auf Franziska hören sollen, wir hätten die Frist kürzer setzen müssen. Georges Untersuchungen waren ein Risiko für uns, denn er könnte zu einem falschen Ergebnis kommen. Das ist ja auch geschehen. Die Kanzlei hatte so außerdem Zeit, eine Medienstory für sich aufzubauen. Wir haben Hammersmith viel zu viel Zeit gelassen. Alles deutete darauf hin, dass die Kanzlei sowieso nicht zahlen würde. Deshalb bin ich auf Werner zugegangen. Er war sehr interessiert. Ich habe vorher einen Deal mit Werner vereinbart. Ich liefere ihm Topinformationen, er wird uns dafür in seiner Reportage erwähnen und unsere Mission beschreiben, positiv natürlich. Durch die zusätzliche Publicity bekommen wir eine Menge neue Spendengelder herein. Im Übrigen macht Euch keine Sorge, ich stehe so bei den Kämpfern für die Umwelt sehr gut da. Sie finden es gut, wenn jemand seine Taktik ändert und sich an Situationen anpasst, anstatt immer stur alte Linien zu verfolgen."

„Die beschissene Kanzlei wird Euch wegen Eurer versuchten Erpressung anzeigen und sicherstellen, dass Werner von der Erpressung erfährt. Werner wird nicht begeistert sein, dass er kriminellen Erpressern ein Forum geboten hat, und wird das Bild, das er von Euch gezeichnet hat, kräftig korrigieren", entgegnete George. „Das war nicht besonders gut überlegt. Damit ziehst Du nicht nur Dich, sondern auch Eure Gruppe in den Schlamassel."

„Ich habe Eure beschissenen, besserwisserischen Kommentare so satt", fauchte Maxi. „Ihr macht doch nichts, außer dumm zu reden. Wir tun zumindest etwas nicht für uns, sondern für alle. Wenn einzelne Personen dafür einen Preis zahlen müssen, dann ist das Teil unseres Kampfes. Selbst wenn es mein eigener Vater ist. Wo gehobelt wird, fallen Späne." Sieh einer an, dachte George, den Satz habe ich von Brannenburg gestern auch schon gehört. Rücksichtslosigkeit ist zu einem generationenübergreifenden Managementtool geworden.

„Warum hast Du ausgerechnet Werner angesprochen", fragte George. „Er ist einer von vielen Reportern, die infrage gekommen wären."

„Weil Werner die Kanzlei kannte. Er hat in der Vergangenheit über Link und Henry geschrieben. Hammersmiths Verwicklung in einen Umweltskandal würde ihn daher interessieren."

Henry sprang auf und setzte an, etwas zu sagen, röchelte plötzlich und griff sich an seine linke Brust. Seine rechte Hand suchte in einem hilflosen Reflex nach Halt und riss das Tablett auf dem Tisch hinab. Eine Kaffeetasse zerschellte auf dem Boden Er brach mit einem Stöhnen zusammen, prallte auf den Holzboden und blieb bewusstlos liegen. Von seinem Gesicht hing das zerbrochene Gestell seiner braunen Hornbrille herab. Maxi schaute George erschrocken an.

36. Kapitel

Ernst Link saß in einem der Konferenzräume des Londoner Büros von Hammersmith, vor sich ein Glas Wasser. Er verstand nicht, warum Pitchard ihn gestern Abend angerufen und kurzfristig für heute, Donnerstagmittag, zu einem persönlichen Gespräch nach London gebeten hatte. Pitchard kam schwungvoll in den Raum, begrüßte ihn mit der ihm eigenen, unverbindlichen Höflichkeit, setzte sich, begann eine Unterhaltung über das Wetter und das blendende finanzielle Ergebnis, welches die Kanzlei am Ende des Jahres wieder abliefern werde. Er öffnete eine Flasche Mineralwasser und goss sich ein Glas ein.

„Wann hast Du denn Gottfried Werner zuletzt getroffen", fragte Pitchard beiläufig, als ob er sich nach dem Treffen mit einem gemeinsamen Bekannten erkundigte. Link erstarrte innerlich.

„Werner?"

Pitchard trank einen Schluck Wasser und stellte das Glas in einer bedächtigen Bewegung zurück auf den Tisch.

„Ich helfe Deiner Erinnerung nach. Gottfried Werner hat vor kurzem den Finanzskandal über die Badener Bank

aufgedeckt, er macht bei der Frankfurt Zeitung neuerdings Karriere als investigativer Reporter. Werner hat Dich in den letzten zehn Jahren über zwanzigmal in seinen Artikeln zitiert. Im letzten Jahr hat er einen Artikel über die deutsche Anwaltszene geschrieben, in der Du sehr gut weggekommen bist."
Link versuchte sich aus seiner defensiven Position zu befreien. „Werner kennt viele Anwälte in der Kanzlei. Dich auch. Du bist auch von ihm zitiert worden."
Pitchard ignorierte Links Antwort. „Ich hatte gestern Abend ein längeres Gespräch mit Werner. Er recherchiert gerade für einen Artikel, der die jahrelangen Anstrengungen unserer Partner, eine Top Position im Markt zu erreichen und zu halten, gefährden könnte. Es geht in seiner Reportage auch um die Frage, ob Henry unserer Mandantin German Petroleum bei einer illegalen Abfallablagerung in Dülmen geholfen hat.Er habe entsprechende Gerüchte im Markt gehört. Das sei zwar nur ein kleiner Teil einer größeren Geschichte, die er über die German Petroleum schreibt. Dennoch, wenn wir in dem Artikel als Gehilfen der illegalen Ablagerung auftauchen, so wie es die Erpresser der Kämpfer für die Umwelt behaupten, kann uns das, wie besprochen, enorm schaden. Die Frage ist natürlich,

wer Werner den Hinweis auf die Umstände der Abfallablagerung in Dülmen und Henrys Rolle gegeben haben kann."
„Ich nehme an, die hat er von den Umweltaktivisten." Link versuchte, möglichst unbeteiligt zu klingen, aber seine Stimme zitterte vor Anspannung.
„Die sollten überhaupt kein Interesse daran haben, die Presse auf das Thema anzusetzen. Die wollen von uns Geld, damit sie die Presse nicht informieren", erwiderte Pitchard. „Wenn der Artikel erscheint, zerfällt ihre Erpressung. Du kennst Werner am besten von uns. Das Firm Committee und ich haben uns deshalb gefragt, ob Du ihn vielleicht auf die Spur gebracht hast. Aber natürlich, warum solltest Du Deiner eigenen Kanzlei schaden und ein Mandatsverhältnis zerstören, dass Dir wirtschaftlich nützt. Wir sind dann auf ein Motiv gekommen, das eine Erklärung bietet."
„Da bin ich aber gespannt." Link verschränkte die Arme und lehnte sich in seinem Stuhl zurück. Er spürte, wie der Schweiß aus den Poren seines Körpers trat.
„Du hast Angst um Deinen Umsatz. Bei unserem letzten Treffen hast Du mich deshalb gedrängt, Henry zu feuern. Du willst ihn loswerden. Soweit ich mich erinnere, habe ich Dir meine Einschätzung gegeben, dass Henrys Karriere am

Ende wäre, sollte er im Zusammenhang mit einem Umweltskandal der German Petroleum in einem Presseartikel auftauchen.Genau dies droht nun zu passieren. Das kann kein Zufall sein, oder? Du warst zu sehr unter Spannung, um rational zu agieren, Du hast die Nerven verloren und Dich mit Werner getroffen. Habe ich recht?"
„Das ist doch völlig absurd", entgegnete Link kraftlos. Pitchard spielte mit ihm wie eine Katze, die mit der gefangenen Maus spielte, bis sie schließlich zum letzten Mal zubiss. Das war seine Art, ihn zu bestrafen. Link suchte vergeblich nach einem Ausweg.
„Das schockiert mich, dass Du so etwas von mir denkst", sagte er. „Hast Du Beweise?"
„Lass es mich so formulieren", antwortete Pitchard. „Es war unvorsichtig von Werner, Euer gemeinsames Mittagessen am Montag per E-Mail zu bestätigen. Das Firm Committee und ich können eins und eins zusammenzählen. Ich glaube nicht, dass Du Dich unter diesen Umständen weigern würdest, die Kanzlei aus Altersgründen zu verlassen? Wir bitten Dich, Deinen wohlverdienten Ruhestand anzutreten. Wir können gar nicht anders, als so zu handeln. Du gehst freiwillig im guten Einvernehmen."
„Was meinst Du damit?" Link ahnte, worauf Pitchard

hinauswollte und sein Magen krampfte sich vor Furcht zusammen.

„Wir haben eine Menge hervorragende Anwälte, die Tag für Tag hart arbeiten, um unsere Mandanten zufriedenzustellen. Dafür verdienen wir gut. Du hast das Ansehen unserer Kanzlei riskiert. Aus Angst, Deinen Umsatz zu verlieren, aus Wut über Henrys egozentrisches Verhalten, emotional, unüberlegt. Angst und Wut sind beschissene Ratgeber, wenn Du mir den Kraftausdruck erlaubst. Sie erzeugen zerstörerische Energie. Du hast deshalb einen großen Fehler gemacht, der zu groß ist, als dass wir ihn ignorieren können. Wir lassen Dich gesichtswahrend gehen. George Klein hat mich eben angerufen. Er hat sich heute Vormittag mit Henry und seinem Sohn Maxi getroffen. Maxi hat Werner mit zusätzlichen Informationen versorgt, die dazu führen dürften, dass er seinen Artikel jetzt sehr schnell veröffentlichen wird. Ich denke, es wird heute so weit sein. Ich hatte aufgrund des Gesprächs mit Werner gestern Abend ohnehin mit seinem baldigen Erscheinen gerechnet, aber dank Georges Anruf können wir uns mit unseren Medienberatern auf das Erscheinen heute vorbereiten. Dieser ganze Mist, in dem wir stecken, geht auf Dich zurück. Du hast Werner auf die Spur gebracht. Ich will sehr schnell Ruhe in die Sache bringen. Ob wir Dich später in Regress nehmen müssen, hängt von der Entwicklung der Sache ab. Ich hoffe für Dich, dass niemand die Verletzung Deiner gesetzlichen Schweigepflicht als Anwalt aufgreift. Wie hart wir gegen Dich vorgehen werden, hängt wesentlich von Deiner Kooperation ab. Werner wird seine Quelle nicht preisgeben, aber wir dürfen natürlich im Kreise unserer Kolleginnen und Kollegen über den Anlass Eures Mittagessens spekulieren. Das dürfte Deinen Ruf als ehrlicher, fairer Partner, den Du Dir über Jahre aufgebaut hast, sehr schnell ruinieren."

Pitchard hielt inne, stand auf und ging zu einem der Fenster des Konferenzraumes. Eine Weile schaute er stumm hinaus, als ob er die Wirkung seiner Worte abwarten wollte. Link war unfähig, einen klaren Gedanken zu fassen.

„Du warst uns immer ein loyaler, hart anpackender Partner, wir schätzen Dich fachlich und menschlich." Pitchard hatte sich Link wieder zugewandt. Seine Miene war wie versteinert. Link wusste, dass Pitchard seiner beruflichen Laufbahn jetzt den beruflichen Todesstoß versetzten würde. „Deshalb sind wir jetzt so großzügig wie möglich. Kein schlechtes Wort über Dich, keine finanziellen Konsequenzen, wenn eben möglich. Das verspreche ich Dir.

Vorausgesetzt, Du gehst freiwillig. Zum ersten Januar. Du hast über Dein weiteres Leben nachgedacht, schon länger, und wirst Deinen Entschluss am Ende des Jahres allen mitteilen. Und wenn dies Dir Deine Entscheidung erleichtert, Henry wird nicht der lachende Dritte sein. Er hat heute Vormittag einen Herzinfarkt erlitten und liegt im Koma. Lass mich aber ganz klar sein. Entweder Du gehst freiwillig, oder wir werfen Dich raus! "

Link zitterte vor Erregung. Er hätte Pitchard gerne entgegnet, dass Werner bereits für seinen Artikel recherchierte, als er ihn getroffen hatte. Aber das konnte er natürlich nicht, ohne sein Treffen mit Werner zuzugeben. Er saß in der Falle. Pitchard war entschlossen, ihn loszuwerden. Wegen seines schwachen Umsatzes. Das, und nur das, war Pitchards Motiv. Sein Treffen mit Werner war ein Fehler gewesen. Jetzt war es zu spät. Es gab keinen Grund, weiter mit Pitchard zu sprechen. Er war erledigt. In diesem Moment tat Link das, was er noch nie während eines Gesprächs gemacht hatte. Er stand wortlos auf und ging. Er ließ sich an der Garderobe seinen Mantel geben, fuhr mit dem Aufzug hinunter und trat hinaus auf die Straße. Er wanderte zunächst ziellos umher, inmitten der Menschenmassen, bis er sich irgendwann in ein Taxi setzte, um sich zum Flughafen fahren zu lassen. Er dachte an seine Ankunft heute Abend. Er würde die Tür des Hauses öffnen, das er und Dorothea vor dreißig Jahren gekauft hatten, als sie mit ihrem ersten Kind schwanger war. Wie oft war er danach spät abends vom Büro in ihr Haus zurückgekommen, manchmal auch erst im Morgengrauen, nach einer durchgearbeiteten Nacht, und sein erster Gang hatte ihn stets in die Schlafzimmer der Kinder geführt. Am nächsten Morgen hatte er sie wieder in den Kindergarten und die Schule gefahren, um sich dann von ihnen bis zum nächsten Morgen zu verabschieden. Jetzt waren sie erwachsen und hatten ihr eigenes Leben. Heute Abend würde das Haus leer sein. Dorothea war bis auf weiteres zu Freunden gefahren. Selbst wenn sie zurückkommen würde, ihr Vertrauen in ihn war aufgrund des Fotos zerstört. Link atmete tief durch und schloss die Augen. Pitchard hatte recht. Angst und Wut waren keine guten Ratgeber. Jetzt, am Ende seiner Laufbahn, wurde er zur Strafe vor die Tür gesetzt. Jeder in der Kanzlei und alle Konkurrenten würden bald wissen, warum. Was für ein unrühmliches Ende. Er fragte sich, wofür sein Leben gut gewesen war.

37. Kapitel

Hedwig legte ihr Cello zur Seite, während sie sich noch im swingenden Rhythmus bewegte. „It don´t mean a thing if it ain´t got that swing“, sang sie leise. „Sie müssen sich unbedingt mal diese Nummer mit Ella Fitzgerald und Duke Ellington auf Youtube anschauen. Die Frau ist eine Naturgewalt.“ George lachte. Hedwig konnte nach ihrer Operation nur mit Mühe gehen und beim Spiel kaum ihr Cello halten, aber ihre Lebensfreude war ungebrochen. Sie hatte ihre Fahrten an den Walchensee unbedingt wieder aufnehmen wollen. Ein heftiger Föhnsturm war über Mittag aufgekommen, deshalb hatten sie im Wohnmobil musiziert. Nun half George seiner Freundin vorsichtig ins Freie. Der Wind hatte etwas nachgelassen. Er reichte ihr die Krücken, und langsam gingen sie zu der hölzernen Bank am See, auf der sie nach ihren Musikstunden zu sitzen pflegten.
„Haben Sie Neuigkeiten über den Zustand Ihres Bruders?“
„Nein“, antwortete George. „Maxi wollte sich melden, sobald er etwas Neues wusste.“
„Es muss ein schlimmer Moment sein für einen Vater, wenn er erkennt, dass sein eigener Sohn sich gegen ihn gewandt

hat.“

George nickte. Er dachte an die Geschehnisse vom Vormittag, sah Henrys bestürztes Gesicht vor sich, den Blick eines zutiefst verletzten Menschen, den er bei seinem Bruder noch nie gesehen hatte.

„Wann kommt Ihre Tochter denn, um Sie zu besuchen“, fragte George.

„Sie kann nicht kommen.“

„Das tut mir aber leid. Warum nicht?“

„Weil es sie gar nicht gibt.“

„Sie haben gar keine Tochter?“ George schaute Hedwig überrascht an. Sie starrte auf den See, die Hände in den Schoß gelegt.

„Nein. Ich hatte auch nie einen Ehemann. Außer Ihnen weiß das niemand. Ich denke, es wird Zeit, dass ich Ihnen das erzähle. Sie werden sich fragen, warum ich diesen Blödsinn von mir gegeben habe. Sehen Sie, meine Beichte passt zu Ihren Selbstzweifeln. Ich hätte gerne eine Familie gehabt. Aber mir ist nie der richtige Mann über den Weg gelaufen. Es ist müßig, über den Grund dafür nachzudenken. Mir war eben keiner recht. Es ist nicht passiert.“

Sie hielt inne und zog sich ihre Wollmütze, die sie zum Schutz vor dem Wind angezogen hatte, tiefer ins Gesicht.

„Irgendwann, vor dreißig Jahren, ich war Anfang vierzig, bekam ich Angst davor, als gescheitert zu gelten. Ich dachte, eine alleinstehende Frau in dem Alter, unverheiratet, nicht verwitwet oder geschieden, keine Kinder, hat in den Augen der Gesellschaft einen Makel. Ich, die Jazzmusikerin, der freie Geist, hatte Angst vor der abfälligen Meinung der Gesellschaft! Ich habe deshalb meinen verstorbenen Ehemann und meine Tochter in Amerika erfunden, von da an passte ich ins gesellschaftliche Raster. Es ging mir besser. Seit dieser Zeit habe ich die Geschichte erzählt, die Sie kennen. Meine Tochter war zuerst eine Studentin, dann hat sie ihren Universitätsabschluss gemacht, wurde eine erfolgreiche Musikprofessorin." Hedwig lachte. „Das ist idiotisch, nicht wahr. Ich stand fast jeden Abend auf der Bühne, hatte ein Jazzquartett, das sogar meinen Namen trug. Trotzdem hatte ich Angst davor, von der Gesellschaft nicht akzeptiert zu werden. Ohne jemals irgendjemanden getroffen zu haben, der sich über mich lustig gemacht hätte. So viele Menschen haben Angst vor etwas unbestimmten, eine Angst, die man nicht festmachen kann an einer konkreten Bedrohung. Sie, George, hatten Angst vor dem beruflichen Misserfolg, vor dem Absturz. Sie haben die Angst überwunden, hoffe ich. Ihr Bruder hat die gleiche Angst, er könnte daran zugrunde gehen. Ficht hatte Angst um seinen Erfolg, um seinen Ruf. Er ist daran zugrunde gegangen. Die Kämpfer für die Umwelt haben Angst vor der Klimakatastrophe, davor, mit ihrer Sorge um die Umwelt nicht gehört zu werden. Schneider hat ebenfalls Angst davor, in der Gesellschaft nicht gehört zu werden, in ihr keinen Platz zu finden. Weise ängstigt sich vor dem sozialen Abstieg. Sehen Sie George, ich finde das Leben lebenswert. Auch wenn das platt klingt. Es traut sich auch kaum einer mehr, so etwas zu sagen, um nicht als naiver Ignorant abgestempelt zu werden. Natürlich ist Angst legitim. Wer lebt, hat Angst vor dem Tod. Bei einer konkreten Gefahr habe ich Furcht vor etwas, mein Körper pumpt sich mit Adrenalin voll, um besser reagieren zu können. Bei meinen Auftritten hatte ich Furcht davor, schlecht zu spielen, Lampenfieber. Aber immer vor irgendetwas Angst zu haben, das ist doch ein Scheiß, wenn ich mich einmal so ausdrücken darf. Die dauernde Angst tief unten drin im Gemüt, die macht uns aggressiv und frisst unsere Energie. Sie darf nicht zum Lebensgefühl werden."

„Das ist leichter gesagt als getan", murmelte George. Er blickte nachdenklich auf den See. Er hatte nach dem Treffen mit Henry und Maxi am Vormittag sogleich mit

Pitchard telefoniert, um ihn über das volle Ausmaß der Beteiligung Fichts an dem Umweltskandal zu unterrichten und vor dem Artikel Werners zu warnen. Pitchard war wieder erstaunlich ruhig geblieben, angesichts der Welle, die sich vor Hammersmith auftürmte, und hatte seine Arbeit sehr gelobt. Die Erpressung sei vom Tisch, und das sei für ihn die Hauptsache. Mit der Presse würde er schon fertig. Er würde gerne mit ihm ein Gespräch führen und hatte ihn deshalb gebeten, morgen nach London zu kommen. Diese Bitte setzte ihn unter Zeitdruck, denn er hatte den morgigen Freitag fest eingeplant, um seinen Bericht für Pitchard zu schreiben, der am Samstag fällig wurde. Pitchard hatte ihn aber beruhigt, er kenne ja sein mündlich vorgetragenes Ergebnis, das würde für sein Treffen mit dem Firm Committee genügen, seinen schriftlichen Bericht möge er bis Montagmorgen vorlegen. Heute hatte er also keine Angst vor dem Versagen, weil Pitchard sein Selbstbewusstsein gestärkt hatte. Aber er machte sich keine Illusion. Die Wunde, die sein Rausschmiss bei Dickert & Dickinson gerissen hatte, war frisch. Ein erneuter Misserfolg würde die Narbe wieder aufreißen. Die Angst lungerte im Hintergrund und wartete auf ihre Chance. Verdammt, das Leben war zu wertvoll für die Angst. Er schloss die Augen und hörte dem

Wind zu. Vielleicht konnte er ohne Angst auch irgendwann einmal wieder lieben.
„Mir liegt noch etwas auf dem Herzen“, unterbrach Hedwig ihn in seinen Gedanken. George sah sie fragend an. „Wir könnten uns langsam duzen, finden Sie nicht auch? Schließlich sind wir mittlerweile ziemlich beste Freunde geworden.“
George musste lachen. Hedwig überraschte ihn mit ihrer Direktheit immer wieder aufs Neue. „Gerne, warten Sie kurz hier“, rief er und ging zurück zum Wohnmobil. Dort holte er aus einem der Schränke eine Flasche Birnenschnaps, den er dort zu den Zeiten deponiert hatte, als seine Ausfahrten noch eine Flucht vor sich selbst gewesen waren. Er kehrte mit der Flasche und zwei Gläsern zu Hedwig zurück, die sich als eine begeisterte Schnapstrinkerin entpuppte. Kurz darauf stießen sie auf ihre frisch besiegelte Freundschaft an, während eine Windböe vertrocknete Blätter vom Boden in die Luft wirbelte und hinaus auf den See fegte, wo sie zunächst auf den Wellen trieben und dann allmählich im dunklen Wasser versanken.

38. Kapitel

George wartete auf Pitchard, und nutzte die Zeit, um Werners Reportage noch einmal zu überfliegen. Sie war am Morgen im online Format der Frankfurt Zeitung erschienen. George hatte den Artikel auf seiner Reise nach London bereits einmal gelesen und erleichtert festgestellt, dass er die wesentlichen Ergebnisse der Recherche Werners selbst aufgedeckt und Pitchard bereits vorab geliefert hatte. Die Reportage deckte die illegalen Umweltaktivitäten auf, die Brannenburg in seinem internen Aktenvermerk beschrieben hatte. Entweder hatte German Petroleum den Artikel nicht kommen sehen, seine Medienberater hatten versagt, oder Werner war schlicht und einfach nicht bereit gewesen, seinen Artikel auch nur um ein Jota zu entschärfen. In jedem Fall erlebte die German Petroleum AG heute ein Desaster. Andere namhafte Publikationen hatten den Artikel aufgegriffen und die neue, nachhaltige und umweltfreundliche Strategie des Unternehmens als einen reinen Werbegag gebrandmarkt. Der Aktienkurs war in der Folge bereits um zwanzig Prozent gesunken. Auch Henry und Ficht hatte es schwer erwischt. Ihre Rollen bei dem Umweltskandal wurden genau nachgezeichnet, wobei Werner betonte, dass beide Anwälte ohne das Wissen ihrer Kanzlei Hammersmith handelten. Pitchard hatte bei seinem Gespräch mit Werner offenbar einen guten Job gemacht, oder Werner war die Rolle der Kanzlei weniger wichtig gewesen, denn Hammersmith tauchte in dem Artikel damit nur am Rande auf. George bedauerte Fichts Familie, deren Bild von Ficht als integren Ehemann und Vater heute durch den Artikel zerstört worden war. Für Henry bedeutete der Artikel sicher das abrupte Ende seiner Karriere. Vielleicht blieb Henry der Schock dieser Erkenntnis erspart. George hatte seinen Bruder noch gestern Abend im Krankenhaus besucht, aus dem gleichen Pflichtgefühl heraus, aus dem er auch seinen Vater besucht hatte. Er sah das Bild Henrys noch vor sich, sein für gewöhnlich im Solarium gebräuntes Gesicht erblasst, bedeckt von einer Sauerstoffmaske, sein Körper im Koma, umgeben von medizinischen Geräten, die unaufhörlich Signaltöne von sich gaben. George hatte sich schnell abgewandt und das Zimmer auf der Intensivstation wieder verlassen, denn es war ihm unangenehm gewesen, dass ihn Henrys Zustand unberührt ließ, so wie sein Zustand Henry mit Sicherheit unberührt gelassen hätte. Er hätte in seinem Leben seinen Bruder und seinen Vater gerne geliebt und wenn er sich gegenüber ehrlich war, hätte er alles dafür gegeben, von ihnen geliebt zu werden. Es war anders gekommen.

Pitchard trat ein, begrüßte George freundlich und setzte sich an den Tisch des Konferenzraums, die Beine übereinandergeschlagen, den Oberkörper leicht nach hinten zurückgelehnt, die Hände ineinander verschränkt in der lässigen Pose eines Managing Partners, der mit seinem Krisenmanagement zufrieden war. Rasch kamen sie auf den Artikel in der Frankfurt Zeitung zu sprechen. „Ich denke, unsere Medienberater und ich haben die Rolle unserer Kanzlei ins richtige Licht gerückt. Ich konnte Werner zwar nicht bewegen, Henrys Hilfestellung beim Immobilienkauf in Dülmen oder Fichts Rolle in der Deutsche Investment Gruppe unerwähnt zu lassen, aber er hat aufgrund unserer Informationen zumindest klargestellt, dass Henry und Ficht German Petroleum privat beraten haben, ohne unser Wissen. Der Reputationsschaden für uns ist also denkbar gering."
„Für Henry ist das ein schlechter Artikel", stellte George fest.
„Ja, Henry ist leider unter die Räder gekommen. Er hat

Pech gehabt, denn er ist in die Sache hineingezogen worden, ohne die Hintergründe der Deutsche Investment Gruppe zu kennen. Wie geht es Henry überhaupt?"

„Er liegt noch im Koma. Sein Zustand ist kritisch."

„Dann hoffen wir das Beste". Pitchards Stimme zeigte nicht den Hauch von Mitgefühl. George erstaunte Pitchards Gleichgültigkeit nicht. Wer sich wie Henry seine Erfolge mit brachialer Rücksichtslosigkeit erkämpfte, konnte bei Niederlagen bestenfalls mit Gleichgültigkeit rechnen.

„Henry spielt in Werners Artikel eine für Außenstehende undurchsichtige Rolle im Zusammenhang mit einem riesigen Umweltskandal", sagte Pitchard. „Das genügt, um seinen Ruf zu beschädigen. Für German Petroleum wird er als Anwalt untragbar sein, und damit sind seine Pläne, uns zugunsten unserer Wettbewerber zu verlassen, auch gescheitert. Ich hoffe, dass er wieder gesund wird, aber wir müssen uns leider deutlich von ihm distanzieren. Er ist deshalb auch für uns untragbar geworden. Wir werden ihn aus der Partnerschaft entlassen."

„Das wird für ihn ein Schock sein."

Pitchard nickte kurz. „So ist das Leben. You win, you lose. Jetzt aber zu Ihnen. Sie haben intensiv an Ihrem Bericht gearbeitet und sind dafür durch eine Menge Shit gegangen.

Sie haben einen sehr guten Job gemacht. Es gibt in Werners Artikel keine wesentlichen Informationen, die Sie uns nicht schon geliefert haben. Es wäre daher unfair von mir, Ihnen den vollständigen Hintergrund Ihres Mandats vorzuenthalten."

„Danke für das Kompliment", erwiderte George höflich. Anders als bei ihrem letzten Treffen hatte Pitchard ihm noch nicht bedeutet, dass er nur wenig Zeit für ihn habe, dachte er amüsiert. Das war seine eigentliche Auszeichnung.

„Ich muss dafür etwas ausholen", begann Pitchard. „Brannenburg hat in der Rechtsabteilung mit Dr. Walter Jenbach einen in etwa gleichaltrigen Stellvertreter. Jenbach und ich kennen uns aus Oxford. Wir haben dort eine Zeitlang gemeinsam studiert und sind seitdem befreundet. Das weiß sonst niemand in der Kanzlei." Pitchard lachte kurz auf. „Wenn ich Henry davon erzählt hätte, wäre er nur nervös geworden, aus Angst, dass ich ihm in sein Mandat hineinfunken will. Vor ungefähr einem halben Jahr sprach mich Jenbach auf eine für ihn delikate Angelegenheit an. Brannenburg war gerade zum neuen Chefjuristen ernannt worden, zu Jenbachs großer Enttäuschung, denn er hatte sich nach ermutigenden Kommentaren des Finanzvorstandes

Hoffnung auf die Position gemacht. Es gab im Unternehmen Gerüchte, dass Brannenburg interne Ermittlungen über einen Umweltskandal geführt habe, deren Ergebnis den damaligen Chefjuristen Herterich, und den Finanzvorstand belasteten und dessen Inhalt nur sehr wenige Mitarbeiter kannten. Wie Sie vielleicht wissen, war Brannenburg vor seiner Ernennung zum Chefjuristen Leiter der Compliance Abteilung. In dieser Funktion musste er Informationen über interne Regelverletzungen nachgehen. Brannenburg habe angeblich keinen schriftlichen Abschlussbericht erstellt und seine Erkenntnisse nur mündlich mit dem Finanzvorstand geteilt."
„Deshalb hat Brannenburg den Aktenvermerk geschrieben, den Maxi gestern präsentiert hat", unterbrach ihn George. „Er wollte auf jeden Fall etwas Schriftliches in den Händen haben, um sich später vor Vorwürfen zu schützen, er habe wichtige Regelverstöße nicht aufgeklärt."
Pitchard nickte zustimmend. „Jenbach ist sich sicher, dass der Finanzvorstand sich Brannenburgs Schweigen dadurch gesichert hat, dass er ihn zum Chefjuristen ernannte. Der damalige Chefjurist Herterich musste nämlich überraschend sein Amt vorzeitig aufgegeben, was nach außen als Rücktritt aus gesundheitlichen Gründen verkauft wurde.

Das ist natürlich ein wildes Gerücht, aber interne Gerüchte besitzen oft einen wahren Kern, und Jenbach hat deshalb nachgebohrt. Irgendwann hielt er dann den Aktenvermerk Brannenburgs in den Händen. Brannenburg hat bei German Petroleum Gegner. Es war daher sehr unklug von ihm, einen geheimen Aktenvermerk in der Datenbank der Firma zwischenzuspeichern."

„Brannenburg deutete bei unserem Gespräch an, dass es im Unternehmen eine Gruppe gäbe, die gegen den Finanzvorstand und ihn arbeiteten, darunter auch Jenbach", knüpfte George an Pitchards Bericht an.

„Ja. Es gibt laut Jenbach Aufsichtsratsmitglieder, die den Finanzvorstand gerne durch eine bestimmte, sehr fähige Managerin aus dem Finanzbereich ersetzen und auch gleich Brannenburg eliminieren würden, da er dem Finanzvorstand zu nahesteht. Genau diese Managerin hatte Jenbach auf die Gerüchte über den Umweltskandal und Brannenburgs Untersuchungen angesprochen. Sie benötigte rechtliche Unterstützung bei der Bewertung des Verhaltens des Finanzvorstandes und Brannenburgs, und wusste Jenbachs interne Interessenlage richtig einzuschätzen. Jenbach hat sich daraufhin intensiv umgehört und der Managerin weitere Details zum Hintergrund der Untersuchungen

Brannenburgs geliefert. Der Finanzvorstand hatte vor zwei Jahren eine kleine Arbeitsgruppe gegründet, um einen kostengünstigen Weg für die Entsorgung der hochgiftigen Ölpellets zu finden. Aus dieser Arbeitsgruppe heraus wurde dann das illegale Schema aufgebaut, welches jetzt ans Tageslicht gekommen ist. Das wusste der Finanzvorstand, das wusste der damalige Chefjurist, Herterich. Jemand in der Arbeitsgruppe hatte dann kalte Füße bekommen und als whistle blower Brannenburg verständigt, in einer Zeit, als er noch Chef der Compliance Abteilung war. Es gab in der German Petroleum nur sehr wenige, aber damit schon zu viele Mitwisser, als dass ein Skandal dieser Größenordnung auf die Dauer von den Beteiligten unter den Tisch gekehrt werden konnte. "

„Das ist selten, dass das Mitglied einer Rechtsabteilung so aktiv gegen seinen Chef vorgeht, wie Jenbach, nicht wahr? Jenbach scheint mir ein sehr machtbewusster Zeitgenosse zu sein."

Pitchard schüttelte den Kopf. „Jenbach ist kein aggressiver Machtmensch. Er hat Angst, die letzte Chance seines beruflichen Aufstiegs zu verpassen. Wenn er jetzt der Managerin dabei hilft, den Finanzvorstand vom Thron zu stoßen, wird er der neue Chefjurist werden. Wenn er nicht auf den anfahrenden Zug aufgesprungen wäre, dann wäre der Zug ohne ihn abgefahren, und für ihn war dies der letzte Zug. Außerdem ist er aufrichtig empört über das, was im Unternehmen vorgefallen ist. Er ist der Meinung, dass es die Aufgabe eines Energieunternehmens ist, die Umwelt zu schützen, soweit wirtschaftlich vertretbar, und er ist ein sehr integrer Mensch, vielleicht sogar etwas altmodisch in seinen Wertvorstellungen. Ein Chefjurist muss in seinen Augen unangreifbar sein, eine Vorbildfunktion haben“

„Das ehrt ihn“, erwiderte George ironisch. „Wie ist Hammersmith ins Spiel gekommen?“

„Jetzt kommt ein Teil, der Ihnen nicht gefallen dürfte, fürchte ich. Jenbach ist schlau und vorsichtig. Er besaß zwar den Aktenvermerk, der den Finanzvorstand belastete, aber er wollte nicht derjenige sein, der im Feuer stand und sich mit dem Finanzvorstand anlegte. Er wollte nicht von der Managerin und ihren Unterstützern vorgeschickt und dann zum Bauernopfer werden, sollte irgendetwas bei der Revolte gegen den Finanzvorstand schieflaufen. Deshalb ist er zu mir gekommen. Wir haben gemeinsam einen Plan entwickelt, wie wir ihn aus der Gefahrenzone halten könnten.“

„Kannte Jenbach Fichts Aufgabe in dem System und

wusste von Henrys Mitwirkung bei dem Immobilienkauf?"
„Ja, Jenbach hat die Tätigkeiten und Zahlungsflüsse der Deutsche Investment Gruppe diskret geprüft. Da tauchte dann schnell Fichts Name und Henrys Hilfestellung beim Grundstückskauf auf. Um ehrlich zu sein, George, zu dem Zeitpunkt, als ich Sie engagiert habe, kannten Jenbach und ich bereits Fichts als auch Henrys Verwicklung in den Umweltskandal. Wir kannten aufgrund Brannenburgs Aktenvermerks auch das Ausmaß der illegalen Ablagerungen. In seiner ersten E-Mail, mit der er mir den Aktenvermerk zugesandt hatte, fehlte noch die Anlage des Aktenvermerks, welche die Standorte der betroffenen Deponien auflistete. Die Auflistung hat er dann bei einer anderen Gelegenheit nachgereicht."
„Was?" George schaute Pitchard entgeistert an.
„Unser Plan war, dass wir als Kanzlei schnell einen Bericht über die Verletzung unserer internen und rechtlichen Vorgaben durch Ficht und Henry schreiben würden. Wir würden Jenbachs Informationen nutzen, ohne diese Quelle offenzulegen. Herauskommen würde ein interner Bericht Hammersmiths, der die Regelverstöße Fichts und Henrys und damit den Umweltskandal bei German Petroleum offenlegen würde. Als loyaler Rechtsberater der Kanzlei

hätte ich den Vorstandsvorsitzenden und den Aufsichtsratsvorsitzenden der German Petroleum AG von dem Ergebnis unseres internen Berichtes informiert, da er nicht nur das Fehlverhalten unserer beiden Partner, sondern auch Missstände bei German Petroleum aufdeckte. Damit wäre Jenbach außen vor gewesen und nicht in Verdacht geraten, die treibende Kraft hinter den Untersuchungen gewesen zu sein. Wenn alles nach Plan gelaufen wäre, hätten die Verantwortlichen bei der German Petroleum die Konsequenzen gezogen und den Finanzvorstand und Brannenburg entlassen. Jenbach wäre neuer Chefjurist geworden und hätte uns mit neuen Mandaten belohnt."

„Ein hervorragender Plan, der von der Erpressung der Kämpfer für die Umwelt durchkreuzt wurde."

„Genau. Mit der Erpressung hatten Jenbach und ich natürlich nicht gerechnet. Genauso wenig wie mit dem Auftritt Freuds. Jenbach hat plötzlich kalte Füße bekommen. Nachdem der Erpresserbrief einging, änderte er sofort seine Meinung. Er hatte Sorge, dass er im Unternehmen als Informant identifiziert würde, und Brannenburgs Aktenvermerk bei den Erpressern landen könnten."

„Weil ich die Informationen mit den Erpressern teilen würde, absichtlich oder unbeabsichtigt, wie ein blutiger

Anfänger?" George lachte. „Das ist völlig absurd!"

„Ist es," stimmte ihm Pitchard zu. „Leider ist mein Freund Jenbach zwar ein hervorragender Jurist, aber nicht besonders mutig und belastbar. Ich stand also vor der sehr unglücklichen Situation, meine Informationen nicht mit Ihnen teilen zu können. Wenn Sie nicht rechtzeitig zum richtigen Ergebnis gekommen wären, hätte ich womöglich eingegriffen, notfalls gegen den Willen Jenbachs, denn wir brauchten Ihren Report nach wie vor, aber glücklicherweise haben Sie so gut gearbeitet, dass das nicht notwendig war."

George war fassungslos. Pitchard hatte also den Sachverhalt, den er seit dem Tage seiner Beauftragung mühsam herausgefunden hatte, die ganze Zeit gekannt. Das erklärte seine Ruhe, während George ihm immer neue Fakten über die Verwicklung Fichts offengelegt hatte.

„Mein Mandat war also eine Farce. Es gab nichts aufzuklären. Jenbach und Sie kannten den Aktenvermerk, damit den Umweltskandal, sein Ausmaß, seine Akteure. Sie haben mich arbeiten lassen, damit Jenbach das bekam, was er brauchte, einen Report Hammersmiths, erarbeitet durch einen externen Anwalt. Dafür habe ich also in den letzten zwei Wochen hart gearbeitet und mich zusammenschlagen lassen."

Pitchard wiegte seinen Kopf. „Das klingt hart. Es hat uns interessiert, ob Sie zum gleichen Ergebnis kommen würden. Als Sie mir von den Angriffen auf Sie erzählten, habe ich Ihnen selbstverständlich sofort freigestellt, Ihr Mandat zurückzugeben."

George wurde zunehmend wütender. Pitchard hatte ihn wie eine Marionette an Fäden gehalten. „Sie wussten auch von vornherein, dass die Kämpfer für die Umwelt bei ihrem Erpressungsversuch falschlagen, als sie die Tongrube in Dülmen und Henry im Visier hatten. Die einzige offene Frage war, ob auch die Erpresser den Aktenvermerk gesehen hatten und die Gefahr bestand, dass Hammersmith in der Presse unter die Räder kommen würde, sollten die Erpresser diese Informationen weitergeben."

„Ja. Ich will Ihnen gegenüber auch hier völlig ehrlich sein", antwortete Pitchard. Das Firm Committee wollte genau aus diesen Gründen die Erpressung schnell aus der Welt haben. Ich habe mit der Führungsspitze der Kämpfer für die Umwelt verhandelt. Wir haben ihnen bereits in der letzten Woche fünfhunderttausend Euro gezahlt. Die Gegenseite würde dafür die Angelegenheit auf sich beruhen lassen, und wir auch."

George konnte seinen Zorn nicht mehr verbergen. „Davon

haben Sie mich nicht informiert? Ich bin wie ein Idiot herumgelaufen und habe mich lächerlich gemacht“, rief er ungehalten. „Sie haben mich komplett verarscht.“

„Ich verstehe Ihren Ärger, George.“ Pitchard blieb ruhig. „Ihre Arbeit war in jedem Fall wertvoll, um die Fakten noch einmal zu testen.“

„Meinen schriftlichen Bericht benötigen Sie jetzt nicht mehr, oder?“

„Nein. Die Arbeit hat uns Werner mit seinem Artikel abgenommen. Mir ist diese Entwicklung sogar lieb. Wir wären immer das Risiko eingegangen, uns mit unserem Bericht bei German Petroleum Feinde zu machen. Wir überblicken das Schlachtfeld innerhalb eines Unternehmens nur schlecht und waren auf Jenbachs Einschätzung angewiesen. Wir geraten so nicht in den Verdacht, mit Jenbach zusammengearbeitet zu haben, und Jenbachs Feinde werden nicht unsere Feinde.“

„Warum hat Maxi die Presse informiert, obwohl Hammersmith gezahlt hat“, fragte George ungehalten.

„Ich habe nach Ihrem Anruf und Ihrem Bericht über Maxis Alleingang natürlich sofort meinen Kontakt bei den Kämpfern für die Umwelt angerufen, den ich durch unsere Verhandlungen kennengelernt hatte. In ihrer Organisation gab es interne Reibereien. Die Führungsriege hatte Maxi nicht in die Verhandlungen mit uns einbezogen. Maxi war darüber sehr erbost und hat deshalb eigenmächtig mit Werner gesprochen. Am Ende war es ein für uns glücklicher Zufall, dass Link und Maxi beide Werner angesprochen haben, sonst hätten wir auf mehr als einen Journalisten eingehen müssen."

„Maxi hat also seinen Vater mit in seine Streitigkeiten mit der Führungsriege bei den Kämpfern für die Umwelt gezogen. Ein Umweltaktivist, getrieben von Angst um die Umwelt, Hass auf seinen Vater und persönlichen Ehrgeiz."

George bemühte sich, seinen Ärger und seine Frustration wieder einzufangen. Letztlich hatte auch Pitchard nur als Dienstleister auf Jenbachs Bitten reagiert, um der Kanzlei die German Petroleum AG als Mandantin zu bewahren. Es war sein Job, im Interesse der Kanzlei zu handeln. Niemand war verpflichtet, seine Umgebung mit Samthandschuhen anzufassen. Das Ergebnis zählte.

Pitchard nickte. „Das ist für Henry tragisch. Aber auch Link trägt Verantwortung. Er hat die Nerven verloren und Werner vertrauliche Informationen mitgeteilt, um Henry zu kippen. Um ehrlich zu sein, Henrys und Links Ausscheiden tun der Firma gut. Jenbach hätte mit Henry nicht zusammenarbeiten wollen, selbst Brannenburg mochte ihn nicht, und Henry ist in den letzten Jahren immer machtbewusster und unkollegialer geworden. Diese Mischung machte ihn zu einem unbequemen Partner, dessen Verhalten drohte, der Kanzlei zu schaden. Links Ausscheiden kommt mir wirtschaftlich nicht ungelegen, er war in den letzten Jahren zu unwirtschaftlich."

George kam ein Gedanke. Wenn Pitchard den Sachverhalt seit Wochen kannte, dann musste er Ficht darauf angesprochen haben. „Ist Ficht mit seinem Tod seinem Rausschmiss aus der Kanzlei zuvorgekommen", fragte er Pitchard.

Pitchard schaute George überrascht an.

„Ihre Fähigkeit, die Situation zu analysieren, ist beeindruckend, George. Das Firm Committee und ich waren uns zunächst unsicher, wie wir mit unserem Wissen von Fichts illegalem Verhalten umgehen sollten. Brannenburgs Untersuchungen und den Aktenvermerk durften wir Ficht nicht vorhalten, das wollte Jenbach nicht. Weiter ignorieren durften wir sein Verhalten auch nicht. Wir haben dann ein Gespräch mit ihm gesucht. Ficht mag ein exzellenter Anwalt gewesen sein, aber er war sicher kein abgebrühter Krimineller und Lügner. Er hat schnell zugegeben, Herterich bei Schmiergeldzahlungen geholfen zu haben, und anschließend Brannenburg bei der Bestechung Weises. Er hat auch bestätigt, Henry in den Immobilienkauf von Möllebach einbezogen zu haben, ohne dass Henry wusste, worum es in der Sache eigentlich ging. Wir mussten ihn natürlich aus der Partnerschaft entlassen. Das war für ihn eine Katastrophe, er war am Boden zerstört." Pitchard hielt inne und räusperte sich. „Kurze Zeit später hatte er seinen Wanderunfall", sagte er mit rauer Stimme. „Wir haben die Sache auf sich beruhen lassen. Frau Ficht hat nie auch nur eine Andeutung gemacht, dass sie von dem beruflichen Schicksal ihres Mannes wusste oder von einem Selbstmord ausging. Wir haben keinen Sinn darin gesehen, sie und ihre Kinder durch weitere Nachforschungen zur Todesursache zu belasten, und haben daher auch der Polizei gegenüber keinen weiteren Vermutungen angestellt. Ficht war der Held seiner Familie, so hat ihn Frau Ficht dargestellt, warum sollten wir daran rütteln. Aber wenn Sie mich fragen, die Umstände deuten sehr auf seinen Selbstmord hin. Nach Werners Artikel muss dies nun auch Frau Ficht klar geworden sein. Das ist eine sehr tragische Entwicklung. Es tut mir für sie und ihre Kinder unendlich leid, dass Fichts Fehlverhalten in dem Artikel auftaucht. "

Pitchard stand von seinem Schreibtisch auf und schaute aus

dem Fenster. Pitchard hatte eine Maske angelegt, die es nahezu unmöglich machte, seine wahren Gefühle hinter seinem geschäftsmäßigen Auftreten zu erraten, dachte George. Aber der Gedanke, dass Ficht sich sehr wahrscheinlich aufgrund ihres Gesprächs umgebracht und eine Familie zurückgelassen hatte, schien ihm nahezugehen.

„Wie stehen die Chancen Jenbachs, Brannenburgs Nachfolger zu werden“, fragte George.

Pitchard strich sich mit einer fahrigen Geste über die Augen und setzte sich zurück an den Konferenztisch. „Sehr gut. Jenbach hat mich heute Vormittag angerufen. Der Aufsichtsrat der German Petroleum AG trifft sich morgen früh zu einer außerordentlichen Sitzung. Die Presse ist über das Unternehmen hergefallen. Der Aktienkurs hat schon spürbar nachgegeben. Sie müssen schnell handeln, was immer heißt, dass schnell Schuldige gefunden werden müssen. Die Gerüchteküche sagt, dass der Finanzvorstand und Brannenburg gehen müssen und die besagte Managerin zur neuen Vorständin bestellt werden wird. Sie hat Jenbach bereits zugesagt, auf ihn als neuem Chefjuristen zu bestehen. Mein Plan, Schaden von der Kanzlei abzuwenden, ist aufgegangen. Jenbach ist mir dafür dankbar, dass ich Sie mandatiert habe, auch wenn Ihr Bericht jetzt angesichts der

Arbeit Werners weniger Bedeutung hat."

„Sie glauben, German Petroleum wird weiter mit Hammersmith arbeiten, trotz Fichts Verwicklung in den Skandal?"

Pitchard nickte mit einem zufriedenen Lächeln. „Das war der Deal zwischen mir und Jenbach. Wir helfen ihm durch unseren internen Compliancebericht, er hilft uns, indem er weiter mit uns arbeitet.Das bekommt er intern durch, da bin ich mir sicher. Wir haben sofort versucht, den Sachverhalt aufzuklären und nichts vertuscht. Wir haben Brannenburg sofort unterrichtet. Wir haben sehr viel Expertise. Ficht, der Hammersmith Partner, der mit dem früheren Chefjuristen zusammengearbeitet hat, ist kein Partner mehr. Henry wird die Kanzlei auch verlassen müssen, wenn er nicht vorher stirbt."

„Von wem hatte Maxi den Aktenvermerk Brannenburgs? Er hat diese hochsensiblen Informationen sicher nicht von Jenbach erhalten?"

„Unmöglich. Jenbach hatte mir den Aktenvermerk per E-Mail gesandt. Das mag unvorsichtig gewesen sein, aber er musste davon ausgehen können, dass Mandanten E-Mails bei Hammersmith vertraulich bleiben. Schneider hat die E-Mail an mich geöffnet und sie an Maxi weitergeleitet. Einer der Gründe, warum wir ihn feuern werden. Wenn er nicht freiwillig geht, zeigen wir ihn an. Wir wissen seit langem, dass er illegal E-Mails mitliest. Der Chef unserer IT-Abteilung in London hat ihn überwacht. Er ist reif. So einfach ist das."

Rüdiger hatte ihn über die ganze Zeit angelogen, dachte George. Er hatte hinter den Kulissen gegen ihn gearbeitet und Maxi geholfen, ihn anzugreifen. Trotzdem empfand er keine Wut mehr auf Rüdiger, sondern eher Mitleid mit einem Menschen, den seine Angst vor der Hilflosigkeit entwurzelt hatte.

Pitchard blickte auf die Uhr. „Verdammt, ich muss gleich weg. Entschuldigen Sie, George. Heute ist die Preisverleihung für die besten Anwälte Londons, und wir sind für den Preis „Beste Kanzlei des Jahres" nominiert. Vorher muss ich noch dringend telefonieren. Haben Sie nicht auch einmal einen Preis gewonnen?"

„Ja", murmelte George. „Vor einem Jahr." Pitchard hatte ihn wie einen dummen Jungen an der Nase herumgeführt und für seine Zwecke manipuliert. In diesem Scheiß Wirtschaftsleben manipulierte ständig jeder jeden. Er konnte Pitchard sein Verhalten nicht anlasten, er war durch diese Schule gegangen, er hatte ihn behandelt, wie er von seinen

Mandanten behandelt wurde. Dabei hatte er im Interesse Hammersmiths gehandelt, um ihr zukünftige Aufträge der German Petroleum zu sichern. Aber es reichte. Er hatte sich in den Job reingehängt, alles gegeben, ein gutes Ergebnis geliefert. Er hatte Respekt verdient, nicht nur sein Honorar. Er war es leid, auf seine dienstleistende Funktion reduziert zu werden. Seine Angst vor dem Misserfolg war das Ergebnis eines Irrweges. Der Preis des Erfolges war die ständige Angst vor dem Misserfolg, und dieser Preis war zu hoch.

Pitchard brachte George zur Ausgangstür und reichte ihm die Hand zum Abschied. „Schicken Sie mir dann noch Ihre Rechnung, bitte. Ich kann Ihnen versichern, dass ich Sie wieder engagieren werde, wenn ich Hilfe für eine ungewöhnliche Compliance Untersuchung benötige, die Diskretion und Fingerspitzengefühl erfordert. Ich werde Sie auch meinen Partnern und Freunden in anderen Kanzleien weiterempfehlen.“ Er klopfte George anerkennend auf die Schulter. George hatte genug. Er erinnerte sich an sein neues Leitmotiv. Es war höchste Zeit, Pitchard seinen ausgestreckten Mittelfinger zu zeigen. „Seien Sie mir nicht böse, John, aber Ihr Verhalten war inakzeptabel. Ich lasse mich ungern verarschen. Meine Rechnung bekommen Sie, auf Ihre Empfehlungen und Ihr Angebot auf eine weitere

Zusammenarbeit lege ich keinen Wert, die können Sie sich irgendwo hinstecken."
Pitchard schaute ihn verdutzt an. Dann zuckte er gleichgültig mit den Schultern. „Ich nehme Ihnen das nicht übel, George, wenn Sie jetzt überkochen. Unser Beruf hat seine Schattenseiten. Aber welcher Beruf hat das nicht. Entweder Sie akzeptieren die Spielregeln oder Sie sind draußen. Verdauen Sie erst einmal Ihren Zorn."

George setzte sich auf eine Bank im Innenhof des Bürogebäudes. Durch die Einfahrt drang gedämpft der Straßenlärm von draußen, überlagert von dem Gurren der Tauben, die wie die Spatzen und Ratten in der Steinwüste der Londoner City auf ihrem Leben beharrten. Er war wie benommen. Diesen Verlauf des Gesprächs hatte er nicht erwartet. Pitchard hatte natürlich recht. Er hatte überreagiert. In einer idealen Welt von professionellen Anwälten hätte er professioneller gehandelt und seine Wut für sich behalten. Früher oder später würde Pitchard diese Szene mit den Managing Partnern anderer Kanzleien teilen, amüsiert oder verärgert. Man würde sein Verhalten als unprofessionell geißeln. Das würde seinen Ruf vernichten. Es war ihm egal. Er fühlte die große Erleichterung, die sich nach einer richtigen

Entscheidung einstellte.

39. Kapitel

George war der Wegbeschreibung des Friedhofsgärtners gefolgt und stand unvermittelt vor dem Grabstein des Mädchens, das er getötet hatte, am Abend des dreiundzwanzigsten Dezembers letzten Jahres. Immer wieder war seitdem die Szene vor seinen Augen abgelaufen, in einer endlosen Schleife von Wiederholungen. Er saß am Steuer, auf dem Beifahrersitz lag die Trophäe für den besten Complianceanwalt in London. Amüsiert dachte er an das Lächeln seiner Wettbewerber, die ihm nach der Preisverleihung höflich zu seinem Erfolg gratuliert hatten, den sie ihm nicht gönnten. Er lockerte unwillkürlich den Kragen seines Smokinghemdes. Es war noch früh am Abend. Trotzdem hatten alle Gäste schnell und viel getrunken, die Gewinner aus Triumph, die Verlierer aus Ärger, der Rest aus Gewohnheit. Und alle, weil man an dem Abend des dreiundzwanzigsten Dezembers eben trank, denn für übermorgen war im Terminkalender das Weihnachtsfest eingetragen. Die Verkehrsampel wechselte von Rot auf Grün. Übermütig ließ er den Motor seines Sportwagens aufheulen, bevor er rasant nach links abbog. Eine gelbe Warnlampe auf dem

Armaturenbrett flackerte auf, um anzuzeigen, dass die Kunst der Ingenieure soeben das Ausbrechen des Wagens verhindert hatte. Zeitgleich registrierte er ein dumpfes Geräusch an der linken Seite des Autos. Sein Verstand gebot ihm augenblicklich anzuhalten. Sein Fluchtinstinkt war stärker. Er warf einen flüchtigen Blick in den Rückspiegel, sah aber nichts Außergewöhnliches. Wenig später fuhr er in die Tiefgarage des Apartmenthauses, in dem er ein Penthouse bewohnte und parkte das Auto auf dem Stellplatz. In der hellen Neonbeleuchtung der Garage zerstieb seine Hoffnung, dass sein Gehör ihm fälschlich ein Ereignis suggeriert hatte. Betroffen blickte er auf die Delle in der Größe einer Hand, eingedrückt in das metallic-schwarz lackierte Blech der Beifahrertür. Er beugte sich hinab und sah einen kleinen Blutfleck. George stieg in den Fahrstuhl und fuhr hinauf, die Trophäe mit beiden Händen fest umklammert. Als ihm am nächsten Morgen zwei Polizeibeamte aus dem Bett klingelten, die Fotos einer Überwachungskamera vorlegten und ihn wegen des Verdachts auf fahrlässige Tötung und Fahrerflucht verhafteten, wusste er, dass von seinem Erfolg, den er sich über die Jahre hart erarbeitet hatte, nichts übrig bleiben würde.

Georges Herz schlug schnell. Er atmete tief durch und stützte sich an einen Baum neben der Grabstätte. Dort unter der Erde lagen die Überreste der Toten, der er die Chance genommen hatte, ihr Leben zu leben. Er legte frische Blumen auf das Grab und zwang sich zu verweilen. Das Mädchen hatte das Stoppsignal der Fußgängerampel übersehen, ihr Vater hatte sie ungenügend beaufsichtigt, aber wie sollte ihn seine Mitschuld entlasten, wenn er sie schuldig getötet hatte. Er musste jetzt zur Ruhe kommen. Er hatte einen Fehler begangen, dafür hatte er gebüßt. Er hatte sie nie kennengelernt, aber sie hätte von ihm sicher keine ewigen Schuldgefühle verlangt. Angesichts der Gräber wurde ihm gewahr, wie sehr er am Leben hing, in seinem Alter, in dem das Sterben von einem abstrakten Gedanken zu einer realen Möglichkeit geworden war. Früher hatte er gute und schlechte Tage gehabt. Tage des beruflichen Erfolgs waren gute Tage gewesen, Tage des beruflichen Misserfolgs schlechte Tage. Pitchard hatte ihm soeben seinen Erfolg bescheinigt. Dennoch war heute kein guter Tag. Er empfand aufgrund Pitchards Lob keine Freude, keine Genugtuung, keinen Stolz. Ihr Tod musste unbemerkt die Bedeutung seiner Ziele niedergerissen haben. Solange er für den Erfolg lebte, würde er mit der Angst vor dem Misserfolg und vor

Enttäuschungen leben. Er hatte dem Erfolg bereits zu viel Lebenszeit geopfert. Er würde von nun an ohne Angst leben, so wie es sein Leben verdiente. Es war sein letztes Leben. Die Dämmerung hatte eingesetzt. George schaute auf die Uhr. Er musste zum Flughafen. Mit schnellen Schritten entfernte er sich von dem Grab des Mädchens. Im Taxi holte er sein Mobiltelefon hervor, um Hedwig von seinem Entschluss zu berichten.

ISBN 978-3-8187-2219-7
9 783818 722197 00005
www.epubli.com